Der Zorn der Götter

Prolog

Berlin

Sonja Verbrügge hatte keine Ahnung, dass dies ihr letzter Tag auf Erden sein sollte. Sie drängte sich durch die Touristenscharen, die an diesem Sommertag auf den Gehsteigen der Straße Unter den Linden flanierten. *Nur keine Panik,* sagte sie sich immer wieder. *Du musst ruhig bleiben.*

Die dringende Nachricht, die Franz auf ihrem Computer hinterlassen hatte, hatte sie erschreckt. *Lauf weg, Sonja! Geh ins Hotel Artemisia. So schnell wie möglich. Dort bist du fürs Erste sicher. Warte, bis du etwas von …*

Die Nachricht war mit einem Mal abgebrochen. Warum hatte Franz sie nicht fertig geschrieben? Was war eigentlich los? Am Abend zuvor hatte sie gehört, wie ihr Mann am Telefon zu jemandem gesagt hatte, Prima müsste um jeden Preis aufgehalten werden. Wer war Prima?

Frau Verbrügge näherte sich der Charlottenstraße, an der das Artemisia lag, ein Hotel, das nur Frauen aufnahm. *Ich werde dort auf Franz warten. Er wird mir schon erklären, worum es überhaupt geht.*

Die Ampel schaltete gerade auf Rot um, als Sonja Verbrügge an die nächste Kreuzung kam, und als sie an der Bordsteinkante stehen blieb, stieß jemand im dichten Gedränge gegen sie, sodass sie auf die Straße stolperte. Verdammte Touristen! Eine Limousine, die in zweiter Reihe stand, fuhr plötzlich auf sie zu, streifte sie und brachte sie zu Fall. Sofort scharten sich Menschen um sie.

»*Is she all right?*«

»Ist ihr etwas passiert?«

»*Peut-elle marcher?*«

In diesem Augenblick hielt ein vorbeifahrender Krankenwagen. Zwei Sanitäter sprangen heraus und nahmen sich der gestürzten Frau an. »Wir kümmern uns schon um sie.«

Ehe sie sichs versah, wurde Sonja Verbrügge in den Krankenwagen gehoben. Dann wurde die Tür geschlossen, und im nächsten Moment raste das Fahrzeug davon.

Sie versuchte, sich aufzusetzen, stellte aber fest, dass sie auf einer Trage festgeschnallt war. »Mir geht's gut«, protestierte sie. »Das war doch nichts. Ich …«

Einer der Sanitäter beugte sich über sie. »Ist schon in Ordnung, Frau Verbrügge. Ganz ruhig.«

Sie blickte zu ihm auf, war mit einem Mal beunruhigt. »Woher wissen Sie, wie ich …?«

Sie spürte den scharfen Einstich einer Injektionsnadel an ihrem Arm, und gleich darauf ergab sie sich der Dunkelheit.

Paris

Mark Harris stand allein auf der Aussichtsplattform des Eiffelturms, ohne den peitschenden Regen ringsum zu beachten. Von Zeit zu Zeit zuckten Blitze am Himmel, in deren Schein die wirbelnden Tropfen wie diamantene Wasserfälle auffunkelten.

Am anderen Ufer der Seine befanden sich das vertraute Palais de Chaillot und die Trocadéro-Gärten, doch er nahm sie nicht wahr. Er war in Gedanken versunken und beschäftigte sich ein ums andere Mal mit der überraschenden Nachricht, die demnächst aller Welt bekannt gegeben werden würde.

Mittlerweile peitschte der Wind den Regen zu einem tobenden Mahlstrom. Mark Harris schirmte das Handgelenk mit dem Ärmel ab und warf einen Blick auf seine Armbanduhr. Sie verspäteten sich. *Und warum hatten sie darauf bestanden, sich hier mit ihm zu treffen, um Mitternacht?* Während er sich noch darüber wunderte, hörte er, wie die Fahrstuhltür aufging. Zwei Männer, die sich durch den fauchenden Wind und die durchdringende Nässe kämpften, kamen auf ihn zu.

Mark Harris war erleichtert, als er sie erkannte. »Ihr seid spät dran.«

»Das liegt an dem verdammten Wetter, Mark. Tut mir Leid.«

»Tja, nun seid ihr ja da. Das Meeting in Washington ist doch anberaumt, nicht wahr?«

»Deswegen müssen wir mit dir reden. Wir haben heute Morgen lange darüber diskutiert, wie wir die Sache am besten angehen, und sind zu dem Entschluss gekommen …«

Während sie miteinander sprachen, hatte sich der zweite Mann hinter Mark Harris geschoben und schlug fast im gleichen Augenblick zu. Ein schwerer, stumpfer Gegenstand traf ihn am Schädel, und im nächsten Moment spürte er, wie er hochgehoben und über die Brüstung in den kalten, peitschenden Regen geworfen wurde. Dann stürzte er achtunddreißig Stockwerke tief auf den harten Gehsteig.

Denver

Gary Reynolds war im zerklüfteten Umland von Kelowna in Kanada unweit von Vancouver aufgewachsen und hatte dort auch seinen Pilotenschein gemacht, sodass er es gewohnt war, über das tückische Bergland zu fliegen. Er steuerte eine Cessna Citation II und achtete mit wachsamen Blicken auf die schneebedeckten Gipfel rundum.

Eigentlich war die Maschine für eine zweiköpfige Besatzung bestimmt, aber heute war kein Copilot dabei. *Nicht bei diesem Flug*, dachte Reynolds grimmig.

Er hatte einen falschen Flugplan beim Kennedy Airport eingereicht. Kein Mensch käme auf die Idee, in Denver nach ihm Ausschau zu halten. Er wollte über Nacht bei seiner Schwester bleiben und sich am nächsten Morgen in Richtung Osten begeben, um sich mit den anderen zu treffen. Sämtliche Vorbereitungen zum Ausschalten von Prima waren abgeschlossen, und …

Ein eingehender Funkspruch riss ihn aus seinen Gedanken. »Citation eins-eins-eins Lima Foxtrot, hier ist die Flugleitung des Denver International Airport. Bitte melden.«

Gary Reynolds drückte auf die Sendetaste. »Hier Citation eins-eins-eins Lima Foxtrot. Bitte um Landeerlaubnis.«

»Eins Lima Foxtrot, geben Sie Ihre Position durch.«

»Eins Lima Foxtrot. Ich bin fünfzehn Meilen nordöstlich von Denver Airport. Höhe fünfzehntausend Fuß.«

Er sah den Pike's Peak auf der rechten Seite aufragen. Der Himmel war hellblau, die Sicht klar. *Ein gutes Zeichen.*

Einen Moment lang herrschte Stille. Dann meldete sich wieder der Tower. »Eins Lima Foxtrot, Sie haben Landeerlaubnis auf Landebahn zwo-sechs. Ich wiederhole, zwosechs.«

»Eins Lima Foxtrot, Roger.«

Gary Reynolds spürte, wie das Flugzeug ohne jede Vorwarnung mit einem Mal durchsackte. Verdutzt blickte er aus dem Cockpitfenster. Ein starker Wind war aufgekommen, und innerhalb von Sekunden wurde die Cessna von heftigen Turbulenzen erfasst, die die Maschine herumschleuderten. Er zog das Handrad zurück und versuchte, Höhe zu gewinnen. Es war sinnlos. Er steckte mitten in einem rasenden Wirbelsturm. Die Maschine war völlig außer Kontrolle. Er hämmerte auf die Sendetaste.

»Hier Eins Lima Foxtrot. Ich habe einen Notfall.«

»Eins Lima Foxtrot, was ist mit Ihnen los?«

Gary Reynolds schrie jetzt ins Mikrofon. »Ich wurde von Scherwinden erfasst! Schwere Turbulenzen! Ich stecke mitten in einem verdammten Hurrikan!«

»Eins Lima Foxtrot, Sie sind nur viereinhalb Minuten vom Denver Airport entfernt, und unsere Bildschirme zeigen keinerlei Turbulenzen an.«

»Was eure Bildschirme anzeigen, ist mir egal! Ich sage euch ...« Seine Stimme wurde mit einem Mal schrill. »Mayday! May...«

Erschrocken sahen die Lotsen im Kontrollturm, wie der Leuchtpunkt auf ihren Radarsichtgeräten verschwand.

Manhattan

In der Morgendämmerung scharten sich ein halbes Dutzend Zivilfahnder und Polizisten in Uniform am East River unweit von Pier siebzehn um eine vollständig bekleidete Leiche, die unter der Manhattan Bridge am Ufer des Flusses lag. Die Leiche war offenbar ins Wasser geworfen worden, sodass der Kopf im Gezeitenstrom hin und her pendelte.

Der verantwortliche Kriminalpolizist, Detective Earl Greenburg von der Manhattan South Homicide Squad, hatte den Fundort vorschriftsmäßig absichern lassen. Niemand durfte sich der Leiche nähern, bis die Polizeifotografen ihre Aufnahmen gemacht hatten. Jetzt machte er sich Notizen, während seine Mitarbeiter die Umgebung nach Spuren absuchten. Über die Hände des Opfers waren durchsichtige Plastiktüten gestülpt worden.

Carl Ward, der Gerichtsmediziner, beendete seine Untersuchung, stand auf und wischte den Schmutz von seiner Hose. Er wandte sich an die beiden Kriminalpolizisten. Detective Earl Greenburg war ein erfahrener, routiniert wirkender Mann mit einem eindrucksvollen Erfolgsregister. Detective Robert Praegitzer, grauhaarig und abgebrüht, hatte eine ruhige, lockere Art an sich, als könnte ihn nichts mehr schrecken.

Ward wandte sich an Greenburg. »Ihr könnt ihn übernehmen, Earl.«

»Was haben wir?«

»Die Todesursache ist offensichtlich. Man hat ihm die Kehle durchschnitten, mitten durch die Halsschlagader. Außerdem hat er zwei kaputte Kniescheiben, und allem Anschein nach sind auch ein paar Rippen gebrochen. Den hat jemand ordentlich durch die Mangel gedreht.«

»Wann ist der Tod eingetreten?«

Ward blickte auf das Wasser, das um den Kopf des Opfers schwappte. »Schwer zu sagen. Meiner Schätzung nach wurde er irgendwann nach Mitternacht hier abgeladen. Wenn wir ihn in der Pathologie haben, kriegt ihr einen vollständigen Bericht.«

Greenburg wandte sich der Leiche zu. Graues Sakko, dunkelblaue Hose, hellblauer Schlips, eine teure Uhr am linken Handgelenk. Er kniete sich hin und nahm sich die Taschen des Opfers vor. Mit den Fingerspitzen stieß er auf einen Zettel, fasste ihn vorsichtig am Rand und zog ihn heraus.

»Das ist Italienisch.« Er sah sich um. »Gianelli?«

Einer der Polizisten in Uniform kam angestürmt. »Ja, Sir?«

Greenburg reichte ihm die Nachricht. »Können Sie das lesen?«

Gianelli las laut und langsam vor. »Letzte Chance. Triff dich mit mir am Pier siebzehn, und bring den Rest vom Dope mit, sonst landest du bei den Fischen.« Er gab den Zettel zurück.

Robert Praegitzer blickte verdutzt auf. »Ein Mafiamord? Warum lassen die ihn einfach hier liegen, in aller Öffentlichkeit?«

»Gute Frage.« Greenburg ging die anderen Taschen des Opfers durch. Er zog eine Brieftasche voller Banknoten heraus. »Auf sein Geld hatten sie's jedenfalls nicht abgesehen.« Er nahm eine Karte aus der Brieftasche. »Der Name des Opfers ist Richard Stevens.«

Praegitzer runzelte die Stirn. »Richard Stevens … Stand über den nicht kürzlich irgendwas in der Zeitung?«

»Über seine *Frau*«, sagte Greenburg. »Diane Stevens. Sie

tritt zurzeit vor Gericht auf, im Mordprozess gegen Tony Altieri.«

»Stimmt«, sagte Praegitzer. »Sie sagt gegen den Capo di Capos aus.«

Und beide wandten sich wieder Richard Stevens Leiche zu.

1

In Saal Nummer siebenunddreißig des Supreme Court Criminal Term an der Centre Street 180 in Manhattan wurde der Prozess gegen Anthony (Tony) Altieri mit der Vernehmung weiterer Zeugen fortgesetzt. Zahlreiche Zuschauer und Pressevertreter füllten den großen, ehrwürdigen Saal bis auf den letzten Platz.

Schlaff und reglos wie ein fahler, fetter Frosch saß Anthony Altieri in einem Rollstuhl am Tisch der Verteidigung. Nur seine Augen waren unentwegt in Bewegung, und jedes Mal, wenn er Diane Stevens, die auf dem Zeugenstuhl Platz genommen hatte, einen Blick zuwarf, konnte sie seinen Hass regelrecht spüren.

Neben Altieri saß Jake Rubinstein, Altieris Verteidiger. Rubinstein war aus zweierlei Gründen berühmt – wegen der Aufsehen erregenden Fälle, die er vorzugsweise übernahm, und weil seine Mandanten, zumeist bekannte Mafiosi, fast immer freigesprochen wurden.

Rubinstein war ein kleiner, gepflegter Mann mit scharfem Verstand und einer lebhaften Fantasie, der sich vor Gericht stets etwas Neues einfallen ließ. Theatralische Auftritte waren seine Spezialität, eine Kunst, die er hervorragend beherrschte. Außerdem war er ein ausgezeichneter Menschenkenner, der seine Widersacher im Nu einschätzen konnte, der intuitiv ihre Schwächen erkannte. Manchmal stellte sich Rubinstein vor, er sei ein Löwe, der sich langsam an seine arglose Beute heranpirscht, bereit zuzuschlagen … Oder eine listige Spinne, die ihr Netz webt, in dem sie irgendwann hängen bleiben und sich heillos verheddern … Manchmal war er ein geduldiger Angler, der behutsam die Schnur auswirft und sie im Wasser langsam hin und her bewegt, bis der gutgläubige Zeuge den Köder schluckt.

Aufmerksam musterte der Anwalt die Frau im Zeugenstand. Diane Stevens war Anfang dreißig. Anmutig und elegant. Fein geschnittenes Gesicht. Weiches, fließendes Haar. Grüne Augen. Zauberhafte Figur. Ein Ausstrahlung, die mädchenhaft und natürlich wirkte. Sie trug ein schickes, maßgeschneidertes, schwarzes Kostüm. Rubinstein war es nicht entgangen, dass sie tags zuvor bei den Geschworenen einen hervorragenden Eindruck hinterlassen hatte. Bei ihr musste er vorsichtig sein und sich genau überlegen, wie er sie zu fassen bekam. Er entschied sich für den Anglertrick.

Rubinstein ließ sich Zeit, als er zum Zeugenstand ging, und sprach sie dann mit sanfter Stimme an. »Mrs. Stevens, Sie haben gestern ausgesagt, dass Sie an dem besagten Tag, dem vierzehnten Oktober, mit Ihrem Wagen auf dem Henry Hudson Parkway unterwegs waren, als Sie feststellten, dass einer Ihrer Reifen Luft verlor, und an der Ausfahrt zur Hundertachtundfünfzigsten Straße auf eine Stichstraße zum Fort Washington Park abbogen.«

»Ja.« Ihre Stimme war weich und kultiviert.

»Weshalb haben Sie ausgerechnet an dieser Stelle angehalten?«

»Weil ich einen platten Reifen hatte. Ich wusste, dass ich

von der Schnellstraße heruntermusste, und zwischen den Bäumen konnte ich das Dach einer Hütte sehen. Ich dachte, dort könnte mir vielleicht jemand helfen. Ich hatte keinen Ersatzreifen dabei.«

»Sind Sie Mitglied in einem Automobilclub?«

»Ja.«

»Haben Sie ein Telefon in Ihrem Wagen?«

»Ja.«

»Warum haben Sie dann nicht den Automobilclub angerufen?«

»Ich dachte, das dauert vielleicht zu lange.«

»Natürlich«, sagte Rubinstein verständnisvoll. »Und die Hütte war ja auch unmittelbar vor Ihnen.«

»Ja.«

»Sie sind also hingegangen, um Hilfe zu holen?«

»Ganz recht.«

»War es draußen noch hell?«

»Ja. Es war etwa fünf Uhr nachmittags.«

»Sie konnten also alles deutlich sehen?«

»Jawohl.«

»Und was haben Sie gesehen, Mrs. Stevens?«

»Ich sah Anthony Altieri ...«

»Oh. Sind Sie ihm schon einmal begegnet?«

»Nein.«

»Weshalb waren Sie sich so sicher, dass es sich um Anthony Altieri handelte?«

»Ich habe sein Bild in der Zeitung und ...«

»Sie haben also Bilder von einem Mann gesehen, der dem Angeklagten ähnelte?«

»Na ja, es ...«

»Was haben Sie in der Hütte gesehen?«

Sie atmete tief durch, als erschauderte sie beim Gedanken an die Szene, die sich ihr dargeboten hatte. »In dem Zimmer waren vier Männer«, begann sie stockend. »Einer davon war an einen Stuhl gefesselt. Mr. Altieri fragte ihn offenbar etwas, während die beiden anderen Männer neben ihm standen.« Ihre Stimme bebte. »Dann zog Mr. Altieri eine Schusswaffe, schrie irgendetwas und – und schoss dem Mann in den Hinterkopf.«

Jake Rubinstein warf einen kurzen Seitenblick hinüber zu den Geschworenen. Gebannt verfolgten sie die Aussage.

»Was haben Sie dann getan, Mrs. Stevens?«

»Ich bin zu meinem Wagen zurückgerannt und habe mit meinem Handy die 911 angerufen.«

»Und danach?«

»Ich bin weggefahren.«

»Mit einem platten Reifen?«

»Ja.«

Jetzt musste er sie ein bisschen aus der Reserve locken. »Warum haben Sie nicht auf die Polizei gewartet?«

Diane warf einen Blick zum Verteidigertisch. Altieri betrachtete sie mit unverhohlener Feindseligkeit.

Sie schaute weg. »Ich konnte nicht dort bleiben, weil ich … Ich hatte Angst, dass die Männer aus der Hütte kommen und mich sehen könnten.«

»Das ist durchaus verständlich.« Rubinsteins Tonfall wurde härter. »*Nicht* verständlich aber ist meines Erachtens, dass niemand dort war, als die Polizei auf Ihren Notruf hin zu der Hütte kam, Mrs. Stevens, und dass sie keinerlei Hinweis darauf fand, dass überhaupt jemand dort gewesen war, geschweige denn ermordet wurde.«

»Ich kann's nicht ändern. Ich …«

»Sie sind Künstlerin, nicht wahr?«

Die Frage brachte sie einen Moment lang aus der Fassung. »Ja, ich …«

»Sind Sie erfolgreich?«

»Ich nehme es doch an, aber was hat das …?«

Höchste Zeit, dass er den Haken setzte.

»Ein bisschen zusätzliche Publicity kann nichts schaden, oder? Sie werden im ganzen Land in den Abendnachrichten im Fernsehen gesehen und tauchen auf den Titelseiten der Zeitungen …«

Wütend blickte Diane ihn an. »Ich habe das nicht der Publicity wegen getan. Ich würde niemals einen unschuldigen Mann ins …«

»Das Schlüsselwort ist *unschuldig*, Mrs. Stevens. Und ich werde eindeutig beweisen, dass Mr. Altieri unschuldig ist. Vielen Dank. Ich bin fertig mit Ihnen.«

Diane Stevens überhörte die Doppeldeutigkeit. Sie kochte innerlich, als sie aus dem Zeugenstand trat und zu ihrem Platz zurückkehrte. Im Flüsterton fragte sie den Staatsanwalt: »Kann ich gehen?«

»Ja. Ich schicke jemanden mit.«

»Das ist nicht nötig. Vielen Dank.«

Die Worte des Verteidigers hallten ihr in den Ohren wider, als sie durch die Tür zum Parkhaus ging.

Sie sind Künstlerin, nicht wahr? … Ein bisschen zusätzliche Publicity kann nichts schaden, oder? Eine Unverschämtheit. Dennoch war sie mit ihrer Aussage alles in allem zufrieden. Sie hatte den Geschworenen genau das geschildert, was sie gesehen hatte, und sie hatten keinerlei Grund, an ihren Worten zu zweifeln. Anthony Altieri würde verurteilt werden und den Rest seines Lebens hinter Gittern verbringen. Dennoch musste Diane an den giftigen Blick denken, mit dem er sie bedacht hatte, und unwillkürlich erschauderte sie.

Sie reichte dem Parkwächter ihren Schein, worauf er wegging und ihr Auto holte.

Zwei Minuten später fuhr Diane in Richtung Norden, nach Hause.

An der Straßenecke befand sich ein Stoppschild. Als Diane anhielt, kam ein gut gekleideter junger Mann, der am Straßenrand stand, auf ihren Wagen zu. »Entschuldigen Sie. Ich habe mich verirrt. Könnten Sie …?«

Diane ließ das Fenster herunter.

»Könnten Sie mir sagen, wie ich zum Hollandtunnel komme?« Er sprach mit italienischem Akzent.

»Ja. Das ist ganz einfach. Fahren Sie zur ersten …«

Der Mann hob die Hand, in der er eine Schusswaffe mit Schalldämpfer hielt. »Raus aus dem Auto. Schnell!«

Diane wurde blass. »In Ordnung. Bitte nicht …« Als sie die Tür öffnen wollte, ging der Mann einen Schritt zurück. Diane trat das Gaspedal durch und raste los. Sie hörte, wie die hintere Scheibe zersplitterte, als sie von einer Kugel durchschlagen wurde, dann einen dumpfen Knall, als ein weiterer Schuss das Heck des Wagens traf. Ihr Herz schlug so heftig, dass sie kaum Luft bekam.

Diane Stevens hatte über Autoentführungen gelesen, aber nicht im Entferntesten daran gedacht, dass ihr so etwas passieren könnte. Außerdem hatte der Mann sie töten wollen. Gehörte das zum Vorgehen von Autoentführern? Diane griff zu ihrem Handy und wählte die 911. Es dauerte fast zwei Minuten, bis sich jemand meldete.

»Neun-eins-eins. Was liegt vor?«

Als Diane erklärte, was vorgefallen war, war ihr bereits klar, dass die Sache aussichtslos war. Der Mann war mittlerweile längst verschwunden.

»Ich schicke einen Polizisten hin. Dürfte ich Ihren Namen, die Anschrift und Telefonnummer erfahren?«

Diane nannte sie ihm. *Sinnlos,* dachte sie. Sie warf einen kurzen Blick auf die zertrümmerte Heckscheibe, und wieder lief es ihr eiskalt über den Rücken. Am liebsten hätte sie Richard angerufen und ihm von dem Vorfall berichtet, aber sie wusste, dass er mit einem dringenden Projekt beschäftigt war. Wenn sie ihn anrief und ihm davon erzählte, wäre er außer sich und würde sofort zu ihr kommen – und sie wollte nicht, dass er den Termin versäumte. Sie würde es ihm sagen, wenn er von der Arbeit nach Hause kam.

Und mit einem Mal kam ihr ein schrecklicher Gedanke. *Hatte der Mann ihr aufgelauert, oder war das alles nur ein Zufall?* Sie dachte an das Gespräch, das sie mit Richard geführt hatte, als der Prozess begann. *Meiner Meinung nach solltest du nicht aussagen, Diane. Das könnte gefährlich werden.*

Keine Sorge, Liebling. Altieri wird verurteilt werden. Die sperren ihn für immer ein.

Aber er hat Freunde und …

Richard, wenn ich das nicht mache, kann ich nicht mehr in den Spiegel schauen.

Es muss ein Zufall gewesen sein, sagte sich Diane. *Altieri ist doch nicht so verrückt, mir etwas anzutun, vor allem jetzt, während des Prozesses.*

Diane bog von der Schnellstraße ab und fuhr in Richtung Westen, bis sie zu ihrem Apartmentgebäude an der Östlichen Fünfundsiebzigsten Straße kam. Vor der Einfahrt in die Tiefgarage warf sie einen letzten aufmerksamen Blick durch die Heckscheibe. Alles wirkte so wie immer.

Das Apartment war eine helle Maisonette mit einem geräumigen Wohnzimmer, hohen, vom Boden bis zur Decke reichenden Fenstern und einem mit Marmor verkleideten Kamin im Erdgeschoss. Es war mit geblümten Sofas, Sesseln, einem eingebauten Bücherregal und einem großen Fernsehapparat ausgestattet. An den Wänden hingen farbenfrohe Gemälde – ein Childe Hassam, ein Jules Pascin, ein Thomas Birch, ein George Hitchcock, dazu eine Reihe von Dianes eigenen Bildern.

Im darüber liegenden Geschoss befanden sich das Schlaf- und das Badezimmer, ein Gästezimmer und ein sonniges Atelier, in dem Diane malte. Etliche Gemälde von ihr hingen an den Wänden. Auf einer mitten im Zimmer stehenden Staffelei stand ein halb fertiges Porträt.

Diane stürmte geradewegs in ihr Atelier, nahm das unvollendete Bild von der Staffelei und stellte eine frische Leinwand darauf. Sie fing an, das Gesicht des Mannes zu skizzieren, der sie hatte töten wollen, doch ihre Hände zitterten so sehr, dass sie aufhören musste.

»Das hasse ich an diesem Job am allermeisten«, beklagte sich Detective Earl Greenburg auf der Fahrt zu Diane Stevens' Apartment.

»Ist doch besser, wenn wir sie verständigen, als wenn sie's aus den Abendnachrichten erfährt«, sagte Robert Praegitzer. Er warf Greenburg einen Blick zu. »Willst du es ihr beibringen?«

Earl Greenburg nickte missmutig. Er musste an die Geschichte mit dem Detective denken, der eine gewisse Mrs. Adams, die Frau eines Streifenpolizisten, davon verständigen sollte, dass ihr Mann getötet worden war.

Sie ist sehr zart besaitet, hatte der Chef den Detective vorgewarnt. *Sie müssen ihr die Nachricht schonend beibringen.*

Keine Sorge. Ich schaffe das schon.

Der Detective hatte an der Tür geklingelt, und als Adams' Frau ihm öffnete, hatte er gefragt: *Sind Sie die Witwe von Wachtmeister Adams?*

Diane schreckte hoch, als die Türglocke läutete. Sie ging zur Gegensprechanlage. »Wer ist da?«

»Detective Earl Greenburg. Ich möchte mit Ihnen sprechen, Mrs. Stevens.«

Es geht um den Überfall im Auto, dachte Diane. *Die Polizei ist aber schnell hergekommen.*

Sie betätigte den Summer, und Greenburg trat in den Hausflur und ging zur Wohnungstür.

»Hallo.«

»Mrs. Stevens?«

»Ja. Danke, dass Sie so schnell gekommen sind. Ich wollte gerade eine Skizze von dem Mann zeichnen, aber ich ...« Sie atmete tief durch. »Ein dunkler Typ, er hatte tief liegende, hellbraune Augen und eine kleine Warze an der Wange. Auf seiner Waffe steckte ein Schalldämpfer, und ...«

Greenburg schaute sie verdutzt an. »Entschuldigung, aber ich verstehe nicht, was ...«

»Der Autoentführer. Ich habe die 911 angerufen und ...« Sie sah die Miene des Detectives. »Es geht gar nicht um den Überfall, oder?«

»Nein, Ma'am.« Greenburg schwieg einen Moment. »Darf ich reinkommen?«

»Bitte sehr.«

Greenburg ging in die Wohnung.

Sie blickte ihn mit gerunzelter Stirn an. »Worum geht es? Ist irgendetwas passiert?«

Er brachte kaum ein Wort heraus. »Ja. Tut mir Leid – ich muss Ihnen leider eine schlechte Nachricht überbringen. Es geht um Ihren Mann.«

»Was ist passiert?« Ihre Stimme bebte.

»Er hatte einen Unfall.«

Diane fröstelte mit einem Mal. »Was für einen Unfall?

Greenburg holte tief Luft. »Er wurde letzte Nacht getötet, Mrs. Stevens. Wir haben seine Leiche heute Morgen unter einer Brücke am East River gefunden.«

Diane starrte ihn eine ganze Weile an, dann schüttelte sie langsam den Kopf. »Da muss eine Verwechslung vorliegen, Detective. Mein Mann ist in der Arbeit, in seinem Labor.«

Die Sache war schwerer, als er erwartet hatte. »Mrs. Stevens, ist Ihr Mann letzte Nacht nach Hause gekommen?«

»Nein, aber Richard arbeitet häufig die Nacht über durch. Er ist Wissenschaftler.« Sie wurde zusehends aufgebrachter.

»Mrs. Stevens, wussten Sie, dass Ihr Mann Verbindungen zur Mafia hatte?«

Diane wurde kreidebleich. »Zur Mafia? Sind Sie wahnsinnig?«

»Wir haben ...«

Diane schnappte nach Luft. »Zeigen Sie mir Ihren Ausweis.«

»Natürlich.« Detective Greenburg zückte seinen Dienstausweis und zeigte ihn ihr.

Diane warf einen kurzen Blick darauf, dann versetzte sie Greenburg eine schallende Ohrfeige. »Werden Sie etwa dafür bezahlt, dass Sie in der Gegend herumfahren und anständige Bürger erschrecken? Mein Mann ist nicht tot! Er ist in der Arbeit.« Sie schrie ihn an.

Greenburg schaute ihr in die Augen und sah, dass sie unter Schock stand, es nicht wahrhaben wollte. »Mrs. Stevens, möchten Sie, dass ich jemanden vorbeischicke, der ein Auge auf Sie hat und …?«

»*Sie* brauchen jemanden, der ein Auge auf Sie hat. Und jetzt raus mit Ihnen.«

»Mrs. Stevens …«

»Augenblicklich!«

Greenburg holte eine Visitenkarte heraus und legte sie auf den Tisch. »Hier ist meine Nummer, für den Fall, dass Sie mit mir reden möchten.«

Tja, dachte Greenburg, als er hinausging, *das hab ich ja klasse hingekriegt. Ich hätte genauso gut sagen können: »Sind Sie die Witwe von Mr. Stevens?«*

Als Detective Greenburg weg war, schloss Diane die Wohnungstür ab und atmete tief durch. *Dieser Trottel! Klingelt an der falschen Tür und will mir Angst machen. Ich sollte mich über ihn beschweren.* Sie sah auf ihre Uhr. *Richard wird bald heimkommen. Wird höchste Zeit, dass ich das Abendessen zubereite.* Sie wollte eine Paella machen, sein Leibgericht. Diane ging in die Küche und fing mit den Vorbereitungen an.

Weil Richards Arbeit strenger Geheimhaltung unterlag, störte ihn Diane nie im Labor, und wenn er sich nicht meldete, wusste sie, dass er erst spät nach Hause kommen würde. Um acht Uhr war die Paella fertig. Sie kostete sie und lächelte zufrieden. Sie war ihr genauso gelungen, wie Richard sie mochte. Als er um zehn Uhr immer noch nicht da war, stellte Diane die Paella in den Kühlschrank und klebte eine Nachricht an die Tür: *Liebling, Abendessen ist im Kühlschrank. Weck mich auf, wenn du heimkommst.* Richard war stets hungrig, wenn er nach Hause kam.

Mit einem Mal fühlte sich Diane wie ausgelaugt. Sie zog sich aus, schlüpfte in ihr Nachthemd, putzte sich die Zähne und ging zu Bett. Ein paar Minuten später schlief sie tief und fest.

Um drei Uhr morgens wachte sie schreiend auf.

2

Erst als der Morgen dämmerte, hörte Diane auf zu zittern. Sie hatte das Gefühl, als dringe ihr die Kälte bis ins Mark. Richard war tot. Sie würde ihn niemals wiedersehen, nie wieder seine Stimme hören, sich nie mehr an ihn schmiegen können. *Es ist meine Schuld. Ich hätte diesen Gerichtssaal nie betreten dürfen. Ach, Richard, verzeih mir … bitte verzeih mir … Wie soll ich bloß ohne dich zurechtkommen? Du warst mein Ein und Alles, mein ganzer Lebensinhalt, und jetzt habe ich nichts mehr.*

Sich wollte sich am liebsten einrollen.

Sie wollte verschwinden.

Sie wollte sterben.

Verzweifelt lag sie da und dachte an die Vergangenheit, daran, wie Richard ihr Leben verändert hatte …

Diane West war in Sands Point, New York, aufgewachsen, einer ruhigen Wohngegend für wohlhabende Familien. Ihr Vater war Chirurg, die Mutter Künstlerin, und Diane hatte mit drei Jahren angefangen zu zeichnen. Sie ging auf das St.-Paul's-Internat und danach aufs College. Dort hatte sie im ersten Jahr eine kurze Beziehung mit ihrem charismatischen Mathematiklehrer. Er erklärte ihr, dass er sie heiraten wollte, weil sie die einzige Frau auf der Welt für ihn sei. Als Diane erfuhr, dass er eine Frau und drei Kinder hatte, wurde ihr klar, dass er entweder an Gedächtnisschwund litt oder nicht zählen konnte, und sie wechselte daraufhin ans Wellesley College.

Sie verschrieb sich voll und ganz der Kunst und malte in jeder freien Minute. Als Diane ihren Collegeabschluss machte, verkaufte sie bereits die ersten Bilder und erwarb sich einen Ruf als vielversprechende Künstlerin.

Im darauf folgenden Herbst hatte sie in einer Galerie an der Fifth Avenue ihre erste Ausstellung, die prompt ein voller Erfolg wurde. Paul Deacon, der Galerist, war ein wohlhabender, belesener Afroamerikaner, der Dianes künstlerisches Können erkannte und sie von Anfang an förderte.

Als sie anlässlich der Vernissage inmitten der Menschentrauben im Salon stand, eilte Deacon mit breitem Lächeln zu ihr. »Herzlichen Glückwunsch! Wie haben bereits einen Großteil der Bilder verkauft! In ein paar Monaten machen wir die nächste Ausstellung, sobald du so weit bist.« Diane war begeistert. »Das ist ja wunderbar, Paul.«

»Du hast es verdient.« Er tätschelte ihr die Schulter und wieselte davon.

Diane schrieb gerade ein Autogramm, als ein Mann hinter sie trat und sagte: »Ich mag Ihre Kurven.«

Diane erstarrte. Wütend fuhr sie herum und öffnete den Mund zu einer scharfen Erwiderung, als er fortfuhr.

»Sie haben die Eleganz eines Rossetti oder Manet.« Er betrachtete eines ihrer Bilder an der Wand.

Diane konnte sich im letzten Moment noch beherrschen. »Oh.« Sie betrachtete den Mann genauer. Dem Äußeren nach zu schließen, war er etwa Mitte dreißig. Er war rund eins achtzig groß, sportlich gebaut, hatte blonde Haare und hellblaue Augen. Er trug einen hellbraunen Anzug, ein weißes Hemd und eine braune Krawatte.

»Ich – danke Ihnen.«

»Wann haben Sie mit der Malerei angefangen?«

»Als Kind. Meine Mutter war Malerin.«

Er lächelte. »Meine Mutter war Köchin, aber ich kann trotzdem nicht kochen. Ich weiß, wie Sie heißen. Ich bin Richard Stevens.«

In diesem Augenblick kam Paul Deacon mit drei Paketen zu ihnen. »Hier sind Ihre Bilder, Mr. Stevens. Viel Freude damit.« Er reichte sie Richard Stevens und ging wieder weg.

Diane blickte ihn überrascht an. »Sie haben drei Bilder von mir gekauft?«

»In meiner Wohnung hängen noch zwei.«

»Ich – ich fühle mich geschmeichelt.«

»Ein großes Talent erkenne ich gleich.«

»Vielen Dank.«

Er zögerte. »Tja, Sie sind vermutlich beschäftigt, also mach ich's kurz ...«

»Nein. So schlimm ist es nicht«, hörte sich Diane sagen.

Er lächelte. »Gut.« Wieder zögerte er kurz. »Sie könnten mir einen großen Gefallen tun, Miss West.«

Diane warf einen Blick auf seine Hände. Er trug keinen Ehering. »Ja?«

»Ich habe zufällig zwei Karten für die Premiere von Noël Cowards *Geisterkomödie* morgen Abend, und ich habe noch niemanden, der mich begleitet. Wenn Sie nichts anderes vorhaben …?«

Diane musterte ihn einen Moment lang. Er wirkte nett und umgänglich und war ausgesprochen attraktiv, aber immerhin war er auch ein wildfremder Mensch. *Zu gefährlich. Viel zu gefährlich.* »Ich würde gern mitkommen«, hörte sie sich sagen.

Es wurde ein hinreißender Abend. Richard Stevens war ein überaus amüsanter Begleiter, mit dem sie sich auf Anhieb verstand. Sie stellten fest, dass sie viele gemeinsame Interessen hatten, nicht nur die Leidenschaft für Musik und bildende Kunst. Sie fand ihn faszinierend, war sich aber nicht sicher, ob es ihm genauso ging.

Als sie sich voneinander verabschiedeten, fragte Richard: »Sind Sie morgen Abend noch frei?«

»Ja«, antwortete Diane, ohne einen Moment zu zögern.

Am Abend darauf speisten sie in einem ruhigen Restaurant in SoHo.

»Erzählen Sie etwas von sich, Richard.«

»Da gibt's nicht viel zu erzählen. Ich bin in Chicago geboren. Mein Vater war Architekt. Er war ständig unterwegs und hat in aller Welt Bauwerke entworfen. Meine Mutter und ich haben ihn begleitet. Ich bin auf fünfzehn verschiedene Schulen gegangen, alle im Ausland, und habe einige Fremdsprachen gelernt. Zur Selbstverteidigung.«

»Und was machen Sie? Beruflich?«

»Ich arbeite bei der KIG – der Kingsley International Group. Das ist eine große Denkfabrik.«

»Klingt aufregend.«

»Es ist spannend. Wir forschen nach bahnbrechenden Zukunftstechnologien. Unser Motto, wenn wir denn eines hätten, könnte lauten: ›Was wir heute nicht lösen, fällt uns spätestens morgen ein.‹«

Nach dem Abendessen brachte Richard Diane nach Hause. Vor ihrer Tür ergriff er ihre Hand und sagte: »Ich habe diesen Abend sehr genossen. Vielen Dank.«

Dann ging er.

Diane stand da und blickte ihm hinterher. *Ich finde es schön, dass er ein Gentleman ist, kein gieriger Wolf. Wirklich schön. Ach, verflixt!*

Danach verbrachten sie jeden Abend gemeinsam, und jedes Mal, wenn sie Richard sah, hatte Diane das gleiche wohlige Gefühl.

Eines Freitagabends sagte Richard: »Ich trainiere samstags eine Baseball-Juniorenmannschaft. Hätten Sie Lust, mitzukommen und zuzusehen?«

Diane nickte. »Aber gern, Trainer.«

Am nächsten Morgen sah Diane zu, wie Richard mit seinen Jungs arbeitete. Er ging behutsam mit ihnen um, war geduldig und fürsorglich, schrie aber auch vor Freude, als der zehnjährige Tim Holm einen Flatterball fing. Und die Jungs beteten ihn offensichtlich an.

Ich glaube, ich liebe diesen Mann, dachte Diane. *Ja, ich glaube, ich liebe ihn.*

Ein paar Tage später traf sich Diane mit ein paar Freundinnen zum Mittagessen. Als sie das Restaurant verließen, kamen sie am Stand einer alten Zigeunerin vorbei, einer Wahrsagerin.

»Kommt, wir lassen uns die Zukunft voraussagen«, sagte Diane spontan.

»Ich kann nicht, Diane. Ich muss wieder zur Arbeit.«

»Ich auch.«

»Ich muss Johnny abholen.«

»Warum gehst du nicht hin und berichtest uns anschließend, was sie gesagt hat?«

»Na schön. Ich mache es.«

Fünf Minuten später saß Diane vor dem verhutzelten, hohlwangigen alten Weib, das den Mund voller Goldzähne hatte und ein schmutziges Kopftuch trug.

Das ist doch Unsinn, dachte Diane. *Wieso mache ich das?* Doch sie wusste, warum sie es tat. Sie wollte fragen, wie es mit ihr und Richard weiterging. *Das ist doch bloß aus Spaß,* sagte sie sich.

Diane sah zu, wie die alte Frau die Tarotkarten nahm und mischte, ohne auch nur einmal aufzublicken.

»Ich möchte gern wissen, ob ...«

»Schscht.« Die Frau deckte eine Karte auf. Es war der Narr in seinem kunterbunten Kostüm, mit einem Ranzen auf dem Rücken. Die Frau musterte die Karte einen Moment lang. »Viele Geheimnisse, die Sie müssen erfahren.« Sie deckte eine weitere Karte auf. »Das ist der Mond. Sie haben Wünsche, Sehnsüchte, aber Sie auch unsicher.«

Diane zögerte, dann nickte sie.

»Geht es um Mann?«

»Ja.«

Die Alte deckte die nächste Karte auf. »Das sind die Liebenden.«

Diane lächelte. »Ist das ein gutes Omen?«

»Wir werden sehen. Die nächsten drei Karten uns zeigen.« Sie deckte eine weitere Karte auf. »Der Gehängte.« Sie legte die Stirn in Falten, zögerte einen Moment und deckte die nächste Karte auf. »Der Teufel«, grummelte sie.

»Ist das schlecht?«, fragte Diane.

Die Zigeunerin antwortete nicht.

Diane sah zu, wie die Frau die nächste Karte aufdeckte. Sie schüttelte den Kopf. Ihre Stimme klang dumpf und unheilvoll. »Der Tod.«

Diane stand auf. »Ich glaube nicht an dieses Zeug«, sagte sie unwirsch.

Die Alte blickte auf, und als sie sprach, klang ihre Stimme noch unheimlicher. »Spielt keine Rolle, was Sie glauben. Der Tod begleitet Sie.«

3

Berlin

Oberkommissar Otto Fischer, zwei Kollegen in Uniform und Karl Götze, der Hausmeister des Apartmenthauses, starrten auf die nackte Frauenleiche mit der verschrumpelten Haut, die in der überlaufenden Badewanne lag. Ein schmaler, blau-roter Streifen zog sich um ihren Hals.

Der Oberkommissar hielt den Finger unter den tropfenden Wasserhahn. »Kalt.« Er schnupperte an der leeren Schnapsflasche, die neben der Wanne stand, und wandte sich an den Hausmeister. »Wie heißt sie?«

»Sonja Verbrügge. Ihr Mann ist Hans Verbrügge. Er ist so 'ne Art Wissenschaftler.«

»Hat sie mit ihrem Mann hier gewohnt?«

»Seit sieben Jahren. Sie waren wunderbare Mieter. Haben ihre Miete immer pünktlich gezahlt. Keinerlei Ärger gemacht. Jeder mochte ...« Er stockte, als ihm klar wurde, was er gerade sagen wollte.

»War Frau Verbrügge berufstätig?«

»Ja, sie hat im Internet-Café Cyberlin gearbeitet, wo die Leute Geld bezahlen, um an den Computern ...«

»Wie kam es, dass Sie die Leiche gefunden haben?«

»Weil der Kaltwasserhahn in der Badewanne getropft hat. Ich habe ihn schon ein paar Mal repariert, aber er ließ sich nicht ganz abdrehen.«

»Und?«

»Und deshalb hat sich der Mieter in der Wohnung drunter heute Morgen beschwert, weil bei ihm das Wasser durch die Decke getropft ist. Ich bin raufgegangen, hab an die Tür geklopft, und als sich niemand gemeldet hat, hab ich mit meinem Generalschlüssel aufgeschlossen. Dann bin ich ins Badezimmer gegangen und habe ...« Die Stimme versagte ihm.

Ein weiterer Kriminalbeamter kam ins Badezimmer. »Keine Schnapsflaschen in den Schränken, bloß Wein.«

Der Oberkommissar nickte. »Gut.« Er deutete auf die

Schnapsflasche neben der Badewanne. »Lassen Sie sie auf Fingerabdrücke überprüfen.«

»Wird gemacht.«

Der Oberkommissar wandte sich an Karl Götze. »Wissen Sie, wo Herr Verbrügge ist?«

»Nein. Den seh ich immer nur morgens, wenn er zur Arbeit geht, aber …« Er breitete die Arme aus.

»Haben Sie ihn heute Morgen gesehen?«

»Nein.«

»Wissen Sie, ob Herr Verbrügge verreisen wollte?«

»Nein. Keine Ahnung.«

Der Oberkommissar wandte sich an seinen Kollegen. »Reden Sie mit den anderen Mietern. Stellen Sie fest, ob Frau Verbrügge möglicherweise unter Depressionen litt, ob sie und ihr Mann sich gestritten haben und ob sie Trinkerin war. Sehen Sie zu, dass Sie so viel wie möglich in Erfahrung bringen.« Er schaute Karl Götze an. »Wir werden den Mann überprüfen. Falls Ihnen irgendetwas einfällt, das uns weiterhelfen könnte …«

»Ich weiß nicht, ob ihnen das weiterhilft«, sagte Karl Götze zögerlich, »aber einer der Mieter hat mir gestern Abend erzählt, dass ein Krankenwagen vor dem Haus gehalten hat, und er hat sich noch erkundigt, ob jemand krank ist. Als ich rausgekommen bin, um nachzusehen, was los ist, war der Krankenwagen schon wieder weg. Hilft Ihnen das?«

»Wir werden uns darum kümmern«, sagte der Oberkommissar.

»Was … was ist mit ihr … mit der Leiche?«, fragte Götze nervös.

»Der Polizeiarzt ist schon unterwegs. Lassen Sie das Wasser ablaufen, und breiten Sie ein Handtuch über sie.«

4

Ich habe leider schlechte Nachrichten … letzte Nacht getötet … Wir haben seine Leiche unter einer Brücke gefunden …

Für Diane Stevens war die Zeit stehen geblieben. Ziellos wanderte sie in der Wohnung umher, die voller Erinnerungen war. *Hier ist es nicht mehr schön … nicht mehr wohnlich. Ohne Richard ist es nur ein Haufen kalter Steine. Nie wieder wird hier Leben einkehren.*

Diana sank auf die Couch und schloss die Augen. *Richard, mein Liebling, an dem Tag, an dem wir geheiratet haben, hast du mich gefragt, was für ein Geschenk ich mir wünsche. Ich habe gesagt, ich möchte nichts haben. Aber jetzt wünsche ich mir etwas. Komm zurück. Es spielt keine Rolle, wenn ich dich nicht sehen kann. Nimm mich einfach in die Arme. Ich weiß, dass du hier bist. Ich muss dich noch einmal spüren. Ich möchte, dass du mir noch einmal die Brust streichelst … Ich möchte mir deine Stimme noch mal vorstellen, hören, wie du mir sagst, ich mache die beste Paella auf der Welt … Ich möchte, dass du mich noch einmal bittest, die Zudecke nicht wegzuziehen … Ich möchte noch einmal hören, wie du sagst, dass du mich liebst.* Sie versuchte die Tränen zu unterdrücken, die ihr plötzlich in die Augen stiegen, doch sie schaffte es nicht.

Nachdem Diane erfasst hatte, dass Richard tot war, schloss sie sich tagelang in ihrer abgedunkelten Wohnung ein und ging weder ans Telefon noch an die Tür. Wie ein waidwundes

Tier, das sich in seinem Bau verkriecht. Sie wollte allein sein mit ihrem Schmerz. *Richard, ich wollte dir so oft sagen »Ich liebe dich«, damit du sagst »Ich liebe dich auch«. Doch ich wollte nicht, dass du das Gefühl hast, ich würde dich vereinnahmen. Aber jetzt brauche ich dich so sehr.*

Als aber das Telefon ununterbrochen klingelte und ständig jemand an der Tür schellte, öffnete Diane schließlich doch.

Carolyne Ter, eine ihrer besten Freundinnen, stand draußen. Sie schaute Diane an und sagte: »Du siehst ja furchtbar aus.« Dann wurde ihre Stimme sanfter. »Alle versuchen, dich zu erreichen, meine Liebe. Wir sind außer uns vor Sorge.«

»Tut mir Leid, Carolyn, aber ich kann einfach nicht …«

Carolyn nahm Diane in die Arme »Ich weiß. Aber du hast viele Freunde, die dir beistehen wollen.«

Diane schüttelte den Kopf. »Nein, das ist un…«

»Diane, Richard ist tot, aber du lebst noch. Schotte dich nicht vor den Menschen ab, die dich lieben. Ich mache ein paar Anrufe.«

Viele Freunde und Freundinnen von Diane und Richard riefen an und kamen zu dem Apartment, und Diane musste sich ein ums andere Mal die endlose Litanei der Trost- und Trauerfloskeln anhören.

»Sieh es doch einfach so, Diane. Richard hat jetzt seinen Frieden …«

»Gott hat ihn zu sich geholt, meine Liebe …«

»Ich weiß, dass Richard im Himmel ist und zu dir herunterblickt …«

»Er ist jetzt an einem besseren Ort …«

»Er weilt bei den Engeln …«

Diane hätte am liebsten laut aufgeschrien.

Der Besucherstrom schien nicht abreißen zu wollen. Paul Deacon, der Inhaber der Galerie, die Dianes Bilder ausstellte, kam zum Apartment. Er schloss Diane in die Arme und sagte: »Ich habe versucht, dich zu erreichen, aber …«

»Ich weiß.«

»Es tut mir so Leid um Richard. Er war ein Mann, wie man ihn nicht oft findet. Aber Diane, du darfst dich nicht so verkriechen. Die Leute wollen mehr von deinen wunderbaren Arbeiten sehen.«

»Ich kann nicht. Das ist für mich nicht mehr wichtig, Paul. Nichts ist mehr wichtig. Ich bin fertig damit.«

Nichts konnte sie umstimmen.

Als es tags darauf wieder klingelte, ging Diane nur widerwillig an die Tür. Sie warf einen Blick durch den Spion und sah eine kleine Menschentraube draußen stehen. Verblüfft öffnete sie die Tür. Ein Dutzend kleiner Jungen drängte sich im Flur.

Einer von ihnen hatte ein Bukett Blumen in der Hand. »Guten Morgen, Mrs. Stevens..« Er reichte Diane das Bukett.

»Vielen Dank.« Mit einem Mal fiel ihr ein, wer sie waren. Sie spielten in der Juniorenmannschaft, die Richard trainiert hatte.

Diane hatte zahllose Blumen, Beileidskarten und E-Mails erhalten, doch dieses Geschenk rührte sie besonders.

»Kommt rein«, sagte sie.

Die Jungs marschierten in das Zimmer. »Wir wollten Ihnen nur sagen, wie sehr uns das mitnimmt.«

»Ihr Mann war ein toller Typ.«

»Er war echt cool.«

»Und er war ein großartiger Trainer.«

Nur mit Mühe konnte Diane die Tränen zurückhalten. »Ich danke euch. Er fand euch auch ganz große Klasse. Er war sehr stolz auf euch.« Sie holte tief Luft. »Möchtet ihr vielleicht etwas trinken oder …«

Tim Holm, der Zehnjährige, der in der Trainingsstunde, bei der sie zugesehen hatte, den Flatterball gefangen hatte, ergriff das Wort. »Nein danke, Mrs. Stevens. Wir wollten Ihnen nur sagen, dass er uns ebenfalls fehlt. Wir haben für die Blumen alle zusammengelegt. Sie haben zwölf Dollar gekostet. Na ja, jedenfalls wollten wir, dass Sie wissen, wie Leid uns das tut.«

Diane schaute sie an und sagte leise: »Danke, Jungs. Ich weiß, wie sehr sich Richard gefreut hätte, dass ihr hergekommen seid.«

Sie murmelten ihren Abschiedsgruß und gingen.

Als Diane ihnen hinterherblickte, erinnerte sie sich daran, wie sie Richard zum ersten Mal beim Training mit den Jungs zugesehen hatte. Er hatte mit ihnen geredet wie ein Gleichaltriger, hatte sich so ausgedrückt, dass sie ihn verstanden, und sie hatten ihn dafür geliebt. *Das war der Tag, an dem ich mich in ihn verliebt habe.*

Diane hörte draußen den Donner grollen, dann schlugen die ersten schweren Tropfen ans Fenster wie die Tränen Gottes. *Regen.* Es war an einem langen Feiertagswochenende gewesen …

»Gehen Sie gern picknicken?«, fragte Richard.

»Für mein Leben gern.«

Er lächelte. »Ich hab's gewusst. Ich möchte Sie zu einem Picknick ausführen. Ich hole Sie morgen Mittag ab.«

Es war ein wunderschöner, sonniger Tag. Richard hatte ein Picknick im Central Park vorbereitet. Er hatte silbernes

Besteck, Tischtuch und Stoffservietten dabei, und als Diane sah, was im Picknickkorb war, lachte sie. Roastbeef … Schinken … zwei große Pasteten … eine ganze Reihe Getränke und verschiedene Desserts.

»Das reicht ja für eine ganze Armee! Kommt noch jemand?« Und ohne dass sie es wollte, kam ihr ein Gedanke. *Ein Pfarrer?* Sie errötete.

Richard betrachtete sie. »Ist alles in Ordnung?«

In Ordnung? Ich war noch nie so glücklich. »Ja, Richard.«

Er nickte. »Gut. Dann wollen wir nicht weiter auf die Armee warten. Fangen wir an.«

Es gab viel zu reden, während sie aßen, und mit jedem Wort kamen sie einander näher. Beide waren sich aber auch der starken sexuellen Spannung bewusst, die zwischen ihnen entstand. Und dann fing es mitten an diesem herrlichen Nachmittag plötzlich an zu regnen. Binnen weniger Minuten waren sie klatschnass.

»Das tut mir Leid«, sagte Richard kleinlaut. »Ich hätte es wissen müssen – in der Zeitung stand, es würde nicht regnen. Das verdirbt uns das ganze Picknick, und …«

Diane trat zu ihm und sagte leise: »Wirklich?«

Im nächsten Moment lag sie in seinen Armen und küsste ihn, und sie spürte die Hitze, die in ihr aufstieg. »Wir müssen aus unseren nassen Sachen raus«, sagte sie schließlich, als sie sich von ihm löste.

Er lachte. »Du hast Recht. Wir wollen uns doch keine …«

»Zu dir oder zu mir?«, fragte Diane.

Und Richard war mit einem Mal still. »Diane, bist du dir sicher? Ich frage, weil … das nicht nur ein kurzes Abenteuer ist.«

»Ich weiß«, erwiderte Diane leise.

Eine halbe Stunde später waren sie in Dianes Apartment und zogen sich aus, umarmten sich und erkundeten einander, bis sie es schließlich nicht mehr aushielten und ins Bett gingen.

Es war zauberhaft. Richard war sanft und zärtlich, leidenschaftlich und fordernd. Er küsste sie am ganzen Körper, fand ihre empfindsamste Stelle und bewegte langsam die Zunge, und sie hatte das Gefühl, als leckten warme Wellen sacht an einem samtenen Strand. Und dann war er in ihr, füllte sie aus.

Sie blieben den Nachmittag und die ganze Nacht zusammen, redeten miteinander und liebten sich. Sie schlossen einander mehr und mehr ins Herz. Es war unbeschreiblich schön.

Am nächsten Morgen, als Diane das Frühstück zubereitete, fragte Richard: »Willst du mich heiraten, Diane?«

Und sie wandte sich zu ihm um und sagte leise: »O ja.«

Die Hochzeit fand einen Monat später statt. Es war eine großartige, eine wunderbare Feier, zu der sämtliche Freunde und Angehörigen eingeladen waren, die den frisch Vermählten gratulierten. Diane betrachtete Richards strahlendes Gesicht, dachte an die lächerliche Weissagung der Zigeunerin und lächelte.

Eigentlich hatten sie in der Woche nach der Trauung zur Hochzeitsreise nach Frankreich aufbrechen wollen, aber Richard rief sie von seinem Arbeitsplatz aus an. »Tut mir Leid, Liebes. Aber wir haben gerade einen neuen Auftrag bekommen, und ich kann nicht weg. Ist es dir recht, wenn wir die Reise in ein paar Monaten nachholen?«

»Natürlich ist mir das recht, Liebling.«

»Hast du Lust, mit mir zu Mittag zu essen?«

»Aber gern.«

»Du magst doch die französische Küche. Ich kenne ein

großartiges französisches Restaurant. Ich hole dich in einer halben Stunde ab.«

Dreißig Minuten später stand Richard vor dem Haus und wartete auf Diane. »Hi, mein Schatz. Ich muss rasch zum Flughafen und mich von einem unserer Kunden verabschieden. Er fliegt nach Europa. Wir sagen ihm kurz Tschüss, und danach gehen wir essen.«

Sie umarmte ihn. »Prima.«

»Er hat eine Privatmaschine«, sagte Richard, als sie am Kennedy Airport eintrafen. »Wir treffen uns mit ihm auf dem Vorfeld.«

Ein Wachmann winkte sie zu einem abgesperrten Bereich durch, auf dem eine Challenger stand. Richard blickte sich um. »Er ist noch nicht da. Komm, wir warten in der Maschine.«

»Meinetwegen.«

Sie stiegen die Gangway hinauf und begaben sich in das luxuriöse Flugzeug, dessen Triebwerke bereits liefen.

Die Flugbegleiterin kam aus dem Cockpit. »Guten Morgen.«

»Guten Morgen«, sagte Richard.

Diane lächelte. »Guten Morgen.«

Sie sah, wie die Flugbegleiterin die Kabinentür schloss.

Diane wandte sich an Richard. »Wie lange, glaubst du, dauert es noch, bis dein Kunde kommt?«

»Er müsste jeden Moment eintreffen.«

Das Röhren der Triebwerke wurde lauter. Die Maschine setzte sich in Bewegung.

Diane blickte aus dem Fenster und wurde blass. »Richard, wir rollen.«

Richard schaute Diane überrascht an. »Bist du dir sicher?«

»Schau doch aus dem Fenster.« Sie verlor zusehends die Fassung. »Sag … sag dem Piloten …«

»Was soll ich ihm denn sagen?«

»Dass er anhalten soll.«

»Das kann ich nicht. Er ist bereits auf der Startbahn.«

Einen Moment lang herrschte Schweigen, dann blickte Diane ihn mit weit aufgerissenen Augen an. »Wohin fliegen wir?«

»Ach, habe ich dir das nicht gesagt? Wir fliegen nach Paris. Du hast doch gesagt, du magst die französische Küche.«

Sie keuchte auf. Dann verzog sie das Gesicht. »Richard, ich kann jetzt nicht nach Paris fliegen! Ich habe nichts zum Anziehen dabei, nicht mal mein Make-up. Ich habe keine …«

»Soweit ich weiß, gibt es in Paris allerhand Geschäfte, in denen man einkaufen kann.«

Sie blickte ihn einen Moment lang sprachlos an, dann schlang sie die Arme um ihn. »Ach, du verrückter Kerl. Ich liebe dich.«

Er grinste. »Du hast dir doch eine Hochzeitsreise gewünscht. Das ist sie.«

5

In Orly stand eine Limousine bereit, die sie zum Hotel Plaza Athénée brachte.

»Ihre Suite ist für Sie vorbereitet, Mr. und Mrs. Stevens«, sagte der Direktor, als sie im Hotel eintrafen.

»Vielen Dank.«

Sie waren in Suite Nummer 310 untergebracht. Der Hoteldirektor schloss die Tür auf und ließ Diane und Richard eintreten. Diane blieb erschrocken stehen. An den Wänden hing ein halbes Dutzend Bilder von ihr. Sie wandte sich an Richard. »Ich… Wie ist das …?«

»Keine Ahnung«, erwiderte Richard treuherzig. »Ich nehme an, die Leute hier haben ebenfalls Geschmack.«

Diane gab ihm einen langen, leidenschaftlichen Kuss.

Paris war das reinste Wunderland. Zuerst gingen sie zu Givenchy und kleideten sich von Kopf bis Fuß neu ein, dann schauten sie bei Louis Vuitton vorbei und kauften sich die nötigen Koffer und Taschen.

Sie spazierten die Champs-Elysées entlang zur Place de la Concorde, bestaunten den berühmten Triumphbogen, sahen sich das Palais Bourbon und die Madeleine an. Sie liefen über die Place Vendôme und verbrachten einen ganzen Tag im Louvre. Sie schlenderten durch den Skulpturengarten des Musée Rodin und speisten abends bei Kerzenschein in der Auberge de Trois Bonheurs, im Au Petit Chez Sois und im Chez Eux.

Das Einzige, was Diane merkwürdig vorkam, waren die Telefonanrufe, die Richard zu den unmöglichsten Zeiten erhielt.

»Wer war das?«, fragte Diane einmal um drei Uhr morgens, als Richard wieder ein Telefongespräch beendet hatte.

»Nur eine Routineangelegenheit.«

Mitten in der Nacht?

»Diane! Diane!«

Sie schreckte aus ihrem Tagtraum auf. Carolyn Ter beugte sich über sie. »Ist alles in Ordnung?«

»Ich … Mir fehlt nichts.«

Carolyn schloss Diane in die Arme. »Du musst dir Zeit lassen. Es ist ja erst ein paar Tage her.« Sie zögerte kurz. »Übrigens, hast du schon die Vorbereitungen für die Beerdigung getroffen?«

Beerdigung. Das trostloseste Wort, das es gab.

»Ich … habe das noch nicht … über mich gebracht …«

»Ich helfe dir dabei. Ich suche einen Sarg aus und …«

»Nein!«, versetzte sie schärfer als beabsichtigt.

Carolyn blickte sie verdutzt an.

Dianes Stimme bebte, als sie wieder das Wort ergriff. »Verstehst du das denn nicht? Das ist … das ist das Letzte, was ich für Richard tun kann. Ich möchte ihm eine Beerdigung ausrichten, die etwas Besonderes ist. Ich möchte, dass alle seine Freunde da sind und sich von ihm verabschieden.« Tränen rannen ihr über die Wangen.

»Diane …«

»*Ich* muss Richards Sarg aussuchen, dafür sorgen, dass er … bequem ruht.«

Dazu konnte Carolyn nichts mehr sagen.

Detective Earl Greenburg hielt sich an diesem Nachmittag in seinem Büro auf, als der Anruf einging.

»Diane Stevens möchte Sie sprechen.«

O nein. Greenburg dachte an die Ohrfeige, die sie ihm bei ihrer letzten Begegnung versetzt hatte. *Was kommt jetzt? Vermutlich hat sie wieder irgendwas zu meckern.* Er nahm das Gespräch entgegen. »Detective Greenburg.«

»Diane Stevens hier. Ich rufe aus zweierlei Gründen an. Zunächst einmal möchte ich mich entschuldigen. Ich habe mich völlig danebenbenommen, und es tut mir aufrichtig Leid.«

Damit hatte er nicht gerechnet. »Sie brauchen sich nicht zu entschuldigen, Mrs. Stevens. Ich war mir darüber im Klaren, wie Ihnen zumute war.«

Er wartete. Eine Zeit lang herrschte Schweigen.

»Sie sagten, dass Sie aus zweierlei Gründen anrufen.«

»Ja. Mein Mann …« Ihre Stimme brach. »Die Leiche meines Mannes wird von der Polizei noch irgendwo zurückgehalten. Wie bekomme ich Richard wieder? Ich bin gerade dabei, die Vorbereitungen für seine … seine Beerdigung beim Bestattungsinstitut Dalton zu treffen.«

Sie klang so verzweifelt, dass er es geradezu körperlich spüren konnte. »Mrs. Stevens, ich fürchte, dafür ist allerhand Behördenkram zu erledigen. Zunächst einmal muss die Gerichtsmedizin einen Autopsiebericht anfertigen, danach müssen die diversen …« Er dachte einen Moment lang nach, dann traf er eine Entscheidung. »Hören Sie, Sie haben genug um die Ohren. Ich regle das für Sie. In zwei Tagen dürfte alles erledigt sein.«

»Oh. Ich … ich danke Ihnen …« Dann versagte ihr die Stimme, und sie legte auf.

Earl Greenburg saß eine ganze Zeit lang da und dachte über Diane Stevens nach, über die Qualen, die sie durchstehen musste. Dann machte er sich an den Behördenkram.

Das Bestattungsinstitut Dalton befand sich an der Ostseite der Madison Avenue. Es war ein eindrucksvolles, einstöckiges Gebäude, dessen Fassade im Stil eines alten Herrenhauses in den Südstaaten gestaltet war. Auch die Innenräume waren dezent und geschmackvoll ausgestattet, mit weichem Licht, hellen Vorhängen und Wandbehängen, die jedes Geräusch dämpften.

»Ich habe einen Termin bei Mr. Jones«, sagte Diane zum Mann am Empfangstisch. »Diane Stevens.«

Der Mann am Empfang gab telefonisch Bescheid, und kurz darauf kam der Geschäftsführer, ein grauhaariger, sympathisch wirkender Mann, nach vorn und begrüßte Diane.

»Ich bin Ron Jones. Wir haben miteinander telefoniert. Ich weiß, wie schwer das derzeit alles für Sie ist, Mrs. Stevens. Deshalb sind wir dazu da, um Ihnen eine Last von der Schulter zu nehmen. Sagen Sie mir einfach, was Sie möchten, dann werden wir uns darum kümmern, dass alles nach Ihren Wünschen ausgeführt wird.«

»Ich ... ich weiß nicht mal, worum ich Sie bitten soll«, sagte Diane unsicher.

Jones nickte. »Ich werde Ihnen unsere Dienstleistungen erklären. Wir stellen einen Sarg zu Verfügung, wir richten die Trauerfeier für Ihre Freunde und Verwandten aus, wir kümmern uns um eine Grabstätte, und wir übernehmen die Bestattung.« Er zögerte einen Moment. »Den Zeitungsberichten nach zu schließen, die über den Tod Ihres Mannes erschienen sind, Mrs. Stevens, nehme ich an, dass der Sarg bei der Trauerfeier verschlossen sein soll, daher ...«

»Nein!«

Jones blickte überrascht auf. »Aber ...«

»Ich möchte, dass er offen ist. Ich möchte, dass Richard ... alle seine Freunde sehen kann, bevor ...« Ihre Stimme erstarb.

Jones musterte sie voller Mitgefühl. »Ich verstehe. Dann darf ich Ihnen vielleicht einen Vorschlag machen. Wir haben einen Kosmetiker, der ausgezeichnete Arbeit leistet.« »Wenn«, fügte er taktvoll hinzu, »es vonnöten ist. Wäre Ihnen das recht?«

Richard wäre das ganz und gar nicht recht, aber … »Ja.«

»Dann wäre da nur noch eines. Wir bräuchten die Kleidung, mit der Sie Ihren Mann bestatten möchten.«

Sie blickte ihn erschrocken an. »Die …« Diane meinte förmlich zu spüren, wie sich die kalten Hände eines Fremden an Richards nacktem Leib zu schaffen machten, und sie erschauderte.

»Mrs. Stevens?«

Diane schluckte. »Ich habe nicht daran gedacht …« Ihr Hals war wie zugeschnürt. »Tut mir Leid.« Sie konnte nicht weitermachen.

Jones blickte ihr nach, als sie hinaustaumelte und ein Taxi anhielt.

Zurück in ihrer Wohnung, ging Diane an Richards begehbaren Kleiderschrank. An zwei Stangen hingen seine sämtlichen Anzüge, Sakkos und Hosen. Und jedes einzelne Stück war mit Erinnerungen verbunden. Hier war der hellbraune Anzug, den Richard an dem Abend in der Galerie getragen hatte, als sie sich kennen lernten. *Ich mag Ihre Kurven. Sie haben die Eleganz eines Rossetti oder Manet.* Konnte sie diesen Anzug weggeben? Nein.

Sie strich mit den Fingerspitzen über das nächste Kleidungsstück. Es war das hellgraue Sportsakko, das Richard beim Picknick getragen hatte, als sie vom Regen überrascht worden waren.

Zu dir oder zu mir?

Das ist nicht nur ein kurzes Abenteuer.

Ich weiß.

Das musste sie behalten.

Danach kam der Nadelstreifenanzug. *Du magst doch die französische Küche. Ich kenne ein großartiges französisches Restaurant.*

Der marineblaue Blazer, die Wildlederjacke ... Diane schlang die Ärmel einer blauen Anzugjacke um sich und schmiegte sich an sie. *Ich will nicht ein Stück davon weggeben.* Jedes einzelne war eine kostbare Erinnerung. »Ich kann es nicht.« Schluchzend ergriff sie aufs Geratewohl einen Anzug und stürmte hinaus.

Am darauf folgenden Nachmittag fand Diane eine Nachricht auf ihrem Anrufbeantworter. »Mrs. Stevens, Detective Greenburg hier. Ich wollte Ihnen Bescheid sagen, dass von unserer Seite aus alles geklärt ist. Ich habe schon mit dem Bestattungsinstitut Dalton gesprochen. Sie können jetzt alles Erforderliche in die Wege leiten ...« Einen Moment lang herrschte Stille. »Ich wünsche Ihnen alles Gute ... Auf Wiederhören.«

Diane rief Ron Jones im Bestattungsinstitut an. »Soweit ich weiß, ist der Leichnam meines Mannes mittlerweile bei Ihnen eingetroffen.«

»Ja, Mrs. Stevens. Der Kosmetiker ist bereits am Werk, und wir haben auch die Kleidungsstücke erhalten, die Sie uns geschickt haben. Vielen Dank.«

»Ich dachte ... Wäre es Ihnen recht, wenn die Bestattung am kommenden Freitag stattfindet?«

»Freitag ist bestens. Bis dahin haben wir alle erforderlichen Vorbereitungen getroffen. Ich schlage morgens um elf Uhr vor.«

In drei Tagen werden Richard und ich für immer voneinander getrennt werden. Oder so lange, bis ich vielleicht wieder mit ihm vereint bin.

Am Donnerstagmorgen, als Diane mit den letzten Vorbereitungen für die Trauerfeier beschäftigt war und gerade die Liste der Gäste und Sargträger durchging, klingelte das Telefon.

»Mrs. Stevens?«

»Ja.«

»Ron Jones hier. Ich wollte Ihnen nur Bescheid geben, dass ich Ihre Papiere erhalten habe und dass wir Ihrem Wunsch gemäß umdisponiert haben.«

»Papiere ...?«, erwiderte Diane überrascht.

»Ja. Der Kurier hat sie gestern vorbeigebracht, mit Ihrem Brief.«

»Ich habe keinen ...«

»Offen gestanden, war ich ein bisschen überrascht. Aber es war selbstverständlich Ihre Entscheidung. Wir haben Ihren Mann vor einer Stunde eingeäschert.«

6

Paris

Kelly Harris war wie ein strahlender Komet in der Welt der Mode aufgestiegen. Sie war Ende zwanzig, eine Afroamerikanerin mit einer Hautfarbe wie geschmolzener Honig und einem Gesicht, von dem jeder Fotograf träumte. Sie hatte sanfte braune Augen, die eine hohe Intelligenz verrieten, sinnlich volle Lippen und eine Figur voller erotischer Verheißungen. Ihre dunklen Haare waren kurz geschnitten und bewusst unordentlich frisiert, sodass ihr ein paar vereinzelte Strähnen in die Stirn hingen. In diesem Frühjahr war sie von den Leserinnen und Lesern der Illustrierten *Elle* und *Mademoiselle* zum schönsten Model der Welt gekürt worden.

Während sie sich anzog, blickte sich Kelly in dem Penthouse um, und wie immer hatte sie das Gefühl, als ob mit ihr ein Wunder geschehen wäre. Das Apartment war atemberaubend. Es lag an der exklusiven Rue St.-Louis-en-L'île im 4. Arrondissement von Paris. Eine Doppeltür führte in eine elegante Vorhalle mit hoher Decke und einer Wandtäfelung in sanften Gelbtönen. Das Wohnzimmer war teils mit modernem französischen Mobiliar, teils im Stil der Régence eingerichtet. Von der Terrasse aus hatte man freien Blick über die Seine zur Kathedrale Notre Dame.

Kelly freute sich schon auf das kommende Wochenende, an dem ihr Mann mit ihr einen seiner Überraschungsausflüge unternehmen wollte.

Ich möchte, dass du dich schick machst. Du wirst bestimmt begeistert sein, wenn wir dort sind.

Kelly lächelte vor sich hin. Mark war der wunderbarste Mann auf der Welt. Dann warf sie einen Blick auf ihre Armbanduhr. *Ich sollte mich beeilen,* dachte sie. *Die Modenschau fängt in einer halben Stunde an.* Kurz darauf verließ sie das Apartment und ging den Flur entlang zum Aufzug. Noch ehe sie ihn erreicht hatte, öffnete sich die Tür der Nachbarwohnung, und Madame Josette Lapointe trat auf den Korridor heraus. Sie war eine kleine, rundliche Frau, die stets ein freundliches Wort für Kelly übrig hatte.

»Guten Tag, Madame Harris.«

Kelly lächelte. »Guten Tag, Madame Lapointe.«

»Sie sehen wie immer hinreißend aus.«

»Vielen Dank.« Kelly drückte auf den Fahrstuhlknopf.

Ein paar Schritte entfernt hantierte ein stämmiger Mann in Arbeitskleidung an einem Schaltkasten an der Wand. Er warf einen kurzen Blick auf die beiden Frauen und wandte sich rasch wieder ab.

»Wie ergeht es Ihnen denn so als Mannequin?«

»Sehr gut, danke.«

»Ich muss mir demnächst mal eine Ihrer Modenschauen ansehen.«

»Ich würde mich freuen. Das lässt sich jederzeit arrangieren.«

Der Aufzug kam und Kelly und Madame Lapointe stiegen in die Kabine. Der Mann in der Arbeitskluft holte ein kleines Walkie-Talkie aus der Tasche, sprach ein paar kurze Worte hinein und entfernte sich raschen Schrittes.

Kurz bevor sich die Fahrstuhltür schloss, hörte Kelly das Telefon in ihrem Apartment klingeln. Sie zögerte einen Moment. Sie war in Eile, aber vielleicht kam der Anruf von Mark.

»Fahren Sie ruhig schon«, sagte sie zu Madame Lapointe.

Kelly trat aus dem Aufzug, kramte nach ihrem Schlüssel, fand ihn und lief in ihre Wohnung. Sie rannte zum klingelnden Telefon und nahm den Hörer ab. »Mark?«

»*Nanette?*«, fragte eine fremde Stimme.

Kelly war enttäuscht. »*Nous ne connaissons pas la personne qui répond à ce nom.*«

»Pardonnez-moi. C'est une erreur de téléphone.«

Verwählt. Kelly legte den Hörer auf. Im gleichen Augenblick hörte sie einen gewaltigen Schlag, der das ganze Gebäude erschütterte, kurz darauf Stimmengewirr und laute Schreie. Erschrocken stürmte sie auf den Flur, um nachzusehen, was geschehen war. Die Geräusche kamen von unten. Kelly rannte die Treppe hinab, und als sie ins Foyer kam, vernahm sie aufgeregte Stimmen aus dem Keller.

Beklommen stieg sie die Stufen hinab und blieb dann erschrocken stehen, als sie den zerschmetterten Körper von Madame Lapointe sah. Kelly meinte jeden Moment in Ohnmacht zu fallen. *Die arme Frau. Vor einer Minute war sie noch am Leben, und jetzt ... Und ich hätte ebenfalls da drin sein können. Wenn der Anruf nicht gewesen wäre ...*

Eine Menschentraube scharte sich um den Aufzug, und in der Ferne ertönten Sirenen. *Ich müsste eigentlich hier bleiben,* dachte Kelly schuldbewusst, *aber ich kann nicht. Ich muss weg.* Sie warf einen Blick auf die Leiche und flüsterte: »Es tut mir so Leid, Madame Lapointe.«

Als Kelly beim Modehaus eintraf und den Eingang für die Mitwirkenden nahm, wartete Pierre, der nervöse Koordinator, bereits auf sie.

Er kam auf sie zugestürmt. »Kelly! Kelly! Du kommst zu spät! Die Modenschau hat bereits begonnen und ...«

»Tut mir Leid, Pierre. Es ... es gab einen schweren Unfall.«

Bestürzt schaute er sie an. »Bist du verletzt?«

»Nein.« Kelly schloss einen Moment lang die Augen. Bei der Vorstellung, dass sie nach dem, was sie soeben erlebt hatte, arbeiten sollte, wurde ihr übel, aber ihr blieb nichts anderes übrig. Sie war der Star der Modenschau.

»Beeilung!«, rief Pierre. »*Vite!*«

Kelly begab sich zu ihrer Garderobe.

Die renommierteste Modenschau des Jahres fand an der Rue Cambon statt, in dem Salon, in dem ursprünglich Chanel residiert hatte. Die Paparazzi hatten die vorderen Reihen in Beschlag genommen. Sämtliche Plätze waren besetzt, und weiter hinten standen dicht gedrängt weitere Gäste, die unbedingt einen Blick auf die neuesten Entwürfe für die kommende Saison werfen wollten. Der Raum war anlässlich des großen Ereignisses mit Blumen und Stoffbahnen geschmückt, aber niemand achtete auf das Dekor. Aller Augen waren auf den langen Laufsteg gerichtet – auf die farbenprächtige Parade der eleganten Schönheiten. Im Hintergrund lief leise Musik, deren langsamer, sinnlicher Rhythmus die anmutigen Bewegungen der Mannequins unterstrich.

Während die bezaubernden Models auf und ab schritten, ertönte aus den Lautsprechern der Kommentar des Conférenciers zu den einzelnen Modellen.

Eine braunhaarige Asiatin kam auf den Laufsteg. »... ein Jackett aus Satin und Wolle mit besticktem Kragen, dazu eine Georgettehose und eine weiße Bluse ...«

Eine schlanke Blondine tänzelte den Laufsteg entlang. »... trägt einen schwarzen Cashmere-Turtleneck mit einer weißen Cargo-Hose aus Baumwolle ...«

Eine blasiert wirkende Rothaarige trat auf. »... eine schwarze Lederjacke, dazu eine Hose aus schwarzer Schantungseide und eine weiße Strickbluse ...«

Ein französisches Model. »... eine pinkfarbene Angorajacke mit drei Knöpfen, ein pinkfarbener Rollkragenpullover mit Zopfmuster und eine schwarze Hose mit Aufschlägen …«

Dann kam der Augenblick, auf den alle warteten. Das schwedische Mannequin war abgegangen, und der Laufsteg war leer. »Und nun, da die Badesaison naht«, ertönte die Stimme des Conférenciers aus den Lautsprechern, »freuen wir uns, Ihnen unsere neue Strandmode vorstellen zu können.«

Erwartungsvolles Murmeln erhob sich, das allmählich anschwoll, als Kelly Harris auftrat. Sie trug einen weißen Bikini mit einem Oberteil, das ihre jugendlich festen Brüste kaum verhüllte, und ein knappes, ihre Figur betonendes Höschen. Alle blickten wie gebannt auf sie, als sie mit sinnlich geschmeidigen Bewegungen über den Laufsteg schwebte. Dann brandete der Applaus auf. Kelly quittierte ihn mit einem leichten Lächeln, machte kehrt und trat ab.

Hinter dem Vorhang erwarteten sie zwei Männer.

»Mrs. Harris, haben Sie einen Moment Zeit …?«

»Tut mir Leid«, erwiderte Kelly bedauernd. »Aber ich muss mich rasch umziehen.« Sie wollte weggehen.

»Moment! Mrs. Harris! Wir sind von der Kriminalpolizei. Ich bin Chefinspektor Dune, und das ist Inspektor Steunou. Wir müssen mit Ihnen reden.«

Kelly blieb stehen. »Die Polizei? Worüber wollen Sie mit mir reden?«

»Sie sind doch Mrs. Harris, ja?«

»Ja.« Mit einem Mal wurde ihr bang ums Herz.

»Dann muss ich Ihnen leider mitteilen, dass … dass ihr Mann letzte Nacht ums Leben gekommen ist.«

Kellys Mund war plötzlich wie ausgetrocknet. »Mein Mann … Wie …?«

»Offenbar hat er Selbstmord begangen.«

Kelly hatte mit einem Mal ein starkes Dröhnen in den Ohren. Sie konnte kaum noch verstehen, was der Chefinspektor sagte. »… Eiffelturm … Mitternacht … Abschiedsbrief … sehr bedauerlich … tiefstes Mitgefühl.«

Sie nahm die Worte kaum wahr. Es waren nur Lautfetzen ohne jeden Sinn, ohne Bedeutung.

»Madame …«

Ich möchte, dass du dich schick machst. Du wirst bestimmt begeistert sein, wenn wir dort sind. »Das muss … ein Irrtum sein«, sagte Kelly. »Mark würde niemals …«

»Tut mir Leid.« Der Chefinspektor sah Kelly durchdringend an. »Ist alles in Ordnung, Madame?«

»Ja.« *Abgesehen davon, dass soeben mein Leben zerbrochen ist.*

Pierre kam angewieselt und brachte ihr einen wunderschönen gestreiften Bikini. »*Chérie,* du musst dich rasch umziehen. Wir dürfen keine Zeit verlieren.« Er warf ihr den Bikini in die Arme. »*Vite! Vite!*«

Kelly ließ ihn langsam zu Boden fallen. »Pierre?«

Verdutzt blickte er sie an. »Ja?«

»Zieh du ihn an.«

Eine Limousine brachte Kelly zu ihrem Apartment zurück. Der Direktor des Modehauses hatte ihr angeboten, dass jemand bei ihr blieb, doch Kelly hatte abgelehnt. Sie wollte allein sein. Jetzt, da sie durch die Haustür trat, sah sie Philippe Cendre, den Concierge, und einen Mann in einem Overall, die von einer Reihe von Mietern umringt waren.

»Die arme Madame Lapointe«, sagte eine der Hausbewohnerinnen. »Was für ein schrecklicher Unfall.«

Der Mann im Overall hielt zwei ausgefranste Enden einer schweren Trosse hoch. »Das war kein Unfall, Madame. Jemand hat das Sicherungsseil des Aufzugs gekappt.«

7

Um vier Uhr morgens saß Kelly in einem Sessel, starrte benommen aus dem Fenster und horchte auf das Stimmengewirr, das ihr fortwährend in den Ohren widerhallte. *Kriminalpolizei … müssen mit Ihnen reden … Eiffelturm … Abschiedsbrief … Mark ist tot … Mark ist tot … Mark ist tot.* Wie ein schleppendes Klagelied gingen ihr diese Worte ein ums andere Mal durch den Kopf.

Vor ihrem inneren Auge sah sie Marks Körper hinabstürzen, tiefer und immer tiefer … Sie streckte die Arme aus und wollte ihn auffangen, kurz bevor er auf dem Gehsteig zerschmettert wurde. *Bist du meinetwegen gestorben? Habe ich irgendetwas getan? Irgendetwas nicht getan? Habe ich irgendetwas gesagt? Irgendetwas nicht gesagt? Ich habe noch geschlafen, als du gegangen bist, Liebster, und konnte mich gar nicht von dir verabschieden, dich küssen und dir sagen, wie sehr ich dich liebe. Ich brauche dich. Ohne dich halte ich es nicht aus,* dachte Kelly. *Hilf mir, Mark. Hilf mir – so wie du mir immer geholfen hast.* Sie ließ sich zurücksinken und dachte daran, wie es früher gewesen war, vor Mark, in diesen furchtbaren Jahren ihrer Jugend …

Kelly war in Philadelphia geboren – als uneheliche Tochter von Ethel Hackworth, einem schwarzen Dienstmädchen, das im Hause eines Richters angestellt war, bei einer der bekanntesten Familien der Stadt. Ethel war siebzehn und wunderschön, so schön, dass Pete, der schmucke, zwanzigjährige blonde Sohn der Familie Turner, ihren Reizen verfiel. Er verführte sie, und einen Monat später stellte Ethel fest, dass sie schwanger war.

Als sie es Pete mitteilte, sagte der: »Das … das ist ja wunderbar.« Dann stürmte er in das Arbeitszimmer seines Vaters und überbrachte ihm die schlechte Nachricht.

Richter Turner zitierte Ethel am nächsten Morgen zu sich ins Herrenzimmer und sagte: »In meinem Haus beschäftige ich keine Hure. Sie sind entlassen.«

Da sie weder Geld hatte noch eine anständige Ausbildung oder einen erlernten Beruf vorweisen konnte, arbeitete sie als Putzfrau in einer Fabrik, wo sie endlos viele Überstunden machen musste, um sich und ihre neugeborene Tochter durchzubringen. Nach fünf Jahren aber hatte Ethel so viel Geld gespart, dass sie sich ein heruntergekommenenes Holzhaus kaufen konnte, das sie renovierte und zu einer Männerpension umbaute. Sie richtete ein Wohnzimmer ein, ein Esszimmer, vier Schlafzimmer und eine Wäschekammer, in der Kelly schlief.

Fortan verkehrten immer wieder andere Männer im Haus.

»Das sind deine Onkel«, erklärte ihr Ethel. »Ärger sie nicht.«

Kelly freute sich, dass sie so eine große Familie hatte, bis sie eines Tages alt genug war, um zu begreifen, dass es sich um lauter fremde Männer handelte.

Eines Nachts, als Kelly acht Jahre alt war und in ihrer kleinen, dunklen Kammer schlief, wurde sie von einem heiseren Geflüster geweckt. »Schscht! Sei still.«

Kelly spürte, wie ihr Nachthemd hochgeschlagen wurde, und ehe sie protestieren konnte, war einer ihrer »Onkel« über ihr und hielt ihr den Mund zu. Sie wollte sich zur Wehr setzen, als er ihre Beine mit Gewalt auseinander drückte, doch er hielt sie fest. Sie spürte, wie er in sie eindrang, dann nahm sie nur noch den grässlichen Schmerz war, der sich in ihr ausbreitete. Der Mann ließ nicht von ihr ab, drang unbarmherzig in sie ein, tiefer und tiefer, rieb sie wund. Kelly spürte, wie warmes Blut aus ihr quoll. Lautlos schrie sie auf, hatte Angst, jeden Moment die Besinnung zu verlieren. Sie war gefangen wie ein Tier in der Falle, hier, in der schrecklichen Dunkelheit ihrer Kammer.

Nach einer halben Ewigkeit, so jedenfalls kam es ihr vor, lief ein Schauer durch seinen Körper, und endlich zog er sich zurück.

»Ich geh jetzt«, flüsterte er. »Wenn du deiner Mutter was davon erzählst, komm ich wieder und bring sie um.« Dann war er verschwunden.

Die nächste Woche war kaum zu ertragen. Sie litt Höllenqualen, doch trotz ihres geschundenen Leibes nahm sie sich zusammen, so gut sie konnte, bis die Schmerzen endlich nachließen. Sie wollte ihrer Mutter erzählen, was vorgefallen war, aber sie traute sich nicht. *Wenn du deiner Mutter was davon erzählst, komm ich wieder und bring sie um.*

Der ganze Vorfall hatte nur ein paar Minuten gedauert, aber in diesen wenigen Minuten hatte sich Kellys Leben verändert. Das einstmals unbeschwerte junge Mädchen, das davon geträumt hatte, eines Tages einen Mann und Kinder zu haben, fühlte sich jetzt schmutzig und entehrt. Sie nahm sich vor, sich nie wieder von einem Mann berühren zu lassen. Doch das war noch nicht alles.

Seit jener Nacht fürchtete sich Kelly vor der Dunkelheit.

8

Seit Kelly zehn war, musste sie Ethel bei der Arbeit in der Pension helfen. Sie stand jeden Morgen um fünf Uhr auf, putzte die Toiletten, schrubbte den Küchenboden und half beim Zubereiten des Frühstücks für die Gäste. Nach der Schule kümmerte sie sich um die Wäsche, wischte die Böden, staubte ab und ging ihrer Mutter bei der Vorbereitung des Abendessens zur Hand. Ihr Leben wurde zu einem einzigen eintönigen Trott, trostlos und langweilig.

Dabei half sie ihrer Mutter gern. Auf ein Lob allerdings wartete sie vergebens. Ihre Mutter war so sehr mit ihren Gästen beschäftigt, dass sie ihrer Tochter kaum Aufmerksamkeit schenkte.

Als Kelly noch kleiner gewesen war, hatte ihr einer der Gäste *Alice im Wunderland* vorgelesen, und sie war begeistert davon gewesen, wie Alice sich auf wundersame Weise durch einen Kaninchenbau davonmachte. *So was brauche ich auch,* dachte Kelly, *so einen Fluchtweg. Ich kann doch nicht mein Leben lang Toiletten putzen, Böden schrubben und anderer Leute Dreck wegräumen.*

Und eines Tages fand Kelly ihren ureigenen verzauberten

Kaninchenbau. Sie stellte fest, dass sie sich kraft ihrer Fantasie an jeden Ort versetzen konnte, zu dem sie hinwollte. Und sie schrieb ihre eigene Lebensgeschichte neu …

Sie hatte einen Vater, und ihre Mutter und ihr Vater hatten die gleiche Hautfarbe. Sie wurden nie wütend, brüllten sie niemals an. Sie wohnten alle drei in einem wunderschönen Haus. Ihre Mutter und ihr Vater liebten sie. Ihre Mutter und ihr Vater liebten sie. Ihre Mutter und ihr Vater liebten sie …

Als Kelly vierzehn war, heiratete ihre Mutter einen der Gäste, einen Barkeeper namens Dan Berke – einen missmutigen Mann mittleren Alters, der an allem etwas auszusetzen hatte. Kelly konnte ihm nichts recht machen.

»Das Essen ist miserabel …«

»Das Kleid steht dir nicht …«

»Die Jalousie im Schlafzimmer ist immer noch kaputt. Ich habe dir doch gesagt, du sollst sie reparieren …«

»Du hast die Badezimmer immer noch nicht geputzt …«

Kellys Stiefvater trank zu viel. Die Wand zwischen Kellys Kammer und dem Schlafzimmer ihrer Mutter und ihres Stiefvaters war dünn, und Nacht für Nacht hörte Kelly Schläge und Schreie. Morgens hatte Ethel dicke Schminke aufgetragen, die aber die Blutergüsse und blauen Augen nicht überdecken konnte.

Kelly war zutiefst niedergeschlagen. *Wir müssen von hier weg*, dachte sie. *Meine Mutter und ich lieben uns doch.*

Eines Nachts, als Kelly schon halb eingeschlafen war, hörte sie laute Stimmen aus dem Nebenzimmer. »Warum bist du den Balg nicht losgeworden, bevor er zur Welt gekommen ist?«

»Ich hab's ja versucht. Es hat nicht geklappt.«

Kelly hatte das Gefühl, als hätte ihr jemand in den Leib getreten. Ihre Mutter hatte sie niemals haben wollen. Keiner wollte sie.

Kelly fand einen weiteren Fluchtweg aus dem unendlich eintönigen Alltag: die Welt der Bücher. Sie wurde eine unersättliche Leseratte, die so viel Zeit wie nur irgend möglich in der öffentlichen Bibliothek zubrachte.

Da am Wochenende nie Geld für sie übrig war, besorgte sie sich einen Job als Babysitter und beneidete die Familien, bei denen sie arbeitete, um das glückliche Leben, das ihr niemals vergönnt sein würde.

Mit siebzehn war Kelly ebenso schön wie einst ihre Mutter. Die Jungs an der Schule wollten unbedingt mit ihr ausgehen. Sie aber fühlte sich von ihnen angewidert und gab allen einen Korb.

Wenn sie an den schulfreien Samstagen ihre häuslichen Pflichten erledigt hatte, ging Kelly sofort in die Bibliothek, blieb den ganzen Nachmittag dort und las.

Mrs. Lisa Marie Houston, die Bibliothekarin, war eine intelligente, verständnisvolle Frau, die sich elegant, aber unauffällig kleidete, so wie es ihrer stillen, freundlichen Art entsprach. Als sie Kelly so oft in der Bibliothek sah, wurde Mrs. Houston neugierig.

»Ich finde es schön, wenn ich einen jungen Menschen sehe, dem das Lesen so viel Spaß macht. Du bist ziemlich häufig hier.«

Es war der Beginn einer wunderbaren Freundschaft. Nach einigen Wochen schüttete Kelly Mrs. Houston ihr Herz aus und vertraute ihr all ihre Ängste, Hoffnungen und Träume an.

»Was möchtest du denn einmal werden, Kelly?«

»Lehrerin.«

»Ich glaube, du wärst eine wunderbare Lehrerin. Das ist der dankbarste Beruf auf der Welt.«

Kelly wollte etwas sagen, stockte dann aber. Sie dachte an ein Gespräch, das sie eine Woche zuvor mit ihrer Mutter und ihrem Stiefvater beim Frühstück geführt hatte. *Ich muss aufs College gehen,* hatte sie gesagt. *Ich möchte Lehrerin werden.*

Lehrerin? Berke hatte gelacht. *Was für eine Schnapsidee! Lehrer verdienen nichts. Hast du gehört? Nichts verdienen die. Als Putzfrau kriegst du da schon mehr. Außerdem haben deine Mutter und ich nicht das Geld, um dich aufs College zu schicken.*

Man hat mir ein Stipendium angeboten und …«

Na und? Du vergeudest bloß vier Jahre deines Lebens. Vergiss es. Bei deinem Aussehen könntest du schon eher anschaffen gehen.

Kelly war vom Tisch aufgestanden und gegangen.

»Das ist nicht so einfach«, sagte sie jetzt zu Mrs. Houston. »Meine Eltern lassen mich nicht aufs College.« Dann versagte ihr die Stimme. »Ich werde mein Leben lang so weitermachen wie bisher.«

»Auf keinen Fall.« Mrs. Houston klang entschieden. »Wie alt bist du?«

»In drei Monaten werde ich achtzehn.«

»Dann bist du bald alt genug, um für dich selbst zu entscheiden. Du bist eine wunderschöne junge Frau, Kelly. Ist dir das klar?«

»Nein. Eigentlich nicht.« *Wie soll ich ihr bloß klar machen, dass ich mir vorkomme wie eine Missgeburt? Ich find mich überhaupt nicht schön.* »Ich hasse mein Leben, Mrs. Houston. Ich möchte nicht so sein wie ... Ich möchte aus dieser Stadt weg. Ich möchte was anderes machen, aber dazu wird es niemals kommen.« Sie versuchte, ihre Gefühle unter Kontrolle zu bringen. »Ich werde nie die Gelegenheit bekommen, etwas anderes zu machen, ein anderer Mensch zu sein.«

»Kelly...«

»Ich hätte all diese Bücher nicht lesen dürfen.« Ihr Tonfall klang verbittert.

»Wieso?«

»Weil da lauter Lügen drinstehen. All diese schönen Leute, die traumhaften Orte und die wunderbaren ...« Kelly schüttelte den Kopf. »Es gibt keine Wunder.«

Mrs. Houston musterte sie einen Moment. Offensichtlich hatte Kellys Selbstwertgefühl schweren Schaden genommen. »Kelly, es gibt Wunder, aber du musst die Zauberin sein, die dafür sorgt, dass diese Wunder Wirklichkeit werden.«

»Ach wirklich?« Kelly schlug einen spöttischen Tonfall an. »Und wie soll ich das machen?«

»Zunächst einmal musst du dir darüber klar werden, was du dir erträumst. Du möchtest ein aufregendes Leben führen, interessante Menschen kennen lernen, traumhafte Orte. Wenn du das nächste Mal herkommst, zeige ich dir, wie du deine Träume verwirklichen kannst.«

Lügnerin.

In der Woche nach ihrem Schulabschluss kam Kelly wieder in die Bibliothek. »Kelly«, sagte Mrs. Houston, »weißt du noch, wie ich dir gesagt habe, dass du deine Wunder Wirklichkeit werden lassen musst?«

»Ja«, erwiderte Kelly skeptisch.

Mrs. Houston griff hinter ihren Schreibtisch und holte eine Hand voll Zeitschriften hervor: *COSMOgirl, Glamour, Mademoiselle, Essence, Allure …* Sie reichte sie Kelly.

Kelly betrachtete sie. »Was soll ich denn damit?«

»Hast du schon mal daran gedacht, Mannequin zu werden?«

»Nein.«

»Schau dir diese Zeitschriften an. Danach sagst du mir, ob dir dabei eine Idee gekommen ist, wie auch du etwas Wunderbares mit deinem Leben anfangen kannst.«

Sie meint es gut, dachte Kelly, *aber sie hat ja keine Ahnung.* »Vielen Dank, Mrs. Houston. Wird gemacht.«

Nächste Woche suche ich mir einen Job.

Kelly nahm die Zeitschriften mit in die Pension, schob sie in eine Ecke und widmete sich dann ihren allabendlichen Pflichten.

Als sie an diesem Abend erschöpft zu Bett gehen wollte, fielen ihr die Zeitschriften wieder ein, die Mrs. Houston ihr gegeben hatte. Aus reiner Neugier suchte sie sich ein paar heraus und blätterte sie durch. Sie zeigten eine andere Welt. Die Models auf den Fotos trugen wunderschöne Kleider, waren in Begleitung gut aussehender, eleganter Männer, die ihnen London, Paris und alle möglichen exotischen Orte auf der ganzen Welt zeigten. Mit einem Mal packte sie eine ungeheure Sehnsucht. Rasch zog sie einen Morgenmantel über und lief den Flur entlang zum Badezimmer.

Sie betrachtete sich im Spiegel. Vermutlich war sie wirklich attraktiv. Jeder behauptete es. *Selbst wenn es stimmt,* dachte Kelly, *habe ich keinerlei Erfahrung.* Sie dachte an ihr künftiges Dasein in Philadelphia und warf einen weiteren Blick in den Spiegel. *Jeder muss mal irgendwo anfangen. Du musst die Zauberin sein, die dafür sorgt, dass die Wunder Wirklichkeit werden.*

Am nächsten Morgen ging Kelly in aller Frühe in die Bibliothek, um mit Mrs. Houston zu sprechen.

Mrs. Houston blickte erstaunt auf, als sie Kelly zu so früher Stunde in der Bibliothek sah. »Guten Morgen, Kelly. Hast du dir die Zeitschriften schon angesehen?«

»Ja.« Kelly holte tief Luft. »Ich würde gern Model werden. Aber ich habe keine Ahnung, wie ich das anfangen soll.«

Mrs. Houston lächelte. »Ich schon. Ich habe mir das New Yorker Telefonbuch vorgenommen. Du hast doch gesagt, du möchtest diese Stadt verlassen.« Mrs. Houston nahm ein Blatt Papier aus ihrer Handtasche und reichte es Kelly. »Das ist eine Liste mit den besten Model-Agenturen in Manhattan, samt Adressen und Telefonnummern.« Sie drückte Kelly die Hand. »Fang oben an.«

Kelly war fassungslos. »Ich ... ich weiß nicht, wie ich Ihnen danken soll ...«

»Das kann ich dir sagen. Sorge dafür, dass ich Fotos von dir in diesen Zeitschriften sehe.«

»Ich habe beschlossen, Model zu werden«, sagte Kelly an diesem Abend beim Essen.

Ihr Stiefvater schnaubte. »Das ist die blödeste Idee, die du bislang hattest. Was zum Teufel ist mir dir los? Sämtliche Models sind Nutten.«

Kellys Mutter seufzte. »Kelly, mach nicht den gleichen Fehler wie ich. Auch ich hatte Flausen im Kopf. Die bringen einen um. Du bist arm und schwarz. Du wirst es zu nichts bringen.«

In diesem Augenblick hatte Kelly ihre Entscheidung getroffen.

Am nächsten Morgen um fünf Uhr nahm Kelly den Koffer, den sie während der Nacht gepackt hatte, und begab sich zum Busbahnhof. In ihrer Handtasche waren zweihundert Dollar, die sie sich beim Babysitten verdient hatte.

Die Busfahrt nach Manhattan dauerte zwei Stunden, in denen sich Kelly ihren Zukunftsfantasien hingab. Sie hatte vor, Model zu werden. »Kelly Hackworth« klang allerdings nicht besonders professionell. *Ich weiß, was ich mache. Ich benutze nur meinen Vornamen.* Ein ums andere Mal sagte sie den Satz lautlos vor sich hin: *Und das ist unser Topmodel Kelly.*

Sie stieg in einem billigen Motel ab, und um neun Uhr trat sie durch die Eingangstür der Model-Agentur, die ganz oben auf Mrs. Houstons Liste stand. Kelly war ungeschminkt und trug ein zerknittertes Kleid, da sie keine Gelegenheit mehr gehabt hatte, ihre Sachen zu bügeln.

Am Empfang war niemand, aber sie sah einen Mann, der in einem Büro saß und irgendetwas aufschrieb.

»Entschuldigen Sie«, sprach Kelly ihn an.

Der Mann grummelte irgendetwas, ohne aufzublicken.

Kelly zögerte. »Ich wollte fragen, ob Sie ein Model brauchen.«

»Nein«, versetzte der Mann, »wir engagieren zurzeit niemanden.«

Kelly seufzte. »Trotzdem vielen Dank.« Sie drehte sich um und wollte gehen.

Der Mann blickte auf, und seine Miene veränderte sich. »Moment! Warten Sie einen Moment. Kommen Sie zurück.« Er sprang auf. »Mein Gott. Wo kommen Sie denn her?«

Kelly blickte ihn verdutzt an. »Aus Philadelphia.«

»Ach, ist ja auch egal. Haben Sie schon mal als Model gearbeitet?«

»Nein.«

»Macht nichts. Sie lernen es hier, in der Praxis.«

Kelly bekam mit einem Mal einen trockenen Hals. »Heißt das, dass ich ... dass ich Model werde?«

Er grinste. »Das will ich doch meinen. Wir haben Kunden, die werden völlig durchdrehen, wenn sie Sie sehen.«

Sie konnte es kaum glauben. Das hier war eine der größten Model-Agenturen, die es gab, und sie ...

»Ich bin Bill Lerner. Ich leite diese Agentur. Wie heißen Sie?«

Das war der Augenblick, von dem Kelly geträumt hatte. Jetzt konnte sie ihren neuen Künstlernamen ausprobieren.

Lerner starrte sie an. »Wissen Sie etwa Ihren Namen nicht?«

Kelly richtete sich zu voller Größe auf und sagte selbstbewusst. »Doch, klar. Ich bin Kelly Hackworth.«

9

Lois Reynolds lächelte, als sie das Motorengeräusch der tief fliegenden Maschine hörte. *Gary.* Er war spät dran. Lois hatte ihm angeboten, ihn am Flughafen abzuholen, aber er hatte gesagt: »Nur keine Umstände, Schwesterherz. Ich nehme mir ein Taxi.«

»Aber Gary. Ich komme gern …«

»Bleib lieber daheim, und warte dort auf mich.«

»Wie du möchtest, Bruderherz.«

Ihr Bruder war seit jeher die wichtigste Person in Lois' Leben. Ihre Jugendzeit in Kelowna war der reinste Albtraum gewesen. Schon als junges Mädchen hatte Lois das Gefühl gehabt, dass die ganze Welt gegen sie sei: die Hochglanzmagazine, die Fotomodelle, die weiblichen Filmstars – und das nur, weil sie ein bisschen pummelig war. Wo stand denn geschrieben, dass mollige Mädchen nicht genauso schön wären wie diese krank aussehenden dürren Dinger? Lois Reynolds betrachtete sich ständig im Spiegel. Sie hatte lange blonde Haare, blaue Augen, einen zarten, hellen Teint und einen ihrer Ansicht nach hübschen, vollschlanken Körper. *Keiner sagt ein Wort, wenn Männer mit Bierbäuchen, die ihnen über den Gürtel hängen, durch die Gegend laufen. Aber sobald eine Frau ein paar Pfunde zu viel hat, wird sie verschmäht. Welcher Schwachkopf hat das Recht zu bestimmen, dass die Idealmaße einer Frau 91-66-91 sind?*

Solange sich Lois erinnern konnte, hatten ihre Schulkameradinnen hinter ihrem Rücken über sie gespottet – »Fettarsch«, »Tonne«, »Schweinchen«. Die Schimpfwörter hatten ihr zutiefst wehgetan, aber Gary war immer zur Stelle gewesen und hatte sie verteidigt.

Als Lois ihr Studium an der University of Toronto abschloss, hatte sie genug von dem Spott. *Wenn es irgendwo einen Traummann gibt, der eine richtige Frau sucht, hier bin ich.*

Und eines Tages tauchte der Traummann unverhofft auf. Er hieß Henry Lawson. Sie lernten sich bei einem geselligen Abend der Kirchengemeinde kennen, und Lois war augenblicklich von ihm angetan. Er war groß und schlank, hatte blonde Haare, eine angenehme Art und schien stets zu einem Lächeln aufgelegt. Sein Vater war der Pfarrer der Kirchengemeinde. Lois verbrachte fast den ganzen Abend mit Henry, und im Verlauf ihrer Unterhaltung erfuhr sie, dass ihm ein Pflegeheim gehörte und dass er ein Naturfreund war.

»Wenn Sie morgen Abend noch nichts vorhaben«, sagte er, »würde ich Sie gern zum Essen ausführen.«

Lois zögerte nicht einen Moment. »Gern, vielen Dank.«

Henry Lawson führte sie ins Sassafraz aus, eines der besten Restaurants von Toronto. Die Speisen auf der Karte waren verlockend, aber Louis bestellte sich nur eine Kleinigkeit, weil sie nicht wollte, dass Henry sie für einen Vielfraß hielt.

Als Henry bemerkte, dass sie nur Salat aß, sagte er: »Davon werden Sie doch nicht satt.«

»Ich versuche abzunehmen«, flunkerte Lois.

Er ergriff ihre Hand. »Ich möchte nicht, dass Sie abnehmen, Lois. Ich mag Sie so, wie Sie sind.«

Mit einem Mal verspürte sie ein Kribbeln. Er war der erste Mann, der das zu ihr gesagt hatte.

»Ich bestelle Ihnen ein Steak mit Kartoffeln und einen Caesar-Salat«, sagte Henry.

Es war einfach wunderbar, endlich einen Mann gefunden zu haben, der Verständnis dafür hatte, dass sie einen gesunden Appetit besaß, und der das sogar gut fand.

In den nächsten Wochen gingen sie fast täglich miteinander aus, und ein Abend war herrlicher als der andere. Sie kannten sich knapp einen Monat, als Henry sagte: »Lois, ich liebe dich. Ich möchte, dass du meine Frau wirst.«

Ein Antrag. Und sie hatte geglaubt, sie würde diese Worte niemals hören. Sie schloss ihn in die Arme und sagte: »Ich liebe dich auch, Henry. Ich möchte deine Frau werden.«

Die Hochzeit fand eine Woche später in der Kirche von Henrys Vater statt. Gary und ein paar Freunde und Freundinnen nahmen an der feierlichen Trauung teil, die von Henrys Vater vollzogen wurde. Lois war noch nie in ihrem Leben so glücklich gewesen.

»Wo wollt ihr eure Flitterwochen verbringen?«, fragte Reverend Lawson.

»Am Lake Louise«, erwiderte Henry. »Dort ist es sehr romantisch.«

»Ein idealer Ort für die Flitterwochen.«

Henry schloss Lois in die Arme. »Ich hoffe doch, dass die Flitterwochen bis ans Ende unserer Tage währen.«

Lois war begeistert.

Unmittelbar nach der Hochzeit brachen sie zum Lake Louise auf, einem hinreißenden Ferienort im Banff National Park, im Herzen der kanadischen Rocky Mountains gelegen.

Als sie am späten Nachmittag dort eintrafen, funkelte der See in der Sonne.

Henry nahm Lois in die Arme. »Bist du hungrig?«

Sie blickte ihm in die Augen und lächelte. »Nein.«

»Ich auch nicht. Warum ziehen wir uns nicht einfach aus?«

»O ja, Liebster.«

Zwei Minuten später lagen sie im Bett, und Henry liebte sie, wie sie es sich nicht schöner hätte vorstellen können. Es war wunderbar. Berauschend. Erschöpfend.

»Ach, Liebster, ich liebe dich so sehr.«

»Ich liebe dich auch, Lois«, sagte Henry. Er stand auf. »Und jetzt müssen wir die Fleischeslust bekämpfen.«

Lois schaute ihn fragend an. »Was?«

»Knie dich hin.«

Sie lachte. »Bist du denn nicht müde, Liebster?«

»Knie dich hin.«

Sie lächelte. »Na schön.«

Sie kniete nieder und sah voller Verblüffung zu, wie er den breiten Gürtel aus seiner Hose zog. Er ging zu ihr, und ehe sie wusste, wie ihr geschah, zog er ihr den Gürtel mit aller Kraft über das nackte Gesäß.

Lois schrie auf und wollte aufstehen. »Was hast du …?«

Er stieß sie nieder. »Ich hab's dir doch gesagt, Liebste. Wir müssen die Fleischeslust bekämpfen.« Er holte mit dem Gürtel aus und schlug erneut zu.

»Hör auf! Hör auf damit!«

»Bleib, wo du bist«, herrschte er sie an.

Lois wehrte sich, wollte aufstehen, aber Henry drückte sie mit aller Kraft nieder und schlug ein weiteres Mal mit dem Gürtel zu.

Lois hatte das Gefühl, ihr werde am Gesäß die Haut abgezogen. »Henry! Mein Gott! Hör auf!«

Schließlich richtete sich Henry auf und atmete tief durch. »Jetzt ist alles gut.«

Lois konnte sich kaum rühren. Sie spürte die offenen, nässenden Wunden an ihrem Gesäß. Mühsam und unter Schmerzen rappelte sie sich auf. Sie brachte kein Wort heraus, starrte ihren Mann nur voller Entsetzen an.

»Sex ist eine Sünde. Wir müssen gegen die Versuchung ankämpfen.«

Sie schüttelte den Kopf, war immer noch sprachlos, konnte nach wie vor nicht glauben, was soeben geschehen war.

»Denk an Adam und Eva, an den Sündenfall und die Vertreibung der Menschen aus dem Garten Eden«, fuhr er fort.

Lois brach in Tränen aus und schluchzte laut auf.

»Jetzt ist ja alles gut.« Er nahm Lois in die Arme. »Ist ja gut. Ich liebe dich.«

»Ich liebe dich auch, aber …«, sagte Lois unsicher.

»Keine Sorge. Wir haben sie besiegt.«

Das heißt, dass es zum letzten Mal passiert ist, dachte Lois. *Vermutlich hat es damit zu tun, dass er der Sohn eines Pfarrers ist. Gott sei Dank ist es vorüber.*

Henry drückte sie an sich. »Ich liebe dich so sehr. Lass uns essen gehen.«

Lois konnte im Restaurant kaum sitzen. Sie litt furchtbare Schmerzen, aber um ein Kissen zu bitten wäre ihr zu peinlich gewesen.

»Ich bestelle«, sagte Henry. Er orderte für sich einen Salat und für Lois ein großes Gericht. »Du musst bei Kräften bleiben, meine Liebste.«

Während des Essens dachte Lois fortwährend an das, was gerade geschehen war. Henry war der wunderbarste Mann, den sie jemals kennen gelernt hatte. Sie war aber auch bestürzt über seinen – *was war das?*, dachte sie. Eine Macke? Eine Art *Fetischismus?* Jedenfalls war es jetzt vorbei. Jetzt konnte sie sich darauf freuen, fortan mit einem Mann zusammenzuleben, sich um ihn zu kümmern und seine Fürsorge zu genießen.

Als sie mit dem Hauptgang fertig waren, bestellte Henry ein zusätzliches Dessert für sie. »Ich mag üppige Frauen.«

Sie lächelte. »Freut mich, dass ich dir gefalle.«

Als sie aufgegessen hatte, fragte Henry: »Wollen wir wieder auf unser Zimmer gehen?«

»Gern.«

Als sie in ihr Zimmer zurückgekehrt waren, zogen sie sich aus und Henry schloss Lois in die Arme, worauf der Schmerz sofort nachzulassen schien. Er liebte sie zärtlich und behutsam, und diesmal genoss sie es noch mehr als zuvor.

»Das war wunderbar«, sagte Lois und kuschelte sich an ihren Mann.

»Ja.« Er nickte. »Und jetzt müssen wir Buße tun für unsere Fleischeslust. Knie dich hin.«

Mitten in der Nacht, als Henry schlief, packte Lois leise ihren Koffer und ergriff die Flucht. Sie nahm ein Flugzeug nach Vancouver und rief Gary an. Beim Mittagessen erzählte sie ihm, was vorgefallen war.

»Ich reiche die Scheidung ein«, sagte Lois, »aber ich muss aus der Stadt wegziehen.«

Gary dachte einen Moment lang nach. »Ich habe einen

Freund, der in Denver eine Versicherungsagentur besitzt, Schwesterherz. Das ist achthundert Kilometer entfernt.«

»Das wäre bestens.«

»Ich rede mit ihm«, sagte Gary.

Zwei Wochen später war Lois in leitender Stellung bei einer Versicherungsagentur beschäftigt.

Gary war ständig mit ihr in Kontakt geblieben. Sie hatte sich einen reizenden kleinen Bungalow mit Blick auf die fernen Rocky Mountains gekauft, und von Zeit zu Zeit besuchte ihr Bruder sie. Vor allem die Wochenenden waren großartig – sie fuhren Ski, gingen gemeinsam angeln oder saßen einfach auf dem Sofa und redeten miteinander. *Ich bin so stolz auf dich, Schwesterherz,* sagte er immer, aber Lois war auch stolz auf Gary und dessen Leistungen. Er hatte einen Doktortitel in Naturwissenschaften erworben, arbeitete bei einem internationalen Unternehmen und hatte seinen Flugschein gemacht.

Während sich Lois in Gedanken mit ihrem Bruder beschäftigte, klopfte es an der Tür. Sie blickte aus dem Fenster, um festzustellen, wer sie besuchen kam. Es war Tom Huebner, ein Freund von Gary, ein hoch aufgeschossener, markig wirkender Charterpilot.

Lois öffnete die Tür und Huebner trat ein.

»Hi, Tom.«

»Lois.«

»Gary ist noch nicht da. Ich glaube, ich habe vor einer Weile seine Maschine gehört. Er müsste jede Minute eintreffen. Möchtest du warten oder …?«

Er starrte sie an. »Hast du die Nachrichten nicht gesehen?«

Lois schüttelte den Kopf. »Nein. Was ist denn los? Hoffentlich werden wir nicht schon wieder in einen Krieg verwickelt und ...«

»Lois, ich fürchte, ich muss dir eine schlechte Nachricht überbringen. Eine sehr schlechte Nachricht.« Er sprach mit gepresster Stimme. »Es geht um Gary.«

Sie erstarrte. »Was ist mit ihm?«

»Er ist auf dem Weg hierher bei einem Flugzeugabsturz ums Leben gekommen.« Er sah, wie sich ihre Augen trübten. »Es tut mir so Leid. Ich weiß, wie sehr ihr einander geliebt habt.«

Lois wollte etwas sagen, aber ihr Atem ging so schnell, dass sie kaum sprechen konnte. »Wie ... wie ... wie ...?«

Tom Huebner ergriff ihre Hand und führte sie behutsam zur Couch.

Lois setzte sich und atmete tief durch. »Was ... was ist passiert?«

»Garys Maschine ist ein paar Meilen außerhalb von Denver an einen Berg geprallt.«

Lois hatte das Gefühl, als schwänden ihr die Sinne. »Tom, ich möchte allein sein.«

Er musterte sie besorgt. »Bist du dir sicher, Lois? Ich könnte hier bleiben und ...«

»Danke, aber geh bitte.«

Tom Huebner erhob sich, stand einen Moment lang unschlüssig da und nickte dann. »Du hast meine Nummer. Ruf mich an, wenn du mich brauchst.«

Lois hörte nicht, wie er ging. Wie erstarrt saß sie da. Es war, als hätte ihr jemand gesagt, *sie* sei tot. Sie dachte an ihre Kindheit. Gary war immer ihr Beschützer gewesen, hatte sich mit den Jungs geprügelt, die sie neckten, hatte sie zu Baseballspielen, ins Kino und zu Partys begleitet. Vor einer Woche hatte sie ihn zum letzten Mal gesehen, und mit einem Mal hatte sie die Szene wieder vor Augen, als liefe ein Film ab.

Sie saßen beide am Esszimmertisch.

»Du isst ja gar nichts, Gary.«

»Es ist köstlich, Schwesterherz. Aber ich habe keinen Hunger.«

Sie betrachtete ihn einen Moment lang. »Möchtest du über irgendetwas reden?«

»Du merkst auch immer alles, was?«

»Hat es etwas mit deiner Arbeit zu tun?«

»Ja.« Er schob den Teller weg. »Ich glaube, ich bin in Lebensgefahr.«

Lois schaute ihn erschrocken an. »*Was?*«

»Schwesterherz, nur eine Hand voll Menschen auf der ganzen Welt wissen, was da vor sich geht. Ich komme nächsten Montag wieder hierher und bleibe über Nacht. Am Dienstagmorgen muss ich nach Washington.«

Lois war verdutzt. »Wieso nach Washington?«

»Um über Prima zu berichten.«

Dann erklärte ihr Gary, worum es ging.

Und jetzt war Gary tot. *Ich glaube, ich bin in Lebensgefahr.* Ihr Bruder war nicht bei einem Unfall umgekommen. Er war ermordet worden.

Lois warf einen Blick auf ihre Uhr. Jetzt war es zu spät, um irgendetwas zu unternehmen, aber morgen würde sie ein paar Anrufe machen und dafür sorgen, dass ihr Bruder gerächt wurde. Sie wollte das zu Ende bringen, was Gary vorgehabt hatte. Mit einem Mal fühlte sich Lois wie ausgelaugt.

Nur mit Mühe konnte sie sich von der Couch erheben. Sie hatte noch nicht zu Abend gegessen, aber beim bloßen Gedanken an Essen wurde ihr übel.

Lois ging ins Schlafzimmer und ließ sich aufs Bett fallen. Sie war zu müde, um sich auszuziehen, lag nur wie benommen da, bis sie schließlich einschlief.

Lois träumte, dass sie und Gary in einem dahinrasenden Zug säßen und sämtliche Fahrgäste in dem Abteil rauchten. Es wurde immer heißer, und der Qualm brannte ihr im Hals. Hustend wachte sie auf, öffnete die Augen und blickte sich dann erschrocken um. Ihr Schlafzimmer brannte lichterloh, Flammen züngelten an den Vorhängen empor, und alles war voller Rauch. Keuchend und um Atem ringend schleppte sich Lois aus dem Bett. Sie versuchte, den Atem anzuhalten und torkelte ins Wohnzimmer. Der ganze Raum stand in Flammen und war in Qualm gehüllt. Sie wollte sich zur Tür durchschlagen, aber nach ein paar Schritten spürte sie, wie ihre Beine nachgaben, und fiel zu Boden.

Das Letzte, was Lois Reynolds wahrnahm, waren die gierigen Flammenzungen, die nach ihr leckten.

10

Kelly wurde manchmal regelrecht schwindlig, wenn sie daran dachte, wie schnell alles gegangen war. Binnen kürzester Zeit hatte sie die wichtigsten Voraussetzungen für den

Modelberuf erlernt – während der Ausbildung in der Agentur brachte man ihr selbstbewusstes Auftreten bei, Haltung und wie man ein bestimmtes Image von sich vermittelt. Ein Model musste vor allem Ausstrahlung besitzen, was wiederum hieß, dass Kelly den Menschen etwas vorspielen musste, da sie sich weder schön noch begehrenswert vorkam.

Trotzdem wurde sie quasi über Nacht als sensationelle Neuentdeckung in der Modewelt gehandelt. Sie wirkte nicht nur aufregend und provozierend, sondern strahlte auch eine gewisse Unberührbarkeit aus, die die Männer herausforderte. Binnen zwei Jahren war Kelly in die Riege der Topmodels aufgestiegen. Sie warb für Produkte, die aus gut einem Dutzend verschiedener Länder stammten. Einen Großteil ihrer Zeit brachte Kelly in Paris zu, wo einige der wichtigsten Kunden ihrer Agentur ansässig waren.

Nach einer extravaganten Modenschau in New York suchte sie eines Tages vor dem Rückflug nach Paris ihre Mutter auf, die älter und verhärmter wirkte als je zuvor. *Ich muss sie hier rausholen,* dachte Kelly. *Ich kaufe ihr ein hübsches Apartment und kümmere mich um sie.*

Ihre Mutter freute sich allem Anschein nach, sie zu sehen. »Ich bin ja froh, dass es dir gut geht, Kelly. Danke für die monatlichen Schecks.«

»Gern geschehen. Mutter, ich möchte etwas mit dir bereden. Ich habe mir alles genau überlegt. Ich möchte, dass du von hier weg ...«

»Hoho, schau an, wer uns da besucht – Ihre Hoheit.« Ihr Stiefvater kam gerade herein. »Was machst du denn hier? Solltest du nicht irgendwo mit schicken Klamotten rumstolzieren?«

Ich muss ein andermal darauf zurückkommen, dachte Kelly.

Kelly musste noch einen weiteren Besuch erledigen. Sie fuhr zur öffentlichen Bibliothek, in der sie so viele herrliche Stunden verbracht hatte, und die Erinnerungen kehrten sofort zurück, als sie mit einem Stapel Zeitschriften unter dem Arm durch die Tür trat.

Mrs. Houston saß nicht an ihrem Schreibtisch. Kelly ging in den Lesesaal und sah sie strahlend wie eh und je mit einem eleganten, maßgeschneiderten Kleid in einem der Seitengänge stehen und Bücher einsortieren.

Als Mrs. Houston hörte, wie die Tür aufging, sagte sie. »Ich komme gleich.« Dann wandte sie sich um. »Kelly!« Es klang fast wie ein Schrei. »Oh, Kelly!«

Sie liefen aufeinander zu und umarmten sich.

Mrs. Houston trat einen Schritt zurück und musterte Kelly. »Ich kann kaum glauben, dass du das bist. Was machst du hier in der Stadt?«

»Ich habe meine Mutter besucht, aber ich wollte auch Sie sehen.«

»Ich bin ja so stolz auf dich. Das kannst du dir gar nicht vorstellen.«

»Mrs. Houston, können Sie sich noch daran erinnern, als ich Sie gefragt habe, wie ich Ihnen danken könnte? Sie haben gesagt, wenn Sie eines Tages mein Bild in einer Modezeitschrift sehen, wäre das für Sie der schönste Dank. Hier.« Kelly drückte Mrs. Houston den Stapel Zeitschriften in den Arm. Es waren allerlei Ausgaben von *Elle, Cosmopolitan, Mademoiselle* und *Vogue,* und sie war bei allen auf dem Cover abgebildet.

»Großartig«. Mrs. Houston strahlte. »Ich möchte dir auch etwas zeigen.« Sie ging hinter ihren Schreibtisch und holte die gleichen Zeitschriften heraus.

Kelly war einen Moment lang sprachlos. »Womit kann ich Ihnen jemals danken? Sie haben mein Leben verändert.«

»Nein, Kelly. Du selbst hast dir ein anderes Leben gesucht. Ich habe dir lediglich einen kleinen Schubs gegeben. Und noch was, Kelly ...«

»Ja?«

»Deinetwegen bin ich modebewusst geworden.«

Da Kelly großen Wert darauf legte, sich ein Privatleben zu bewahren, kam sie mit ihrem Ruhm mitunter nur schwer zurecht. Die ständige Belagerung durch die Fotografen ärgerte sie, und mit der Zeit entwickelte sie eine geradezu panische Angst davor, von Leuten angesprochen zu werden, die sie nicht kannte. Kelly genoss es, allein zu sein.

Eines Tages speiste sie zu Mittag im Restaurant Le Cinq im Hotel George V., als ein schlecht gekleideter Mann an ihr vorbeiging, dann stehen blieb und sie anstarrte. Er hatte einen fahlen, ungesund wirkenden Teint, so als verbringe er den Großteil seiner Zeit in geschlossenen Räumen. Er hatte eine Ausgabe von *Elle* dabei, die bei einem Foto von Kelly aufgeschlagen war.

»Entschuldigen Sie«, sagte der Fremde.

Unwirsch blickte Kelly auf. »Ja?«

»Ich habe Ihr – ich habe diesen Artikel hier über Sie gelesen, und da steht, dass Sie in Philadelphia geboren sind.« Er klang jetzt völlig begeistert. »Ich bin auch da geboren, und als ich Ihr Bild sah, hatte ich das Gefühl, dass ich Sie kenne und ...«

»Nein«, erwiderte Kelly kühl. »Außerdem mag ich es nicht, wenn mich wildfremde Menschen belästigen.«

»Oh, tut mir Leid.« Er schluckte. »Ich wollte nicht … Ich bin kein wildfremder Mensch. Ich meine … Ich heiße Mark Harris und arbeite bei Kingsley International. Als ich Sie hier sitzen sah, da … da dachte ich, Sie wollen vielleicht nicht allein essen und Sie und ich könnten …«

Kelly warf ihm einen vernichtenden Blick zu. »Sie haben falsch gedacht. Und jetzt gehen Sie bitte.«

»Ich … ich wollte Sie nicht stören.« Er stammelte jetzt. »Es ist bloß so, dass …« Er sah ihren Gesichtsausdruck. »Ich gehe ja schon.«

Kelly blickte ihm hinterher, als er mit seiner Zeitschrift hinausging. *Den bin ich los.*

In dieser Woche musste Kelly etliche Fotosessions für mehrere Modezeitungen machen.

Einen Tag nach ihrer Begegnung mit Mark Harris saß sie in ihrer Garderobe und kleidete sich gerade an, als drei Dutzend Rosen für sie abgegeben wurden. Auf der beiliegenden Karte stand: *Bitte verzeihen Sie, dass ich Sie belästigt habe. Mark Harris.*

Kelly zerriss die Karte. »Schicken Sie die Blumen in die Kinderklinik.«

Am nächsten Morgen kam die Garderobiere wieder in den Umkleideraum, diesmal mit einem Päckchen. »Ein Mann hat das für Sie abgegeben, Kelly.«

Das Päckchen enthielt eine Orchidee, und auf der Karte stand: *Ich hoffe, Sie haben mir vergeben. Mark Harris.*

Kelly zerriss die Karte. »Behalten Sie die Blume.«

Danach erhielt sie fast täglich ein Geschenk von Mark Harris – einmal einen kleinen Obstkorb, ein andermal einen Freundschaftsring, dann einen Spielzeugweihnachtsmann. Kelly warf sie alle in den Mülleimer. Dann aber traf ein ganz anderes Geschenk ein – ein bezaubernder französischer Pudelwelpe mit einem roten Halsband, an dem eine Karte hing: *Das ist »Angel«. Ich hoffe, Sie lieben sie ebenso sehr wie ich. Mark Harris.*

Kelly rief die Auskunft an und ließ sich die Nummer der Kingsley International Group geben. Als sich die Telefonzentrale meldete, fragte sie: »Arbeitet bei Ihnen ein gewisser Mark Harris?«

»*Oui, mademoiselle.*«

»Könnte ich ihn bitte sprechen?«

»Einen Moment.«

Kurz darauf hörte Kelly eine bekannte Stimme. »Hallo?«

»Mr. Harris?«

»Ja.«

»Hier ist Kelly. Ich habe beschlossen, Ihre Einladung zum Essen anzunehmen.«

Ein Moment lang herrschte Schweigen, dann: »Wirklich? Das … das ist ja großartig.«

Kelly hörte die Aufregung in seiner Stimme.

»Heute um eins im Laurent?«

»Wunderbar. Ich danke Ihnen vielmals. Ich –«

»Ich lasse einen Tisch reservieren. Wiederhören.«

Mark Harris stand wartend an einem Tisch im Laurent, als Kelly mit dem Welpen im Arm hereinkam.

Marks Gesicht leuchtete auf. »Sie sind gekommen. Ich war mir nicht sicher … Und Sie haben Angel mitgebracht.«

»Ja.« Kelly drückte Mark den Hund in die Arme. »Sie kann Ihnen beim Essen Gesellschaft leisten«, sagte sie in eisigem Tonfall, wandte sich ab und wollte gehen.

»Das verstehe ich nicht«, sagte Mark. »Ich dachte ...«

»Tja, dann werde ich es Ihnen zum letzten Mal erklären«, versetzte Kelly. »Ich möchte nicht mehr von Ihnen belästigt werden. Verstehen Sie das?«

Mark Harris' Gesicht lief rot an. »Ja. Ja, natürlich. Tut mir Leid. Ich ... ich wollte nicht ... Ich dachte bloß ... Ich weiß nicht, was ... Ich möchte das gern erklären. Wollen Sie nicht einen Moment Platz nehmen?«

Kelly wollte bereits Nein sagen, setzte sich dann aber und musterte ihn mit verächtlicher Miene. »Ja?«

Mark Harris atmete tief durch. »Es tut mir wirklich Leid. Ich wollte Sie nicht belästigen. Ich habe Ihnen diese Sachen geschickt, um mich bei Ihnen zu entschuldigen. Ich wollte lediglich eine Chance – als ich Ihr Bild gesehen habe, hatte ich das Gefühl, als ob ich Sie schon ein Leben lang kenne. Und als ich Sie dann persönlich gesehen habe und Sie noch ...« Er geriet vor lauter Verlegenheit ins Stammeln. »Ich hätte mir darüber klar sein müssen, dass jemand wie Sie kein Interesse an jemandem wie ... Ich ... ich habe mich wie ein dummer Schuljunge benommen. Es ist mir so peinlich. Es ist nur so, dass ich ... Ich wusste nicht, wie ich Ihnen erklären sollte, wie mir zumute war, und ...« Mit einem Mal wirkte er ungemein verletzlich. »Ich kann einfach ... Ich kann meine Gefühle schlecht erklären. Ich bin mein Leben lang allein gewesen. Niemand hat jemals... Meine Eltern haben sich scheiden lassen, als ich sechs war, und danach gab es einen langen Streit ums Sorgerecht. Keiner von beiden wollte mich haben.«

Kelly betrachtete ihn schweigend. Seine Worte gingen ihr durch den Kopf und brachten längst verdrängte Erinnerungen zurück.

Warum bist du den Balg nicht losgeworden, bevor er zur Welt gekommen ist?

Ich hab's ja versucht. Es hat nicht geklappt.

Er fuhr fort. »Ich bin in einem halben Dutzend verschiedener Pflegeheime aufgewachsen, wo sich niemand irgendwas …«

Das sind deine Onkel. Ärger sie nicht.

»Ich hatte das Gefühl, dass ich es niemand recht …«

Das Essen ist miserabel … Das Kleid steht dir nicht … Du hast die Badezimmer immer noch nicht geputzt …

Kelly wurde von seinen Erklärungen mehr und mehr in Bann geschlagen.

Ich habe beschlossen, Model zu werden.

Sämtliche Models sind Nutten.

»Ich habe davon geträumt, aufs College zu gehen, aber sie haben gesagt, für die Arbeit, die ich mal machen werde, bräuchte ich … bräuchte ich keine höhere Schuldbildung.«

Was zum Teufel willst du auf 'ner Schule? Bei deinem Aussehen könntest du schon eher anschaffen gehen.

»Als ich ein Stipendium fürs MIT bekommen habe, haben meine Pflegeeltern gesagt, ich würde das Studium vermutlich sowieso nicht schaffen und sollte lieber in einer Autowerkstatt arbeiten …«

Aufs College? Du vergeudest bloß vier Jahre deines Lebens …

Was dieser Fremde ihr erzählte, kam ihr vor wie eine Wiederholung all der Vorhaltungen, die sie sich einst hatte anhören müssen. Kelly saß zutiefst berührt da, konnte nur zu gut nachempfinden, was dieser Mann durchgemacht hatte.

»Als ich mein Studium am MIT abgeschlossen hatte, wurde ich von der Kingsley International Group eingestellt und arbeitete in deren Filiale in Paris. Aber ich war so einsam.« Er schwieg eine Weile. »Vor langer Zeit habe ich mal irgendwo gelesen, dass es im Leben nicht Schöneres gibt, als jemanden zu finden, den man liebt und der einen ebenfalls liebt … Und ich habe es geglaubt.«

Kelly saß schweigend da.

»Aber ich habe niemanden gefunden und wollte bereits aufgeben«, sagte Mark Harris verlegen. »Und dann habe ich eines Tages Sie gesehen …« Er konnte nicht weitersprechen.

Er stand auf, Angel immer noch auf dem Arm. »Ich schäme mich so. Ich verspreche Ihnen, dass ich Sie nie wieder behelligen werden. Auf Wiedersehen.«

Kelly sah, wie er sich abwandte und wegging. »Wohin wollen Sie mit meinem Hund?«, rief sie.

Mark Harris drehte sich verdutzt um. »Wie bitte?«

»Angel gehört mir. Sie haben sie mir geschenkt, nicht wahr?«

Mark stand verwirrt da. »Ja, aber Sie haben doch gesagt …«

»Ich mache Ihnen einen Vorschlag, Mr. Harris. Ich behalte Angel, und Sie erhalten ein Besuchsrecht.«

Es dauerte einen Moment, bis er begriff, aber dann strahlte er übers ganze Gesicht. »Sie meinen, ich darf … Sie lassen mich …?«

»Warum besprechen wir das nicht heute Abend beim Essen?«, fragte Kelly.

Und sie hatte keine Ahnung, dass sie sich in diesem Augenblick in Lebensgefahr gebracht hatte.

11

Paris

In der Polizeizentrale Reuilly an der Rue Hénard im 12. Arrondissement von Paris fand eine Vernehmung statt. Der Verwalter des Eiffelturms musste den Kriminalbeamten André Belmondo und Pierre Marais Rede und Antwort stehen.

ERMITTLUNG IM FALL
DES SELBSTMORDS AM EIFFELTUM

Montag, 6. Mai
10 Uhr
Name des Vernommenen: René Pascal

BELMONDO: Monsieur Pascal, wir haben Grund zur Annahme, dass Mark Harris, der Mann, der angeblich von der Aussichtsplattform des Eiffelturms fiel, ermordet wurde.

PASCAL: Ermordet? Aber … man hat mir doch gesagt, dass es ein Unfall war und …

MARAIS: Er konnte nicht versehentlich über die Brüstung fallen. Dazu ist sie viel zu hoch.

BELMONDO: Außerdem haben wir in Erfahrung gebracht, dass das Opfer nicht selbstmordgefährdet war. Er wollte am Wochenende mit seiner Frau ausgehen und hatte schon alle entsprechenden Vorbereitungen getroffen. Er war mit Kelly verheiratet– dem Mannequin.

PASCAL: Tut mir Leid, meine Herren, aber ich verstehe nicht, was … weshalb man mich hierher bestellt hat.

MARAIS: Damit Sie helfen, ein paar Fragen zu klären. Wann hat das Restaurant an diesem Abend geschlossen?

PASCAL: Um 22 Uhr. Wegen des Unwetters war das Jules Verne leer, deshalb beschloss ich …

MARAIS: Wann wurden die Aufzüge abgestellt?

PASCAL: Normalerweise sind sie bis Mitternacht in Betrieb, aber da an diesem Abend weder Touristen noch Gäste da waren, habe ich sie um 22 Uhr außer Betrieb genommen.

BELMONDO: Auch den Aufzug, der zur Aussichtsplattform führt?

PASCAL: Ja. Alle.

MARAIS: Kann man auch zur Aussichtsplattform gelangen, ohne den Aufzug zu benutzen?

PASCAL: Nein. An diesem Abend war alles abgeschlossen. Ich verstehe nicht, was das alles soll. Wenn …

BELMONDO: Ich will Ihnen erklären, worum es geht. Monsieur Harris wurde von der Aussichtsplattform geworfen.

Wir wissen das, weil wir bei einer Untersuchung der Brüstung Kratzspuren an der Krone gefunden haben, und die Zementspuren, die im Profil seiner Schuhsohlen hafteten, stimmen mit dem Zement der Brüstung überein. Wenn die Plattform abgeschlossen war und die Aufzüge nicht in Betrieb waren, wie ist er dann um Mitternacht hinaufgekommen?

PASCAL: Ich weiß es nicht. Ohne Aufzug wäre das ... ist das nicht möglich.

MARAIS: Aber Monsieur Harris ist mit einem Aufzug hinaufgefahren, und sein Mörder beziehungsweise seine Mörder müssen ebenfalls mit dem Aufzug hinauf- und wieder heruntergefahren sein.

BELMONDO: Könnte ein Fremder den Aufzug bedienen?

PASCAL: Nein. Die Fahrstuhlführer verlassen die Aufzüge nicht, solange sie im Dienst sind, und um Mitternacht wird mit einem Spezialschlüssel abgeschlossen.

MARAIS: Wie viele Schlüssel gibt es?

PASCAL: Drei. Ich habe einen, und die beiden anderen werden dort verwahrt.

BELMONDO: Sind Sie sicher, dass der letzte Aufzug um 22 Uhr abgestellt wurde?

PASCAL: Ja.

MARAIS: Wer hat ihn bedient?

PASCAL: Toth. Gérard Toth.

MARAIS: Ich würde gern mit ihm sprechen.

PASCAL: Ich auch.

MARAIS: Wie bitte?

PASCAL: Toth ist seit diesem Abend nicht mehr zum Dienst erschienen. Ich habe bei ihm zu Hause angerufen, aber dort meldet sich niemand. Anschließend habe ich mich bei seinem Vermieter erkundigt. Toth ist ausgezogen.

MARAIS: Ohne eine Adresse zu hinterlassen?

PASCAL: Ganz recht. Er hat sich förmlich in Luft aufgelöst.

»›In Luft aufgelöst‹? Haben wir es mit dem großen Houdini zu tun oder mit einem verdammten Fahrstuhlführer?«

Der, der das ausrief, war Generalsekretär Claude Renaud, der Leiter der Interpol-Zentrale. Renaud war ein kleiner, dynamischer Mann um die fünfzig, der sich in zwanzigjährigem Polizeidienst nach oben gedient hatte.

Renaud leitete eine Besprechung im großen Konferenzraum der siebenstöckigen Zentrale von Interpol, der internationalen Polizeibehörde, in der die Mitteilungen von insgesamt 126 Polizeitruppen aus 78 Ländern gebündelt und ausgewertet wurden. Das Gebäude befand sich in St. Cloud, knapp zehn Kilometer westlich von Paris, und das Personal bestand größtenteils aus ehemaligen Kriminalbeamten der Sûreté Nationale und der Préfecture von Paris.

Zwölf Männer saßen um den großen Konferenztisch. Seit einer Stunde schon musste ihnen André Belmondo von der Pariser Kriminalpolizei Rede und Antwort stehen.

»Sie und Marais waren also nicht in der Lage, irgendwelche Erkenntnisse darüber zu gewinnen, wie ein Mann an einem Ort ermordet werden konnte, an den er eigentlich gar nicht gelangen konnte?«, fragte Generalsekretär Renaud unwirsch. »Und Sie wissen auch nicht, wie seine Mörder dorthin gelangten und wie sie von dort wieder wegkamen? Ist das alles, was Sie uns mitteilen können?«

»Marais und ich haben mit allen gesprochen, die …«

»Spielt keine Rolle. Sie können gehen.«

»Ja, Monsieur.«

Sie blickten dem Kriminalbeamten hinterher, der sichtlich geknickt hinausging.

Generalsekretär Renaud wandte sich wieder der Gesprächsrunde zu. »Ist irgendeiner von Ihnen im Zuge seiner Ermittlungen schon einmal auf einen Mann namens Prima gestoßen?«

Sie dachten einen Moment lang nach, dann schüttelten sie den Kopf. »Nein. Wer ist Prima?«

»Das wissen wir nicht. Sein Name stand auf einem Notizzettel, den man in der Jackentasche eines Toten in New York gefunden hat. Unserer Meinung nach könnte da eine Verbindung bestehen.« Er seufzte. »Meine Herren, wir haben es hier mit einer ausgesprochen rätselhaften Angelegenheit zu tun. In den fünfzehn Jahren, in denen ich dieses Amt bekleide, haben wir Ermittlungen wegen vielfachen Mordes, internationaler Bandenkriminalität, Terrorismus, Menschenhandel und jedem nur erdenklichen Verbrechen angestellt.« Er hielt kurz inne. »Aber so etwas ist mir in all diesen Jahren noch nicht untergekommen. Ich werde der New Yorker Polizei eine Mitteilung zukommen lassen.«

Frank Bigley, der Chef der Kriminalpolizei in Manhattan, las gerade den Aktenvermerk, den Generalsekretär Renaud geschickt hatte, als Earl Greenburg und Robert Praegitzer in sein Büro kamen.

»Sie wollten uns sprechen, Chef?«

»Ja. Setzen Sie sich.«

Sie zogen sich zwei Stühle zurecht.

Bigley hielt das Blatt hoch. »Das ist eine Mitteilung, die uns Interpol heute Morgen geschickt hat.« Er fing an vorzulesen. »Vor sechs Jahren beging ein japanischer Wissenschaftler namens Akira Iso in seinem Hotelzimmer in Tokio Selbstmord durch Erhängen. Mr. Iso war kerngesund, er war kurz zuvor befördert worden, und nach Aussage von Bekannten war er bester Dinge.«

»Japan? Was geht uns das denn an?«

»Lassen Sie mich fortfahren. Vor drei Jahren drehte Madeleine Schmider, eine zweiunddreißigjährige Schweizer Wissenschaftlerin, in ihrer Wohnung in Zürich den Gashahn auf und beging Selbstmord. Sie war schwanger und wollte den Vater ihres ungeborenen Kindes heiraten. Nach Auskunft von Freunden war sie noch nie so glücklich gewesen.« Er blickte auf und musterte die beiden Detectives. »Vor drei Tagen hat sich in Berlin eine Frau namens Sonja Verbrügge in ihrer Badewanne ertränkt. In der gleichen Nacht stürzte sich ein Amerikaner namens Mark Harris von der Aussichtsplattform des Eiffelturms. Einen Tag später prallte ein Kanadier namens Gary Reynolds mit seiner Cessna in der Nähe von Denver gegen einen Berg.«

Greenburg und Praegitzer wirkten zusehends verwirrter, während sie zuhörten.

»Und gestern haben Sie beide die Leiche von Richard Stevens am Ufer des East River gefunden.«

Earl Greenburg schaute ihn verdutzt an. »Was haben denn all diese Fälle mit uns zu tun?«

»Es handelt sich um ein und denselben Fall«, erwiderte Bigley leise.

Greenburg starrte ihn an. »*Was?* Mal sehen, ob ich das richtig verstanden habe: vor sechs Jahren ein Japaner, vor drei Jahren eine Schweizerin und in den letzten paar Tagen eine Deutsche, ein Kanadier und zwei Amerikaner.« Er schwieg einen Moment lang. »Was für ein Zusammenhang besteht zwischen diesen Fällen?«

Bigley reichte Greenburg die Mitteilung von Interpol. Greenburg bekam große Augen, als er sie las. »Interpol nimmt an, dass eine Denkfabrik, die Kingsley International Group, hinter diesen Morden steckt? Das ist doch lächerlich.«

»Chef, wir haben es hier mit der größten Denkfabrik der Welt zu tun«, sagte Praegitzer.

»All diese Menschen wurden ermordet, und jeder von ihnen stand mit der KIG in Verbindung. Das Unternehmen befindet sich im Besitz von Tanner Kingsley. Er ist der Präsident und Vorstandsvorsitzende der Kingsley International Group. Außerdem ist er Vorsitzender der Wissenschaftskomitees des Präsidenten, Leiter des nationalen Instituts für Zukunftsplanung und Mitglied des verteidigungspolitischen Ausschusses im Pentagon. Meiner Meinung nach sollten Sie und Greenburg mal mit Mr. Kingsley sprechen.«

Earl Greenburg schluckte. »Gut.«

»Und noch was, Earl …«

»Ja.«

»Gehen Sie ruhig und behutsam vor.«

Fünf Minuten später sprach Earl Greenburg mit Tanner Kingsleys Sekretärin. Als er aufgelegt hatte, wandte er sich an Praegitzer. »Wir haben am Dienstagmorgen um zehn Uhr einen Termin. Im Moment tritt Mr. Kingsley vor irgendeinem parlamentarischen Ausschuss in Washington auf.«

Die dreißig Zuschauer und Reporter verfolgten Tanner Kingsleys Vortrag vor dem Senatsausschuss für Umweltfragen in Washington ebenso aufmerksam wie die sechs Senatoren, die dem Ausschuss angehörten.

Tanner Kingsley war Mitte vierzig, groß und gut aussehend, mit stahlblauen Augen, die vor Intelligenz funkelten. Er hatte eine Römernase, ein energisches Kinn und ein Profil, das eine Münze hätte zieren können.

Die Ausschussvorsitzende, Senatorin Pauline Mary van Luven, war eine imposante Frau mit einem geradezu anmaßenden Selbstbewusstsein. Sie musterte Tanner und sagte dann spitz: »Sie dürfen jetzt anfangen, Mr. Kingsley.«

Tanner nickte. »Vielen Dank, Senatorin.« Er wandte sich den anderen Ausschussmitgliedern zu und ergriff mit eindringlicher Stimme das Wort. »Während unsere Politiker, auch manche Mitglieder unserer Regierung, noch immer über die möglichen Folgen von globaler Erwärmung und Treibhauseffekt streiten, weitet sich das Loch in der Ozonschicht rapide aus. Deswegen leidet derzeit die halbe Welt unter einer Dürre und die andere Hälfte unter Überschwemmungen. Im Ross-Meer ist aufgrund der globalen Erwärmung ein Eisberg von der Größe Jamaikas abgebrochen. Das Ozonloch über der Antarktis ist mit einer Ausbreitung von rund sechzehn Millionen Quadratkilometern so groß wie nie zuvor.« Er legte eine kurze Kunstpause ein und wiederholte dann langsam: »Sechzehn Millionen Quadratkilometer.

Wir erleben zurzeit eine noch nie dagewesene Anzahl von Hurrikanen, Zyklonen und Taifunen sowie schwere Stürme, die Europa verwüsten. Aufgrund der radikalen Klimaveränderungen sind weltweit Millionen von Menschen von Hungersnöten und Vernichtung bedroht. Für uns sind das bloße Worte: *Hungersnöte und Vernichtung.* Bedenken Sie aber, was diese Schlagworte bedeuten – Millionen Männer, Frauen und Kinder, die hungern, obdachlos und dem Tode geweiht sind.

Vergangenen Sommer sind allein in Europa zwanzigtausend Menschen bei einer Hitzewelle ums Leben gekommen.« Tanner hob die Stimme. »Und was haben wir dagegen getan? Unsere Regierung hat sich geweigert, das Abschlussprotokoll des internationalen Klimagipfels in Kyoto zu unterzeichnen. Die Haltung, die daraus spricht, ist eindeutig: Uns ist es schnurzegal, wie es dem Rest der Welt ergeht. Wir machen einfach so weiter, wie es uns passt. Sind wir so borniert, so von uns selbst eingenommen, dass wir nicht einsehen, was wir …?«

Die Ausschussvorsitzende unterbrach ihn. »Mr. Kingsley, wir sind hier nicht bei einem Streitgespräch. Bitte mäßigen Sie sich etwas in Ihrem Ton.«

Tanner atmete tief durch und nickte. »Wir alle sind uns bewusst, dass der Treibhauseffekt durch die exzessive Nutzung fossiler Brennstoffe sowie durch andere, damit zusammenhängende Faktoren verursacht wird, die wir angeblich völlig im Griff haben. Und dennoch haben die dadurch entstehenden Emissionen das höchste Ausmaß erreicht, das wir in einer halben Million Jahre je zu verzeichnen hatten. Sie verpesten die Luft, die unsere Kinder und Kindeskinder atmen sollen. Dieser Verschmutzung kann man Einhalt gebieten. Und warum geschieht das nicht? Weil es das Big Business viel Geld kostet.« Wieder hob er die Stimme. »Geld! Wie viel ist ein Atemzug frischer Luft wert, wie viel ein Menschenleben? Zwei Liter Benzin? Fünf Liter?« Sein Tonfall wurde noch hitziger. »Meines Wissens ist die Erde der einzige Ort, an dem wir leben können, und dennoch verseuchen wir hemmungslos das Land, die Meere und die Luft, die wir atmen. Wenn wir nicht aufhören ...«

Wieder fiel ihm Senatorin van Luven ins Wort. »Mr. Kingsley ...«

»Ich bitte um Entschuldigung, Senatorin. Ich bin aufgebracht. Ich kann nicht einfach widerspruchslos zusehen, wie diese Welt zugrunde gerichtet wird.«

Kingsley sprach noch eine halbe Stunde weiter. Als er geendet hatte, sagte Senatorin van Luven: »Mr. Kingsley, ich möchte Sie bitte in meinem Büro sprechen. Die Sitzung ist vertagt.«

Das Büro von Senatorin van Luven war von Haus aus genauso steril und unpersönlich wie jedes andere – ein Schreibtisch, ein Tisch, sechs Stühle und eine Reihe Aktenschränke –, doch mit ein paar farbenfrohen Wandbehängen, Bildern und Fotos hatte sie ihm eine ureigene, weibliche Note verliehen.

Als Tanner eintrat, stellte er fest, dass sich neben der Senatorin noch zwei weitere Frauen in dem Büro aufhielten.

»Das sind meine Assistentinnen, Corinne Murphy und Karolee Trost.«

Corinne Murphy, eine junge, attraktive Rothaarige, und Karolee Trost, eine zierliche Blondine, beide etwa Mitte zwanzig, saßen links und rechts neben der Senatorin. Beide waren sichtlich fasziniert von Tanner.

»Nehmen Sie Platz, Mr. Kingsley«, sagte Senatorin van Luven.

Tanner setzte sich. Die Senatorin musterte ihn einen Moment lang. »Offen gestanden verstehe ich Sie nicht.«

»Ach, wirklich? Das wundert mich, Senatorin. Ich dachte, ich hätte mich klar und deutlich ausgedrückt. Ich habe den Eindruck ...«

»Ich weiß, worauf Sie hinaus wollen. Aber Ihr Unternehmen, die Kingsley International Group, hat von unserer Regierung zahlreiche Aufträge bekommen, und dennoch kritisieren Sie die Umweltpolitik ebendieser Regierung. Ist das nicht schlecht fürs Geschäft?«

»Hier geht's nicht ums Geschäft, Senatorin«, erwiderte Tanner kühl. »Hier geht es um Menschenleben. Wir stehen am Beginn einer Katastrophe von globalem Ausmaß. Ich versuche, den Senat dazu zu bringen, dass er die erforderlichen Mittel zur Verfügung stellt, um dies zu verhindern.«

»Ein Teil dieser Mittel könnte auch Ihrem Unternehmen zugute kommen, nicht wahr?« versetzte Senatorin van Luven.

»Wer diese Mittel bekommt, ist mir völlig egal. Mir geht es nur darum, dass man etwas unternimmt, bevor es zu spät ist.«

»Das ist bewundernswert«, warf Corinne Murphy ein. »Sie sind ein sehr ungewöhnlicher Mensch.«

Tanner wandte sich ihr zu. »Miss Murphy, wenn Sie damit ausdrücken wollen, dass die Mehrzahl der Menschen anscheinend meint, dass Geld wichtiger ist als Moral, dann muss ich Ihnen leider Recht geben.«

Karolee Trost ergriff das Wort. »Ich finde es wunderbar, wie Sie Ihr Anliegen vertreten.«

Senatorin van Luven warf ihren Assistentinnen einen missbilligenden Blick zu und wandte sich dann an Tanner. »Ich kann Ihnen nichts versprechen, aber ich werde mit meinen Kollegen reden und mich nach ihren Auffassungen zum Thema Umweltschutz erkundigen. Ich melde mich wieder bei Ihnen.«

»Vielen Dank, Senatorin. Dafür wäre ich Ihnen sehr verbunden.« Er zögerte einen Moment. »Wenn Sie mal nach Manhattan kommen, könnte ich Sie in der KIG herumführen und Ihnen unser Unternehmen zeigen. Ich glaube, das könnte Sie interessieren.«

Senatorin van Luven nickte kurz und unverbindlich. »Ich sage Ihnen Bescheid.«

Damit war das Gespräch beendet.

12

Sobald sich herumsprach, dass Mark tot war, gingen bei Kelly zahllose Anrufe, E-Mails und Blumen ein. Der Erste, der sich meldete, war Sam Meadows, ein Freund und Kollege von Mark.

»Kelly! Mein Gott! Ich kann es nicht fassen! Ich ... ich weiß nicht, was ich sagen soll. Ich bin völlig fertig. Jedes Mal, wenn ich mich umdrehe, denke ich, ich sehe Mark vor mir. Kelly, kann ich irgendetwas für dich tun?«

»Nein, vielen Dank, Sam.«

»Aber wir bleiben in Kontakt. Ich möchte dir helfen, so gut ich kann ...«

Danach gingen Dutzende Anrufe von Marks Freunden, aber auch von anderen Models, Kellys Kolleginnen, ein.

Bill Lerner, der Leiter der Model-Agentur, rief an. Er sprach ihr sein Beileid aus und sagte dann: »Kelly, mir ist klar, dass dies nicht der richtige Zeitpunkt ist, aber ich glaube, es würde dir vielleicht ganz gut tun, wenn du so schnell wie möglich wieder arbeitest. Bei uns klingelt ununterbrochen das Telefon. Wann kannst du deiner Meinung nach wieder ...?«

»Wenn Mark zurückkommt.«

Damit legte sie den Hörer auf.

Und jetzt klingelte das Telefon schon wieder. Kelly ließ es eine Zeit lang läuten, dann nahm sie schließlich doch den Hörer ab.

»Mrs. Harris?«

War sie noch Mrs. Harris? Es gab keinen Mr. Harris mehr, aber sie würde für immer Marks Frau sein.

»Hier ist Mrs. Mark Harris«, sagte sie mit fester Stimme.

»Hier ist das Sekretariat von Mr. Tanner Kingsley.«

Für den Mann arbeitet Mark – hat er gearbeitet. »Ja?«

»Mr. Kingsley wäre Ihnen sehr verbunden, wenn Sie ihn in Manhattan besuchen könnten. Er würde sich gern in der Zentrale seiner Firma mit Ihnen treffen. Sind Sie abkömmlich?«

Kelly war abkömmlich. Sie hatte die Agentur darum gebeten, sämtliche Termine abzusagen. Trotzdem wunderte sie sich. *Warum will Tanner mich sprechen?* »Ja.«

»Wäre es Ihnen angenehm, wenn Sie am Freitag von Paris abfliegen?«

Angenehm würde nichts mehr sein. »Am Freitag. In Ordnung.«

»Gut. Am Flughafen Charles de Gaulle wird ein Ticket der United Airlines für Sie bereit liegen.« Er nannte ihr die Flugnummer. »In New York werden Sie von einem Chauffeur abgeholt werden.«

Mark hatte mit ihr über Tanner Kingsley gesprochen. Er war ihm persönlich begegnet und hielt ihn für ein Genie und einen wunderbaren Arbeitgeber. *Vielleicht können wir ein paar Erinnerungen an Mark austauschen.* Der Gedanke munterte Kelly etwas auf.

Angel kam hereingestürmt und sprang ihr auf den Schoß. Kelly drückte sie an sich. »Was mache ich nur mit dir, wenn ich weg bin? Frauchen würde dich ja gern mitnehmen. Aber ich bin ja nur ein paar Tage fort.«

Dann fiel Kelly ein, wer sich um den Welpen kümmern könnte.

Kelly ging die Treppe zum Büro des Concierge hinunter. Einige Arbeiter bauten gerade einen neuen Fahrstuhl ein, und Kelly zuckte jedes Mal zusammen, wenn sie an ihnen vorbeiging.

Philippe Cendre, der Hausmeister des Gebäudes, war ein großer, attraktiver Mann, der eine angenehme Art an sich hatte, desgleichen seine Frau und die Kinder, die stets darum bemüht waren, anderen zu helfen. Sie waren völlig niedergeschmettert gewesen, als sie von Marks Tod erfuhren. Deshalb hatte Kelly auch die ganze Familie zu Marks Beerdigung eingeladen, die am Friedhof Père-Lachaise stattfand.

Kelly begab sich zu Philippes Wohnungstür und klopfte. Als er selbst öffnete, sagte sie: »Ich muss Sie um einen Gefallen bitten.«

»Kommen Sie herein. Ihnen erfülle ich doch gern jeden Wunsch, Madame Harris.«

»Ich muss für drei, vier Tage nach New York. Würde es Ihnen etwas ausmachen, sich um Angel zu kümmern, solange ich weg bin?«

»Ob uns das etwas ausmacht? Ana Marie und ich tun das doch gern.«

»Danke. Das ist sehr lieb von Ihnen.«

»Und ich verspreche Ihnen auch, dass ich alles tun werde, um sie zu verwöhnen.«

Kelly lächelte. »Zu spät. Ich habe sie schon verwöhnt.«

»Wann reisen Sie ab?«

»Am Freitag.«

»Gut. Ich werde mich um alles kümmern. Habe ich Ihnen schon erzählt, dass meine Tochter an der Sorbonne angenommen wurde?«

»Nein. Das ist ja wunderbar. Sie müssen sehr stolz auf sie sein.«

»Das bin ich. Sie fängt in zwei Wochen mit dem Studium an. Wir sind alle ganz aufgeregt. Für uns ist ein Traum in Erfüllung gegangen.«

Am Freitagmorgen brachte Kelly Angel zu Philippe Cendres Wohnung.

Kelly gab dem Hausmeister ein paar Papiertüten. »Hier ist Angels Lieblingsfutter, dazu ein paar Spielsachen für sie ...«

Philippe trat einen Schritt zur Seite, und Kelly sah hinter ihm einen Haufen Hundespielzeug am Boden liegen.

Sie lachte. »Angel, du bist in guten Händen.« Sie drückte den Welpen ein letztes Mal an sich. »Wiedersehen, Angel. Vielen Dank, Philippe.«

Als Kelly aufbrach, stand Nicole Paradis, die Dame von der Rezeption des noblen Apartmenthauses, an der Tür, um sich von ihr zu verabschieden. Sie war eine überschwängliche, grauhaarige Frau, die so klein war, dass man nur ihren Kopf sah, wenn sie an der Rezeption saß.

Sie lächelte Kelly an und sagte: »Sie werden uns fehlen, Madame. Kommen Sie bitte rasch zurück.«

Kelly ergriff ihre Hand. »Danke, Nicole. Ich bin bald wieder da.« Wenige Minuten später war sie zum Flughafen unterwegs. Am Flughafen Charles de Gaulle herrschte wie immer ein unglaubliches Gedränge. Die große Halle war ein aberwitziges Labyrinth aus Ticketschaltern, Läden, Restaurants, Rolltreppen und riesigen Aufzügen, die wie Urzeitmonster auf und ab fuhren.

Als Kelly eintraf, geleitete sie ein Flughafenangestellter zu einer Privatlounge. Fünfundvierzig Minuten später wurde ihr Flug ausgerufen. Als sich Kelly zum Flugsteig begab, blickte ihr eine in der Nähe stehende Frau hinterher, bis sie die Fluggastbrücke betrat. Sobald Kelly außer Sicht war, zückte die Frau ihr Handy und erledigte einen Anruf.

Kelly saß in der Maschine und dachte ständig an Mark, ohne wahrzunehmen, dass die meisten Männer und Frauen in der Kabine sie verstohlen anstarrten. *Was hat Mark um Mitternacht auf der Aussichtsplattform des Eiffelturms gemacht? Mit wem wollte er sich dort treffen? Und warum?* Eine Frage machte ihr vor allem zu schaffen: *Warum sollte Mark Selbstmord begehen? Wir waren so glücklich. Wir haben einander so geliebt. Ich kann einfach nicht glauben, dass er sich umgebracht hat. Mark doch nicht … Er nicht … Er nicht.* Sie schloss die Augen und gab sich ihren Erinnerungen hin …

Sie waren zum ersten Mal miteinander verabredet. Sie hatte an diesem Abend einen züchtigen schwarzen Rock und eine hochgeschlossene weiße Bluse angezogen, damit Mark nicht auf die Idee kam, sie wollte ihn in irgendeiner Weise in Versuchung führen. Sie hatte vor, lediglich ein paar angenehme, zwanglose Stunden mit ihm zu verbringen. Trotzdem stellte Kelly fest, dass sie nervös war. Wegen der unaussprechlichen Sache, die ihr als Kind widerfahren war, hatte Kelly keinerlei Umgang mit Männern gepflegt, es sei denn aus geschäftlichen Gründen oder bei den üblichen Wohltätigkeitsveranstaltungen.

Mark ist ja eigentlich auch kein Partner, sagte sich Kelly immer wieder. *Wir beide werden nur Freunde werden. Er kann mich in der Stadt herumführen, ohne dass es zu irgendwelchen Zärtlichkeiten oder anderen Verwicklungen kommt.* Während sie noch darüber nachdachte, klingelte es an der Tür.

Kelly atmete tief durch und öffnete. Draußen stand Mark, der sie anlächelte und eine Papiertüte und eine Schachtel in der Hand hielt. Er trug einen schlecht sitzenden grauen Anzug, ein grünes Hemd, eine leuchtend rote Krawatte und braune Schuhe. Kelly hätte beinahe laut gelacht. Marks völliger Mangel an Stilgefühl war geradezu liebenswert. Sie hatte Männer gekannt, deren ganzes Selbstbewusstsein daran hing, dass sie elegant auszusehen meinten.

»Kommen Sie rein«, sagte Kelly.

»Ich hoffe, ich komme nicht zu spät.«

»Nein, ganz und gar nicht.« Er war fünfundzwanzig Minuten zu früh dran.

Mark reichte Kelly die Schachtel. »Die ist für Sie.«

Die Schachtel enthielt zweieinhalb Kilogramm Pralinen. Im Lauf der Jahre hatte man Kelly alle möglichen Geschenke angeboten, seien es Diamanten, Pelze oder Penthousewohnungen, aber noch nie Pralinen. *Genau das Richtige für ein Model,* dachte sie belustigt.

Kelly lächelte. »Vielen Dank.«

Mark hielt ihr die Tüte hin. »Und das sind ein paar Leckereien für Angel.«

Wie auf ein Stichwort kam Angel angeflitzt und blieb mit wedelndem Schwanz vor Mark stehen.

Mark nahm Angel auf den Arm und kraulte sie. »Sie erinnert sich an mich.«

»Ich möchte mich noch mal für sie bedanken«, sagte Kelly. »Sie ist eine wunderbare Gefährtin. Ich hatte noch nie eine.«

Mark schaute Kelly an, und sein Blick sagte alles.

Der Abend verlief unerwartet angenehm. Mark war ein charmanter Begleiter, und Kelly fand seine offensichtliche Begeisterung darüber, dass er mit ihr zusammen war, geradezu rührend. Er war intelligent und ein guter Gesprächspartner, und die Zeit verging viel schneller, als Kelly gedacht hatte.

Als sich der Abend dem Ende zuneigte, sagte Mark: »Ich hoffe, wir können das mal wieder machen.«

»Ja. Von mir aus gern.«

»Was machen Sie am liebsten, Kelly?«

»Ich schaue mir gern Fußballspiele an. Mögen Sie Fußball?«

Mark wirkte einen Moment lang verblüfft. »Oh … äh … ja … sehr sogar.«

Er ist ein schlechter Lügner, dachte Kelly. Dann kam ihr ein hinterhältiger Gedanke. »Am Samstagnachmittag findet ein Pokalspiel statt. Hätten Sie Lust hinzugehen?«

Mark schluckte. »Klar, gern«, sagte er. Aber es klang alles andere als begeistert.

Als sie zu Kellys Apartmenthaus zurückkehrten, stellte Kelly fest, wie sie sich verkrampfte. Das war immer der kritische Augenblick.

Wie wär's mit einem Gutenachtkuss? …

Darf ich noch auf ein letzten Glas mit reinkommen? ...

Du willst doch die Nacht nicht etwa allein verbringen ...

Dann das ständige Betatschen ...

Als sie vor Kellys Wohnungstür standen, schaute Mark sie an und sagte: »Wissen Sie, was mir zuallererst an Ihnen aufgefallen ist, Kelly?«

Kelly hielt den Atem an. *Jetzt kommt es.*

Du hast einen tollen Hintern ...

Ich liebe deinen Busen ...

Ich möchte deine langen Beine um meinen Hals spüren ...

»Nein«, sagte Kelly mit eisigem Tonfall. »Was ist Ihnen denn zuallererst aufgefallen?«

»Ihr schmerzlicher Blick.«

Und ehe sie etwas erwidern konnte, sagte Mark: »Gute Nacht.«

Kelly blickte ihm noch lange nach.

13

Als Mark am Samstagmittag eintraf, brachte er wieder eine Schachtel Pralinen und eine große Papiertüte mit. »Die Pralinen sind für Sie, die Leckereien für Angel.«

Kelly nahm die Tüte. »Ich danke Ihnen, und Angel bedankt sich ebenfalls.«

Sie sah zu, wie er Angel kraulte, und fragte dann ganz unschuldig: »Freuen Sie sich auf das Spiel?«

Mark nickte. »O ja«, sagte er begeistert.

Kelly lächelte. »Gut. Ich mich auch.« Sie war sich ganz sicher, dass Mark noch nie ein Fußballspiel gesehen hatte.

Das Stadion von Paris St. Germain war bis zum letzten Platz ausverkauft, und die siebenundsechzigtausend Fans warteten gespannt darauf, dass das Pokalspiel zwischen Olympique Lyon und Marseille angepfiffen wurde.

Als Kelly und Mark ihre Plätze unmittelbar auf Höhe der Mittellinie einnahmen, sagte Kelly: »Ich bin beeindruckt. Für diese Plätze bekommt man nur schwer Karten.«

»Wenn Sie Fußball so sehr mögen wie ich, ist nichts unmöglich«, erwiderte Mark lächelnd.

Kelly musste sich auf die Lippen beißen, um nicht laut loszulachen. Sie konnte den Anpfiff kaum erwarten.

Um 14 Uhr liefen beide Mannschaften in das Stadion ein und stellten sich auf, während die Kapelle die »Marseillaise« spielte, die französische Nationalhymne. Als sich die beiden Mannschaften vor der Tribüne aufbauten, trat ein Spieler im blau-weißen Trikot von Lyon einen Schritt vor.

Kelly beschloss, Gnade walten zu lassen und Mark zu erklären, worum es ging. Sie beugte sich zu ihm. »Das ist der Torhüter«, sagte sie. »Er ist …«

»Ich weiß«, sagte Mark. »Grégory Coupet. Er ist der beste Tormann der Liga. Letzten April hat er im Meisterschaftsspiel gegen Bordeaux seinem Verein den Sieg gerettet. Und in den beiden Jahren zuvor hat er mit seiner Mannschaft den UEFA-Cup und die Champions League gewonnen. Er ist einunddreißig Jahre alt, eins fünfundachtzig groß und wiegt neunzig Kilo.«

Kelly schaute Mark verwundert an.

Der Ansager fuhr fort. »Und im Sturm Sidney Gouvou ...«

»Die Nummer vierzehn«, rief Mark. »Er ist unglaublich. Letzte Woche hat er gegen Auxerre in der letzten Minute noch ein Tor erzielt.«

Kelly hörte erstaunt zu, als Mark zu jedem einzelnen Spieler einen fachmännischen Kommentar abgab.

Dann wurde das Spiel angepfiffen, und das Publikum geriet außer Rand und Band.

Es war ein schnelles und spannendes Spiel, und die Torhüter beider Mannschaften hatten alle Hände voll zu tun, doch Kelly konnte sich nur mühsam konzentrieren. Ein ums andere Mal blickte sie zu Mark und wunderte sich über sein Wissen. *Wie konnte ich mich nur so irren?*

Kurz nach dem Wiederanpfiff rief Mark: »Gouvou versucht einen Fallrückzieher! Gut gemacht!«

Ein paar Minuten später sagte er:« Pass auf! Carriere bekommt eine gelbe Karte wegen Handspiels.«

Und er hatte Recht.

Als Lyon gewann, strahlte Mark vor Freude. »Was für ein Klasseteam!«

Als sie das Stadion verließen, fragte Kelly: »Mark, wie lange interessieren Sie sich schon für Fußball?«

Er schaute Kelly treuherzig an und sagte: »Seit drei Tagen. Ich habe mich am Computer sachkundig gemacht. Da Sie sich so dafür begeistern, dachte ich, ich sollte mich auch ein bisschen damit befassen.«

Kelly war tief gerührt. Sie konnte kaum glauben, dass Mark so viel Zeit und Mühe aufgewandt hatte, nur weil sie Fußball mochte.

Sie verabredeten sich für den nächsten Tag, sobald Kelly ihren Fototermin hinter sich gebracht hatte.

»Ich kann Sie in Ihrer Garderobe abholen …«

»Nein!« Sie wollte nicht, dass er den anderen Models begegnete.

Mark blickte sie verwundert an.

»Ich meine … Männer haben keinen Zugang zu den Garderoben.«

»Oh.«

Ich will mich nicht verlieben …

»Sehr verehrte Damen und Herren, legen Sie bitte die Sicherheitsgurte an, klappen Sie Ihre Tische hoch, und bringen Sie Ihre Sitzlehnen in eine aufrechte Position. Wir befinden uns im Anflug auf den John F. Kennedy Airport und setzen in wenigen Minuten zur Landung an.«

Kelly wurde aus ihrem Tagtraum gerissen und musste sich wieder der Gegenwart stellen. Sie war in New York, um sich mit Tanner Kingsley zu treffen, dem Mann, für den Mark gearbeitet hatte.

Irgendjemand hatte die Medien verständigt. Als die Maschine landete, wurde Kelly bereits von Reportern erwartet, die sie im Nu mit ihren Kameras und Mikrofonen umringten.

»Kelly, können Sie mal hierher schauen?«

»Können Sie uns sagen, was Ihrer Meinung nach mit Ihrem Mann passiert ist?«

»Stellt die Polizei Ermittlungen an?«

»Hatten Sie und Ihr Mann vor, sich scheiden zu lassen?«

»Ziehen Sie wieder in die Vereinigten Staaten?«

»Wie war Ihnen zumute, als Sie erfahren haben, was passiert ist?«

Die dümmste aller Fragen.

Kelly sah einen freundlich und aufgeweckt wirkenden Mann, der sich im Hintergrund hielt. Er lächelte und winkte ihr zu, worauf sie ihm bedeutete, zu ihr zu kommen.

Ben Roberts war einer der beliebtesten und geachtetsten Talkmaster im amerikanischen Fernsehen. Er hatte Kelly vor einigen Jahren interviewt, und seither waren sie miteinander befreundet. Sie sah, wie Ben sich durch die Reporter drängte. Sie kannten ihn alle.

»Hey, Ben! Tritt Kelly in Ihrer Talkshow auf?«

»Glauben Sie, sie redet über den Vorfall?«

»Darf ich ein Foto von Ihnen und Kelly machen?«

Mittlerweile hatte sich Ben zu Kelly durchgekämpft. Die Reporterschar bedrängte sie. »Lasst sie erst mal in Ruhe, Jungs und Mädels. Ihr könnte später noch mit ihr reden.«

Widerwillig gaben die Reporter nach.

Ben ergriff Kellys Hand und sagte: »Ich kann dir gar nicht sagen, wie Leid mir das tut. Ich habe Mark sehr gemocht.«

»Das beruhte auf Gegenseitigkeit, Ben.«

Als Kelly und Ben zur Gepäckausgabe gingen, fragte er: »Ganz im Vertrauen – was machst du in New York?«

»Ich besuche Tanner Kingsley.«

Ben nickte. »Er ist ein mächtiger Mann. Ich bin davon überzeugt, dass man sich gut um dich kümmern wird.«

Sie waren beim Gepäckschalter angekommen. »Kelly, wenn ich irgendetwas für dich tun kann, kannst du mich jederzeit im Sender erreichen.« Er blickte sich um. »Wirst du abgeholt? Wenn nicht, kann ich …«

In diesem Moment kam ein Chauffeur in Uniform auf Kelly zu. »Mrs. Harris? Ich bin Colin. Mr. Kingsley hat für Sie eine Suite im Peninsula Hotel reservieren lassen. Ich kümmere mich um Ihr Gepäck.«

Kelly wandte sich an Ben. »Rufst du mich an?«

»Natürlich.«

Zehn Minuten später war Kelly unterwegs zum Hotel. Als sie sich durch den dichten Verkehr schlängelten, sagte Colin: »Mr. Kingsleys Sekretariat wird einen Termin mit Ihnen vereinbaren. Der Wagen steht jederzeit zu Ihrer Verfügung.«

»Danke.« *Was mache ich hier?*, fragte sich Kelly.

Bald sollte sie eine Antwort darauf bekommen.

14

Tanner Kingsley las die Schlagzeile der Nachmittagszeitung: »Schwere Hagelschauer im Iran«. In dem Artikel war von einem »ungewöhnlichen Naturereignis« die Rede. Allein schon die Vorstellung, dass in einem heißen Land mitten im Sommer ein Hagelschauer niederging, war aberwitzig. Tanner rief seine Sekretärin zu sich. »Kathy«, sagte er, »schicken Sie eine Kopie dieses Artikels an Senatorin van Luven. Legen Sie eine Notiz bei: ›Neuigkeiten zur globalen Erwärmung. Mit freundlichen Grüßen‹ …«

»Wird sofort erledigt, Mr. Kingsley.«

Tanner Kingsley warf einen Blick auf seine Uhr. Die beiden Detectives sollten in einer halben Stunde eintreffen. Er sah sich in seinem eleganten Büro um. Er hatte all das hier aufgebaut. KIG. Er dachte an die Macht, die hinter diesen drei Buchstaben steckte. Die Leute würden sich wundern, wenn sie wüssten, wie bescheiden die KIG einst angefangen hatte. Erst sieben Jahre war das her. Seine Gedanken schweiften in die Vergangenheit …

Er konnte sich noch genau an den Tag erinnern, als er das neue Firmenlogo für KIG entworfen hatte. *Ziemlich protzig für eine kleine Klitsche,* hatte jemand gesagt, aber Tanner hatte diese kleine Klitsche eigenhändig zu einem Unternehmen von Weltrang aufgebaut. Wenn Tanner an die Anfänge dachte, schien es ihm, als habe er ein Wunder vollbracht.

Tanner Kingsley war fünf Jahre nach seinem Bruder Andrew zur Welt gekommen, und das hatte seinen ganzen Werdegang geprägt. Ihre Eltern waren geschieden, die Mutter hatte wieder geheiratet und war weggezogen. Ihr Vater war Wissenschaftler, und die beiden Söhne waren in seine Fußstapfen getreten und hatten sich zu wahren Wunderkindern gemausert. Mit vierzig Jahren starb der Vater an einem Herzanfall.

Dass er fünf Jahre jünger war als sein Bruder, blieb für Tanner ein stetes Ärgernis. Als er beim Studium der Naturwissenschaften als Bester seines Semesters abschloss, erklärte man ihm: »Andrew war vor fünf Jahren ebenfalls die Nummer eins. Das muss in der Familie liegen.«

Als Tanner einen Rhetorikwettbewerb gewann, sagte der Professor. »Herzlichen Glückwunsch, Tanner. Sie sind schon der zweite Kingsley, der diesen Preis erhält.«

Nicht anders erging es ihm, als er der Tennismannschaft beitrat. »Hoffentlich bist du genauso gut wie dein Bruder Andrew«, meinte der Trainer.

Als Tanner sein Diplom erhielt, hieß es: »Ihre Rede auf

der Abschlussfeier war mitreißend. Sie hat mich sehr an die Andrews erinnert.«

Er war im Schatten seines Bruders aufgewachsen, und es wurmte ihn, dass er immer nur als der Zweitbeste galt, weil Andrew ihm stets zuvorgekommen war.

Die beiden Brüder hatten manche Gemeinsamkeit – beide sahen gut aus, waren intelligent und hoch begabt, aber als sie älter wurden, traten auch deutliche Unterschiede zutage. Während Andrew selbstlos und zurückhaltend war, war Tanner extrovertiert, gesellig und ehrgeizig. Andrew zeigte sich im Beisein von Frauen eher schüchtern, Tanner hingegen zog sie aufgrund seines Aussehens und seines Charmes geradezu magnetisch an.

Doch der größte Unterschied zwischen den beiden Brüdern war ihr Lebensziel. Andrew legte großen Wert darauf, zum Wohle der Menschheit zu wirken und anderen beizustehen, während Tanner reich und mächtig werden wollte.

Andrew schloss sein Studium mit summa cum laude ab und griff sofort zu, als man ihm die Mitarbeit in einer großen Denkfabrik anbot. Dort lernte er, welch wichtigen Beitrag ein derartiges Unternehmen zum Wohle der Menschheit leisten konnte, und fünf Jahre später beschloss er, eine eigene Denkfabrik zu gründen, wenn auch in einer weitaus bescheideneren Größenordnung.

Als Andrew Tanner von seiner Idee berichtete, war dieser sofort Feuer und Flamme. »Das ist ja großartig! Denkfabriken werden von der Regierung mit Aufträgen in Millionenhöhe bedacht, ganz zu schweigen von den Unternehmen, die …«

»Das entspricht nicht ganz meinen Vorstellungen«, unterbrach ihn Andrew. »Ich will den Menschen damit helfen.«

Tanner starrte ihn an. »Den Menschen helfen?«

»Ja. Dutzende von Ländern in der Dritten Welt haben keinerlei Zugang zu modernen landwirtschaftlichen und industriellen Produktionsmethoden. Wenn man einem Mann einen Fisch gibt, so heißt es, kann er sich eine Mahlzeit zubereiten. Bringt man ihm aber bei, wie man Fische fängt, kann er sich sein Leben lang ernähren.«

Mit diesem Kleinkram kommt man doch zu nichts, dachte Tanner. »Andrew, diese Länder können es sich gar nicht leisten, uns …«

»Das spielt doch keine Rolle. Wir schicken Fachleute in die Dritte Welt, die den Menschen dort moderne Technologien bringen, die ihr Leben verändern werden. Ich mache dich zu meinem Kompagnon. Wir nennen unsere Denkfabrik die Kingsley Group. Was hältst du davon?«

Tanner dachte einen Moment lang nach. Dann nickte er. »Genau genommen ist das gar keine schlechte Idee. Wir fangen mit den Ländern an, die du angesprochen hast, und danach sehen wir zu, dass wir ans große Geld kommen – an die Regierungsaufträge und …«

»Wir sollten zunächst dafür sorgen, dass die Welt lebenswerter wird, Tanner.«

Tanner lächelte. Die Sache lief auf einen Kompromiss hinaus. Sie würden so anfangen, wie Andrew es vorgeschlagen hatte, und die Firma dann allmählich ausbauen, bis sie ihre wahren Möglichkeiten ausschöpfen konnten.

»Nun?«

Tanner streckte ihm die Hand entgegen. »Auf unsere Zukunft.«

Sechs Monate später standen die Brüder im strömenden Regen vor einem kleinen Ziegelgebäude, an dem ein unscheinbares Schild mit der Aufschrift KINGSLEY GROUP prangte.

»Na? Wie sieht das aus?«, fragte Andrew sichtlich stolz.

»Herrlich«, erwiderte Tanner, der sich nur mühsam einen spöttischen Unterton verkneifen konnte.

»Dieses Schild wird vielen Menschen auf der Welt Glück und Segen bringen, Tanner. Ich habe bereits damit angefangen, ein paar Fachleute anzuwerben, die wir in die Dritte Welt schicken können.«

Tanner setzte bereits zu einem Einspruch an, hielt sich dann aber zurück. Er durfte seinen Bruder nicht zu sehr bedrängen. Der hätte sich sonst stur stellen können. Irgendwann würde der richtige Zeitpunkt kommen. Ganz bestimmt. Tanner blickte zu dem kleinen Schild auf und dachte: *Eines Tages wird dort KIG stehen, Kingsley International Group.*

John Higholt, ein Kommilitone von Andrew, hatte hunderttausend Dollar für die Gründung der Denkfabrik zur Verfügung gestellt. Das übrige Geld hatte Andrew beschafft. Er stellte eine Hand voll Leute ein, die nach Mosambik, Somalia und in den Sudan geschickt wurden, wo sie die Lebensbedingungen der Einheimischen verbessern sollten. Aber die Firma verdiente damit kein Geld.

Tanner konnte es nicht begreifen. »Andrew, wir könnten Aufträge von den großen Unternehmen bekommen und …«

»Das ist aber nicht unser Ziel, Tanner.«

Was zum Teufel ist denn unser Ziel?, fragte sich Tanner. »Die Chrysler Corporation sucht …«

Aber Andrew lächelte nur und erwiderte: »Kümmern wir uns lieber um unsere eigentliche Aufgabe.«

Tanner musste seine ganze Willenskraft aufbieten, um sich zu beherrschen.

Sowohl Andrew als auch Tanner hatten ihr eigenes Labor in der Firma. Jeder war mit seinen eigenen Projekten befasst. Andrew arbeitete häufig bis spät in die Nacht.

Als Tanner eines Morgens in die Firma kam, war Andrew immer noch da. Er sprang auf, als er Tanner eintreten sah. »Ich bin völlig begeistert von diesem neuen Experiment in Sachen Nanotechnologie. Ich habe eine Methode entdeckt, wie man ...«

Tanner war in Gedanken mit etwas weitaus Wichtigerem beschäftigt – mit der scharfen kleinen Rothaarigen, die er am Abend zuvor kennen gelernt hatte. Sie hatte sich an der Bar zu ihm gesellt, etwas mit ihm getrunken, ihn dann in ihre Wohnung mitgenommen und ihm ein paar herrliche Stunden bereitet. Als sie seinen ...

»... und meiner Meinung nach dürfte das den Ausschlag geben. Wie findest du das, Tanner?«

Tanner hatte kaum zugehört. »Oh ja, Andrew. Ganz großartig.«

Andrew lächelte. »Ich wusste doch, dass du die Möglichkeiten erkennen würdest, die sich daraus ergeben.«

Tanner interessierte sich weit mehr für sein eigenes geheimes Experiment. *Wenn meines klappt,* dachte er, *dann gehört mir die Welt.*

Eines Abends, kurz nach der Gründung des Unternehmens, war Tanner der Einladung zu einer Cocktailparty gefolgt, bei der ihn eine Frau mit angenehm klingender Stimme von hinten ansprach: »Ich habe allerhand über Sie gehört, Mr. Kingsley.«

Tanner wandte sich erwartungsvoll um und versuchte sogleich mühsam, seine Enttäuschung zu verbergen. Die junge Frau, die ihn angesprochen hatte, wirkte eher unscheinbar. Wenn die lebhaften braunen Augen und das strahlende, leicht spöttische Lächeln nicht gewesen wären, hätte sie das reinste Mauerblümchen sein müssen. Auf die äußerliche Schönheit einer Frau aber legte Tanner großen Wert, und die hier hatte diesbezüglich nichts zu bieten.

»Hoffentlich nicht Schlechtes«, erwiderte er und überlegte bereits, wie er sie abwimmeln könnte.

»Ich heiße Pauline Cooper. Meine Freunde nennen mich Paula. Sie sind auf dem College mal mit meiner Schwester Ginny gegangen. Sie war ziemlich sauer auf Sie.«

Ginny, Ginny ... Klein? Groß? Dunkelhaarig? Blond? Tanner stand lächelnd da und versuchte sich zu erinnern. Es waren so viele gewesen.

»Ginny wollte Sie heiraten.«

Das half ihm auch nicht auf die Sprünge. Etliche andere hatten das auch vorgehabt. »Ihre Schwester war sehr nett. Wir sind nur nicht ...«

Sie warf Tanner einen spöttischen Blick zu. »Sparen Sie sich das. Sie können sich nicht mal an sie erinnern.«

Er war peinlich berührt. »Nun ja, ich ...«

»Ist schon gut. Ich war vor kurzem bei ihrer Hochzeit.«

Tanner war erleichtert. »Ach. Ginny ist also verheiratet.«

»Ja, genau.« Sie schwieg einen Moment. »Aber ich nicht. Hätten Sie Lust, morgen Abend mit mir essen zu gehen?«

Tanner betrachtete sie genauer. Obwohl sie nicht ganz seinen Vorstellungen entsprach, hatte sie allem Anschein nach einen hübschen Körper und wirkte auch ansonsten einigermaßen nett. Und sie war mit Sicherheit eine leichte Beute. In Bezug auf seine Freundinnen griff Tanner immer auf Begriffe aus dem Baseball zurück. Er würde bei dieser Frau einen Wurf ausprobieren. Das war alles. Wenn sie keinen Homerun erzielte, war sie draußen.

Sie betrachtete ihn. »Ich bezahle.«

Tanner lachte. »Das übernehme ich – wenn Sie nicht zu unersättlich sind.«

»Stellen Sie mich auf die Probe.«

Er sah ihr in die Augen und sagte: »Das werde ich.«

Am darauf folgenden Abend speisten sie in einem schicken Restaurant in Uptown. Paula trug eine weiße, tief ausgeschnittene Seidenbluse, einen schwarzen Rock und Schuhe mit hohen Absätzen. Als Tanner sie in das Restaurant stolzieren sah, hatte er den Eindruck, dass sie weitaus besser aussah, als er sie in Erinnerung hatte. Ihre ganze Haltung wirkte wie die einer Prinzessin aus einem exotischen Land.

Tanner stand auf. »Guten Abend.«

Sie ergriff seine Hand. »Guten Abend.« Sie strahlte eine Selbstsicherheit aus, die geradezu erhaben wirkte.

Als sie Platz genommen hatten, sagte sie: »Fangen wir noch mal von vorne an, ja? Ich habe keine Schwester.«

Tanner blickte sie entgeistert an. »Aber Sie haben doch gesagt …?«

Sie lächelte. »Ich wollte nur sehen, wie Sie reagieren, Tanner. Ich habe von ein paar Freundinnen allerhand Interessantes über Sie gehört.«

Redete sie etwa über Sex? Er fragte sich, mit wem sie gesprochen hatte. Es hätten so viele sein können …

»Nur keine voreiligen Schlüsse. Ich spreche nicht von Ihren Qualitäten als Mann. Ich spreche von Ihren Fähigkeiten auf geistigem Gebiet.«

Es war, als ob sie seine Gedanken lesen könnte. »Sie … äh … interessieren sich also für geistige Fähigkeiten?«

»Unter anderem«, erwiderte sie kokett.

Das wird ein leichter Homerun. Tanner streckte den Arm aus und ergriff ihre Hand. »Sie sind wirklich etwas Besonderes.« Er streichelte ihren Arm. »Etwas ganz Besonderes. Wir beide werden uns heute Nacht prächtig amüsieren.«

Sie lächelte. »Sind Sie etwa spitz, mein Lieber?«

Tanner war einen Moment lang über ihre unverblümte Art verblüfft. Sie war wirklich ein scharfes kleines Ding. Er nickte. »Immer, Prinzessin.«

Sie lächelte. »Gut. Holen Sie Ihr kleines schwarzes Buch raus, dann wollen wir doch mal sehen, ob wir jemanden finden, der heute Nacht für Sie zur Verfügung steht.«

Tanner erstarrte. Er war es gewöhnt, seine Späße über Frauen zu machen, aber bislang hatte sich noch keine über *ihn* lustig gemacht. Er starrte sie an. »Was soll das heißen?«

»Dass wir an Ihren Sprüchen ein bisschen feilen müssen, mein Lieber. Sind Sie sich darüber im Klaren, wie abgedroschen die sind?«

Tanner spürte, dass er rot anlief. »Wie kommen Sie darauf, dass ich Sprüche mache?«

Sie schaute ihm in die Augen. »Die wurden wahrscheinlich schon in grauer Vorzeit erfunden. Wenn Sie mit mir reden, möchte ich, dass Sie Sachen sagen, die Sie noch nie zu einer Frau gesagt haben.«

Tanner schaute sie an und versuchte, sich seine Wut nicht anmerken zu lassen.

Was glaubt die eigentlich, mit wem sie es zu tun hat – mit einem Oberschüler?

Verdammt noch mal, sie war einfach unverschämt. *Erster Wurf. Die Braut ist draußen.*

15

Der Hauptsitz der Kingsley International Group befand sich im Süden von Manhattan, zwei Häuserblocks vom East River entfernt. Das eingezäunte und elektronisch überwachte Firmengelände umfasste rund zwei Hektar Grund und Boden, auf dem vier große Betonbauten und zwei kleine Häuser für das Personal standen.

Um zehn Uhr morgens betraten Earl Greenburg und Robert Praegitzer das weitläufige, moderne Foyer des Hauptgebäudes, das mit Sofas, Tischen und einem halben Dutzend Sesseln ausgestattet war.

Detective Greenburg warf einen Blick auf die diversen Zeitschriften, die auf einem Tisch lagen: *Virtual Reality, Nuclear and Radiological Terrorism, Robotics World* ... Er nahm eine Ausgabe der *Genetic Engineering News* zur Hand und wandte sich an Praegitzer. »Reicht es nicht schon, dass du die Dinger immer beim Zahnarzt lesen musst?«

Praegitzer grinste. »Doch.«

Die beiden Polizisten wandten sich an die Empfangsdame und wiesen sich aus. »Wir haben einen Termin mit Mr. Tanner Kingsley.«

»Er erwartet Sie. Ich rufe jemanden, der Sie zu seinem Büro bringt.« Sie gab jedem von ihnen einen KIG-Besucherausweis. »Geben Sie die bitte wieder ab, wenn Sie gehen.«

»Selbstverständlich.«

Die Empfangsdame drückte auf einem Summer, und kurz darauf tauchte eine attraktive junge Frau auf.

»Die Herren haben einen Termin mit Mr. Tanner Kingsley.«

»Ja. Ich bin Retra Tyler, eine von Mr. Kingsleys Assistentinnen. Folgen Sie mir bitte.«

Die beiden Detectives gingen einen langen, schmucklosen Korridor entlang, vorbei an einer Reihe geschlossener Türen. Am Ende des Ganges lag Tanners Büro.

Im Vorzimmer erwartete sie Kathy Ordonez, Tanners aufgeweckte junge Sekretärin, die an ihrem Schreibtisch saß.

»Guten Morgen, meine Herren. Sie dürfen gleich hineingehen.«

Sie stand auf und öffnete die Tür zu Tanners Büro. Als die beiden Polizisten eintraten, blieben sie stehen und sahen sich beeindruckt um.

Das riesige Büro war mit allerlei geheimnisvollen elektronischen Geräten voll gestopft, und die schalldichten Wände waren von Plasmabildschirmen gesäumt, auf denen Live-Übertragungen aus aller Welt liefen – Aufnahmen aus Konferenzzimmern, Büros und Laboratorien, aber auch aus Hotelzimmern, in denen Besprechungen stattfanden. Jeder Bildschirm verfügte über integrierte Lautsprecher, die so leise gestellt waren, dass man lediglich Satzfetzen in einem Dutzend verschiedener Sprachen hörte.

Anhand von Einblendungen konnte man erkennen, aus

welcher Stadt die jeweiligen Bilder eingespielt wurden: Mailand … Johannesburg … Zürich … Madrid … Athen. An der hinteren Wand stand ein Bücherregal mit acht übereinander angebrachten Borden voller dicker, in Leder gebundener Bände.

Tanner Kingsley saß hinter einem Mahagonischreibtisch, auf dem sich eine Konsole mit einem halben Dutzend bunter Knöpfe und Tasten befand. Er trug einen eleganten, maßgeschneiderten grauen Anzug, ein hellblaues Hemd und eine blau karierte Krawatte.

Tanner erhob sich, als die beiden Detectives hereinkamen. »Guten Morgen, meine Herren.«

»Guten Morgen«, sagte Earl Greenburg. »Wir …«

»Ja, ich weiß, wer Sie sind. Die Detectives Earl Greenburg und Robert Praegitzer.« Er schüttelte ihnen die Hand. »Nehmen Sie bitte Platz.«

Die beiden Polizisten setzten sich.

Praegitzer starrte auf die rasch wechselnden Bilder aus aller Welt, die auf den zahllosen Bildschirmen zu sehen waren. Bewundernd schüttelte er den Kopf. »Das ist ja die modernste Technik, die es heutzutage …«

Tanner hob die Hand. »Das hier ist nicht die Technik von heute. Diese Technologie wird frühestens in zwei, drei Jahren auf dem Markt sein. Damit können wir gleichzeitig Telekonferenzen in einem Dutzend verschiedener Länder verfolgen. Die Informationen, die von unseren Niederlassungen in aller Welt eingehen, werden von diesen Computern automatisch geordnet und erfasst.«

»Mr. Kingsley, entschuldigen Sie bitte, wenn ich eine einfache Frage stelle. Was genau macht eine Denkfabrik?«

»Grundsätzlich? Wir lösen Probleme. Das heißt, wir überlegen uns Lösungen für Probleme, die sich in Zukunft stellen könnten. Manche Menschen meinen, Denkfabriken konzentrieren sich nur auf ein bestimmtes Gebiet – seien es militärische, wirtschaftliche oder politische Fragen. Wir hingegen befassen uns mit der nationalen Sicherheit, mit Kommunikationstechnik, Mikrobiologie, Umweltthemen. Die KIG ist ein unabhängiges Unternehmen, das für diverse Regierungen Analysen und Beurteilungen der globalen Langzeitfolgen ihrer Politik anfertigt.«

»Interessant«, sagte Praegitzer.

»Fünfundachtzig Prozent unserer Mitarbeiter sind Akademiker, und mehr als sechzig Prozent haben einen Doktortitel.«

»Sehr eindrucksvoll.«

»Mein Bruder Andrew hat die Kingsley International Group gegründet, um Entwicklungshilfe für Länder der Dritten Welt zu leisten. Deshalb sind wir dort hauptsächlich mit Aufbauprojekten beschäftigt.«

Über einen der Bildschirme zuckte mit einem Mal ein greller Blitz, gefolgt von einem Donnergrollen. Alle drehten sich um und schauten hin.

»Habe ich nicht irgendwo gelesen, dass Sie Experimente mit dem Wetter anstellen?«, fragte Detective Greenburg.

Tanner verzog das Gesicht. »Ja, das wird hier bei uns als Kingsleys Groschengrab bezeichnet. Einer der wenigen großen Fehlschläge, die der KIG jemals unterlaufen sind. Es war ein Projekt, von dem wir uns sehr viel versprochen haben. Stattdessen stellen wir es jetzt ein.«

»Kann man denn das Wetter beeinflussen?«, fragte Praegitzer.

Tanner schüttelte den Kopf. »Nur in einem begrenzten

Ausmaß. Viele Menschen haben es versucht. Vor etwa hundert Jahren experimentierte der Physiker Nikola Tesla mit dem Wetter. Er fand heraus, dass man die Ionisierung der Atmosphäre durch Radiowellen verändern kann. Im Jahr 1958 veranstaltete das Verteidigungsministerium Experimente mit Kupferspänen, die man in der Ionosphäre abwarf. Zehn Jahre später kam es dann zum Projekt Popeye, bei dem die Regierung versuchte, die Monsunsaison zu verlängern, um den Ho-Chi-minh-Pfad durch Unmengen von Schlamm unpassierbar zu machen. Man verwendete Silberjodid als Katalysator und jagte es in den Himmel, um die Wolken damit anzureichern, worauf sich Eispartikel bildeten, die schließlich den Niederschlag auslösten.«

»Hat es geklappt?«

»Ja, aber nur in begrenztem Umfang. Es gibt mehrere Gründe dafür, weshalb man das Wetter niemals gänzlich wird beeinflussen können. Eines der Probleme ist die durch El Niño bewirkte Erwärmung des Pazifischen Ozeans, die sich auf die gesamte Großwetterlage und das Ökosystem auswirkt, während La Niña die Wassertemperatur im Pazifik abkühlt. Aufgrund des Zusammenspiels beider ist es realistisch gesehen unmöglich, gezielt das Wetter zu verändern, geschweige denn die Folgen zu beherrschen. Die südliche Hemisphäre besteht zu rund achtzig Prozent aus Meeren, während es in der nördlichen Hemisphäre etwa sechzig Prozent sind, was zu einer weiteren Instabilität führt. Hinzu kommt der Jetstream, der ausschlaggebend für die Richtung ist, in die die Stürme ziehen, und den kann man nicht beeinflussen.«

Greenburg nickte, dann zögerte er kurz. »Wissen Sie, weshalb wir hier sind, Mr. Kingsley?«

Tanner musterte Greenburg einen Moment lang. »Ich hoffe doch, dass das nur eine rhetorische Frage ist. Sonst würde ich sie als Beleidigung empfinden. Die Kingsley International Group ist eine Denkfabrik. Innerhalb von vierundzwanzig Stunden sind vier meiner Mitarbeiter auf geheimnisvolle Art und Weise ums Leben gekommen oder verschwunden. Wir haben in allen größeren Städten auf der Welt Niederlassungen und beschäftigen rund achtzehnhundert Mitarbeiter, weshalb es aus ersichtlichen Gründen schwierig für mich ist, mit allen in Kontakt zu bleiben. Aber ich habe bislang in Erfahrung gebracht, dass zwei der ermordeten Mitarbeiter offenbar in illegale Tätigkeiten verwickelt waren. Das hat sie das Leben gekostet – aber ich kann Ihnen versichern, dass der Ruf der Kingsley International Group dadurch keinen Schaden nehmen wird. Ich rechne damit, dass unsere Leute die Sache binnen kurzer Zeit aufklären werden.«

Greenburg ergriff wieder das Wort. »Mr. Kingsley, da ist noch etwas anderes. Soweit wir wissen, beging vor sechs Jahren ein japanischer Wissenschaftler namens Akira Iso in Tokio Selbstmord. Vor drei Jahren verübte eine Schweizer Wissenschaftlerin namens Madeleine Schmider in …«

Tanner unterbrach ihn. »In Zürich. Keiner von beiden beging Selbstmord. Sie wurden ermordet.«

Die beiden Kriminalpolizisten blickten ihn überrascht an. »Woher wollen Sie das wissen?«, fragte Praegitzer.

Tanners Tonfall wurde eine Spur härter. »Sie wurden meinetwegen umgebracht.«

»Sie wollen sagen …?«

»Akira Iso war ein glänzender Wissenschaftler. Er war für einen japanischen Elektronikkonzern tätig, die Tokyo First

International Group. Ich bin Iso bei einer internationalen Industriemesse in Tokio begegnet. Wir verstanden uns auf Anhieb, und ich hatte das Gefühl, dass ihm die KIG bessere Arbeitsbedingungen bieten konnte als die Firma, bei der er angestellt war. Deshalb bot ich ihm an, hier zu arbeiten, und er nahm an. Er war regelrecht begeistert.« Tanner war sichtlich bemüht, nicht die Fassung zu verlieren. »Wir einigten uns darauf, dass wir die Angelegenheit vertraulich behandeln wollten, bis er unter Wahrung aller Fristen kündigen konnte. Aber offensichtlich hat er es irgendjemandem gegenüber erwähnt, denn in einer Zeitung wurde eine Nachricht darüber veröffentlicht und ...« Wieder stockte Tanner einen Moment lang, dann fuhr er fort. »Einen Tag, nachdem die Nachricht erschien, wurde Iso in einem Hotelzimmer tot aufgefunden.«

»Mr. Kingsley«, fragte Robert Praegitzer, »gibt es möglicherweise noch andere Erklärungen für seinen Tod?«

Tanner schüttelte den Kopf. »Nein. Ich habe nicht geglaubt, dass er Selbstmord begangen hat. Deshalb habe ich Privatdetektive engagiert und sie mit einigen meiner Mitarbeiter nach Japan geschickt, damit sie herausfinden, was vorgefallen sein könnte. Sie konnten keinerlei Hinweise auf eine Straftat entdecken, und ich dachte, dass ich mich möglicherweise geirrt hätte, dass ihn vielleicht irgendetwas Furchtbares belastet hatte, von dem ich nichts wusste.«

»Und warum sind Sie sich inzwischen so sicher, dass er ermordet wurde?«, wollte Greenburg wissen.

»Wie Sie bereits erwähnten, beging vor drei Jahren eine Wissenschaftlerin namens Madeleine Schmider in Zürich angeblich Selbstmord. Sie wissen jedoch vermutlich nicht, dass auch Madeleine Schmider bei ihrem Arbeitgeber kündigen und zu unserem Unternehmen kommen wollte.«

Greenburg runzelte die Stirn. »Wie kommen Sie darauf, dass die beiden Todesfälle etwas miteinander zu tun haben könnten?«

Tanners Miene wirkte wie versteinert. »Weil das Unternehmen, für das sie arbeitete, ein Ableger der Tokyo First International Group ist.«

Danach herrschte einen Moment lang betroffenes Schweigen.

»Irgendwas begreife ich dabei nicht«, sagte Praegitzer schließlich. »Warum sollten sie eine Angestellte ermorden, nur weil sie kündigen will? Wenn ...«

»Madeleine Schmider war keine einfache Angestellte. Ebenso wenig wie Iso. Sie waren hervorragende Physiker, die unmittelbar vor ein paar Problemlösungen standen, die dem Unternehmen ein unvorstellbares Vermögen eingebracht hätten.«

»Hat die Schweizer Polizei Ermittlungen im Fall Schmider angestellt?«

»Ja. Wir ebenfalls. Aber wir konnten wieder nichts beweisen. Allerdings befassen wir uns nach wie vor mit all diesen rätselhaften Todesfällen, und ich rechne damit, dass wir sie aufklären werden. Die KIG verfügt über weit reichende Beziehungen in aller Welt. Wenn ich irgendwelche nützlichen Auskünfte erhalte, reiche ich sie gern an Sie weiter. Ich hoffe doch, dass es umgekehrt genauso sein wird.«

»Dagegen ist nichts einzuwenden«, sagte Greenburg.

Ein vergoldetes Telefon auf Tanners Schreibtisch klingelte. »Entschuldigen Sie mich.« Er ging zu seinem Schreibtisch und nahm den Hörer ab. »Hallo ... ja ... Die Ermittlungen verlaufen bislang sehr zufrieden stellend. Im Moment sind zwei Detectives bei mir, die sich bereit erklärt haben, mit uns zu kooperieren.« Er warf einen kurzen Blick zu Praegitzer und Greenburg. »Gut ... Ich sage Ihnen Bescheid, wenn wir weitere Nachrichten erhalten.« Er legte den Hörer wieder auf.

»Mr. Kingsley«, fragte Greenburg, »sind Sie hier mit Projekten befasst, die der Geheimhaltung unterliegen?«

»Meinen Sie damit, ob wir mit etwas beschäftigt sind, das so geheim ist, dass man deswegen ein halbes Dutzend Menschen ermordet? Detective Greenburg, es gibt über hundert Denkfabriken auf der Welt, darunter einige, die sich mit genau den gleichen Problemen befassen wie wir. Wir bauen hier keine Atombomben. Die Antwort auf Ihre Frage lautet Nein.«

Die Tür ging auf, und Andrew Kingsley kam mit einem Stapel Unterlagen ins Büro. Andrew Kingsley hatte nur wenig Ähnlichkeit mit seinem Bruder. Seine Augen wirkten trüb und glanzlos. Er hatte schüttere graue Haare, ein zerfurchtes Gesicht und ging leicht gebeugt. Neben Tanner, der vor Vitalität und Intelligenz strotzte, wirkte Andrew Kingsley begriffsstutzig und apathisch. Er sprach stockend und hatte sichtlich Mühe, einen zusammenhängenden Satz zu bilden.

»Hier sind die, du weißt schon, die Unterlagen, um die du gebeten hast, Tanner. Tut mir Leid, dass ich sie..., dass ich nicht früher damit fertig geworden bin.«

»Das ist völlig in Ordnung, Andrew.« Tanner wandte sich den beiden Kriminalpolizisten zu. »Das ist mein Bruder Andrew. Andrew, das sind die Detectives Greenburg und Praegitzer.«

Andrew musterte sie mit unstetem Blick und zwinkerte dann.

»Andrew, willst du ihnen von deinem Nobelpreis erzählen?«

Andrew schaute Tanner an und sagte dann versonnen: »Ja, der Nobelpreis … der Nobelpreis …«

Sie blickten ihm hinterher, als er sich abwandte und hinausschlurfte.

Tanner seufzte. »Wie ich schon erwähnt habe, war Andrew der Gründer dieses Unternehmens, ein wahrhaft brillanter Mann. Vor sieben Jahren verlieh man ihm für eine seiner Entdeckungen den Nobelpreis. Bedauerlicherweise war er an einem Experiment beteiligt, das missglückte, und das … das hat ihn verändert.« Tanner klang verbittert.

»Er muss ein bemerkenswerter Mann gewesen sein.«

»Das können Sie sich gar nicht vorstellen.«

Earl Greenburg stand auf und streckte die Hand aus. »Tja, dann wollen wir Sie nicht weiter behelligen, Mr. Kingsley. Wir melden uns wieder.«

»Meine Herren …« Tanners Tonfall war hart wie Stahl. »Sehen wir zu, dass diese Verbrechen aufgeklärt werden, und zwar rasch.«

16

Sämtliche Morgenzeitungen brachten die Geschichte auf der ersten Seite. Eine Hitzewelle in Deutschland hatte mindestens hundert Todesopfer gefordert und Ernteschäden in Millionenhöhe verursacht.

Tanner rief Kathy per Summer zu sich. »Schicken Sie diesen Artikel an Senatorin van Luven, und legen Sie eine Notiz bei: ›Weitere Neuigkeiten zur globalen Erwärmung. Mit freundlichen Grüßen‹ …«

Tanner grübelte ununterbrochen über die Frau nach, die er insgeheim Prinzessin nannte. Und je mehr er darüber nachdachte, wie unverschämt sie gewesen war und wie sie sich über ihn lustig gemacht hatte, desto wütender wurde er. *Wir müssen an Ihren Sprüchen ein bisschen feilen. Sind Sie sich darüber im Klaren, wie abgedroschen die sind? … Sind Sie etwa spitz, mein Lieber? … Holen Sie Ihr kleines schwarzes Buch raus, dann wollen wir doch mal sehen, ob wir jemanden finden, der heute Nacht zu Ihrer Verfügung steht …* Er hatte das Gefühl, als müsste er sie austreiben, wie einen bösen Geist. Er wollte sie noch einmal sehen, und sei es auch nur, damit er ihr die Abfuhr erteilen konnte, die sie verdiente, um sie danach zu vergessen.

Tanner wartete drei Tage, dann rief er an.

»Prinzessin?«

»Wer ist da?«

Am liebsten hätte er den Hörer auf die Gabel geknallt. *Verdammt, wie viele Männer nennen sie denn noch Prinzessin?* Mühsam bewahrte er die Ruhe. »Hier spricht Tanner Kingsley.«

»Oh, ja. Wie geht es Ihnen?« Ihr Tonfall klang völlig gleichgültig.

Ich habe einen Fehler gemacht, dachte Tanner. *Ich hätte sie nicht anrufen sollen.* »Ich dachte, wir könnten vielleicht irgendwann noch mal zusammen essen, aber Sie sind vermutlich beschäftigt, also vergessen wir …«

»Wie wär's mit heute Abend?«

Wieder war Tanner überrumpelt worden. Er konnte es kaum erwarten, dem Luder eine Lektion zu erteilen.

Vier Stunden später saß Tanner Paula Cooper an einem Tisch in einem kleinen französischen Restaurant östlich der Lexington Avenue gegenüber. Er war selbst überrascht, wie sehr er sich freute, sie wiederzusehen. Er hatte ganz vergessen, wie lebhaft und ausgelassen sie war.

»Ich habe Sie vermisst, Prinzessin«, sagte Tanner.

Sie lächelte. »Oh, ich habe Sie auch vermisst. Sie sind wirklich was Besonderes. Etwas ganz Besonderes.«

Sie hielt ihm seine eigenen Worte vor, machte sich schon wieder über ihn lustig. *Verdammt.*

Es sah ganz so aus, als ob der Abend genauso verlaufen würde wie ihr letztes Beisammensein. Normalerweise war er derjenige, der in trauter Zweisamkeit das Wort führte. Bei der Prinzessin aber hatte er das unangenehme Gefühl, dass sie ihm stets einen Schritt voraus war. Zu allem, was er sagte, hatte sie sofort eine Erwiderung parat. Sie war geistreich, schlagfertig und ließ sich nichts von ihm bieten.

Die Frauen, mit denen Tanner sonst ausging, waren schön und willig, aber zum ersten Mal in seinem Leben hatte er das Gefühl, dass ihm bisher vielleicht etwas entgangen sein könnte. Sie hatten es ihm zu leicht gemacht. Sie waren alle gefällig gewesen, aber vielleicht *zu* gefällig. Sie hatten ihn nicht gefordert. Paula hingegen …

»Erzählen Sie mir etwas von sich«, sagte Tanner.

Sie zuckte die Achseln. »Mein Vater war reich und mächtig, und ich wurde nach Strich und Faden verwöhnt – Hausmädchen, Butler, Diener, die uns am Swimmingpool Getränke servierten, Mädchenpensionat, in Radcliffe die klassische Ausbildung für höhere Töchter, die ganze Chose. Dann hat mein Vater alles verloren und ist darüber gestorben. Ich arbeite als Büroleiterin für einen Politiker.«

»Macht es Ihnen Spaß?«

»Nein. Er ist langweilig.« Sie gingen auf Blickkontakt. »Ich suche jemanden, der ein bisschen interessanter ist.«

Am nächsten Tag rief Tanner wieder an.

»Prinzessin?«

»Ich hatte gehofft, dass Sie anrufen würden, Tanner.« Ihr Tonfall war ausgesprochen freundlich.

Tanner war angenehm überrascht. »Aha?«

»Ja. Wohin wollen Sie mich heute Abend zum Essen ausführen?«

Er lachte. »Wohin Sie möchten.«

»Ich würde gern ins Maxim in Paris gehen, aber ich bin zu allem bereit, wenn ich mit Ihnen zusammen sein kann.«

Sie hatte ihn einmal mehr überrumpelt, aber aus irgendeinem Grund taten ihm ihre Worte wohl.

Sie speisten im La Côte Basque an der Fünfundfünfzigsten Straße. Tanner sah sie während des Essen ständig an und fragte sich, was ihn an ihr so reizte. Ihr Aussehen war es nicht; aber ihr Verstand und ihr Charakter schlugen ihn in ihren Bann. Sie sprühte förmlich vor Intelligenz und Selbstvertrauen. Sie war die eigenwilligste Frau, die er jemals kennen gelernt hatte.

Sie unterhielten sich über eine Vielzahl von Themen, und Tanner stellte fest, dass sie über ein bemerkenswertes Wissen verfügte.

»Was wollen Sie mit Ihrem Leben anstellen, Prinzessin?«

Sie musterte Tanner einen Moment lang, bevor sie antwortete. »Ich möchte Macht haben – die Macht, die man braucht, um etwas bewirken zu können.«

Tanner lächelte. »Dann haben wir viel miteinander gemein.«

»Zu wie vielen Frauen haben Sie das schon gesagt, Tanner?«

Er spürte, wie er allmählich wieder wütend wurde. »Könnten Sie das bitte sein lassen? Wenn ich sage, dass Sie anders sind als alle Frauen, die ich je …«

»Was denn?«

»Sie regen mich auf«, versetzte er ungehalten.

»Mein armer Liebling. Wenn Sie so erregt sind, wieso stellen Sie sich dann nicht einfach unter die Dusche …?«

Wieder packte ihn die Wut. Das reichte. Er stand auf. »Lassen Sie's gut sein. Es hat keinen Sinn, so weiter …«

»Zum Beispiel bei mir.«

Tanner traute seinen Ohren kaum. »Bei Ihnen?«

»Ja, ich besitze eine bescheidene Unterkunft an der Park Avenue«, sagte sie. »Haben Sie Lust, mich nach Hause zu bringen?«

Sie ließen das Dessert aus.

Die bescheidene Unterkunft war ein nobles, prachtvoll ausgestattetes Apartment, über dessen Luxus und Eleganz Tanner nur staunen konnte, als er sich umsah. Das Apartment passte zu ihr – eine Reihe sorgfältig ausgewählter Gemälde, ein langer Esstisch, ein wuchtiger Kronleuchter, ein kleines italienisches Sofa, eine Sitzgarnitur mit sechs Chippendale-Sesseln und einer Couch. Das war alles, was Tanner in der

Kürze der Zeit sehen konnte, bevor sie ihm zurief: »Kommen Sie, ich zeige Ihnen mein Schlafzimmer.«

Das Schlafzimmer war ganz in Weiß gehalten, mit weißen Möbeln ausgestattet, und über dem Bett war ein großer Spiegel in die Decke eingelassen.

Tanner drehte sich um und sagte: »Ich bin beeindruckt. Das ist das …«

»Schscht!« Paula knöpfte sein Hemd auf. »Reden können wir später.«

Als sie Tanner ausgezogen hatte, streifte auch sie langsam ihre Kleidung ab. Ihr Körper war makellos und verlockend. Sie schlang die Arme um Tanner und schmiegte sich an ihn, führte die Lippen an sein Ohr und flüsterte: »Das genügt als Vorspiel.«

Dann waren sie im Bett, und sie war bereit für ihn. Als er in sie eindrang, spannte sie die Schenkel- und Beckenmuskeln an, ließ locker und spannte sie wieder an, ein ums andere Mal, bis Tanner immer erregter wurde. Sie bewegte den Körper ganz sacht und reizte ihn auf immer neue Art, bescherte ihm unvorstellbare Wonnen und brachte ihn zu höchster Ekstase.

Später redeten sie bis tief in die Nacht miteinander.

Danach waren sie jeden Abend zusammen. Die Prinzessin überraschte Tanner mit ihrem Charme und ihrem Humor stets aufs Neue, und er begann, sie schön zu finden.

»Ich habe dich noch nie so oft lächeln gesehen«, sagte Andrew eines Morgens zu Tanner. »Steckt eine Frau dahinter?«

Tanner nickte. »Ja.«

»Ist es was Ernstes? Hast du vor, sie zu heiraten?«

»Ich habe daran gedacht.«

Andrew betrachtete Tanner einen Moment lang. »Vielleicht solltest du's ihr sagen.«

Tanner drückte Andrews Arm. »Vielleicht mache ich es.«

Am darauf folgenden Abend waren Tanner und die Prinzessin allein in ihrem Apartment.

»Prinzessin«, begann Tanner, »du hast mich mal darum gebeten, dir etwas zu sagen, das ich noch nie zu einer Frau gesagt habe.«

»Ja, Liebster?«

»Hier ist es. Ich möchte, dass du mich heiratest.«

Sie zögerte einen Moment lang, dann grinste sie und flog in seine Arme. »Oh, Tanner!«

Er schaute ihr in die Augen. »Heißt das ja?«

»Ich möchte dich heiraten, Liebster, aber ich fürchte, wir haben da ein Problem?«

»Was für ein Problem?«

»Ich hab's dir doch gesagt. Ich möchte irgendetwas Bedeutendes machen. Ich möchte so viel Macht haben, dass ich etwas bewirken kann, etwas verändern. Und dazu braucht man Geld. Wie sollen wir denn eine gemeinsame Zukunft haben, wenn du nicht mal weißt, wie es bei dir weitergehen soll?«

Tanner ergriff ihre Hand. »Das ist doch kein Problem. Ich besitze die Hälfte eines bedeutenden Unternehmens. Eines Tages werde ich so viel Geld verdienen, dass ich dir alles geben kann, was du möchtest.«

Sie schüttelte den Kopf. »Nein. Dein Bruder Andrew schreibt dir vor, was du zu machen hast. Ich weiß genau über euch beide Bescheid. Er wird nicht zulassen, dass die Firma größer wird, und ich brauche mehr, als du mir zurzeit geben kannst.«

»Du irrst dich.« Tanner überlegte einen Moment lang. »Ich möchte, dass du Andrew kennen lernst.«

Tags darauf aßen sie alle drei zu Mittag. Paula war so reizend wie eh und je, und Andrew mochte sie offensichtlich auf Anhieb. Bei manch einer Frau, mit der sein Bruder ausgegangen war, hatte Andrew seine Bedenken gehabt, aber die hier war anders. Andrew blickte zu seinem Bruder herüber und gab ihm mit einem Nicken zu verstehen, dass er seiner Meinung nach eine gute Wahl getroffen hatte.

»Ich finde es wunderbar, Andrew, dass die KIG so vielen Menschen auf der Welt hilft. Tanner hat mir erzählt, was Sie alles machen.«

»Ich bin sehr dankbar, dass wir dazu in der Lage sind. Und wir werden noch mehr tun.«

»Heißt das, dass das Unternehmen expandieren wird?«

»Nicht im eigentlichen Sinn. Ich meine damit, dass wir noch mehr Mitarbeiter in arme Länder schicken werden, wo sie den Menschen helfen können.«

»Dann sollten wir zusehen«, warf Tanner rasch ein, »dass wir hierzulande Aufträge bekommen und ...«

Andrew lächelte. »Tanner ist immer so ungeduldig. Das eilt doch nicht. Machen wir doch zunächst einmal das, was wir uns vorgenommen haben, Tanner. Nämlich anderen zu helfen.«

Tanner blickte zur Prinzessin. Sie zeigte keinerlei Gefühlsregung.

Am nächsten Tag rief Tanner sie an. »Hi, Prinzessin. Wann soll ich dich abholen?«

Einen Moment lang herrschte Schweigen. »Liebster, es tut mir Leid. Ich kann heute Abend nicht.«

»Stimmt irgendwas nicht?«, fragte Tanner verstört.

»Nein. Ein Freund von mir ist in der Stadt, und ich muss mich mit ihm treffen.«

Ihm? Tanner spürte, wie ihn mit einem Mal die Eifersucht packte. »Ich verstehe. Dann gehen wir morgen Abend ...«

»Nein, morgen kann ich auch nicht. Warum verschieben wir's nicht auf Montag?«

Sie hatte vor, das ganze Wochenende mit jemand anderem zu verbringen. Beunruhigt und verärgert legte Tanner den Hörer auf.

Am Montagabend entschuldigte sich die Prinzessin. »Tut mir Leid, dass ich am Wochenende keine Zeit hatte. Aber ein alter Freund ist eigens angereist, um mich zu besuchen.«

Tanner hatte mit einem Mal das herrliche Apartment der Prinzessin vor Augen. Mit ihrem Gehalt konnte sie sich das auf keinen Fall leisten. »Wer ist er?«

»Tut mir Leid. Ich darf dir seinen Namen nicht nennen. Er ist ... er ist zu bekannt und will keine Publicity.«

»Bist du in ihn verliebt?«

Sie nahm Tanners Hand und sagte leise: »Tanner, ich liebe dich. Und zwar nur dich.«

»Ist er in dich verliebt?«

Sie zögerte einen Moment. »Ja.«

Ich muss irgendeine Möglichkeit finden, wie ich ihr alles geben kann, was sie sich wünscht, dachte Tanner. *Ich darf sie nicht verlieren.*

Am nächsten Morgen um 4.58 Uhr wurde Andrew Kingsley vom Klingeln des Telefons geweckt.

»Ein Anruf aus Schweden für Sie. Bleiben Sie bitte am Apparat.«

Kurz darauf sagte jemand mit einem leichten ausländischen Akzent: »Herzlichen Glückwunsch, Mr. Kingsley. Das Nobel-Komitee hat beschlossen, Ihnen für Ihre bahnbrechende Arbeit auf dem Gebiet der Nanotechnologie den Nobelpreis für Physik zu verleihen ...«

Den Nobelpreis! Als das Gespräch beendet war, zog sich Andrew in aller Eile an und ging gleich in sein Büro. Sobald Tanner eintraf, begab sich Andrew zu seinem Bruder und überbrachte ihm die gute Nachricht.

Tanner schloss ihn in die Arme. »Der Nobelpreis! Das ist ja wunderbar, Andrew! Einfach wunderbar!«

Und das war es auch. Denn jetzt ließen sich alle Probleme lösen, mit denen Tanner zu kämpfen hatte.

Fünf Minuten später sprach er mit der Prinzessin. »Ist dir klar, was das heißt, Liebling? Jetzt, da die KIG den Nobelpreis gewonnen hat, können wir so viel Geschäfte machen, wie wir nur schaffen. Das bedeutet auch Großaufträge der Regierung und von Industriekonzernen. Ich werde dir die Welt zu Füßen legen können.«

»Das ist ja großartig, Liebster.«

»Willst du mich heiraten?«

»Tanner, nichts auf der Welt wünsche ich mir mehr.«

Tanner war außer sich vor Freude, als er den Hörer auflegte. Er stürmte in das Büro seines Bruders. »Andrew, ich werde heiraten.«

Andrew schaute ihn an und sagte lächelnd: »Das ist wirklich eine gute Nachricht. Wann soll die Hochzeit stattfinden?«

»Wir fangen so bald wie möglich mit den Vorbereitungen an. Wir werden sämtliche Mitarbeiter einladen.«

Als Tanner am nächsten Morgen in sein Büro kam, erwartete ihn Andrew bereits. Er trug einen kleinen Blumenstrauß am Revers.

»Wofür ist der gedacht?«

Andrew grinste. »Ich bereite mich auf deine Hochzeit vor. Ich freue mich ja so für dich.«

»Danke, Andrew.«

Die Nachricht verbreitete sich in Windeseile. Da die Hochzeit noch nicht offiziell angekündigt worden war, wurde Tanner in der Firma von niemandem darauf angesprochen, aber die Mitarbeiter lächelten einander zu und tauschten wissende Blicke aus.

Tanner ging in das Büro seines Bruders. »Andrew, wenn wir den Nobelpreis haben, werden sich alle um uns reißen. Und mit dem Preisgeld …«

»Mit dem Preisgeld«, unterbrach ihn Andrew, »können wir es uns leisten, weitere Leute einzustellen und sie nach Eritrea und Uganda zu schicken.«

»Aber du wirst doch den Preis auch dazu nutzen«, sagte Tanner, »um die Firma weiter auszubauen, nicht wahr?«

Andrew schüttelte den Kopf. »Wir machen so weiter, wie wir es uns von Anfang an vorgenommen haben, Tanner.«

Tanner blickten seinen Bruder eine Zeit lang an. »Es ist deine Firma, Andrew.«

Tanner rief sie an, sobald er seinen Entschluss gefasst hatte. »Prinzessin, ich muss geschäftlich nach Washington. Möglicherweise hörst du ein, zwei Tage nichts von mir.«

»Keine Blondinen, Brünetten oder Rothaarigen«, sagte sie neckend.

»Auf keinen Fall. Du bist die einzige Frau auf der Welt, die ich liebe.«

»Und ich liebe dich.«

Am darauf folgenden Morgen traf sich Tanner Kingsley im Pentagon mit General Alan Barton, dem Stabschef der Army.

»Ich finde Ihren Vorschlag sehr interessant«, sagte General Barton. »Wir haben gerade darüber diskutiert, wen wir mit dem Test betrauen sollen.«

»Bei diesem Test geht es unter anderem um den Einsatz von Nanotechnologie, und mein Bruder hat für seine Arbeit auf diesem Gebiet soeben den Nobelpreis bekommen.«

»Dessen sind wir uns durchaus bewusst.«

»Er ist so gespannt darauf, dass er es auch unentgeltlich machen würde.«

»Wir fühlen uns geschmeichelt, Mr. Kingsley. Es kommt nicht allzu häufig vor, dass uns ein Nobelpreisträger seine Dienste anbietet.« Er blickte auf und überzeugte sich davon, dass die Tür geschlossen war. »Diese Sache ist streng geheim. Wenn sie funktioniert, wird sie eine der wichtigsten Komponenten unseres Rüstungsaufgebots darstellen. Mit molekularer Nanotechnologie können wir die Atomstruktur von Werkstoffen beeinflussen. Bislang sind sämtliche Versuche, noch kleinere Chips herzustellen, wegen Interferenzen auf Elektronenebene gescheitert, da der Strom der Elektronen nicht zu beherrschen war. Wenn dieses Experiment gelingt, können wir völlig neuartige Angriffs- und Verteidigungswaffen herstellen.«

»Dieses Experiment ist doch nicht gefährlich, oder?«, fragte Tanner. »Ich möchte nicht, dass meinem Bruder etwas zustößt.«

»Keine Sorge. Wir werden Ihnen alle Geräte zukommen lassen, die Sie benötigen. Außerdem schicken wir Ihnen Schutzanzüge und zwei unserer Wissenschaftler, die mit Ihrem Bruder zusammenarbeiten werden.«

»Dann haben wir also den Zuschlag?«

»Sie haben den Zuschlag.«

Jetzt muss ich nur noch Andrew überzeugen, dachte Tanner auf dem Rückweg nach New York.

17

Andrew saß in seinem Büro und betrachtete die farbenprächtige Broschüre, die ihm das Nobel-Komitee geschickt hatte, dann las er die beiliegende Nachricht: »Wir freuen uns auf Ihre Ankunft.« Auf den Bildern war das Publikum in der riesigen Stockholmer Konzerthalle zu sehen, das einem angehenden Nobelpreisträger applaudierte, der gerade auf die Bühne trat, um aus der Hand von König Carl XVI. Gustav von Schweden die Auszeichnung entgegenzunehmen. *Bald werde auch ich dort oben stehen,* dachte Andrew.

Die Tür ging auf, und Tanner kam herein. »Wir müssen miteinander reden.«

Andrew legte die Broschüre beiseite. »Ja, Tanner?«

Tanner holte tief Luft. »Ich habe soeben einen Auftrag für die KIG besorgt. Wir sollen der Army bei einem Experiment helfen, das deren Wissenschaftler zurzeit durchführen.«

»*Was* hast du getan?«

»Bei dem Test geht es um die Erzeugung von Kälte. Sie brauchen deine Hilfe.«

Andrew schüttelte den Kopf. »Nein. Darauf kann ich mich nicht einlassen, Tanner. So was machen wir hier nicht.«

»Hier geht es nicht um Geld, Andrew. Es geht um die Verteidigung der Vereinigten Staaten von Amerika. Die Sache ist für die Army wichtig. Du machst das für dein Vaterland. Unentgeltlich. Man braucht dich.«

Tanner redete noch eine weitere Stunde auf ihn ein. Schließlich gab Andrew nach. »Na schön. Aber das ist das letzte Mal, dass wir uns auf Abwege begeben, Tanner. Einverstanden?«

Tanner lächelte. »Einverstanden. Ich kann dir gar nicht sagen, wie stolz ich auf dich bin.«

Er rief die Prinzessin an und hinterließ eine Nachricht auf ihrem Anrufbeantworter. »Ich bin wieder zurück, Liebling. Wir nehmen demnächst ein sehr wichtiges Experiment in Angriff. Ich rufe dich an, wenn es vorbei ist. Ich liebe dich.«

Zwei Techniker der Army trafen ein und berichteten Andrew von den Fortschritten, die sie bislang gemacht hatten. Andrew hatte zunächst Vorbehalte, doch als sie über das Projekt sprachen, war er mehr und mehr davon fasziniert. Wenn sich diese Probleme lösen ließen, wäre das ein großer technologischer Durchbruch.

Eine Stunde später sah Andrew, wie ein Militärlastwagen, begleitet von zwei Jeeps mit bewaffneten Soldaten, durch das Werkstor der KIG fuhr. Er ging hinaus, um den Colonel, der für den Konvoi verantwortlich war, in Empfang zu nehmen.

»Hier ist es, Mr. Kingsley. Was sollen wir damit machen?«

»Ab jetzt kümmern wir uns darum«, sagte Andrew. »Laden Sie es einfach ab. Alles Weitere übernehmen wir.«

»Ja, Sir.« Der Colonel wandte sich an zwei Soldaten, die hinter dem Lastwagen standen. »Abladen! Aber seien Sie vorsichtig! Ganz vorsichtig.«

Die Männer beugten sich in den Lastwagen und holten behutsam einen kleinen Metallbehälter heraus.

Wenige Minuten später hatten zwei Mitarbeiter den Behälter unter Andrews Aufsicht in ein Labor getragen.

»Auf den Tisch«, sagte er. »Ganz vorsichtig.« Er sah zu, wie sie ihn abstellten. »Gut.«

»Den hätte auch einer tragen können. Er ist ganz leicht.«

»Sie können sich gar nicht vorstellen, wie schwergewichtig er ist«, erklärte ihnen Andrew.

Die beiden Assistenten blickten einander verwundert an. »Was?«

Andrew schüttelte den Kopf. »Ist schon gut.«

Die beiden von der Army ausgewählten Chemiker, Perry Stanford und Harvey Walker, die mit Andrew an diesem Projekt arbeiten sollten, hatten bereits die dicken Schutzanzüge angelegt, die bei diesem Experiment erforderlich waren.

»Ich ziehe mich kurz um«, sagte Andrew. »Bin gleich wieder da.«

Er ging den Korridor entlang zu einer verschlossenen Tür und öffnete sie. In dem Zimmer befanden sich etliche Kleiderständer, an denen mehrere Schutzanzüge hingen, dazu Gasmasken, Schutzbrillen, Spezialschuhe und dicke Handschuhe.

Andrew ging hinein und zog seinen Anzug an. Tanner, der ebenfalls da war, wünschte ihm viel Glück.

Als Andrew ins Labor zurückkam, warteten Stanford und Walker bereits. Sorgfältig dichteten sie den Raum ab und sicherten dann die Tür. Alle drei spürten die Spannung, die in der Luft lag.

»Alles bereit?«

Stanford nickte. »Wir sind so weit.«

»Alles klar«, sagte Walker.

»Masken.«

Sie legten die Gasmasken an.

»Fangen wir an«, sagte Andrew. Behutsam nahm er den Deckel von dem Metallbehälter ab. Im Innern befanden sich sechs kleine Phiolen, die in Schaumgummipolstern steckten. »Vorsicht«, warnte er, »diese Dinger sind auf mehr als hundert Grad unter null abgekühlt.« Seine Stimme wurde durch die Gasmaske gedämpft.

Stanford und Walker sahen zu, als Andrew behutsam das erste Fläschchen herausnahm und aufschraubte. Unter leisem Zischen traten Dämpfe aus und bildeten eine eisige Wolke, die den ganzen Raum auszufüllen schien.

»Also gut«, sagte Andrew. »Nun, zunächst müssen wir … Zunächst …« Er riss die Augen auf, fing an zu würgen und wurde kreidebleich. Er versuchte etwas zu sagen, brachte aber kein Wort heraus.

Stanford und Walker sahen voller Entsetzen, wie Andrew zu Boden stürzte. Walker schraubte sofort das Fläschchen zu und verschloss den Behälter. Stanford stürmte zur Wand und drückte auf den Knopf, mit dem die riesige Abzugsvorrichtung eingeschaltet wurde, das die eisigen Dämpfe binnen kurzer Zeit aus dem Labor saugte.

Als die Luft gereinigt war, öffneten die beiden Wissenschaftler die Tür und trugen Andrew rasch hinaus. Tanner, der gerade den Flur entlangkam, blieb erschrocken stehen.

Dann rannte er zu den beiden Männern und blickte auf seinen Bruder hinab. »Was zum Teufel geht hier vor?«

Stanford sagte: »Es hat einen Zwischenfall gegeben und …«

»Was für einen Zwischenfall?« Tanner schrie, als wäre er von Sinnen. »Was habt ihr mit meinem Bruder gemacht?« Weitere Mitarbeiter kamen hinzu und scharten sich um sie. »Ruft die 911. Ach, lassen Sie das. Dafür haben wir keine Zeit. Wir bringen ihn mit einem unserer Wagen ins Krankenhaus.«

Zwanzig Minuten später lag Andrew auf einer Bahre in der Notaufnahme des St. Vincent's Hospital in Manhattan. Er hatte eine Sauerstoffmaske auf dem Gesicht, und in seinem Arm steckte eine Kanüle. Zwei Ärzte beugten sich über ihn.

Tanner ging hektisch auf und ab. »Stellen Sie fest, was ihm fehlt, und unternehmen Sie etwas dagegen«, brüllte er. »Sofort!«

»Mr. Kingsley«, sagte einer der Ärzte, »ich muss Sie bitten, das Zimmer zu verlassen.«

»Nein«, schrie Tanner. »Ich bleibe bei meinem Bruder.« Er ging zu der Bahre, auf der Andrew bewusstlos lag, nahm seine Hand und drückte sie. »Komm schon, Bruderherz. Wach auf. Wir brauchen dich.«

Keine Reaktion.

Tanner traten die Tränen in die Augen. »Du wirst wieder gesund werden. Keine Sorge. Wir bringen dich zu den besten Ärzten der Welt. Alles wird wieder gut.« Er wandte sich an die Ärzte. »Ich möchte eine Privatsuite und eine Schwester, die rund um die Uhr für ihn sorgt. Stellen Sie mir eine Liege in das Zimmer. Ich will bei ihm bleiben.«

»Mr. Kingsley, wir würden gern unsere Untersuchung zu Ende bringen.«

»Ich warte im Flur«, versetzte Tanner trotzig.

Andrew wurde nach unten gebracht, wo man unter anderem eine Magnetresonanztomographie, eine Computertomographie und eine eingehende Blutuntersuchung vornahm. Auch eines der modernsten Diagnosegeräte, ein so genannter PET-Scanner, wurde eingesetzt. Anschließend brachte man ihn in eine Suite, wo sich drei Ärzte um ihn kümmerten.

Tanner saß unterdessen im Flur und wartete. Als endlich einer der Ärzte aus Andrews Zimmer kam, sprang er auf. »Er wird doch wieder gesund, nicht wahr?«

Der Arzt zögerte einen Moment. »Wir werden ihn unverzüglich zu weiteren Untersuchungen ins Walter-Reed-Hospital der Army in Washington verlegen. Aber offen gestanden, Mr. Kingsley, haben wir keine allzu große Hoffnung.«

»Was zum Teufel soll das heißen?«, schrie Tanner ihn an. »Natürlich wird er wieder gesund. Er war doch nur ein paar Minuten im Labor.«

Der Arzt wollte ihn zurechtweisen, doch als er aufblickte, sah er, dass Tanner die Tränen in den Augen standen.

Tanner begleitete seinen bewusstlosen Bruder, der mit einer Sanitätsmaschine nach Washington gebracht wurde, und redete ihm während des Fluges in einem fort gut zu. »Die Ärzte sagen, sie kriegen dich wieder hin ... Sie werden dir etwas geben, damit du wieder gesund wirst ... Du brauchst lediglich ein bisschen Ruhe.« Tanner legte die Arme um seinen

Bruder. »Bis du nach Schweden musst, um unseren Nobelpreis in Empfang zu nehmen, wird's dir wieder gut gehen.«

In den nächsten drei Tagen schlief Tanner auf einer Liege in Andrews Zimmer und blieb an seiner Seite, solange es die Ärzte erlaubten. Jetzt saß er im Wartezimmer des Walter-Reed-Hospitals, als einer der behandelnden Ärzte auf ihn zukam.

»Wie geht es ihm?«, fragte Tanner. »Wird er …?« Er sah den Gesichtsausdruck des Arztes. »Was ist los?«

»Ich fürchte, es steht sehr schlecht um ihn. Ihr Bruder hat Glück, dass er noch am Leben ist. Das Gas, das bei dem Experiment zum Einsatz kam, ist extrem giftig.«

»Wir können Ärzte aus …«

»Das nützt nicht. Ich fürchte, das Gift hat die Gehirnzellen Ihres Bruders geschädigt.«

Tanner zuckte zusammen. »Aber gibt es denn kein Heilmittel für … für das, was ihm fehlt?«

»Mr. Kingsley«, erwiderte der Arzt bissig, »die Army hat noch nicht einmal einen Namen für den Stoff, und Sie wollen wissen, ob es ein Medikament dagegen gibt? Nein. Tut mir Leid. Ich fürchte – er wird nie wieder der Alte werden.«

Tanner stand kreidebleich und mit geballten Fäusten da.

»Ihr Bruder ist jetzt wach. Sie können zu ihm gehen, aber nur für ein paar Minuten.«

Als Tanner in das Krankenzimmer kam, hatte Andrew die Augen aufgeschlagen. Mit ausdrucksloser Miene starrte er seinen Besucher an.

Dann klingelte das Telefon; Tanner ging hin und nahm den Hörer ab. General Barton war am Apparat. »Es tut mit furchtbar Leid, was mit Ihrem Bruder passiert …«

»Sie Dreckskerl! Sie haben mir doch erklärt, dass mein Bruder nicht gefährdet ist.«

»Ich weiß nicht, was schief gegangen ist, aber ich versichere Ihnen …«

Tanner knallte den Hörer auf die Gabel. Dann hörte er die Stimme seines Bruders und drehte sich um.

»Wo … wo bin ich?«, murmelte Andrew.

»Du bist im Walter-Reed-Hospital in Washington.«

»Warum? Wer ist denn krank?«

»Du, Andrew.«

»Was ist passiert?«

»Bei dem Experiment ist irgendetwas schief gegangen.«

»Ich kann mich nicht erinnern …«

»Ist schon gut. Keine Sorge. Es wird dir hier an nichts fehlen. Dafür werde ich sorgen.«

Tanner sah, wie Andrew die Augen schloss. Er warf einen letzten Blick auf seinen Bruder, der teilnahmslos im Bett lag, und verließ dann das Zimmer.

Die Prinzessin schickte Blumen ins Krankenhaus. Tanner wollte sie anrufen, aber seine Sekretärin sagte: »Sie hat eine Nachricht hinterlassen. Sie musste verreisen. Aber sie meldet sich, sobald sie zurück ist.«

Eine Woche später waren Andrew und Tanner wieder in New York. In Windeseile hatte sich bei der KIG herumgesprochen, was Andrew zugestoßen war, und alle Mitarbeiter fragten sich, ob das Unternehmen ohne ihn weiterbestehen würde. Der Ruf der KIG würde auf jeden Fall Schaden nehmen, wenn der Unfall öffentlich bekannt wurde.

Das spielt keine Rolle, dachte Tanner. *Ich werde sie zur größten Denkfabrik der Welt ausbauen. Jetzt kann ich der*

Prinzessin mehr geben, als sie zu träumen wagte. In ein paar Jahren …

Tanners Sekretärin meldete sich über die Gegensprechanlage. »Ein Herr in Livrée möchte Sie sprechen, Mr. Tanner.«

Tanner hatte nicht die geringste Ahnung, wer der Mann sein könnte. »Schicken Sie ihn rein.«

Ein Chauffeur in Uniform kam herein, einen Briefumschlag in der Hand hatte. »Mr. Tanner Kingsley?«

»Ja.«

»Man hat mich gebeten, Ihnen das hier persönlich auszuhändigen.«

Er reichte Tanner den Umschlag und ging wieder.

Tanner betrachtete den Umschlag und grinste. Er erkannte die Handschrift der Prinzessin. Offenbar wollte sie ihn mit irgendetwas überraschen. Gespannt riss er den Umschlag auf. In dem Brief stand:

Es geht einfach nicht, mein Liebster. Ich brauche mehr, als du mir zurzeit geben kannst, deshalb werde ich jemanden heiraten, der dazu in der Lage ist. Ich liebe dich und werde dich immer lieben. Ich weiß, dass du es nur schwer begreifen wirst, aber das, was ich tue, ist für uns beide das Beste.

Tanner war leichenblass geworden. Er starrte eine ganze Zeit lang auf den Brief, dann warf er ihn wütend in den Papierkorb.

Sein Triumph kam einen Tag zu spät.

18

Tanner saß tags darauf an seinem Schreibtisch, als sich seine Sekretärin über die Gegensprechanlage bei ihm meldete. »Hier ist eine Abordnung, die Sie sprechen möchte, Mr. Kingsley.«

»Eine Abordnung?«

»Ja, Sir.«

»Schicken Sie sie rein.«

Mehrere Abteilungsleiter von KIG kamen in Tanners Büro. »Wir würden gern mit Ihnen sprechen, Mr. Kingsley.«

»Nehmen Sie Platz.«

Sie setzten sich.

»Worum geht es?«

»Nun ja«, sagte einer der Abteilungsleiter, »wir machen uns Sorgen. Nach dem, was Ihrem Bruder widerfahren ist … Wird die KIG im Geschäft bleiben?«

Tanner schüttelte den Kopf. »Ich weiß es nicht. Im Moment bin ich noch wie vor den Kopf geschlagen. Ich kann noch immer nicht fassen, was Andrew zugestoßen ist.« Er dachte einen Moment lang nach. »Ich sage Ihnen, was ich tun werde. Ich kann nicht voraussagen, ob es uns gelingt, aber ich werde alles tun, was in meiner Macht steht, damit wir uns über Wasser halten können. Das verspreche ich Ihnen. Ich werde Sie auf dem Laufenden halten.«

Die Männer murmelten ein paar Dankesworte und zogen wieder ab.

An dem Tag, an dem Andrew aus dem Krankenhaus entlassen wurde, quartierte ihn Tanner in einem der kleinen Häuser auf dem Firmengelände ein, die zur vorübergehenden Unterbringung von Mitarbeitern gedacht waren. Dort wurde er gut versorgt, und er erhielt ein Büro unmittelbar neben Tanners. Die Angestellten waren erschüttert, als sie sahen, was aus Andrew geworden war. Der einstmals hellwache, blitzgescheite Wissenschaftler wirkte wie ein Zombie. Den Großteil des Tages saß er in einem Sessel, döste vor sich hin und schaute gelegentlich aus dem Fenster, war aber allem Anschein nach froh, dass er wieder in der KIG war, auch wenn er kaum begriff, was vor sich ging. Sämtliche Mitarbeiter waren tief berührt davon, wie liebevoll Tanner seinen Bruder behandelte und wie fürsorglich er sich um ihn kümmerte.

Das Betriebsklima bei der KIG veränderte sich nahezu über Nacht. Als Andrew die Firma geleitet hatte, war es eher leger zugegangen; jetzt war der Umgang weitaus förmlicher, und statt der Arbeit zum Wohle der Menschheit stand ab sofort der wirtschaftliche Erfolg im Vordergrund. Tanner schickte Vertreter los, die Kunden für das Unternehmen gewinnen sollten, und binnen kurzer Zeit blühte die KIG regelrecht auf.

Die Nachricht vom Abschiedsbrief der Prinzessin hatte sich im Nu in der ganzen Firma herumgesprochen. Die Mitarbeiter, die bereits Vorbereitungen für die Hochzeitsfeier getroffen hatten, fragten sich, wie Tanner diesen Schlag wegstecken würde. Es gab allerlei Spekulationen darüber, was er machen würde, nachdem er sitzen gelassen worden war.

Zwei Tage nachdem Tanner den Brief erhalten hatte, erschien in den Zeitungen ein Artikel, in dem bekannt gegeben wurde, dass Tanners ehemalige Braut Edmond Barclay geheiratet hatte, einen Milliardär und Medienmogul. Tanner Kingsley wirkte nahezu unverändert – er war nur ein bisschen launischer und arbeitete noch verbissener als zuvor. Jeden Morgen zog er sich zwei Stunden lang zurück und beschäftigte sich mit einem Projekt, über das er strengstes Stillschweigen bewahrte.

Eines Abends hielt Tanner einen Vortrag bei MENSA, einer Gesellschaft, in die nur Menschen mit einem hohen Intelligenzquotienten aufgenommen wurden. Da zahlreiche Angestellte der KIG dort Mitglied waren, hatte er die Einladung angenommen.

Als Tanner am nächsten Morgen in die Firmenzentrale kam, wurde er von einer der schönsten Frauen begleitet, die seine Mitarbeiter jemals gesehen hatten. Sie wirkte südländisch, wie eine Latina, und hatte dunkle Augen, einen braunen Teint und eine sensationelle Figur.

Tanner stellte sie seinen Mitarbeitern vor. »Das ist Sebastiana Cortez. Sie hat gestern Abend einen großartigen Vortrag bei MENSA gehalten.«

Tanner wirkte mit einem Mal viel gelöster. Er nahm Sebastiana mit in sein Büro, wo sie über eine Stunde lang blieben. Anschließend speisten sie in Tanners privatem Esszimmer zu Mittag.

Einer der Angestellten zog per Internet Erkundigungen über Sebastiana Cortez ein. Demnach war sie eine ehemalige Miss Argentinien, war mit einem bekannten Geschäftsmann verheiratet und wohnte in Cincinnati, Ohio.

Als Sebastiana und Tanner nach dem Essen in sein Büro zurückkehrten, konnten die Mitarbeiter im Vorzimmer über die Gegensprechanlage, die noch immer eingeschaltet war, Tanners Stimme hören.

»Keine Sorge, meine Liebe. Wir werden schon eine Möglichkeit finden.«

Die Sekretärinnen scharten sich um die Gegensprechanlage und horchten gespannt, was die beiden miteinander beredeten.

»Wir müssen vorsichtig sein. Mein Mann ist sehr eifersüchtig.«

»Kein Problem. Ich sorge dafür, dass wir miteinander in Kontakt bleiben können.«

Jeder, der auch nur halbwegs bei Verstand war, konnte sich ausmalen, was da drin vor sich ging. Die Sekretärinnen mussten sich mit aller Macht zusammennehmen, um nicht laut loszukichern.

»Ich finde es schade, dass du schon nach Hause musst.«

»Ich auch. Ich wünschte, ich könnte bleiben, aber es lässt sich nicht ändern.«

Als Tanner und Sebastiana aus dem Büro kamen, verhielten sie sich wieder mustergültig. Die Mitarbeiter ließen sich nichts anmerken, hatten aber ihre spitzbübische Freude an der Vorstellung, dass Tanner keine Ahnung davon hatte, dass sie wussten, was vor sich ging.

Am Tag nach Sebastianas Abreise bestellte Tanner ein vergoldetes Telefon mit digitalem Zerhacker und ließ es in seinem Büro anschließen. Seine Sekretärin und die Assistentinnen hatten die ausdrückliche Anweisung, unter keinen Umständen an diesen Apparat zu gehen.

Fortan rief Tanner fast täglich von dem vergoldeten Telefon aus an, und am Ende eines jeden Monats verreiste er übers Wochenende, hängte noch ein, zwei Tage an und kehrte sichtlich erholt zurück. Er verriet seinen Mitarbeitern nicht, wo er gewesen war, aber sie wussten ohnehin Bescheid.

»So ein Rendezvous muss doch was Schönes sein«, sagte eine seiner Assistentinnen zur anderen, als sie sich in seiner Abwesenheit miteinander unterhielten.

Tanner war offenbar frisch verliebt, und sein ganzes Verhalten hatte sich spürbar verändert. Alle waren froh darüber.

19

Immer wieder gingen Diane Stevens die gleichen Worte durch den Kopf: *Ron Jones hier. Ich wollte Ihnen nur Bescheid sagen, dass ich Ihre Papiere erhalten habe und dass wir Ihrem Wunsch gemäß umdisponiert haben ... Wir haben Ihren Mann vor einer Stunde eingeäschert.*

Wie konnte dem Bestattungsinstitut ein derartiger Fehler unterlaufen? War sie vor lauter Trauer so durcheinander gewesen, dass sie sich dort gemeldet und darum gebeten hatte, Richard einzuäschern? Niemals. Und eine Sekretärin hatte sie nicht. Das Ganze war einfach unbegreiflich. Irgendjemand in dem Bestattungsinstitut musste etwas missverstanden und ihren Auftrag mit einem anderen verwechselt haben.

Unterdessen hatte man ihr die Urne mit Richards Asche bringen lassen. Sie stand da und starrte sie an. War Richard wirklich da drin? … Richard, mit seinem Lachen … Richard, der sie in die Arme schloss … mit seinen warmen Lippen, die sich an ihre pressten … Richard, der so klug gewesen war, immer zu einem Spaß aufgelegt … »Ich liebe dich« zu ihr sagte … Richard mit all seinen Träumen, Leidenschaften und tausend anderen Dingen mehr – und all das in diesem kleinen Gefäß?

Diane wurde aus ihren Gedanken gerissen, als das Telefon klingelte.

»Mrs. Stevens?«

»Ja …«

»Hier ist das Sekretariat von Tanner Kingsley. Mr. Kingsley wäre Ihnen sehr verbunden, wenn er einen Gesprächstermin mit Ihnen vereinbaren könnte.«

Das war vor zwei Tagen gewesen, und jetzt ging Diane durch die Eingangstür der KIG und begab sich zur Rezeption.

»Kann ich Ihnen behilflich sein?«, sagte die Empfangsdame.

»Diane Stevens. Ich habe einen Termin mit Tanner Kingsley.«

»Oh, Mrs. Stevens! Wir alle trauern um Mr. Stevens. Was für eine schreckliche Sache. Einfach furchtbar.«

Diane schluckte. »Ja.«

Tanner sprach mit Retra Tyler. »Ich habe nachher zwei Besprechungen. Ich möchte, dass beide von Anfang bis Ende aufgezeichnet werden.«

»Ja, Sir.«

Er blickte seiner Assistentin hinterher, als sie das Büro verließ.

Kurz darauf summte die Gegensprechanlage. »Mrs. Stevens ist hier, Mr. Kingsley.«

Tanner drückte auf einen der Knöpfe an der elektronischen Schaltkonsole auf seinem Schreibtisch, worauf Diane Stevens auf einem der Bildschirme an der Wand auftauchte. Sie hatte ihr blondes Haar nach hinten gekämmt und zu einem Knoten gebunden und trug einen weiß-blau gestreiften Rock und eine weiße Bluse. Sie wirkte blass.

»Schicken Sie sie bitte rein.«

Diana kam herein, und Tanner stand auf. »Danke, dass Sie gekommen sind, Mrs. Stevens.«

Diane nickte. »Guten Morgen.«

»Nehmen Sie bitte Platz.«

Diane ließ sich auf einem Stuhl auf der anderen Seite seines Schreibtisches nieder.

»Ich muss Ihnen wohl nicht eigens sagen, wie sehr wir alle über den brutalen Mord an Ihrem Mann schockiert sind. Ich versichere Ihnen, dass derjenige, der dafür verantwortlich ist, so schnell wie möglich seiner gerechten Strafe zugeführt werden wird.«

Asche …

»Wenn Sie nichts dagegen haben, würde ich Ihnen gern ein paar Fragen stellen.«

»Ja?«

»Hat Ihr Mann hin und wieder mit Ihnen über seine Arbeit gesprochen?«

Diane schüttelte den Kopf. »Eigentlich nicht. Wir haben das streng von unserem Privatleben getrennt, weil es dabei um so viele technische Dinge ging.«

Im Überwachungsraum am anderen Ende des Flurs hatte Retra Tyler unterdessen ein Gerät zur Stimmerkennung, einen Stimmen-Stress-Analysator und einen Videorecorder eingeschaltet und zeichnete das gesamte Gespräch auf, das in Tanners Büro stattfand.

»Ich weiß, wie schwer es für Sie sein muss, über diese Dinge zu sprechen«, sagte Tanner. »Aber inwieweit wussten Sie darüber Bescheid, dass Ihr Mann mit Drogen zu tun hatte?«

Diane starrte ihn an. Sie war so verblüfft, dass es ihr die Sprache verschlug. Es dauerte eine Weile, bis sie die richtigen Worte fand. »Was ... was wollen Sie damit sagen? Richard hätte sich niemals auf Drogen eingelassen.«

»Mrs. Stevens, die Polizei hat eine schriftliche Drohung der Mafia in seiner Hosentasche gefunden und ...«

Die Vorstellung, dass sich Richard auf Drogen eingelassen haben könnte, war völlig abwegig. Könnte es sein, dass Richard ein Doppelleben geführt hatte, von dem sie keine Ahnung hatte? *Nein, nein und nochmals nein.*

Dianes Herz schlug einen Takt schneller, und sie spürte, wie ihr das Blut zu Kopfe stieg. *Sie haben ihn umgebracht, um mich zu bestrafen.* »Mr. Kingsley, Richard hatte nichts ...«

Tanners Tonfall klang mitfühlend, gleichzeitig aber auch entschieden. »Tut mir Leid, dass ich Sie damit konfrontieren muss, aber ich habe vor herauszufinden, aus welchem Grund man Ihrem Mann so etwas angetan hat.«

Ich bin der Grund, dachte Diane voller Selbstvorwürfe. *Ich bin schuld daran. Richard ist tot, weil ich gegen Altieri ausgesagt habe.* Es nahm ihr den Atem.

Tanner Kingsley betrachtete sie. »Ich will Sie nicht länger aufhalten, Mrs. Stevens«, sagte er. »Ich bin mir darüber im

Klaren, wie sehr Sie das aufregt. Wir sollten später noch mal darüber sprechen. Vielleicht fällt Ihnen ja noch etwas ein. Falls Sie sich an irgendetwas erinnern sollten, das uns weiterhelfen könnte, wäre ich Ihnen sehr verbunden, wenn Sie mich anriefen.« Tanner griff in eine Schublade und holte eine Visitenkarte mit geprägter Schrift heraus. »Hier ist meine private Handynummer. Sie können mich Tag und Nacht erreichen.«

Diane nahm die Karte. Sie enthielt lediglich Tanners Namen und eine Telefonnummer.

Zitternd stand Diane auf.

»Ich bitte sehr um Entschuldigung, dass ich Sie damit behelligen musste. Wenn ich irgendetwas für Sie tun kann– wenn Sie irgendetwas brauchen –, stehe ich Ihnen jederzeit zu Diensten.«

Diane brachte kaum ein Wort hervor. »Vielen Dank. Ich … danke Ihnen.« Sie wandte sich um und ging wie betäubt hinaus.

Als Diane in die Eingangshalle kam, hörte sie, wie die Frau an der Rezeption mit jemandem sprach. »Wenn man abergläubisch wäre, könnte man meinen, es läge ein Fluch auf der KIG. Und jetzt auch noch *Ihr* Mann, Mrs. Harris. Wir waren alle völlig fassungslos, als wir von dieser schrecklichen Sache erfuhren. So zu sterben ist einfach furchtbar.«

Solche Worte kamen Diane sehr bekannt vor. Was war dem Mann zugestoßen? Diane drehte sich um, um festzustellen, mit wem die Empfangsdame sprach. Es war eine hinreißend aussehende junge Afroamerikanerin, die eine schwarze Hose und einen seidenen Rollkragenpulli trug. Sie hatte einen großen Smaragdring und einen mit Diamanten besetzten Ehering an den Fingern. Diane hatte mit einem Mal das Gefühl, dass sie unbedingt mit ihr sprechen musste.

Als sie gerade zu ihr gehen wollte, kam Tanners Sekretärin an die Rezeption. »Mr. Kingsley würde jetzt gern mit Ihnen sprechen.«

Diane blickte Kelly Harris nach, als sie in Tanners Büro verschwand.

Tanner erhob sich und begrüßte Kelly. »Danke, dass Sie gekommen sind, Mrs. Harris. Hatten Sie einen angenehmen Flug?«

»Ja, danke.«

»Darf ich Ihnen etwas anbieten? Kaffee oder …?«

Kelly schüttelte den Kopf.

»Ich bin mir darüber im Klaren, wie schwer es zurzeit für Sie sein muss, Mrs. Harris, aber ich muss Ihnen ein paar Fragen stellen.«

Im Überwachungsraum betrachtete Retra Tyler Kelly auf dem Bildschirm, während sie das Gespräch aufzeichnete.

»Sind Sie und Ihr Mann gut miteinander ausgekommen?«, fragte Tanner.

»Sehr gut.«

»Würden Sie sagen, dass er ehrlich zu Ihnen war?«

Kelly schaute ihn verdutzt an. »Wir hatten keine Geheimnisse voreinander. Mark war der ehrlichste und offenste Mensch, den ich jemals kennen gelernt habe. Er …« Sie stockte und konnte kaum weiter sprechen.

»Hat er des Öfteren mit Ihnen über seine Arbeit gesprochen?«

»Nein. Marks Arbeit war sehr … kompliziert. Wir haben kaum darüber gesprochen.«

»Hatten Sie und Mark viele russische Freunde?«

Kelly blickte ihn verständnislos an. »Mr. Kingsley, ich weiß nicht, was diese Fragen …«

»Hat Ihr Mann Ihnen erzählt, dass er ein großes Geschäft abschließen wollte und demnächst eine Menge Geld verdienen würde?«

Kelly wurde allmählich ungehalten. »Nein. Aber wenn dem so gewesen wäre, hätte es mir Mark bestimmt erzählt.«

»Hat Mark jemals eine Olga erwähnt?«

Kelly hatte mit einem Mal ein ungutes Gefühl. »Mr. Kingsley, was soll das Ganze eigentlich?«

»Die Pariser Polizei hat in der Hosentasche Ihres Mannes eine Mitteilung gefunden. Darin ist von einer Belohnung für gewisse Auskünfte die Rede, und sie ist mit ›Alles Liebe, Olga‹ unterschrieben.«

Kelly saß da wie vom Donner gerührt. »Ich … ich weiß nicht, was …«

»Aber Sie sagten doch, er hätte mit Ihnen über alles gesprochen.«

»Ja, aber …«

»Aus dem, was wir bislang in Erfahrung bringen konnten, schließen wir, dass Ihr Mann offenbar etwas mit dieser Frau zu tun hatte und …«

»Nein!« Kelly sprang auf. »Das sieht Mark ganz und gar nicht ähnlich. Ich habe Ihnen doch gesagt, dass wir keinerlei Geheimnisse voreinander hatten.«

»Aber irgendein Geheimnis muss er gehabt haben, und das hat Ihren Mann das Leben gekostet.«

Kelly wurde mit einem Mal schwindlig. »Sie – Sie müssen mich entschuldigen. Ich fühle mich nicht wohl.«

Er wirkte plötzlich zerknirscht. »Das kann ich verstehen. Ich möchte Ihnen helfen, so weit ich kann.« Tanner reichte ihr seine geprägte Visitenkarte. »Unter dieser Nummer können Sie mich jederzeit erreichen, Mrs. Harris.«

Kelly nickte, ohne ein Wort hervorzubringen, und ging blind vor Tränen hinaus.

Kellys Gedanken überschlugen sich, als sie das Gebäude verließ. *Wer war Olga? Was hatte Mark mit den Russen zu tun? Und warum sollte er ...?*

»Entschuldigen Sie bitte. Mrs. Harris?«

Kelly wandte sich um. »Ja?«

Eine attraktive Blondine stand vor dem Firmengebäude. »Ich heiße Diane Stevens. Ich würde gern mit Ihnen sprechen. Auf der anderen Straßenseite gibt es ein Café, wo wir ...«

»Tut mir Leid. Ich ... ich kann jetzt nicht reden.« Kelly wollte weitergehen.

»Es geht um Ihren Mann.«

Kelly blieb abrupt stehen und drehte sich um. »Um Mark? Was wissen Sie über ihn?«

»Können wir irgendwo unter vier Augen miteinander sprechen?«

Tanner war wieder allein in seinem Büro, als sich seine Sekretärin über die Gegensprechanlage meldete. »Mr. Higholt ist da.«

»Schicken Sie ihn rein.«

Kurz darauf begrüßte ihn Tanner. »Guten Tag, John.«

»Gut? Es ist ein *höllischer* Tag. Ich habe den Eindruck,

dass irgendjemand sämtliche Mitarbeiter dieser Firma ermorden will. Was zum Teufel geht hier vor?«

»Genau das versuchen wir zurzeit herauszufinden. Ich glaube einfach nicht, dass der Tod dreier unserer Mitarbeiter ein Zufall ist. Irgendjemand möchte dem Ruf unserer Firma Schaden zufügen, aber wir werden den oder die Betreffenden finden und ihnen Einhalt gebieten. Die Polizei hat sich bereit erklärt, mit uns zusammenzuarbeiten, und ich habe Männer eingeschaltet, die sämtlichen Spuren nachgehen sollen, die unsere getöteten Mitarbeiter hinterlassen haben. Ich möchte, dass Sie sich zwei Gespräche anhören, die ich soeben habe aufzeichnen lassen. Die Witwen von Richard Stevens und Mark Harris standen mir Rede und Antwort. Sind Sie bereit?«

»Von mir aus kann's losgehen.«

»Das ist Diane Stevens.« Tanner drückte auf einen Knopf, worauf ihr Bild auf einem Monitor auftauchte. In der rechten unteren Ecke war eine Graphik mit auf- und absteigenden Kurven zu sehen, während Diane sprach.

Inwieweit wussten Sie darüber Bescheid, dass Ihr Mann mit Drogen zu tun hatte?

Was ... was wollen Sie damit sagen? Richard hätte sich niemals auf Drogen eingelassen.

Die Kurven verliefen stetig auf und ab.

Tanner drückte auf die Vorspultaste. »Das ist Mrs. Mark Harris, deren Mann sich vom Eiffelturm stürzte, beziehungsweise heruntergestoßen wurde.«

Kellys Gesicht erschien auf dem Bildschirm.

Hat Mark jemals eine Olga erwähnt?

Mr. Kingsley, was soll das Ganze eigentlich?

Die Pariser Polizei hat in der Hosentasche Ihres Mannes

eine Mitteilung gefunden. Darin ist von einer Belohnung für gewisse Auskünfte die Rede, und sie ist mit »Alles Liebe, Olga« unterschrieben.

Ich … ich weiß nicht, was …

Aber Sie sagten doch, er hätte mit Ihnen über alles gesprochen.

Ja, aber …

Aus dem, was wir bislang in Erfahrung bringen konnten, schließen wir, dass Ihr Mann offenbar etwas mit dieser Frau zu tun hatte und …

Nein! Das sieht Mark ganz und gar nicht ähnlich. Ich habe Ihnen doch gesagt, dass wir keinerlei Geheimnisse voreinander hatten.

Die Kurven auf dem Stimmen-Stress-Analysator blieben so gleichmäßig wie zuvor. Kellys Bild verschwand.

»Was sind das für Linien am Bildschirm?«, fragte John Higholt.

»Das ist ein Stimmen-Stress-Analysator, ein so genannter CVSA. Er erfasst kleinste Schwankungen der menschlichen Stimme. Wenn der Befragte lügt, kommt es zu stärkeren Frequenzabweichungen. Das ist modernste Technologie. Und im Gegensatz zum Polygraphen muss man keine Drähte anschließen. Ich bin davon überzeugt, dass beide Frauen die Wahrheit gesagt haben. Sie müssen beschützt werden.«

John Higholt runzelte die Stirn. »Was meinen Sie damit? Vor wem müssen sie beschützt werden?«

»Ich bin der Meinung, dass sie in Gefahr schweben, dass sie unterbewusst mehr wissen, als ihnen klar ist. Beide hatten eine sehr gute Beziehung zu ihren Männern. Ich bin davon überzeugt, dass irgendwann irgendetwas Aufschlussreiches gesagt wurde, das ihnen seinerzeit möglicherweise gar nicht auffiel. Aber sie haben es abgespeichert. Wenn sie darüber nachdenken, besteht die Möglichkeit, dass es ihnen wieder einfällt. In dem Augenblick könnten sie in Lebensgefahr schweben, weil der oder die Täter, die ihre Männer umgebracht haben, es auch auf sie abgesehen haben könnten. Ich werde zusehen, dass ihnen kein Leid geschieht.«

»Wollen Sie sie beschatten lassen?«

»Das war einmal, John. Heutzutage gibt es für so was elektronische Hilfsmittel. Ich lasse Mrs. Stevens' Apartment überwachen – mit Kameras, Mikrofonen und allem, was dazu erforderlich ist. Wir setzen jede verfügbare Technologie ein, um sie zu bewachen. Sobald jemand versucht, ihr etwas anzutun, wissen wir Bescheid.«

John Higholt dachte einen Moment lang nach. »Was ist mit Kelly Harris?«

»Sie wohnt im Hotel. Leider hatten wir keinen Zugang zu ihrer Suite und konnten sie nicht präparieren. Aber ich habe Männer im Foyer postiert, die sofort eingreifen werden, falls irgendetwas darauf hindeuten sollte, dass es Schwierigkeiten gibt.« Tanner stockte einen Moment. »Ich möchte, dass die KIG fünf Millionen Dollar Belohnung für Hinweise aussetzt, die zur Ergreifung ...«

»Moment, Tanner«, wandte John Higholt ein. »Das ist nicht nötig. Wir werden diese Sache aufklären und ...«

»Na schön. Wenn es die KIG nicht tut, werde ich persönlich eine Belohnung von fünf Millionen Dollar aussetzen. Immerhin trägt die Firma meinen Namen.« Seine Stimme wurde härter. »Ich möchte, dass diejenigen, die hinter dieser Sache stecken, gefasst werden.«

20

Diane Stevens und Kelly Harris saßen in einer Ecknische des Cafés schräg gegenüber der KIG-Zentrale. Kelly wartete darauf, dass Diane das Wort ergriff.

Diane wusste nicht recht, womit sie anfangen sollte. *Was für eine schreckliche Sache ist Ihrem Mann zugestoßen, Mrs. Harris? Wurde er ermordet, genau wie Richard?*

»Nun?«, sagte Kelly unwirsch. »Sie sagten doch, Sie wollten mit mir über meinen Mann sprechen. Wie gut haben Sie Mark gekannt?«

»Ich habe ihn nicht gekannt, aber …«

Kelly war aufgebracht. »Sie haben doch gesagt, Sie …«

»Ich habe gesagt, ich möchte über ihn reden.«

Kelly stand auf. »Ich habe keine Zeit für so was.« Sie wollte gehen.

»Warten Sie! Ich glaube, wir beide machen das Gleiche durch, und möglicherweise könnten wir einander helfen.«

Kelly blieb stehen. »Was meinen Sie damit?«

»Setzen Sie sich bitte.«

Widerwillig nahm Kelly wieder in der Nische Platz. »Fahren Sie fort.«

»Ich wollte Sie fragen, ob …«

Ein Kellner kam an ihren Tisch und brachte die Speisekarte. »Was möchten die Damen?«

So schnell wie möglich weg, dachte Kelly. »Nichts.«

»Zwei Kaffee«, sagte Diane.

Kelly warf Diane einen kurzen Blick zu und sagte trotzig: »Bringen Sie mir einen Tee.«

»Ja, Ma'am.« Der Kellner ging.

Diane sagte: »Ich glaube, dass Sie und ich …«

Ein kleines Mädchen kam an ihren Tisch und wandte sich an Kelly. »Krieg ich ein Autogramm von Ihnen?«

Kelly blickte sie an. »Weißt du, wer ich bin?«

»Nein, aber meine Mutter sagt, dass Sie eine bekannte Persönlichkeit sind.«

»Nein, das stimmt nicht«, sagte Kelly.

»Oh.« Sie blickten der Kleinen hinterher, die enttäuscht wegging.

Diane schaute Kelly fragend an. »Sollte ich wissen, wer Sie sind?«

»Nein«, versetzte Kelly spitz. »Und ich kann es nicht leiden, wenn man sich in meine Angelegenheiten einmischt. Was soll das Ganze überhaupt, Mrs. Stevens?«

»Diane bitte. Ich habe gehört, dass Ihrem Mann etwas Schreckliches zugestoßen ist, und …«

»Ja, er wurde umgebracht.« *Hat Mark jemals eine Olga erwähnt?*

»Mein Mann wurde ebenfalls umgebracht. Und beide haben bei der KIG gearbeitet.«

»Ist das alles?«, sagte Kelly unwirsch. »Tja, das gilt auch für tausende anderer Menschen. Wenn sich zwei davon eine Erkältung holen, bezeichnen Sie das dann als eine Epidemie?«

Diane beugte sich vor. »Hören Sie, das hier ist wichtig. Zunächst einmal …«

»Tut mir Leid«, fiel Kelly ihr ins Wort. »Ich bin nicht in der Stimmung, mir so was anzuhören.« Sie nahm ihre Handtasche.

»Und ich bin nicht in der Stimmung, darüber zu sprechen«, versetzte Diane. »Aber es könnte sehr …«

Plötzlich hallte Dianes Stimme durch das Café.

»*In dem Zimmer waren vier Männer ...*«

Erschrocken drehten sich Diane und Kelly um. Dianes Stimme drang aus einem Fernsehgerät über der Theke. Dort lief eine Aufzeichnung von ihrer Zeugenaussage im Gerichtssaal.

»*Einer davon war an einen Stuhl gefesselt. Mr. Altieri fragte ihn offenbar etwas, während die beiden anderen Männer neben ihm standen. Dann zog Mr. Altieri eine Schusswaffe, schrie irgendetwas und schoss dem Mann in den Hinterkopf.*«

Der Nachrichtensprecher tauchte auf dem Bildschirm auf.

»*Das war Diane Stevens bei ihrer Aussage im Prozess gegen den des Mordes angeklagten Mafiaboss Anthony Altieri. Die Geschworenen befanden ihn soeben für nicht schuldig.*«

Diane saß wie vom Donner gerührt da. »Nicht schuldig?«

»*Anthony Altieri wurde vorgeworfen, vor fast zwei Jahren einen seiner Untergebenen ermordet zu haben. Trotz der Aussage von Diane Stevens schenkten die Geschworenen anderen Zeugen Glauben, die ihr widersprachen.*«

Kelly starrte mit weit aufgerissenen Augen auf den Bildschirm. Ein weiterer Zeuge wurde vereidigt.

Jake Rubinstein, Altieris Anwalt, fragte:

»*Dr. Russell, haben Sie in New York eine Praxis?*«

»*Nein. Ich bin nur in Boston niedergelassen.*«

»*Haben Sie Mr. Altieri am fraglichen Tag wegen Herzrhythmusstörungen behandelt?*«

»*Ja. Gegen neun Uhr morgens. Und ich habe ihn den ganzen Tag zur Beobachtung in meiner Praxis behalten.*«

»*Dann konnte er also am vierzehnten Oktober nicht in New York gewesen sein?*«

»Nein.«

Ein weiterer Zeuge erschien auf dem Fernsehschirm.

»Würden Sie uns bitte Ihren Beruf angeben, Sir?«

»Ich bin Direktor des Boston Park Hotels.«

»Waren Sie am vierzehnten Oktober letzten Jahres im Dienst?«

»Jawohl.«

»Ist an diesem Tag etwas Ungewöhnliches vorgefallen?«

»Ja. Ich habe einen dringenden Anruf aus der Penthousesuite erhalten und wurde gebeten, unverzüglich einen Arzt zu rufen.«

»Was ist danach geschehen?«

»Ich habe Dr. Joseph Russell angerufen, der sofort vorbeikam. Er begab sich in die Penthousesuite, um nach dem Gast zu sehen, Mr. Anthony Altieri.«

»Was haben Sie gesehen, als Sie dort eintrafen?«

»Mr. Altieri lag am Boden. Ich dachte, er würde in unserem Hotel sterben.«

Diane war blass geworden. »Sie lügen«, sagte sie mit heiserer Stimme. »Alle beide.«

Anschließend brachte der Fernsehsender ein Interview mit Anthony Altieri. Er wirkte krank und gebrechlich.

»Haben Sie irgendwelche Pläne für die nächste Zukunft, Mr. Altieri?«

»Nachdem jetzt der Gerechtigkeit Genüge getan wurde, werde ich einfach eine Zeit lang ausspannen.« Altieri rang sich ein schmales Lächeln ab. *»Vielleicht begleiche ich auch ein paar alte Rechnungen.«*

Kelly war fassungslos. Sie wandte sich an Diane. »Sie haben gegen *ihn* ausgesagt?«

»Ja. Ich habe gesehen, wie er …«

Kellys Hände zitterten so sehr, dass sie den Salzstreuer umstieß und etwas Tee verschüttete. »Ich haue ab.«

»Weshalb sind Sie denn so nervös?«

»Weshalb ich nervös bin? Sie haben versucht, einen Mafiaboss hinter Gitter zu bringen, aber er ist auf freiem Fuß und will ein paar alte Rechnungen begleichen. Und Sie wollen wissen, weshalb ich nervös bin? *Sie* sollten ebenfalls nervös sein.« Kelly stand auf und warf ein paar Geldscheine auf den Tisch. »Ich übernehme die Rechnung. Sie sollten Ihr Geld lieber für die Reisekosten sparen, Mrs. Stevens.«

»Warten Sie! Wir haben noch gar nicht über Ihren Mann gesprochen und ...«

»Vergessen Sie's.« Kelly ging zur Tür und Diane folgte ihr nach kurzem Zögern.

»Ich glaube, Sie übertreiben ein bisschen«, erwiderte Diane.

»Aha?«

Als sie zum Ausgang kamen, sagte Kelly: »Ich begreife nicht, wie Sie so dumm sein konnten und ...«

Ein älterer Mann, der sich auf Krücken stützte, kam gerade herein. Eine der Krücken rutschte ihm auf den glatten Fliesen weg, und er drohte zu stürzen. Einen Moment lang hatte Kelly die Vorstellung, sie wäre in Paris und sähe Mark fallen. Sie beugte sich vor, um ihn festzuhalten, und gleichzeitig bückte sich auch Diane und wollte ihn auffangen. In diesem Augenblick fielen auf der anderen Straßenseite zwei Schüsse, und die Kugeln schlugen in die Wand ein, genau dort, wo die beiden Frauen eben noch gestanden hatten. Das laute Knallen brachte Kelly sofort wieder zur Besinnung. Sie war in Manhattan und hatte gerade mit einer Verrückten Tee getrunken.

»Mein Gott!«, rief Diane. »Wir …«

»Für Gebete haben wir jetzt keine Zeit. Nichts wie weg von hier!«

Kelly stieß Diane hinaus auf den Gehsteig, wo Colin neben der Limousine stand. Er riss die Tür auf, und Kelly und Diane ließen sich auf den Rücksitz fallen.

»Was war das für ein Krach?«, fragte Colin.

Die beiden Frauen saßen zusammengekauert im Fond und brachten vor lauter Aufregung kein Wort heraus.

»Das, äh, muss eine Fehlzündung gewesen sein«, stieß Kelly schließlich hervor. Sie wandte sich an Diane, die mühsam die Fassung wiederzugewinnen suchte. »Hoffentlich übertreibe ich nicht schon wieder«, sagte sie spöttisch. »Wo wohnen Sie? Ich setze Sie dort ab.«

Diane holte tief Luft und nannte Colin die Hausnummer ihres Apartmentgebäudes. Schweigend saßen die beiden Frauen während der Fahrt nebeneinander, noch immer erschüttert von dem, was sie gerade erlebt hatten.

Als der Wagen vor ihrem Wohnhaus hielt, wandte sich Diane an Kelly. »Wollen Sie mit reinkommen? Ich bin ein bisschen mitgenommen. Ich habe das Gefühl, dass noch mehr passieren könnte.«

»Ganz meine Meinung«, versetzte Kelly. »Aber ich will nichts damit zu tun haben. Auf Wiedersehen, Mrs. Stevens.«

Diane schaute Kelly einen Moment lang an, als wollte sie etwas sagen, schüttelte dann den Kopf und stieg aus.

Kelly blickte Diane hinterher, als sie ins Foyer trat und zu ihrer Wohnung im Erdgeschoss ging. Erleichtert seufzte sie auf.

»Wohin möchten Sie, Mrs. Harris?«, sagte Colin.

»Zurück zum Hotel, Colin, und …«

Ein lauter Schrei drang aus dem Apartment. Kelly zögerte einen Moment, stieß dann die Autotür auf und rannte in das Haus. Diane hatte die Tür zu ihrem Apartment offen gelassen und stand zitternd im Wohnzimmer.

»Was ist passiert?«

»Jemand – jemand ist hier eingebrochen. Richards Aktenkoffer lag auf dem Tisch, und jetzt ist er weg. Seinen Ehering haben sie liegen gelassen.«

Kelly sah sich nervös um. »Sie sollten lieber die Polizei rufen.«

»Ja.« Diane erinnerte sich an die Visitenkarte, die Detective Greenburg auf dem Beistelltisch im Flur hinterlassen hatte. Sie ging hin und holte sie. Kurz darauf war sie am Telefon und sagte: »Detective Greenburg bitte.«

Es dauerte einen Moment.

»Greenburg.«

»Detective Greenburg, hier ist Diane Stevens. Hier ist etwas passiert. Könnten Sie vielleicht zu meinem Apartment kommen und ... Danke.«

Diane holte tief Luft und wandte sich an Kelly. »Er kommt her. Wenn es Ihnen nichts ausmacht zu warten, bis er ...«

»Ich denke nicht daran. Das ist Ihre Sache. Ich will nichts damit zu tun haben. Und vielleicht sollten Sie auch erwähnen, dass irgendjemand Sie kurz zuvor umbringen wollte. Ich kehre nach Paris zurück. Auf Wiedersehen, Mrs. Stevens.«

Diane blickte Kelly hinterher, als sie hinausging und in die Limousine stieg.

»Wohin?«, fragte Colin.

»Zum Hotel bitte.«

Wo sie in Sicherheit sein würde.

21

Kelly war noch immer aufgewühlt, als sie in ihr Hotelzimmer zurückkehrte. Sie war sich nur zu deutlich bewusst, dass sie um Haaresbreite dem Tod entgangen war. *Das hat mir gerade noch gefehlt, dass ich wegen eines blonden Dummchens ermordet werde.*

Kelly ließ sich auf die Couch sinken, um sich zu beruhigen, und schloss die Augen. Sie versuchte, zu meditieren und sich auf ein Mantra zu konzentrieren, aber es nützte nichts. Sie war zu mitgenommen. Und mit einem Mal empfand sie nur noch eine große innere Leere, fühlte sich einsam und allein gelassen. *Mark, ich vermisse dich so sehr. Die Leute sagen, mit der Zeit vergeht das. Aber es stimmt nicht, mein Liebling. Es wird jeden Tag schlimmer.*

Dann hörte sie, wie der Wagen des Zimmerkellners den Flur entlanggeschoben wurde, und mit einem Mal wurde ihr klar, dass sie den ganzen Tag noch nichts gegessen hatte. Sie war nicht hungrig, aber sie musste zusehen, dass sie bei Kräften blieb.

Sie rief den Zimmerservice an. »Ich hätte gern einen Krabbensalat und eine Kanne Tee.«

»Vielen Dank, Mrs. Harris. Ihre Bestellung dürfte in etwa fünfundzwanzig bis dreißig Minuten bei Ihnen sein.«

»Bestens.« Kelly legte den Hörer auf. Dann saß sie da, ging in Gedanken noch einmal das Gespräch mit Tanner Kingsley durch, und mit einem Mal erschauderte sie und kam sich vor, als befände sie sich in einem schrecklichen Albtraum. Was ging hier vor?

Wieso hat Mark niemals etwas von einer Olga gesagt? War es eine geschäftliche Beziehung? Eine Affäre? Mark, mein Liebster, wenn du eine Affäre hattest, möchte ich, dass du weißt, dass ich dir verzeihe, weil ich dich liebe. Ich werde dich immer lieben. Du hast mich lieben gelehrt. In mir war nichts als Kälte, und du hast mich gewärmt. Durch dich habe ich meinen Stolz wiedergefunden und gelernt, mich wie eine richtige Frau zu fühlen.

Sie dachte an Diane. *Diese aufdringliche Frau hat mich in Gefahr gebracht. Von der muss man sich fern halten. Das sollte nicht weiter schwer sein. Morgen bin ich wieder in Paris, bei Angel.*

Sie wurde durch ein lautes Klopfen an der Tür aus ihren Gedanken gerissen. »Zimmerservice.«

»Ich komme.« Kelly wollte bereits zur Tür gehen, blieb dann aber wie versteinert stehen. Sie hatte erst vor ein paar Minuten bestellt. *Das ist zu früh.* »Einen Moment«, rief sie.

»Ja, Ma'am.«

Kelly griff zum Telefon und rief den Zimmerservice an. »Meine Bestellung ist noch nicht da.«

»Wir sind gerade dabei, Mrs. Harris. Es dauert noch fünfzehn bis zwanzig Minuten.«

Kelly hatte Herzklopfen, als sie den Hörer auflegte. Dann rief sie in der Telefonzentrale an.

»Hier ist jemand – ein Mann, der in mein Zimmer will.«

»Ich schicke sofort jemanden von unserem Sicherheitsdienst zu Ihnen, Mrs. Harris.«

Zwei Minuten später klopfte es wieder. Kelly ging argwöhnisch zur Tür.

»Wer ist da?«

»Sicherheitsdienst.«

Kelly warf einen Blick auf ihre Uhr. *Zu schnell.* »Komme gleich.« Sie rannte zum Telefon und rief wieder in der Zentrale an. »Ich habe gerade angerufen. Ist schon …«

»Er ist bereits auf dem Weg, Mrs. Harris. Er müsste in ein, zwei Minuten bei Ihnen sein.«

»Wie heißt er?« Ihre Kehle war vor Angst wie zugeschnürt.

»Thomas.«

Kelly hörte Geflüster auf dem Flur – zwei tiefe Stimmen. Sie drückte das Ohr an die Tür und lauschte, bis draußen wieder Stille einkehrte. Außer sich vor Angst stand sie da und wartete.

Eine Minute später klopfte es an der Tür.

»Wer ist da?«

»Sicherheitsdienst.«

»Bill?«, fragte Kelly. Sie hielt den Atem an.

»Nein, Mrs. Harris. Hier ist Thomas.«

Kelly öffnete rasch die Tür und ließ ihn ein.

Er betrachtete sie einen Moment lang und sagte: »Was ist los?«

»Ein … ein paar Männer wollten hier eindringen.«

»Haben Sie sie gesehen?«

»Nein. Ich … ich habe sie nur gehört. Könnten Sie mich zu einem Taxi bringen?«

»Selbstverständlich, Mrs. Harris.«

Kelly zwang sich dazu, Ruhe zu bewahren, doch vergebens. Zu viel war in so kurzer Zeit vorgefallen.

Thomas blieb dicht neben Kelly, als sie in den Aufzug stiegen.

Als sie im Foyer ankamen, blickte sich Kelly um, aber sie

sah nichts Verdächtiges. Kelly und der Wachmann gingen hinaus. »Vielen Dank«, sagte Kelly, als sie beim Taxistand waren. »Ich bin Ihnen sehr verbunden.«

»Ich sorge dafür, dass alles in Ordnung ist, wenn Sie zurückkommen. Die Leute, die in Ihr Zimmer einbrechen wollten, dürften mittlerweile weg sein.«

Kelly stieg in ein Taxi. Als sie durch die Heckscheibe blickte, sah sie zwei Männer, die zu einer geparkten Limousine rannten.

»Wohin?«, fragte der Taxifahrer.

Die Limousine hatte sich hinter dem Taxi eingereiht. An der Kreuzung vor ihnen sah sie einen Verkehrspolizisten am Straßenrand stehen.

»Fahren Sie einfach geradeaus«, trug ihm Kelly auf.

»Okay.«

Als sie sich der grünen Ampel näherten, sagte Kelly in drängendem Tonfall: »Fahren Sie langsamer, und warten Sie, bis die Ampel gelb wird, dann biegen Sie rasch links ab.«

Der Fahrer warf ihr im Rückspiegel einen kurzen Blick zu. »*Was?*«

»Fahren Sie nicht bei Grün durch. Warten Sie, bis die Ampel gelb wird.« Sie sah, wie der Fahrer das Gesicht verzog.

Kelly rang sich ein Lächeln ab. »Ich versuche, eine Wette zu gewinnen.«

»Aha.« *Wieder so ein verrückter Fahrgast.*

Als die Ampel auf Gelb umsprang, sagte Kelly: »Jetzt!«

Das Taxi bog links ab, bevor die Ampel rot wurde. Hinter ihnen trat der Polizist auf die Kreuzung und hielt den Verkehr an. Die Ampel wurde ausgeschaltet und der Polizist begann den Verkehr zu regeln. Wutentbrannt schauten sich die beiden Männer in der Limousine an.

Als das Taxi die nächste Querstraße passierte, sagte Kelly: »Oh, ich habe etwas vergessen. Ich muss hier aussteigen.«

Der Fahrer hielt an, worauf Kelly aus dem Taxi stieg und ihm ein paar Geldscheine reichte. »Hier.«

Er blickte Kelly hinterher, die sich eiligen Schrittes in ein Ärztehaus begab. *Hoffentlich sucht sie einen Psychiater auf.*

Sobald der Polizist an der Kreuzung den Verkehr freigab, bog die Limousine links ab und raste hinter dem Taxi her, das mittlerweile zwei Häuserblocks Vorsprung hatte.

Fünf Minuten später hielt Kelly ein anderes Taxi an.

»Mrs. Stevens«, sagte Detective Greenburg, der mittlerweile in Dianes Apartment eingetroffen war, »konnten Sie die Person erkennen, die auf Sie geschossen hat?«

Diane schüttelte den Kopf. »Nein, es ging so schnell ...«

»Wer immer das getan hat, der hat es ernst gemeint. Unsere Ballistikexperten haben zwei Kugeln aus der Wand geholt. Beide Kaliber fünfundvierzig. Die durchschlagen sogar eine kugelsichere Weste. Sie haben Glück gehabt.« Er zögerte einen Moment. »Unserer Meinung nach wurde der Täter von Tony Altieri auf Sie angesetzt.«

Diane schluckte. *Ich werde einfach eine Zeit lang ausspannen. Vielleicht begleiche ich auch ein paar alte Rechnungen.*

»Wir überprüfen das gerade.«

Diane nickte.

Greenburg musterte sie einen Moment lang. »Haben Sie eine Ahnung, was in dem abhanden gekommenen Aktenkoffer gewesen sein könnte?«

»Ich bin mir nicht sicher. Richard hat ihn jeden Morgen

ins Labor mitgenommen und abends wieder mit nach Hause gebracht. Ich habe einmal ein paar Papiere drin gesehen, technische Unterlagen.«

Greenburg nahm den Ehering, der auf dem Tisch lag. »Und Sie sagen, Ihr Mann hat seinen Ehering niemals abgenommen?«

»Das … Ganz recht.«

»Hat sich Ihr Mann kurz vor seinem Tod anders verhalten als sonst, so als ob er unter Druck stünde oder sich wegen irgendetwas Sorgen machte? Können Sie sich an irgendetwas erinnern, das er am Abend vor seinem Tod gesagt oder getan hat?«

Es war frühmorgens. Sie lagen nackt im Bett. »Ich muss heute Abend länger arbeiten«, sagte Richard, während er zärtlich ihre Schenkel streichelte. »Aber hebe dir ein, zwei Stunden für mich auf, wenn ich heimkomme, mein Schatz.«

»Angeber«, sagte sie und berührte ihn dort, wo er es am liebsten hatte.

»Mrs. Stevens …«

Diane Stevens schreckte aus ihren Gedanken auf. »Nein. Da war nichts Ungewöhnliches.«

»Ich werde dafür sorgen, dass Sie unter Personenschutz gestellt werden«, sagte Greenburg. »Und wenn …«

Es klingelte an der Tür.

»Erwarten Sie jemanden?«

»Nein.«

Greenburg nickte. »Ich sehe nach.«

Er ging zur Tür und öffnete. Kelly Harris drängte sich an ihm vorbei und stürmte in das Apartment.

Sie baute sich vor Diane auf. »Wir müssen miteinander reden.«

Diane blickte sie erstaunt an. »Ich dachte, Sie wären bereits nach Paris unterwegs.«

»Ich habe einen Umweg gemacht.«

Greenburg war zu ihnen getreten. »Das ist Detective Greenburg. Kelly Harris.«

Kelly wandte sich an Greenburg. »Jemand hat gerade versucht, in mein Hotelzimmer einzudringen, Detective.«

»Haben Sie es dem Sicherheitsdienst gemeldet?«

»Ja. Die Männer waren weg. Ein Wachmann hat mich nach draußen begleitet.«

»Haben Sie eine Ahnung, wer es gewesen sein könnte?«

»Nein.«

»Wenn Sie sagen, die Männer wollten einbrechen, meinen Sie damit, dass sie sich gewaltsam Zutritt verschaffen wollten?«

»Nein, sie ... sie standen nur draußen auf dem Flur. Sie haben sich als Zimmerservice ausgegeben.«

»Haben Sie beim Zimmerservice etwas bestellt?«

»Ja.«

»Vermutlich bilden Sie sich das nur ein«, sagte Diane. »Nach dem, was heute Morgen geschehen ist ...«

»Hören Sie mal zu«, blaffte Kelly sie an. »Ich habe Ihnen gesagt, ich will nichts mit Ihnen oder dieser Sache zu tun haben. Ich packe meinen Koffer und fliege heute Nachmittag nach Paris zurück. Sagen Sie Ihren Mafiafreunden, sie sollen mich in Ruhe lassen.«

Kelly drehte sich um und ging.

»Was sollte das Ganze?«, fragte Greenburg.

»Ihr Mann wurde ..., er wurde ebenfalls ermordet. Er hat für die gleiche Firma gearbeitet wie Richard, die Kingsley International Group.«

Als Kelly in ihr Hotel zurückkehrte, ging sie schnurstracks zur Rezeption. »Ich reise ab«, sagte sie. »Würden Sie bitte einen Flug mit der nächsten Maschine nach Paris für mich reservieren?«

»Selbstverständlich, Mrs. Harris. Wünschen Sie eine bestimmte Fluggesellschaft?«

»Ich will nur von hier weg.«

Kelly ging durchs Foyer, stieg in den Aufzug und drückte den Knopf zum dritten Stock. Als die Tür zuging, wurde sie von zwei Männern wieder aufgestoßen, die sich ebenfalls in die Kabine drängten. Kelly musterte sie einen Moment und trat rasch wieder ins Foyer hinaus. Sie wartete, bis sich die Fahrstuhltür geschlossen hatte, ging dann zur Treppe und stieg hinauf. *Nur kein Risiko eingehen,* dachte sie.

Als sie im dritten Stock ankam, versperrte ihr ein breitschultriger Mann den Weg.

»Entschuldigen Sie«, sagte Kelly und wollte an ihm vorbeigehen.

»Scht!« Er richtete eine Pistole mit einem Schalldämpfer auf sie.

Kelly wurde blass. »Was wollen Sie?«

»Halt's Maul. Du bist bestimmt gut gebaut, Süße. Sei still, wenn du willst, dass es dabei bleibt. Und zwar ganz still. Wir zwei beide gehen jetzt runter.«

Der Mann lächelte, aber als Kelly genauer hinschaute, bemerkte sie, dass er eine Narbe an der Oberlippe hatte, durch die sein Mund zu einem steten Grinsen verzogen war. Und er hatte die kältesten Augen, die Kelly je gesehen hatte.

»Los jetzt.«

Nein. Ich will nicht wegen dieser Frau sterben. »Einen Moment. Sie haben die Falsche …«

Er rammte ihr die Waffe so heftig in die Rippen, dass sie beinahe laut aufgeschrien hätte.

»Ich hab gesagt, du sollst das Maul halten! Wir gehen jetzt runter.«

Er packte sie am Arm, drückte zu wie mit einem Schraubstock und verbarg die Pistole hinter ihrem Rücken.

Kelly konnte sich kaum noch beherrschen. »Bitte«, sagte sie leise. »Ich bin nicht die …« Sie keuchte vor Schmerz auf, als er ihr die Mündung der Pistole in den Rücken stieß und ihrem Arm quetschte, dass sie regelrecht spürte, wie die Adern abgeschnürt wurden.

Sie stiegen die Treppe hinab und gingen durch das Foyer. Hier herrschte reges Treiben, und Kelly überlegte kurz, ob sie um Hilfe rufen sollte. Doch der Mann sagte: »Mach bloß keine Zicken.«

Dann waren sie draußen. Ein protziger Geländewagen stand am Straßenrand. Zwei Autos weiter vorn verteilte ein Polizist Strafzettel. Kellys Entführer schob sie zur Hintertür des Geländewagens. »Steig ein«, herrschte er sie an.

Kelly warf einen kurzen Blick zu dem Polizisten. »Na schön«, versetzte sie lauthals und in aufgebrachtem Tonfall. »Ich steig ein, aber eins sag ich dir. Das, was du von mir willst, kostet dich hundert Dollar extra. Das ist ja ekelhaft.«

Der Polizist drehte sich um.

Der stämmige Mann starrte Kelly an. »Was zum Teufel willst du …?«

»Wenn du nicht zahlst, kannst du's vergessen, du geiziger Mistkerl.«

Kelly ging raschen Schrittes auf den Polizisten zu. Der Mann blickte ihr grinsend hinterher, aber aus seinen Augen sprach der blanke Hass.

Kelly deutete auf ihn. »Der Perverse dort hat mich angemacht.«

Sie warf einen kurzen Blick nach hinten und sah, wie der Polizist auf den Gangster zuging. Dann stieg sie in ein bereitstehendes Taxi.

Als der stämmige Mann in den Geländewagen steigen wollte, sagte der Polizist: »Einen Moment, Mister. Die Anbahnung von Prostitutionsgeschäften auf der Straße ist in diesem Staat verboten.«

»Ich wollte doch gar nicht …«

»Können Sie sich ausweisen? Wie heißen Sie?«

»Harry Flint.«

Flint blickte dem Taxi hinterher, mit dem Kelly davonfuhr. *Diese Nutte! Ich bring sie um. Und zwar langsam.*

22

Kelly stieg vor Dianes Apartmentgebäude aus dem Taxi, stürmte zur Haustür und drückte auf die Klingel.

Detective Greenburg öffnete die Tür. »Kann ich …?«

Kelly sah Diane im Wohnzimmer stehen und drängte sich an dem Detective vorbei.

»Was ist denn los?«, fragte Diane. »Sie haben doch gesagt, Sie …«

»Verraten *Sie* mir, was los ist. Ich habe Ihnen doch gesagt, Sie sollen Ihren Mafiafreunden klar machen, dass sie mich in Ruhe lassen sollen. Sie haben schon wieder versucht, mich zu schnappen. Wieso wollen mich Ihre Mafiafreunde umbringen?«

»Ich … ich habe keine Ahnung. Sie … Vielleicht haben sie uns zusammen gesehen und dachten, wir wären miteinander befreundet, und …«

»Tja, wir sind aber nicht befreundet, Mrs. Stevens. Sehen Sie zu, dass ich da rauskomme.«

»Was meinen Sie damit? Wie soll ich …?«

»Auf die gleiche Weise, wie Sie mich reingezogen haben. Sagen Sie diesem Altieri, dass wir uns nur zufällig begegnet sind und Sie mich nicht kennen. Ich denke nicht daran, mich umbringen zu lassen, nur weil Sie eine Dummheit begangen haben.«

»Ich kann nicht …«, setzte Diane an.

»O doch, Sie können. Sie werden mit Altieri reden, und zwar *gleich*. Ich bleibe solange hier, bis Sie das erledigt haben.«

»Was Sie da verlangen, ist unmöglich«, sagte Diane. »Tut mir Leid, dass ich Sie in diese Sache hineingezogen habe, aber …« Sie dachte einen Moment lang nach, dann wandte sie sich an Greenburg. »Glauben Sie, Altieri würde uns in Ruhe lassen, wenn ich mit ihm spreche?«

»Eine interessante Frage«, sagte Greenburg. »Möglicherweise ja – vor allem, wenn er meint, dass wir ihn überwachen. Möchten Sie mit ihm persönlich sprechen?«

Diane sagte: »Nein, ich …«

»Das heißt Ja«, fiel Kelly ihr ins Wort.«

Anthony Altieri wohnte in einem klassischen Fachwerkhaus im Kolonialstil, das auf einem rund fünf Hektar großen Grundstück am Ende einer Stichstraße im Hunterdon

County, New Jersey, stand. Das von hohen, Schatten spendenden Bäumen bestandene Anwesen mit seinen Zierteichen und dem prachtvollen Garten war mit einem mächtigen Eisenzaun umgeben.

Ein Posten saß in einem Wachhäuschen am Tor. Als der Wagen mit Greenburg, Kelly und Diane vorfuhr, kam er heraus.

Er erkannte Greenburg. »Tag, Detective.«

»Hallo, Caesar. Wir möchten mit Mr. Altieri sprechen.«

»Haben Sie einen Durchsuchungsbefehl?«

»Darum geht es nicht. Wir wollen ihn nur besuchen.«

Der Wachposten warf einen Blick auf die beiden Frauen. »Warten Sie.« Er ging in das Wachhaus, kam ein paar Minuten später wieder heraus und öffnete das Tor. »Sie dürfen rein.«

»Danke.« Greenburg fuhr vor das Haus.

Als sie aus dem Wagen stiegen, tauchte ein zweiter Wachposten auf. »Folgen Sie mir.«

Er führte sie hinein. Das große Wohnzimmer war teils mit Antiquitäten, aber auch mit modernen, eleganten französischen Möbeln eingerichtet. Obwohl es ein warmer Tag war, brannte in dem riesigen Kamin ein Feuer. Die drei folgten dem Wachposten durch das Wohnzimmer in ein fast ebenso großes, abgedunkeltes Schlafzimmer. Altieri lag im Bett und war an ein Beatmungsgerät angeschlossen. Er war blass und ausgezehrt und wirkte viel älter als bei seinem Auftritt vor Gericht. Ein Priester und eine Pflegerin saßen bei ihm.

Altieri blickte Diane, Kelly und Greenburg an und wandte sich dann wieder Diane zu. Seine Stimme klang heiser und krächzend, als er das Wort ergriff. »Was zum Teufel wollen Sie von mir?«

»Mr. Altieri«, sagte Diane, »ich möchte, dass Sie Mrs. Harris und mich in Ruhe lassen. Rufen Sie Ihre Männer zurück. Es genügt, dass Sie meinen Mann umgebracht und …«

Altieri fiel ihr ins Wort. »Wovon reden Sie überhaupt? Ich habe noch nie was von Ihrem Mann gehört. Ich habe lediglich von dieser dämlichen Notiz gelesen, die man bei der Leiche gefunden hat.« Er grinste hämisch. »›*Sonst landest du bei den Fischen.*‹ Da hat anscheinend jemand zu oft *Die Sopranos* gesehen. Ich will Ihnen mal was sagen, gute Frau. Kein Italiener schreibt so was. Ich bin nicht hinter Ihnen her. Mir ist es völlig egal, ob Sie leben oder sterben. Ich bin hinter niemandem her. Ich …« Er zuckte zusammen. »Ich bin dabei, meinen Frieden mit Gott zu machen. Ich …« Er fing an zu husten.

Der Priester wandte sich an Diane. »Ich glaube, Sie sollten jetzt lieber gehen.«

»Was hat er?«, fragte Greenburg.

»Krebs«, erwiderte der Priester.

Diane betrachtete den Mann, der im Bett lag. *Ich bin nicht hinter Ihnen her … Mir ist es völlig egal, ob Sie leben oder sterben … Jch bin dabei, meinen Frieden mit Gott zu machen.* Er sagte offenbar die Wahrheit.

Und mit einem Mal packte Diane die helle Panik.

Detective Greenburg wirkte nachdenklich und besorgt, als sie von Altieris Haus wegfuhren. »Eines muss ich Ihnen sagen. Ich glaube, Altieri hat das wirklich ernst gemeint.«

Kelly nickte widerwillig. »Ich auch. Der Mann liegt im Sterben.«

»Fällt Ihnen sonst noch jemand ein, der irgendeinen Grund haben könnte, Sie beide zu töten?«

»Nein«, erwiderte Diane. »Wenn Altieri nicht dahinter steckt …« Sie schüttelte den Kopf. »Ich habe keine Ahnung.«

Kelly schluckte. »Ich auch nicht.«

Detective Greenburg brachte Diane und Kelly zu Dianes Apartment zurück. »Ich werde mich jetzt hinter diese Sache klemmen«, sagte er. »Hier sind Sie vorerst in Sicherheit. In fünfzehn Minuten wird ein Streifenwagen vor Ihrem Haus stehen und die nächsten vierundzwanzig Stunden dort auf Posten bleiben. Mal sehen, was wir bis dahin herausfinden. Rufen Sie an, wenn Sie mich brauchen.«

Dann ging er.

Diane und Kelly starrten einander an. Einen Moment lang herrschte betretenes Schweigen.

»Möchten Sie eine Tasse Tee?«, fragte Diane.

»Kaffee«, versetzte Kelly trotzig.

Diane warf ihr einen kurzen, gereizten Blick zu und seufzte. »Na schön.«

Diane ging in die Küche und setzte Kaffee auf. Kelly lief unterdessen im Wohnzimmer umher und betrachtete die Bilder an den Wänden.

Als Diane aus der Küche kam, musterte Kelly gerade eines ihrer Gemälde. »Stevens.« Sie wandte sich an Diane. »Haben Sie das gemalt?«

Diane nickte. »Ja.«

»Ganz hübsch«, sagte Kelly mit abfälligem Unterton.

Diane kniff die Lippen zusammen. »Ach? Kennen Sie sich mit bildender Kunst aus?«

»Nicht besonders, Mrs. Stevens.«

»Was mögen Sie denn? Grandma Moses, nehme ich an.«

»Sie ist interessant.«

»Und welche anderen naiven Maler sagen Ihnen sonst noch zu?«

Kelly wandte sich an Diane. »Ehrlich gesagt, ziehe ich den Konstruktivismus und die abstrakte Malerei vor. Natürlich gibt es Ausnahmen. Tizians *Venus von Urbino* zum Beispiel. Der diagonale Schwung ihrer Darstellung ist einfach atemberaubend, und …«

Sie hörten, wie der Kaffee in der Küche durchlief.

»Der Kaffee ist fertig«, sagte Diane kurz angebunden.

Schweigsam saßen sie einander im Esszimmer gegenüber und ließen ihren Kaffee kalt werden.

Diane unterbrach schließlich die Stille. »Fällt Ihnen irgendjemand ein, der einen Grund haben könnte, uns umzubringen?«

»Nein.« Kelly zögerte einen Moment lang. »Die einzige Gemeinsamkeit, die wir haben, sind unsere Männer, die beide bei der KIG gearbeitet haben. Vielleicht waren sie mit irgendeinem streng geheimen Projekt befasst, und ihre Mörder meinen, sie könnten uns etwas davon erzählt haben.«

Diane wurde blass. »Ja …«

Sie schauten einander bestürzt an.

Tanner war in seinem Büro und verfolgte an einem der Bildschirme an der Wand das Gespräch, das in Dianes Apartment stattfand. Der Chef seines Sicherheitsdienstes stand neben ihm.

Nein. Die einzige Gemeinsamkeit, die wir haben, sind unsere Männer, die beide bei der KIG gearbeitet haben. Vielleicht waren sie mit irgendeinem streng geheimen Projekt befasst, und ihre Mörder meinen, sie könnten uns etwas davon erzählt haben.«

»*Ja …*«

Diane Stevens' Apartment war mit hochmodernen Ton- und Bildaufzeichnungsgeräten verwanzt worden. Wie Tanner seinem Kompagnon erklärt hatte, wurde das Haus mit wegweisender Zukunftstechnologie überwacht. In jedem Zimmer des Apartments waren knopfgroße, per Internet gesteuerte Kameras installiert, die zwischen den Büchern versteckt waren, faseroptische Kabel unter den Türen und ein Fotoapparat mit drahtloser Bildübertragung. Auf dem Dachboden stand ein Videoserver, nicht größer als ein Laptop, über den die sechs Kameras bedient wurden. An ihn war ein Modem angeschlossen, das die Übertragung per Mikrowellentechnologie ermöglichte.

Tanner beugte sich vor und starrte auf den Bildschirm, als Diane sagte: »*Wir müssen herausfinden, woran unsere Männer gearbeitet haben.*«

»*Genau. Aber dazu brauchen wir Hilfe. Wie bekommen wir die?*«

»*Wir könnten Tanner Kingsley anrufen. Er ist der Einzige, der uns helfen kann. Außerdem will er ebenfalls herausfinden, wer hinter dem Ganzen steckt.*«

»*Dann machen wir das.*«

»Sie können über Nacht hierbleiben«, sagte Diane. »Hier sind wir in Sicherheit. Draußen ist ein Polizeiwagen postiert.« Sie ging zum Fenster und zog die Vorhänge auf, aber sie sah keinen Wagen.

Sie starrte eine Zeit lang hinaus, und mit einem Mal fröstelte sie. »Das ist ja sonderbar«, sagte Diane. »Da draußen sollte doch ein Streifenwagen stehen. Ich rufe kurz an.«

Diane holte Greenburgs Visitenkarte aus ihrer Handtasche, ging zum Telefon und wählte eine Nummer. »Detective Greenburg, bitte.« Sie hörte einen Moment lang zu. »Sind Sie sich sicher? Aha. Könnte ich dann bitte Detective Praegitzer sprechen?« Wieder herrschte einen Moment lang Schweigen. »Ja, vielen Dank.« Langsam legte Diane den Hörer auf.

Kelly schaute Diane an. »Was ist los?«

»Greenburg und Praegitzer wurden in ein anderes Revier versetzt«, erwiderte Diane.

Kelly schluckte. »Wenn das kein Zufall ist.«

»Und mir ist gerade etwas eingefallen«, sagte Diane.

»Was denn?«

»Detective Greenburg hat mich gefragt, ob Richard in letzter Zeit irgendetwas Ungewöhnliches gesagt oder getan hat. Da war etwas, aber ich habe es vergessen. Richard wollte nach Washington fahren und mit jemandem sprechen. Manchmal begleite ich ihn, aber er bestand darauf, allein zu fahren. Er meinte, das wäre besser.«

Kelly betrachtete sie mit nachdenklicher Miene. »Das ist ja merkwürdig. Mark hat mir auch erzählt, dass *er* nach Washington müsste, und zwar allein.«

»Wir müssen herausfinden, weshalb.«

Kelly ging ans Fenster und zog die Vorhänge zurück. »Immer noch kein Streifenwagen.« Sie wandte sich an Diane. »Wir sollten von hier weg.«

»Genau«, sagte Diane. »Ich kenne ein kleines, etwas abgelegenes Hotel in Chinatown, das Mandarin. Dort sucht uns keiner. Wir nehmen uns ein Zimmer und rufen von dort aus Mr. Kingsley an.«

»Ich kenne ein kleines, etwas abgelegenes Hotel in Chinatown, das Mandarin. Dort sucht uns keiner. Wir nehmen uns ein Zimmer und rufen von dort aus Mr. Kingsley an.«

Tanner wandte sich an Harry Flint, den unentwegt grinsenden Chef seines Sicherheitsdienstes. »Bringen Sie sie um.«

23

Harry Flint wird sich um die Frauen kümmern, dachte Tanner voller Genugtuung. Flint hatte ihn noch nie enttäuscht.

Tanner musste stets aufs Neue schmunzeln, wenn er daran dachte, wie er an Flint gekommen war. Vor etlichen Jahren hatte sein Bruder Andrew, der Inbegriff aller Gutmenschen auf der Welt, ein betreutes Heim für entlassene Strafgefangene eröffnet, in dem sie sich an das Leben in Freiheit gewöhnen sollten. Danach besorgte er ihnen einen Arbeitsplatz.

Tanner hatte etwas Besseres mit den ehemaligen Sträflingen vor, denn seiner Meinung nach gab es so etwas wie eine Resozialisierung nicht. Über private Quellen besorgte er sich Auskünfte über die Vergangenheit der unlängst entlassenen Häftlinge, und wenn sie über Fähigkeiten verfügten, die er gebrauchen konnte, kamen sie aus dem betreuten

Heim sofort zu Tanner und erledigten für ihn so genannte »heikle persönliche Aufträge«.

So hatte er beispielsweise auch einen ehemaligen Sträfling namens Vince Carballo zur KIG geholt. Carballo war ein schwergewichtiger Mann mit einem zotteligen Bart und stechenden blauen Augen. Er hatte ein langes Vorstrafenregister und war einst wegen Mordes angeklagt worden. Die Beweise gegen ihn waren erdrückend, doch ein Geschworener beharrte darauf, dass der Mann freigesprochen werden sollte, sodass die Jury zu keinem einstimmigen Beschluss gelangte. Nur wenige Menschen wussten, dass die Tochter des Geschworenen verschwunden war und der Täter eine Nachricht mit folgendem Wortlaut hinterlassen hatte: Das Schicksal Ihrer Tochter hängt vom Urteil der Geschworenen ab. Solche Männer bewunderte Tanner Kingsley.

Auf ähnliche Weise hatte Tanner auch von einem ehemaligen Sträfling namens Harry Flint gehört. Er ließ Flints Leben gründlich durchleuchten und kam zu dem Entschluss, dass er der ideale Mann für seine Zwecke war.

Harry Flint war in Detroit geboren. Sein Vater war ein verkrachter und dementsprechend verbitterter Handelsvertreter, der die meiste Zeit zu Hause herumsaß und sich über Gott und die Welt beklagte. Gleichzeitig führte er ein strenges, ja geradezu sadistisches Regiment und genoss es regelrecht, seinen Sohn beim geringsten Verstoß mit einem Lineal, einem Hosengürtel oder irgendetwas anderem, das gerade zur Hand war, zu verdreschen. Es war, als wollte er ihn zu Leistung und Erfolg prügeln, um sein eigenes Versagen wettzumachen.

Harrys Mutter arbeitete als Maniküre in einem Friseursalon. Während der Vater ein Tyrann schlimmster Sorte war, liebte die Mutter ihren Sohn geradezu abgöttisch, sodass Harry in jungen Jahren ständig zwischen beiden Extremen hin- und hergerissen wurde.

Die Ärzte hatten Harrys Mutter erklärt, sie wäre zu alt, um Kinder zu bekommen; daher betrachtete sie ihre Schwangerschaft als ein Wunder. Nach Harrys Geburt verhätschelte sie ihn nach Strich und Faden, knuddelte, tätschelte und küsste ihn ständig, bis der Junge das Gefühl hatte, er werde von ihrer Liebe regelrecht erdrückt. Als er älter wurde, verabscheute er jegliche körperliche Berührung.

Als Harry Flint vierzehn Jahre alt war, fing er im Keller eine Ratte und zertrampelte sie. Er sah zu, wie die Ratte langsam und qualvoll starb. Für Harry Flint war das wie eine Offenbarung. Mit einem Mal wurde ihm klar, dass er Herr über Leben und Tod war. Er kam sich vor wie Gott. Er war omnipotent, allmächtig. Er wollte dieses Gefühl unbedingt wieder erleben, und deshalb stellte er kleinen Tieren in der Nachbarschaft nach und machte mit ihnen, wozu immer er Lust hatte. Flint tat das nicht etwa aus purer Boshaftigkeit oder aus Wut. Er nutzte einfach die Gabe, die ihm Gott gegeben hatte.

Aufgebrachte Nachbarn, deren Haustiere gequält und getötet worden waren, beschwerten sich bei den Behörden, worauf man dem Täter eine Falle stellte. Die Polizei leinte einen Scottish Terrier im Vorgarten eines Hauses an, damit er nicht davonlaufen konnte, und legte sich auf die Lauer. In der Nacht näherte sich Harry Flint dem Tier, zwängte ihm das Maul auf und steckte einen Feuerwerkskörper hinein. Die Polizisten, die das Ganze beobachtet hatten, schlugen sofort zu. Als Harry Flint durchsucht wurde, fand man in seiner Hosentasche einen blutigen Stein und ein Filetiermesser mit dreizehn Zentimeter langer Klinge.

Er wurde für zwölf Monate ins Challenger Memorial Youth Center geschickt, eine geschlossene Erziehungsanstalt für verhaltensauffällige Jugendliche.

Eine Woche nach seiner Einlieferung griff er einen der anderen Jungs an und richtete ihn übel zu. Der Psychiater, der Flint untersuchte, befand, dass er an schizophrener Paranoia litt.

»Er ist hochgradig psychotisch«, warnte der Arzt die Aufseher. »Seien Sie vorsichtig. Halten Sie ihn von den anderen fern.«

Harry war fünfzehn Jahre alt, als er seine Strafe verbüßt hatte und auf Bewährung entlassen wurde. Er kehrte auf die Schule zurück, wo er von einigen Klassenkameraden wie ein Held verehrt wurde. Die Jungs waren in allerlei kleine Gaunereien verwickelt, klauten zum Beispiel Handtaschen, entwendeten anderen Leuten die Geldbeutel und begingen Ladendiebstähle, und Flint wurde bald ihr Anführer.

Eines Nachts wurde er bei einer Messerstecherei in einer dunklen Gasse an der Oberlippe erwischt, und seither grinste er ständig.

Als die Jungs älter wurden, stahlen sie Autos und verlegten sich auf Einbrüche und Raubüberfälle. Einer dieser Überfälle ging schief, und ein Ladenbesitzer wurde getötet. Harry Flint wurde wegen bewaffneten Raubüberfalls und Beihilfe zum Mord zu einer zehnjährigen Gefängnisstrafe verurteilt. Er war der abgefeimteste Häftling, den der Direktor der Strafanstalt jemals erlebt hatte.

Die anderen Häftlinge sahen ihm nur in die Augen, dann

ließen sie ihn in Frieden. Er hingegen terrorisierte sie ständig, aber keiner von ihnen hatte den Mut, ihn zu melden.

Eines Tages ging ein Wärter an Flints Zelle vorbei und starrte dann ungläubig hinein. Flints Zellengenosse lag in einer Blutlache am Boden. Er war totgeschlagen worden.

Der Wärter schaute Flint an und lächelte dann voller Genugtuung. »Na schön, du Mistkerl. Diesmal kommst du nicht davon. Wir können schon mal den elektrischen Stuhl für dich vorwärmen.«

Flint funkelte ihn an und hob langsam den linken Arm. Ein blutiges Schlachtermesser steckte tief im Fleisch.

»Notwehr«, versetzte Flint eiskalt.

Der Häftling in der gegenüberliegenden Zelle erzählte niemandem, dass er gesehen hatte, wie Flint seinen Zellengenossen totgeschlagen, dann ein Schlachtermesser unter seiner Matratze herausgezogen und es sich selbst in den Arm gestoßen hatte.

Flint hatte Spaß an seiner Arbeit, und das bewunderte Tanner am allermeisten an ihm.

Tanner konnte sich noch genau daran erinnern, wie Flint ihm zum ersten Mal bewiesen hatte, wie nützlich er sein konnte. Es war bei einer dringenden Reise nach Tokio gewesen …

»Sagen Sie dem Piloten, er soll die Challenger warmlaufen lassen. Wir fliegen nach Japan. Nur wir beide.«

Die Nachricht war zu einem denkbar ungünstigen Zeitpunkt eingegangen, aber er musste sofort die entsprechenden Gegenmaßnahmen treffen, und die Aufgabe war zu heikel, als dass er jemand anderen damit betrauen konnte. Tanner hatte sich mit Akira Iso in Tokio verabredet und ihm ein Zimmer im Okura Hotel besorgt.

Wahrend das Fluges über den Pazifischen Ozean überlegte sich Tanner, wie er vorgehen sollte. Und als die Maschine landete, hatte er sich eine Taktik zurechtgelegt, bei der nichts schief gehen konnte.

Auf der rund einstündigen Fahrt vom Flughafen Narita in die Innenstadt wunderte sich Tanner einmal mehr darüber, dass sich Tokio allem Anschein nach nie veränderte. Die Stadt strahlte stets etwas Gleichmütiges aus, so als ob wirtschaftlicher Aufschwung oder Niedergang spurlos an ihr vorübergingen.

Akira Iso erwartete ihn im Restaurant Fumiki Mashimo. Iso war um die fünfzig, hager, mit grauen Haaren und hellbraunen Augen. Er stand auf und begrüßte Tanner.

»Es ist mir eine Ehre, Sie kennen zu lernen, Mr. Kingsley. Offen gesagt, war ich etwas überrascht, als ich von Ihnen hörte. Ich kann mir nicht vorstellen, weshalb Sie die weite Reise auf sich nehmen, um mit mir zu sprechen.«

Tanner lächelte. »Ich überbringe Ihnen gute Nachrichten, die meiner Meinung nach zu wichtig sind, als dass man am Telefon darüber sprechen sollte. Ich glaube, ich kann Sie sehr glücklich machen. Und sehr reich.«

Akira Iso schaute ihn neugierig an. »Aha?«

Ein Kellner in einem weißen Frack kam an ihren Tisch.

»Bevor wir zum Geschäftlichen kommen, sollten wir uns erst etwas bestellen.«

»Wie Sie wünschen, Mr. Kingsley. Kennen Sie sich mit japanischen Gerichten aus, oder soll ich für Sie bestellen?«

»Danke. Ich komme schon klar. Mögen Sie Sushi?«

»Ja.«

Tanner wandte sich an den Kellner. »Ich nehme Hamachitemaki, Kaibashira und Ama-ebi.«

Akira Iso lächelte. »Das klingt gut.« Er blickte den Kellner an. »Ich nehme das Gleiche.«

Während sie aßen, sagte Tanner: »Sie arbeiten bei der Tokyo International Group; eine sehr gute Firma.«

»Vielen Dank.«

»Wie lange arbeiten Sie dort schon?«

»Zehn Jahre.«

»Das ist eine lange Zeit.« Er schaute Akira Iso in die Augen und sagte: »Möglicherweise ist es sogar höchste Zeit, dass Sie sich verändern.«

»Warum sollte ich das tun, Mr. Kingsley?«

»Weil ich Ihnen ein Angebot machen werde, das Sie nicht ablehnen können. Ich weiß nicht, wie viel Sie verdienen, aber ich bin bereit, Ihnen das Doppelte zu bezahlen, wenn Sie dort ausscheiden und für die KIG arbeiten.«

»Mr. Kingsley, das ist unmöglich.«

»Warum nicht? Wenn es an Ihrem Vertrag liegt, kann ich dafür sorgen …«

Akira Iso legte seine Essstäbchen weg. »Mr. Kingsley, in Japan ist das Unternehmen, bei dem man arbeitet, wie eine große Familie. Und wenn wir nicht mehr arbeiten können, sorgt die Firma für uns.«

»Aber das Geld, das ich Ihnen biete …«

»Nein. Aisha seishin.«

»Was?«

»Das heißt, dass Loyalität für uns wichtiger ist als Geld.« Akira Iso warf ihm einen neugierigen Blick zu. »Weshalb haben Sie ausgerechnet mich ausgewählt?«

»Weil ich sehr viel Gutes über Sie gehört habe.«

»Ich fürchte, Sie haben Ihre lange Reise umsonst gemacht, Mr. Kingsley. Ich würde die Tokyo First National Group niemals verlassen.«

»Einen Versuch war es wert.«

»Und Sie nehmen es mir nicht übel?«

Tanner lehnte sich zurück und lachte. »Natürlich nicht. Ich wünschte, meine Mitarbeiter wären so loyal wie Sie.« Dann fiel ihm etwas ein. »Übrigens habe ich Ihnen und Ihrer Familie ein kleines Geschenk mitgebracht. Einer meiner Mitarbeiter wird es Ihnen vorbeibringen. Er wird in einer Stunde in Ihrem Hotel sein. Er heißt Harry Flint.«

Am nächsten Morgen fand ein Zimmermädchen Akira Isos Leiche, die an einem Haken an der Garderobe hing. Der offizielle Befund lautete auf Selbstmord.

24

Das Mandarin Hotel war ein heruntergekommenes einstöckiges Gebäude im Herzen von Chinatown, drei Querstraßen von der Mott Street entfernt.

Als Kelly und Diane aus dem Taxi steigen, sah Diane auf der anderen Straßenseite ein großes Reklameplakat mit einem Bild von Kelly, die ein herrliches Abendkleid trug und einen Parfümflakon in der Hand hatte. Diane betrachtete es überrascht. »Das sind Sie also?«

»Sie irren sich«, erwiderte Kelly. »Das stelle ich dar, Mrs. Stevens. Aber ich bin es nicht.« Sie drehte sich um und ging ins Hotelfoyer, und Diane folgte ihr verärgert.

Ein chinesischer Portier saß an einem Tresen im Foyer und las die *China Post*.

»Wir hätten gern ein Zimmer für eine Nacht«, sagte Diane.

Der Portier blickte zu den beiden elegant gekleideten Frauen auf, und um ein Haar wäre ihm ein lautes »Hier?« herausgerutscht. Dann stand er auf. »Jederzeit.« Er musterte ihre Designerkleidung. »Das macht hundert Dollar die Nacht.«

Kelly schaute ihn fassungslos an. »Hundert …?«

»Ist schon gut«, sagte Diane rasch.

»Im Voraus.«

Diane öffnete ihre Handtasche, holte ein paar Geldscheine heraus und gab sie dem Portier. Er reichte ihr den Schlüssel.

»Zimmer Nummer zehn. Gradeaus den Gang entlang, auf der linken Seite. Haben Sie Gepäck?«

»Das kommt nach«, erklärte ihm Diane.

»Fragen Sie einfach nach Ling, wenn Sie irgendwas brauchen.«

»Ling?«, fragte Kelly.

»Ja. Sie ist unser Zimmermädchen.«

Kelly warf ihm einen skeptischen Blick zu. »Gut.«

Die beiden Frauen gingen den tristen, schummrigen Gang entlang.

»Sie haben zu viel bezahlt«, sagte Kelly.

»Was ist Ihnen ein sicheres Dach über dem Kopf wert?«

»Ich bin mir nicht sicher, ob wir hier gut aufgehoben sind«, erwiderte Kelly.

»Es muss vorerst genügen, bis wir etwas Besseres finden. Keine Sorge. Mr. Kingsley wird sich um uns kümmern.«

Als sie zu Zimmer Nummer zehn kamen, schloss Diane die Tür auf und trat ein. Das kleine Zimmer sah aus, als ob sich hier seit längerem niemand aufgehalten hätte, und so roch es auch. Die Laken auf dem Doppelbett waren zerknüllt, die beiden Sessel neben dem zerkratzten Beistelltisch abgewetzt.

Kelly blickte sich um. »Es ist zwar klein, aber dafür umso hässlicher. Jede Wette, dass hier noch nie geputzt wurde.« Sie strich über die Polster und sah, wie der Staub aufstieg. »Ich frage mich, wie lange Ling schon nicht mehr unter den Lebenden weilt.«

»Es ist ja nur für eine Nacht«, beruhigte Diane sie. »Ich rufe jetzt Mr. Kingsley an.«

Kelly betrachtete Diane, als sie zum Telefon ging und die Nummer auf der Karte wählte, die Tanner Kingsley ihr gegeben hatte.

Sie kam auf Anhieb durch. »Tanner Kingsley.«

Diane seufzte erleichtert auf. »Mr. Kingsley, hier ist Diane Stevens. Entschuldigen Sie die Störung, aber Mrs. Harris und ich brauchen Ihre Hilfe. Jemand versucht, uns zu töten, und wir haben keine Ahnung, wie es weitergehen soll. Wir sind auf der Flucht.«

»Ich bin froh, dass Sie mich anrufen, Mrs. Stevens. Sie können ganz beruhigt sein. Wir haben soeben herausgefunden, wer hinter dem Ganzen steckt. Sie werden nicht mehr behelligt werden. Ich kann Ihnen versichern, dass sowohl Sie als auch Mrs. Harris ab sofort in Sicherheit sind.«

Diane schloss einen Moment lang die Augen. *Gott sei Dank.* »Können Sie mir sagen, wer …?«

»Ich erzähle Ihnen alles, wenn wir uns sehen. Bleiben Sie, wo Sie sind. Ich schicke jemanden vorbei, der Sie in dreißig Minuten abholen wird.«

»Das ist …« Die Verbindung wurde unterbrochen. Diane legte den Hörer auf und wandte sich grinsend an Kelly. »Gute Nachrichten! Wir haben alles überstanden.«

»Was hat er gesagt?«

»Er weiß, wer hinter dieser Sache steckt, und sagt, dass wir ab sofort in Sicherheit sind.«

Kelly seufzte tief auf. »Großartig. Jetzt kann ich nach Paris zurückkehren und noch mal von vorne anfangen.«

»Er schickt jemanden vorbei, der uns in einer halben Stunde abholt.«

Kelly blickte sich in dem schmuddeligen Zimmer um. »Das alles hinter mir zu lassen, wird mir bestimmt schwer fallen.«

Diane wandte sich zu ihr um und sagte wehmütig: »Es wird sonderbar sein.«

»Was?«

»Mich wieder dem Alltag zu widmen, ohne Richard. Ich kann mir überhaupt nicht vorstellen, wie ich …«

»Dann lassen Sie's«, versetzte Kelly. *Komm mir nicht damit, meine Gute, sonst breche ich zusammen. Ich darf nicht mal dran denken. Mark war mein Ein und Alles, mein einziger Lebensinhalt …*

Diane blickte Kelly mit ausdrucksloser Miene an. *Sie ist leblos wie ein Kunstwerk,* dachte sie. *Schön, aber kalt und gefühllos.*

Kelly saß auf dem Bett und hatte Diane den Rücken zugekehrt. Sie schloss die Augen, um nicht vom Schmerz übermannt zu werden, der in ihr tobte, und langsam … ganz allmählich …

Sie und Mark spazierten am linken Seineufer entlang und redeten über Gott und die Welt. Kelly fühlte sich in seinem Beisein so wohl wie mit noch keinem anderen Mann.

»Morgen Abend ist eine Vernissage, falls Sie so etwas …«, sagte sie zu Mark.

»Oh, tut mir Leid. Morgen Abend habe ich zu tun.«

Unverhofft packte Kelly kurz die Eifersucht. »Eine andere Verabredung?« Sie versuchte, so unverkrampft wie möglich zu klingen.

»Nein. Nein. Ich gehe allein hin. Es ist ein Bankett …« Er sah ihren Gesichtsausdruck. »Ich … ich meine, es ist bloß ein Diner für Wissenschaftler. Sie würden sich nur langweilen.«

»Wirklich?«

»Ich fürchte, ja. Dort … dort geht es um alle möglichen Sachen, von denen Sie vermutlich noch nie etwas gehört haben und …«

»Ich glaube, ich habe schon alles Mögliche gehört«, erwiderte Kelly pikiert. »Stellen Sie mich doch auf die Probe.«

»Na ja, wenn Sie meinen …«

»Ich bin ein großes Mädchen. Schießen Sie los.«

Er seufzte. »Na schön. *Amitose … Malakologie … Aneroidbarometer … Thermo…*«

»Aha«, sagte Kelly. »Solche Sachen also.«

»Ich wusste doch, dass Sie das nicht interessiert. Ich …«

»Ganz im Gegenteil. Ich finde das toll.« *Aber nur, weil du dich dafür interessierst.*

Das Bankett fand im Hotel Prince de Galles statt und war, wie sich herausstellte, ein großes Ereignis. Rund dreihundert Gäste hatten sich im Ballsaal eingefunden, darunter die höchsten Würdenträger Frankreichs. Kelly und Mark nahmen an einem der vorderen Tische Platz, neben einem attraktiven Mann, der eine angenehme, gewinnende Art an sich hatte.

»Ich bin Sam Meadows«, sagte er zu Kelly. »Ich habe schon viel von Ihnen gehört.«

»Ich habe auch schon viel von Ihnen gehört«, erwiderte Kelly. »Mark sagt, Sie seien sein Mentor und bester Freund.«

Sam Meadows lächelte. »Ich fühle mich geehrt. Mark ist ein ganz besonderer Mensch. Wir haben lange zusammengearbeitet. Er ist der engagierteste ...«

Mark war das Ganze sichtlich peinlich. »Möchten Sie ein Glas Wein?«, unterbrach er ihn.

Der Conférencier trat auf die Bühne und hielt die erste Ansprache. Mark hatte Recht gehabt – der Abend war für Kelly nicht allzu interessant. Allerhand Preise für wissenschaftliche und technische Errungenschaften wurden vergeben, verbunden mit diversen Vorträgen, bei denen Kelly den Eindruck hatte, als sprächen die Redner Suaheli. Aber sie sah auch Marks begeisterte Miene und war froh, dass sie mitgekommen war.

Als das Geschirr abgetragen wurde, trat der Präsident der französischen Académie des Sciences auf die Bühne, der zunächst in höchsten Tönen die wissenschaftlichen Erfolge pries, die Frankreich im letzten Jahr vorzuweisen hatte. Aber erst gegen Ende seiner Ansprache, als er eine goldene Statue hochhielt und Mark Harris aufrief, wurde Kelly klar, dass Mark der Star des Abends war. *Er wollte es mir aus lauter Bescheidenheit nicht verraten.* Kelly sah, wie Mark aufstand und unter dem Beifall des Publikums auf die Bühne ging.

»Er hat mir kein Wort davon gesagt«, sagte Kelly zu Sam Meadows.

Meadows lächelte. »Das ist typisch Mark.« Er musterte Kelly einen Moment lang. »Wissen Sie, er ist hoffnungslos in Sie verliebt. Er möchte Sie heiraten.« Er stockte einen Moment. »Ich kann nur hoffen, dass es keine schmerzliche Erfahrung für ihn wird.«

Als Kelly das hörte, bekam sie mit einem Mal ein schlechtes Gewissen. *Ich kann Mark nicht heiraten. Er ist ein toller Freund, aber ich bin nicht in ihn verliebt. Was habe ich bloß getan? Ich will ihm nicht wehtun. Vielleicht sollte ich lieber nicht mehr mit ihm ausgehen. Niemals könnte ich einem Mann das geben, was er von einer Frau erwartet. Wie soll ich es ihm nur sagen?*

»Haben Sie überhaupt gehört, was ich gesagt habe?«

Dianes aufgebrachte Stimme riss Kelly aus ihren Träumereien. Der prachtvolle Ballsaal löste sich in Wohlgefallen auf, und sie war wieder in einem heruntergekommenen Hotelzimmer, zusammen mit einer Frau, der sie am liebsten nie begegnet wäre.

»Tanner Kingsley hat gesagt, jemand holt uns in einer halben Stunde ab«, sagte Diane mit drängendem Tonfall.

»Das haben Sie mir schon gesagt. Na und?«

»Er hat nicht gefragt, wo wir sind.«

»Vermutlich nimmt er an, dass wir noch in Ihrer Wohnung sind.«

»Nein. Ich habe ihm gesagt, dass wir auf der Flucht sind.«

Einen Moment lang herrschte Schweigen. Kelly spitzte den Mund zu einem lautlosen, lang gezogenen »Oh«.

Sie drehte sich um und warf einen Blick auf die Uhr, die auf dem Nachttisch stand.

Der chinesische Portier blickte auf, als Flint das Foyer des Mandarin Hotels betrat. »Kann ich Ihnen helfen?« Er sah Flints Grinsen und lächelte ebenfalls.

»Meine Frau und ihre Freundin sind vor kurzem hier abgestiegen. Meine Frau ist blond. Ihre Freundin ist 'ne Schwarze, ein heißer Zahn. Welches Zimmer haben sie?«

»Zimmer zehn, aber ich kann Sie leider nicht durchlassen. Sie müssen vorher anru...«

Flint hob eine mit Schalldämpfer bestückte 45er Ruger und jagte dem Portier eine Kugel in die Stirn. Dann schob er die Leiche hinter die Rezeption und ging mit gezückter Pistole den Gang entlang. Vor Zimmer Nummer zehn blieb er stehen, trat einen Schritt zurück, stürmte dann mit der Schulter voran vorwärts und brach die Tür auf.

Im Zimmer war keiner, aber er hörte, dass im Bad die Dusche lief. Er ging zur Badezimmertür und stieß sie auf. Die Dusche war voll aufgedreht, der zugezogene Plastikvorhang wogte hin und her. Flint gab vier Schüsse auf den Vorhang ab, wartete einen Moment und zog ihn dann auf.

Hier war niemand.

Von einem Imbiss auf der anderen Straßenseite aus hatten Diane und Kelly zugesehen, wie Flint mit seinem Geländewagen vorfuhr und in das Hotel ging.

»Mein Gott«, hatte Kelly gesagt, »das ist der Mann, der mich kidnappen wollte.«

Sie warteten eine Weile. Als Flint ein paar Minuten später wieder herauskam, grinste er wie eh und je, aber sein Gesicht war vor Wut verzerrt.

Kelly wandte sich an Diane. »Da zieht Godzilla seines Weges. Wie soll's jetzt weitergehen?«

»Wir müssen von hier weg.«

»Und wohin? Die überwachen bestimmt sämtliche Flughäfen, Bahnhöfe und Busbahnhöfe …«

Diane dachte einen Moment lang nach. »Ich kenne einen Ort, an dem keiner an uns rankommt.«

»Lassen Sie mich raten. Das Raumschiff, das Sie hierher gebracht hat?«

25

Auf dem Neonschild über der Tür stand WILTON HOTEL FOR WOMEN.

Kelly und Diane gingen ins Foyer und trugen sich unter falschen Namen ein. Die Frau an der Rezeption reichte Kelly einen Schlüssel. »Suite Nummer vier-zwo-vier. Haben Sie Gepäck?«

»Nein, wir …«

»Es ging verloren«, warf Diane ein. »Morgen früh müsste es hier sein. Übrigens, unsere Männer wollen uns demnächst abholen. Könnten Sie sie auf unser Zimmer schicken und …«

Die Frau an der Rezeption schüttelte den Kopf. »Tut mir Leid. Männer dürfen nicht nach oben.«

»Oh?« Diane bedachte Kelly mit einem zufriedenen Lächeln.

»Wenn sie sich hier unten mit Ihnen treffen möchten …«

»Ist schon gut. Dann müssen sie eben ohne uns zurechtkommen.«

Suite Nummer 424 bestand aus einem geschmackvoll eingerichteten Wohnzimmer mit einer Couch, mehreren Sesseln, Tischen und einem Kleiderschrank und einem Schlafzimmer mit zwei bequem aussehenden Doppelbetten.

Diane blickte sich um. »Das ist doch hübsch, nicht wahr?«

»Was machen wir hier eigentlich?«, versetzte Kelly säuerlich. »Wollen wir etwa ins *Guinness-Buch der Rekorde?* Alle halbe Stunde ein anderes Zimmer?«

»Haben Sie eine bessere Idee?«

»Das ist keine Idee«, erwiderte Kelly verächtlich. »Das ist ein Katz-und-Maus-Spiel, und wir sind die Maus.«

»Ich darf gar nicht daran denken, dass uns möglicherweise der Kopf der größten Denkfabrik der Welt umbringen will«, sagte Diane.

»Dann denken Sie nicht daran.«

»Leichter gesagt, als getan. Bei der KIG gibt es eine Menge Schlaumeier.«

»Tja, dann müssen wir eben noch schlauer sein.«

Kelly runzelte die Stirn. »Wir brauchen irgendeine Waffe. Können Sie mit einer Pistole umgehen?«

»Nein.«

»Verdammt. Ich auch nicht.«

»Ist auch egal. Wir haben sowieso keine.«

»Wir sieht's mit Karate aus?«

»Nein, aber ich war am College im Diskussionsseminar«,

erwiderte Diane trocken. »Vielleicht kann ich ihnen ausreden, uns umzubringen.«

»Genau.«

Diane ging zum Fenster und blickte auf den Verkehr auf der Vierunddreißigsten Straße. Plötzlich riss sie die Augen auf und keuchte. »Oh!«

Kelly stürmte zu ihr. »Was ist los? Was haben Sie gesehen?«

Diane hatte einen trockenen Hals. »Ein ... ein Mann ist vorbeigegangen. Er sah genauso aus wie Richard. Einen Moment lang dachte ich ...« Sie wandte sich vom Fenster ab.

»Soll ich einen Gespensterjäger holen?«, fragte Kelly verächtlich.

Diane wollte etwas erwidern, schwieg dann aber. *Was soll's? Wir sind bald weg.*

Kelly musterte Diane und dachte: *Warum hältst du nicht einfach den Mund und malst irgendwas?*

Tanner war wütend, als Flint ihn per Handy anrief. »Tut mir Leid, Mr. Kingsley. Sie waren nicht in ihrem Zimmer im Mandarin. Sie waren weg. Sie müssen gewusst haben, dass ich komme.«

»Diese Weiber wollen mich austricksen«, versetzte Tanner aufgebracht. »Mich! Ich melde mich wieder.« Er knallte den Hörer auf die Gabel.

Andrew lag auf der Couch in seinem Büro und träumte, er stünde auf der großen Bühne der Stockholmer Konzerthalle. Das Publikum jubelte begeistert und rief: »Andrew! Andrew!« Ein ums andere Mal hallte sein Name durch den Saal.

Er hörte den Applaus des Publikums, als er über die Bühne ging, um von König Carl XVI. Gustav von Schweden den Nobelpreis entgegenzunehmen. Als er die Hand nach der Urkunde ausstreckte, fing jemand an, ihn zu beschimpfen.

»Andrew, du Mistkerl, komm her.«

Die Stockholmer Konzerthalle verblasste, und Andrew war wieder in seinem Büro. Tanner rief nach ihm.

Er braucht mich, dachte Andrew glücklich. Langsam erhob er sich und ging in das Büro seines Bruders.

»Bin schon da«, sagte Andrew.

»Ja, das sehe ich«, blaffte Tanner ihn an. »Setz dich.«

Andrew nahm sich einen Stuhl.

»Ich muss dir ein paar Sachen beibringen, großer Bruder. Teilen und herrschen.« Tanner schlug einen arroganten Ton an. »Ich habe dafür gesorgt, dass Diane Stevens meint, die Mafia habe ihren Mann umgebracht, und Kelly Harris sorgt sich um eine nicht existierende Olga. Hast du verstanden?«

»Ja, Tanner«, sagte Andrew gedankenverloren.

Tanner tätschelte seinem Bruder die Schulter. »Du bist der ideale Ansprechpartner für mich, Andrew. Es gibt ein paar Sachen, die ich mit dir bereden möchte, weil ich mit niemand anderem darüber sprechen kann. Aber dir kann ich alles sagen, weil du zum dumm bist, um es zu begreifen.« Er schaute seinem Bruder in die Augen und sah dessen geistesabwesenden Blick. »Du siehst nichts, du hörst nichts, du sagst nichts.« Tanner wurde mit einem Mal ernst. »Wir müssen ein Problem lösen. Zwei Frauen sind verschwunden. Sie wissen, dass wir hinter ihnen her sind, um sie zu töten, deshalb versuchen sie unterzutauchen. Wo könnten sie sich verstecken, Andrew?«

Andrew schaute seinen Bruder einen Moment lang an. »Ich – ich weiß es nicht.«

»Es gibt zwei Möglichkeiten, das herauszufinden. Zunächst mal versuchen wir es nach der kartesianischen Methode, indem wir logisch Schritt für Schritt vorgehen. Lass uns einfach nachdenken.«

Andrew blickte ihn an und sagte mit ausdrucksloser Stimme: »Wenn du meinst ...«

Tanner fing an, auf und ab zu gehen. »In Stevens' Apartment kehren sie nicht zurück, weil das zu gefährlich wäre – wir lassen es überwachen. Wir wissen, dass Kelly Harris keine Freunde in den Staaten hat, denen sie trauen würde, weil sie seit langem in Paris lebt.« Er blickte seinen Bruder an. »Kannst du mir folgen?«

Andrew zwinkerte. »Ich ... Ja, Tanner.«

»Nun, würde sich Diane Stevens an Freunde wenden, wenn sie Hilfe sucht? Das glaube ich nicht. Das wäre zu gefährlich. Sie könnten sich möglicherweise an die Polizei wenden, aber andererseits wissen sie auch, dass man sie wahrscheinlich auslachen würde. Was also könnten sie unternehmen?« Er schloss ein paar Sekunden lang die Augen, dann fuhr er fort. »Natürlich könnten sie daran denken, sich abzusetzen, aber sie sind sich vermutlich darüber im Klaren, dass wir sämtliche Flughäfen, Bahnhöfe und Busbahnhöfe überwachen. Was also käme noch in Frage?«

»Ich ... ich ... bin ganz deiner Meinung, Tanner.«

»Ein Hotel käme in Frage, Andrew. Sie könnten sich in einem Hotel verstecken. Aber in was für einem Hotel? Zwei verängstigte Frauen, die auf der Flucht sind. Sie müssten immer damit rechnen, dass man Verbindung mit uns aufnimmt, egal, für welches sie sich entscheiden, verstehst du? Sie können sich nicht sicher fühlen. Kannst du dich noch an Sonja Verbrügge in Berlin erinnern? Wir haben sie mit der dringenden Nachricht überlistet, die wir ihr auf den Bildschirm geschickt haben. Sie ist im Hotel Artemisia abgestiegen, weil dort nur Frauen unterkommen. Deshalb dachte sie, sie wäre dort in Sicherheit. Nun ja, ich glaube die Damen Stevens und Harris denken ganz ähnlich. Was also schließen wir daraus?«

Er wandte sich wieder seinem Bruder zu. Andrew hatte die Augen geschlossen und schlief. Tanner ging zu ihm und schlug ihm ins Gesicht.

Andrew fuhr hoch. »Was ...?«

»Pass gefälligst auf, wenn ich mit dir rede, du Trottel.«

»Ich ... Tut mir Leid, Tanner. Ich war nur ...«

Tanner ging an den Computer. »Nun ja, mal sehen, welche Hotels in Manhattan nur Frauen aufnehmen.«

Tanner klinkte sich ins Internet ein, stellte ein paar Recherchen an und druckte das Ergebnis aus. Er las die Namen laut vor. »Das El Carmelo Residence an der Westlichen Vierzehnten Straße, das Centro Maria Residence an der Westlichen Vierundfünfzigsten Straße, das Parkside Evangeline an der Südlichen Gramercy und das Wilton Hotel for Women.« Er blickte auf und lächelte. »Dort könnten sie laut kartesianischer Logik sein, Andrew. Nun wollen wir doch mal sehen, was uns die Technologie verrät.«

Tanner ging zu einem Landschaftsgemälde an der Wand, griff dahinter und drückte auf einen versteckten Knopf. Ein Teil der Wand glitt auf, und dahinter kam ein Bildschirm mit einem digitalisierten Stadtplan von Manhattan zum Vorschein.

»Weißt du noch, was das ist, Andrew? Du hast diese Apparatur mal bedient. Du hast das sogar so gut beherrscht, dass ich regelrecht eifersüchtig auf dich war. Das ist ein Global Positioning System. Damit können wir jedermann auf der Welt orten. Kannst du dich noch erinnern?«

Andrew nickte und bemühte sich, wach zu bleiben.

»Als die beiden Damen mein Büro verließen, habe ich jeder von ihnen meine Visitenkarte gegeben. Die Karten sind mit einem Computerchip versehen, der nicht größer als ein Sandkorn ist. Das Signal, das er aussendet, wird per Satellit erfasst, und wenn das Global Positioning System aktiviert wird, ermittelt es ihren genauen Aufenthaltsort.« Er wandte sich an seinen Bruder. »Begreifst du das?«

Andrew schluckte. »Ich ... ich ... Ja, Tanner.«

Tanner wandte sich wieder dem Bildschirm zu. Er drückte auf einen zweiten Knopf. Ein roter Lichtpunkt blinkte auf dem Stadtplan auf und bewegte sich nach unten. In einem dicht bebauten Gebiet verharrte er, wanderte dann weiter, eine Straße entlang und bewegte sich so langsam, dass die Namen der Geschäfte deutlich zu sehen waren.

Tanner deutete darauf. »Das ist die Westliche Vierzehnte Straße.« Das rote Licht wanderte weiter. »Das ist das Tequila Restaurant, eine Apotheke, das Saint Vincent's Hospital, Banana Republic, eine Kirche, Our Lady of Guadalupe.« Das Licht blieb stehen. »Und das ist das Wilton Hotel for Women«, sagte Tanner mit triumphierendem Unterton. »Was wiederum meine Überlegungen bestätigt. Ich hatte Recht, siehst du?«

Andrew leckte sich die Lippen. »Ja. Du hattest Recht ...«

Tanner schaute Andrew an. »Du darfst jetzt wieder gehen.« Er griff zu seinem Handy und wählte eine Nummer. »Mr. Flint, sie sind im Wilton Hotel an der Westlichen Vierunddreißigsten Straße.« Er stellte das Telefon ab, blickte auf und sah Andrew in der Tür stehen. »Was gibt's?«, fragte Tanner unwirsch.

»Darf ich nach, du weißt schon, nach Schweden fahren und den Nobelpreis in Empfang nehmen, den man mir verliehen hat?«

»Nein, Andrew. Das war vor sieben Jahren.«

»Oh.« Andrew drehte sich um und schlurfte in sein Büro.

Tanner dachte an die dringende Reise nach Europa, die er vor drei Jahren unternommen hatte …

Er war gerade mit einem schwierigen logistischen Problem beschäftigt, als sich seine Sekretärin über die Gegensprechanlage bei ihm meldete. »Zürich ist für Sie am Apparat, Mr. Kingsley.«

»Ich habe gerade alle Hände voll zu tun … Schon gut, ich rede mit ihnen.« Er nahm den Hörer ab. »Ja?« Tanners Miene wurde immer grimmiger, während er zuhörte. »Ich verstehe«, sagte er unwirsch. »Sind Sie sicher? Nein, schon gut. Ich kümmere mich persönlich darum.«

Er drückte auf den Knopf der Gegensprechanlage. »Kathy, sagen Sie dem Piloten, er soll die Challenger klar machen. Wir fliegen nach Zürich. Zwei Personen.«

Madeleine Schmider saß in einer Nische im La Rotonde, einem der besten Restaurants von Zürich. Sie war Anfang dreißig, hatte ein bezauberndes ovales Gesicht, einen wunderschönen Teint und einen Bubikopf. Offensichtlich war sie schwanger.

Als Tanner an ihren Tisch kam, stand Madeleine Schmider auf und streckte ihm die Hand hin. »Bitte, nehmen Sie Platz.« Er ließ sich gegenüber von ihr nieder.

»Ich freue mich, Sie kennen zu lernen.« Sie sprach mit einem melodiösen Schweizer Akzent. »Als ich Ihren Anruf erhielt, dachte ich zuerst, es sei ein Scherz.«

»Warum?«

»Na ja, Sie sind so ein bedeutender Mann, und als man mir mitteilte, dass Sie eigens nach Zürich kommen würden, um mit mir zu sprechen, konnte ich mir nicht vorstellen ...«

Tanner lächelte. »Ich will Ihnen erklären, weshalb ich hier bin. Weil ich gehört habe, dass Sie eine hervorragende Wissenschaftlerin sind, Madeleine. Ich darf Sie doch Madeleine nennen?«

»Oh, bitte sehr, Mr. Kingsley.«

»Wir beim KIG schätzen Menschen, die etwas können. Sie sind jemand, der für uns arbeiten sollte, Madeleine. Wie lange sind Sie schon bei der Tokyo First National Group?«

»Sieben Jahre.«

»Nun ja, die Sieben ist Ihre Glückszahl, denn ich biete Ihnen eine Stelle bei der KIG an. Sie verdienen doppelt so viel wie jetzt, leiten Ihre eigene Abteilung und ...«

»Oh, Mr. Kingsley!« Sie strahlte ihn an.

»Haben Sie Interesse, Madeleine?«

»O ja! Sehr sogar. Natürlich kann ich nicht gleich anfangen.«

Tanner verzog das Gesicht. »Was meinen Sie damit?«

»Na ja, ich bekomme ein Kind und will demnächst heiraten ...«

Tanner lächelte wieder. »Das ist doch kein Problem. Wir kümmern uns um alles.«

»Aber ich kann aus noch einem weiteren Grund nicht sofort kündigen«, sagte Madeleine Schmider. »Ich bin zurzeit mit einem Projekt befasst, und wir sind gerade dabei ... Wir sind fast fertig damit.«

»Madeleine, ich weiß nicht, um welches Projekt es geht, und es interessiert mich auch nicht. Tatsache aber ist, dass Sie das Angebot, das ich Ihnen gemacht habe, sofort annehmen müssen. Genau genommen hatte ich sogar gehofft, dass Sie und Ihr Verlobter« – er lächelte – »oder sollte ich sagen, Ihr künftiger Mann, mit mir nach Amerika fliegen würden.«

»Ich könnte kommen, sobald das Projekt abgeschlossen ist. In sechs Monaten, spätestens in einem Jahr.«

Tanner schwieg einen Moment. »Sind Sie sicher, dass Sie nicht sofort bei uns anfangen können?«

»Ja. Ich leite dieses Projekt. Es wäre unfair, wenn ich einfach aussteigen würde.« Sie strahlte wieder. »Nächstes Jahr?«

Tanner lächelte. »Auf jeden Fall.«

»Tut mir Leid, dass Sie die Reise umsonst auf sich genommen haben.«

»Sie war nicht umsonst, Madeleine«, sagte Tanner freundlich. »Ich habe Sie kennen gelernt.«

Sie errötete. »Sie sind sehr freundlich.«

»Ach, ich habe Ihnen übrigens ein Geschenk mitgebracht. Mein Mitarbeiter bringt es heute Abend um sechs bei Ihnen zu Hause vorbei. Er heißt Harry Flint.«

Am nächsten Morgen wurde Madeleine Schmider tot in ihrer Küche aufgefunden. Sie lag am Boden vor dem Herd, dessen Gashahn aufgedreht war.

Tanner widmete sich wieder dem gegenwärtigen Problem. Flint hatte ihn noch nie enttäuscht. Er würde Diane Stevens und Kelly Harris bald beseitigen, und wenn die beiden aus dem Weg geräumt waren, konnte das Projekt fortgesetzt werden.

26

Harry Flint ging zur Rezeption des Wilton Hotel. »Hallo.«

»Hallo.« Die Frau am Empfang bemerkte sein Lächeln. »Kann ich Ihnen behilflich sein?«

»Ja. Meine Frau und ihre Freundin, eine Afroamerikanerin, sind vor kurzem hier abgestiegen. Ich möchte sie überraschen. Welche Zimmernummer haben sie?«

»Tut mir Leid«, erwiderte die Rezeptionistin. »Dies ist ein Hotel für Frauen, Sir. Männer haben keinen Zugang zu den Zimmern. Wenn Sie anrufen möchten ...«

Flint blickt sich im Foyer um. Leider war ziemlich viel los. »Ist schon gut«, sagte er. »Sie kommen bestimmt bald runter.«

Flint ging hinaus und zückte sein Handy. »Sie sind auf ihrem Zimmer, Mr. Kingsley. Ich darf nicht rauf.«

Tanner stand einen Moment lang reglos da und dachte nach. »Mr. Flint, mein Verstand sagt mir, dass sie sich demnächst trennen werden. Ich schicke Ihnen Carballo zur Unterstützung vorbei.«

Kelly stellte droben in ihrer Suite das Radio an und suchte einen Popsender. Kurz darauf hallte laute Rapmusik durch das Zimmer.

»Wie können Sie sich so was bloß anhören?«, fragte Diane gereizt.

»Mögen Sie keine Rapmusik?«

»Das ist keine Musik. Das ist Lärm.«

»Sie mögen Eminem nicht? Und was ist mit LL CoolJ, R. Kelly, Ludacris?«

»Ist das alles, was Sie sich anhören?«

»Nein«, erwiderte Kelly bissig. »Ich mag auch Berlioz' *Symphonie fantastique*, Chopins Etüden und Händels *Almira*. Besonders gern ...«

Kelly sah, wie Diane zum Radio ging und es ausschaltete. »Was machen wir, wenn uns die Hotels ausgehen, Mrs. Stevens? Kennen Sie jemanden, der uns helfen könnte?«

Diane schüttelte den Kopf. »Die meisten Freunde von Richard arbeiten bei der KIG, und unsere anderen Freunde – die kann ich nicht in diese Sache reinziehen.« Sie blickte Kelly an. »Was ist mit Ihnen?«

Kelly zuckte die Achseln. »Mark und ich leben seit drei Jahren in Paris. Ich kenne hier niemanden, außer den Leuten bei der Model-Agentur, und ich habe das Gefühl, dass die keine große Hilfe wären.«

»Hat Mark gesagt, weshalb er nach Washington wollte?«

»Nein.«

»Richard auch nicht. Ich habe das Gefühl, dass das irgendwie der Schlüssel zu der ganzen Sache ist.«

»Klasse. Wir haben den Schlüssel. Aber wo ist die Tür?«

»Die werden wir schon finden.« Diane dachte einen Moment lang nach, dann lächelte sie. »Moment mal! Ich kenne jemanden, der uns helfen könnte.« Sie ging zum Telefon.

»Wen wollen Sie anrufen?«

»Richards Sekretärin. Die weiß bestimmt, worum es geht.«

»KIG«, meldete sich jemand am anderen Ende.

»Ich möchte bitte mit Betty Barker sprechen.«

Tanner, der in einem Büro saß, sah, wie das blaue Lämpchen der Stimmidentifizierung aufleuchtete. Er drückte auf eine Taste und hörte, wie die Mitarbeiterin der Telefonzentrale sagte: »Miss Barker ist zurzeit nicht an ihrem Platz.«

»Können Sie mir sagen, wie ich sie erreichen kann?«

»Tut mir Leid. Wenn Sie Ihren Namen und Ihre Telefonnummer nennen, werde ich …«

»Ist schon gut.« Diane legte den Hörer auf.

Das blaue Lämpchen erlosch.

Diane wandte sich an Kelly. »Ich habe das Gefühl, dass Betty Barker der Zugang sein könnte, den wir suchen. Ich muss eine Möglichkeit finden, wie ich an sie rankommen kann.« Sie seufzte. »Es ist so sonderbar.«

»Was?«

»Eine Wahrsagerin hat all das vorausgesagt. Sie hat gesagt, dass mich der Tod begleitet und …«

»Nein!«, rief Kelly. »Und Sie haben das weder dem FBI noch der CIA gemeldet?«

Diane funkelte sie einen Moment lang an. »Ist egal.« Kelly ging ihr immer mehr auf die Nerven. »Gehen wir was essen.«

»Ich muss erst einen Anruf machen«, sagte Kelly. Sie nahm den Hörer ab und wählte die Vermittlung des Hotels. »Ich möchte einen Anruf nach Paris anmelden.« Sie nannte der Vermittlerin eine Nummer und wartete. Nach ein paar

Minuten strahlte sie auf. »Hallo, Philippe. Wie geht es Ihnen? Hier ist alles bestens …« Sie warf einen Blick zu Diane. »Ja … In ein, zwei Tagen müsste ich wieder daheim sein … Wie geht's Angel? Oh, das ist wunderbar. Vermisst Sie mich? Könnten Sie sie ans Telefon bringen?« Sie schlug einen anderen Tonfall an, so als spräche sie mit einem kleinen Kind. »Angel, wie geht's dir, mein Liebling? Frauchen ist dran. Philippe sagt, du vermisst mich … Ich vermisse dich auch. Bald bin ich wieder daheim, dann nehme ich dich auf den Arm und knuddle mit dir, meine Süße.«

Diane hatte sich umgedreht und hörte mit unverhohlenem Erstaunen zu.

»Wiedersehen, mein Schatz. In Ordnung, Philippe … Danke. Wir sehen uns bald. *Au revoir.*«

Kelly sah Dianes verwunderte Miene. »Ich habe mit meinem Hund gesprochen.«

»Gut. Was hat er gesagt?«

»*Sie*. Es ist eine Hündin.«

»Das dachte ich mir.«

Eigentlich war es Zeit zum Abendessen, aber sie hatten Angst, ihr Zimmer zu verlassen. Sie bestellten sich etwas beim Zimmerservice.

Diane versuchte, mit Kelly ins Gespräch zu kommen, doch es war aussichtslos. Mehr als eine oberflächliche Unterhaltung kam nicht zustande.

»Sie haben also in Paris gelebt?«

»Ja.«

»War Mark Franzose?«

»Nein.«

»Waren Sie lange miteinander verheiratet?«

»Nein.«

»Wie haben Sie sich kennen gelernt?«

Das geht dich gar nichts an! »Das weiß ich nicht mehr. Ich habe so viele Männer kennen gelernt.«

Diane musterte Kelly. »Wieso reißen Sie die Mauern nicht ein, die Sie um sich aufgebaut haben?«

»Hat Ihnen schon mal jemand gesagt«, erwiderte Kelly spitz, »dass Mauern dazu da sind, um andere Leute fern zu halten?«

»Manchmal schließen sie einen auch ein und …«

»Schauen Sie, Mrs. Stevens. Kümmern Sie sich um Ihren eigenen Kram. Mir ging es bestens, bis ich Ihnen begegnet bin. Lassen wir's einfach sein.«

»Gut.« *Sie ist der kälteste Mensch, dem ich je begegnet bin.*

Als sie ihr Essen schweigend hinter sich gebracht hatten, verkündete Kelly: »Ich gehe jetzt unter die Dusche.«

Diane antwortete nicht.

Kelly ging ins Badezimmer, streifte ihre Kleidung ab, trat unter die Dusche und drehte sie auf. Das warme Wasser fühlte sich auf ihrer nackten Haut wunderbar an. Sie schloss die Augen und ließ ihren Gedanken freien Lauf …

Sie hörte wieder Sam Meadows' Worte. *Wissen Sie, er ist hoffnungslos in Sie verliebt. Er möchte Sie heiraten. Ich kann nur hoffen, dass es keine schmerzliche Erfahrung für ihn wird.* Und Kelly wusste, dass Sam Meadows Recht hatte. Sie war gern mit Mark zusammen. Er war lustig, aufmerksam und fürsorglich – ein großartiger Freund. Aber genau das war der Haken. *Ich betrachte ihn nur als Freund. Ich bin ihm gegenüber nicht fair. Ich darf ihn nicht mehr sehen.*

Mark hatte am Morgen nach dem Bankett angerufen. »Hallo, Kelly. Was möchten Sie heute Abend unternehmen?« Marks Stimme war voller Vorfreude. »Wollen wir gemeinsam essen und danach ins Theater gehen? Andererseits sind abends auch noch einige Geschäfte offen, und dann wäre da …«

»Tut mir Leid, Mark. Ich … ich habe heute Abend zu tun.«

Einen Moment lang herrschte Stille. »Oh. Ich dachte, wir wären …«

»Nein, sind wir nicht.« Und Kelly stand da und hasste sich für das, was sie ihm antat. *Es ist meine Schuld, dass ich es so weit habe kommen lassen.*

»Na schön. Ich rufe Sie morgen an.«

Am nächsten Tag rief er sie wieder an. »Kelly, wenn ich Sie irgendwie beleidigt haben sollte …«

Kelly musste sich regelrecht wappnen, bevor sie ihm antwortete. »Tut mir Leid, Mark«, sagte sie schließlich. »Ich … ich habe mich in jemanden verliebt.« Sie wartete einen Moment. Die Stille war schier unerträglich.

»Oh.« Marks Stimme bebte. »Ich verstehe. Ich … ich hätte mir darüber klar sein sollen, dass wir … Meine … meine Glückwünsche. Ich hoffe von ganzem Herzen, dass Sie glücklich werden, Kelly. Bitte grüßen Sie Angel von mir.«

Mark legte auf. Kelly stand da, hatte den Hörer in der Hand und fühlte sich elend. *Er wird mich bald vergessen,* dachte sie, *und jemanden finden, der ihm das Glück schenken kann, das er verdient.*

Kelly arbeitete tagtäglich, schritt lächelnd über den Laufsteg und hörte den Applaus des Publikums, aber innerlich war sie zutiefst bedrückt. Ohne ihren Freund machte ihr das Leben keinen Spaß mehr. Ständig war sie versucht, ihn anzurufen, aber sie weigerte sich nachzugeben. *Ich darf es nicht. Ich habe ihm schon genug wehgetan.*

Mehrere Wochen vergingen, ohne dass Kelly etwas von Mark hörte. *Ich bin ihn los geworden. Vermutlich hat er mittlerweile jemand anderen kennen gelernt. Ich bin froh darüber.* Und sie bemühte sich nach Kräften darum.

An einem Samstagnachmittag nahm Kelly an einer Modenschau in einem eleganten Salon teil, in dem sich die gesamte Pariser Hautevolee versammelt hatte. Sobald sie auf den Laufsteg trat, brandete wie üblich Beifall auf. Kelly folgte einem Model, das ein schickes Tageskostüm mit Handschuhen trug. Einer der Handschuhe entglitt ihr und fiel auf den Laufsteg. Als Kelly es bemerkte, war es bereits zu spät. Sie trat darauf, rutschte aus und fiel der Länge nach hin. Das Publikum keuchte laut auf. Kelly blieb einen Moment lang liegen und hatte das Gefühl, sie hätte sich bis auf die Knochen blamiert. Sie musste sich zusammenreißen, um nicht in Tränen auszubrechen, atmete dann tief durch, rappelte sich auf und rannte vom Laufsteg.

Als Kelly in den Umkleideraum kam, sagte die Garderobiere: »Ich habe das Abendkleid für Sie bereit gelegt. Sie sollten lieber …«

Kelly schluchzte laut auf. »Nein. Ich … ich kann nicht mehr vor diese Leute treten. Sie lachen mich aus.« Sie wurde immer hysterischer. »Ich bin erledigt. Ich werde nie wieder da rausgehen. Niemals!«

»Aber selbstverständlich.«

Kelly fuhr herum und sah Mark in der Tür stehen. »Mark! Was … was machen Sie hier?«

»Ach, ich … ich habe mich in letzter Zeit ein bisschen hier und dort herumgetrieben.«

»Haben Sie … haben Sie gesehen, was da draußen passiert ist?«

Mark lächelte. »Es war wunderbar. Ich bin froh, dass es passiert ist.«

Kelly starrte ihn an. »Was?«

Er trat zu ihr, zückte ein Taschentuch und trocknete ihre Tränen. »Kelly, bevor Sie da rausgegangen sind, hielt Sie das Publikum nur für eine wunderschöne, unberührbare Traumfrau, ein Fantasiewesen, unerreichbar. Als Sie aber gestolpert und hingefallen sind, wurde den Leuten klar, dass Sie ein Mensch sind, und deswegen verehren Sie sie umso mehr. Gehen Sie jetzt wieder raus, und machen Sie die Leute glücklich.«

Sie schaute Mark in die Augen und sah seinen mitfühlenden Blick, und mit einem Mal wurde Kelly klar, dass sie in ihn verliebt war.

Die Garderobiere wollte das Abendkleid wieder an die Stange hängen.

»Geben Sie mir das«, sagte Kelly. Sie schaute Mark mit tränennassen Augen an und lächelte.

Als Kelly fünf Minuten später voller Selbstvertrauen den Laufsteg entlangschritt, empfing sie das Publikum mit donnerndem Applaus und stehenden Ovationen. Von Rührung überwältigt blieb sie stehen und blickte in die Gesichter. Sie fand es einfach wunderbar, dass Mark wieder bei ihr war. Und ihr fiel wieder ein, wie nervös sie am Anfang gewesen war …

Kelly war verkrampft gewesen und hatte ständig darauf gewartet, dass Mark einen Annäherungsversuch machte, aber er benahm sich stets höflich und tadellos. Als sie spürte, wie schüchtern er war, fasste sie allmählich Selbstvertrauen. Kelly war es, die meistens das Gespräch begann, und sie stellte fest, dass Mark stets amüsant war und sich gut auskannte, egal, um welches Thema es ging.

»Mark«, sagte sie eines Abends, »morgen findet ein großes Symphoniekonzert statt. Mögen Sie klassische Musik?«

Er nickte. »Ich bin damit groß geworden.«

»Gut. Dann gehen wir hin.«

Das Konzert war brillant gewesen, und dementsprechend begeistert war das Publikum.

Als sie zu Kellys Apartment kamen, sagte Mark: »Kelly, ich … ich habe Sie angelogen.«

Ich hätte es wissen müssen, dachte Kelly. *Er ist genau wie alle anderen. Es ist vorbei*. Sie wappnete sich für seine Antwort. »Aha?«

»Ja. Ich … ich mag eigentlich gar keine klassische Musik.«

Kelly musste sich auf die Lippen beißen, um nicht laut loszulachen.

Als sie das nächste Mal miteinander ausgingen, sagte Kelly: »Ich möchte mich bei Ihnen für Angel bedanken. Sie ist großartig.« *Genau wie du*, dachte sie. Mark hatte die strahlendsten blauen Augen, die sie je gesehen hatte, und dazu ein bezauberndes schiefes Lächeln. Sie fühlte sich in seiner Gesellschaft ungemein wohl und …

Das Wasser wurde allmählich kalt. Kelly stellte die Dusche ab, trocknete sich ab, schlüpfte in den vom Hotel zur Verfügung gestellten Frotteebademantel und ging ins Schlafzimmer.

»Jetzt sind Sie an der Reihe.«

»Danke.«

Diane stand auf und ging ins Badezimmer. Es sah aus, als wäre es von einem Sturm verwüstet worden. Der Boden war voller Wasser, und überall waren Handtücher verstreut.

Wütend kehrte Diane ins Schlafzimmer zurück. »Das Badezimmer ist ein einziges Chaos. Sind Sie es etwa gewöhnt, dass andere Leute Ihren Dreck wegräumen?«

Kelly lächelte liebenswürdig. »Ja, Mrs. Stevens. Ich hatte schon von klein auf immer Dienstmädchen, die sich um mich gekümmert haben.«

»Tja, ich bin aber keines.«

Du wärst auch nicht dazu geeignet.

Diane holte tief Luft. »Ich glaube, es wäre besser, wenn wir …«

»Hier gibt's kein ›wir‹. Nur Sie und mich.«

Sie starrten sich eine Zeit lang an. Dann drehte sich Diane ohne ein weiteres Wort um und ging wieder ins Badezimmer. Als sie eine Viertelstunde später herauskam, lag Kelly im Bett. Diane streckte die Hand aus und wollte die Deckenlampe ausschalten.

»Nein, lassen Sie das!« Es klang wie ein Aufschrei.

Diane blickte Kelly erschrocken an. »Was?«

»Lassen Sie das Licht an.«

»Haben Sie etwa Angst vor der Dunkelheit?«, fragte Diane verächtlich.

»Ja. Ich … ich fürchte mich vor der Dunkelheit.«

»Warum?«, fragte Diane herablassend. »Haben Ihnen Ihre Eltern etwa Gruselgeschichten vom Schwarzen Mann erzählt, als Sie klein waren?«

Eine Zeit lang herrschte Stille. »Genau.«

Diane ging in ihr Bett. Sie lag eine Weile da, dann schloss sie die Augen.

Richard, mein Liebster. Ich habe nie geglaubt, dass man an gebrochenem Herzen sterben kann. Jetzt glaube ich es. Ich brauche dich so sehr. Du musst mich leiten. Ich brauche deine Wärme und deine Liebe. Du bist hier irgendwo, ich weiß es. Ich kann dich spüren. Du bist ein Geschenk Gottes für mich gewesen, aber du warst nur geliehen, und auch nicht lange genug. Gute Nacht, mein Schutzengel. Bitte verlass mich nie. Bitte.

Kelly hörte, wie Diane leise vor sich hin schluchzte. Sie kniff den Mund zusammen. *Hör auf. Hör auf. Hör auf.* Und Tränen rannen ihr über die Wangen.

27

Als Diane am nächsten Morgen aufwachte, saß Kelly in einem Sessel und starrte die Wand an.

»Morgen«, sagte Diane. »Haben Sie ein bisschen geschlafen?«

Sie bekam keine Antwort.

»Wir müssen uns überlegen, was wir weiter unternehmen. Wir können hier nicht ewig bleiben.«

Keine Antwort.

»*Kelly*«, rief Diane aufgebracht, »*hören Sie mich?*«

Kelly fuhr herum. »Was fällt Ihnen ein? Ich bin mitten in einem Mantra.«

»Oh, tut mir Leid. Ich wollte nicht …«

»Vergessen Sie's.« Kelly stand auf. »Hat Ihnen schon mal jemand gesagt, dass Sie schnarchen?«

Diane zuckte zusammen. Sie meinte, Richards Stimme zu hören, als sie zum ersten Mal eine Nacht zusammen verbracht hatten. *Liebling, weißt du, dass du schnarchst? Lass es mich anders ausdrücken. Es ist eigentlich gar kein Schnarchen. Deine Nase gibt die ganze Nacht lang herrliche Melodien von sich, die wie Engelsmusik klingen.* Dann hatte er sie in die Arme genommen und …

»Tja, es ist aber so«, sagte Kelly. Sie ging zum Fernseher und schaltete ihn an. »Mal sehen, was in der Welt passiert ist.« Sie zappte von einem Sender zum nächsten, hielt aber plötzlich inne, als sie auf eine Nachrichtensendung mit Ben Roberts stieß. »Das ist ja Ben!«, rief sie.

»Wer ist Ben?«, fragte Diane, so als sei es ihr mehr oder weniger gleichgültig.

»Ben Roberts. Er moderiert Nachrichtensendungen und Talkshows. Er ist der einzige Talkmaster, den ich gut finde. Er und Mark waren gute Freunde. Eines Tages …« Sie verstummte mit einem Mal.

Ben Roberts sagte gerade:

»*… und soeben hat uns die Mitteilung erreicht, dass Anthony Altieri, der mutmaßliche Mafiaboss, der kürzlich bei einem Mordprozess freigesprochen wurde, heute Morgen seiner Krebserkrankung erlegen ist. Er war …*«

Kelly wandte sich an Diane. »Haben Sie das gehört? Altieri ist tot.«

Diane empfand gar nichts. Es war eine Nachricht aus einer anderen Welt, einer anderen Zeit.

Sie schaute Kelly an und sagte: »Ich glaube, es wäre

besser, wenn wir uns trennten. Zu zweit sind wir zu auffällig.«

»Stimmt«, versetzte Kelly trocken. »Wir haben die gleiche Größe.«

»Ich habe damit gemeint …«

»Ich weiß, was Sie gemeint haben. Aber ich könnte ja weiße Schminke auftragen und …«

Diane blickte sie verdutzt an. »Was?«

»War nur ein Witz«, versetzte Kelly. »Die Idee mit der Trennung ist großartig. Das ist ja fast eine Art Plan, nicht wahr?«

»Kelly …«

»Jedenfalls war es ausgesprochen interessant, Sie kennen zu lernen, Mrs. Stevens.«

»Wir ziehen hier aus«, erwiderte Diane kurz und knapp.

Im Foyer drängten sich die Teilnehmerinnen eines Frauenkongresses, die sich gerade anmeldeten, während ein halbes Dutzend Gäste auschecken wollte. Kelly und Diane mussten sich anstellen.

Harry Flint, der draußen auf der Straße stand und ins Foyer blickte, sah sie und zog sich sofort wieder zurück. Er griff zu seinem Handy. »Sie sind gerade ins Foyer gekommen.«

»Gut. Ist Carballo schon bei Ihnen, Mr. Flint?«

»Ja.«

»Gehen Sie genauso vor, wie ich es Ihnen gesagt habe. Überwachen Sie den Eingang zum Hotel von beiden Seiten, damit sie in der Falle sitzen, egal, wohin sie sich wenden. Ich möchte, dass sie spurlos verschwinden.«

Kelly und Diane hatten sich endlich zum Schalter durchgekämpft.

Die Frau an der Kasse lächelte sie an. »Ich hoffe, Sie hatten einen angenehmen Aufenthalt bei uns.«

»Sehr angenehm, vielen Dank«, sagte Diane. *Immerhin leben wir noch.*

»Wissen Sie, wohin wir uns jetzt wenden sollen?«, fragte Kelly, als sie zur Tür gingen.

»Nein. Ich will nur aus Manhattan weg. Was ist mit Ihnen?«

Ich will von dir weg. »Zurück nach Paris.«

Sie traten hinaus und blickten sich sorgfältig um. Auf dem Gehsteig herrschte das übliche Getümmel, aber ansonsten wirkte alles normal.

»Wiedersehen, Mrs. Stevens«, sagte Kelly mit erleichtertem Unterton.

»Wiedersehen, Kelly.«

Kelly wandte sich nach links und lief auf die nächste Ecke zu. Diane blickte ihr einen Moment lang hinterher, drehte sich dann nach rechts und ging in die andere Richtung. Sie hatten kaum mehr als fünf Schritte getan, als plötzlich Harry Flint und Vince Carballo zu beiden Seiten der Häuserzeile auftauchten. Carballo hatte einen grimmigen Gesichtsausdruck. Flint grinste wie immer vor sich hin.

Die beiden Männer drängten sich zwischen den Passanten hindurch und näherten sich den Frauen. Diane und Kelly wandten sich um und blickten einander erschrocken an. Man hatte ihnen aufgelauert. Beide gingen raschen Schrittes zum Eingang des Hotels zurück, aber vor der Tür herrschte so ein Gedränge, dass sie nicht hineinkonnten.

Sie steckten in der Klemme, und die beiden Männer kamen immer näher.

Kelly wandte sich an Diane, war aber wie vom Donner gerührt, als sie sah, dass Diane lächelte und Flint und Carballo fröhlich zuwinkte.

»Sind Sie verrückt geworden?«, flüsterte Kelly.

Diane, die immer noch lächelte, holte ihr Handy heraus. »Wir sind jetzt vor dem Hotel«, sagte sie rasch. »Ah, gut. Ihr seid um die Ecke?« Sie grinste und zeigte Kelly das Siegeszeichen. »Sie sind in einer Minute hier«, sagte sie laut. Sie blickte zu Flint und Carballo und sagte ins Telefon: »Nein, sie sind nur zu zweit.« Diane hörte einen Moment lang zu und lachte dann. »Genau ... Sie sind hier? Okay.«

Kelly und die beiden Männer beobachteten völlig verwirrt, wie Diane von der Bordsteinkante auf die Straße trat und die entgegenkommenden Autos musterte. Dann hob sie die Hand und winkte aufgeregt einem Wagen zu, der sich vom anderen Ende der Straße aus näherte. Flint und Carballo waren stehen geblieben, als wüssten sie nicht recht, was hier vor sich ging. Diane deutete auf die beiden Männer. »Da drüben«, rief sie einem entgegen kommenden Wagen zu und winkte aufgeregt. »Da drüben.«

Flint und Carballo schauten sich an und fassten einen raschen Entschluss. Sie machten kehrt und verzogen sich um die nächste Ecke.

Kelly starrte Diane an, während ihr Herz wie wild hämmerte. »Sie sind weg«, sagte sie. »Mit ... mit wem haben Sie gesprochen?«

Diane atmete tief durch, um sich wieder zu beruhigen. »Mit niemandem. Mein Akku ist leer.«

28

Kelly starrte Diane verblüfft an. »Das war Klasse. Ich wünschte, ich wäre darauf gekommen.«

»Das kommt schon noch«, erwiderte Diane trocken.

»Was haben Sie jetzt vor?«

»Aus Manhatten abhauen.«

»Wie denn?«, fragte Kelly. »Die überwachen bestimmt sämtliche Bahnhöfe, Flughäfen, Busbahnhöfe, Autovermietungen …«

Diane dachte einen Moment lang nach. »Wir könnten nach Brooklyn fahren. Dort suchen sie uns bestimmt nicht.«

»Gut«, sagte Kelly. »Nur zu.«

»Was?«

»Ich komme nicht mit.«

Diane wollte etwas Unfreundliches sagen, dann überlegte sie es sich anders. »Sind Sie sich sicher?«

»Ja, Mrs. Stevens.«

»Nun ja, dann werden wir uns … Auf Wiedersehen«, sagte Diane.

»Wiedersehen.«

Kelly sah, wie Diane ein Taxi anhielt und einstieg. Einen Moment lang stand sie zögernd und unschlüssig da, an einer Straße, die sie nicht kannte, ohne zu wissen, wohin oder an wen sie sich wenden sollte. Die Tür des Taxis wurde zugeschlagen und der Wagen setzte sich in Bewegung.

»Warten Sie!«, schrie Kelly.

Das Taxi hielt an. Kelly rannte zu ihm hin.

Diane öffnete die Tür, Kelly stieg ein und ließ sich in den Sitz sinken.

»Wieso haben Sie es sich anders überlegt?«

»Mir ist gerade eingefallen, dass ich noch nie in Brooklyn war.«

Diane schaute Kelly einen Moment lang an und schüttelte den Kopf.

»Wohin soll's gehen?«, erkundigte sich der Fahrer.

»Bringen Sie uns bitte nach Brooklyn«, sagte Diane.

Das Taxi fuhr los. »Welche Gegend?«

»Fahren Sie einfach ein bisschen herum.«

Kelly blickte Diane ungläubig an. »Wissen Sie etwa nicht, wohin wir gehen wollen?«

»Ich weiß es, wenn wir dort sind.«

Wieso bin ich bloß umgekehrt?, fragte sich Kelly.

Während der Fahrt saßen sie schweigend nebeneinander. Nach knapp zwanzig Minuten überquerten sie die Brooklyn Bridge.

»Wir suchen ein Hotel«, erklärte Diane dem Fahrer.

»Wollen Sie ein nettes Hotel? Ich kenne eins. Das Adams. Es wird Ihnen gefallen.«

Das Adams Hotel war ein vierstöckiger Ziegelbau mit einer Markise über dem Eingang und einem Portier, der die Gäste an der Tür empfing.

»Gefällt es Ihnen?«, fragte der Fahrer, als das Taxi am Straßenrand hielt.

»Das sieht gut aus«, sagte Diane.

Kelly sagte nichts.

Der Portier begrüßte sie, als sie aus dem Taxi stiegen. »Guten Tag. Steigen Sie bei uns ab?«

Diane nickte. »Ja.«

»Haben Sie Gepäck?«

»Die Fluggesellschaft hat unsere Koffer verschlampt«, erwiderte Diane rasch. »Können wir hier irgendwo einkaufen und uns ein paar Kleidungsstücke besorgen?«

»Am Ende des Blocks ist ein sehr schönes Damenbekleidungsgeschäft. Aber vielleicht möchten Sie vorher einchecken. Dann können Sie sich Ihre Sachen direkt auf Ihr Zimmer schicken lassen.«

»Gut. Sind Sie sicher, dass noch ein Zimmer für uns frei ist?«

»Um diese Jahreszeit sollte das kein Problem sein.«

Der Angestellte an der Rezeption reichte ihnen die Anmeldeformulare. Kelly unterschrieb ihres und sagte laut: »Emily Brontë.«

Diane warf dem Mann an der Rezeption einen kurzen Blick zu, um festzustellen, ob ihm der Name irgendwie bekannt vorkam. Nein.

Diane trug sich unter Mary Cassatt ein.

Der Angestellte nahm die Anmeldescheine. »Möchten Sie mit Kreditkarte bezahlen?«

»Ja, wir …«

»Nein«, warf Diane rasch ein.

Kelly blickte sie an und nickte zögernd.

»Gepäck?«

»Das kommt noch. Wir sind gleich wieder da.«

»Sie haben Suite Nummer fünf-eins-fünf.«

Der Angestellte blickte ihnen hinterher, als sie hinausgingen. *Zwei wahre Schönheiten. Und allein. Was für ein Jammer.*

Das Geschäft hieß »For Madame« und bot alles, was das Herz begehrte. Hier gab es Damenkleidung jedweder Art, aber auch eine Lederwarenabteilung, in der man Handtaschen und Koffer kaufen konnte.

Kelly blickte sich um und sagte: »Sieht so aus, als hätten wir Glück gehabt.«

Eine Verkäuferin kam zu ihnen. »Kann ich Ihnen behilflich sein?«

»Wir sehen uns nur um«, erklärte ihr Diane.

Die Verkäuferin sah zu, wie die beiden sich mit suchenden Blicken durch die einzelnen Abteilungen bewegten.

»Schauen Sie!«, sagte Kelly. »Strümpfe.« Sie nahm ein halbes Dutzend. Diane tat es ihr gleich.

»Strumpfhosen …«

»BHs.«

»Slips.«

Nach kurzer Zeit hatte jede von ihnen beide Arme voller Wäschestücke.

Die Verkäuferin kam herbeigeeilt, um ihnen behilflich zu sein, und trug die Einkäufe der ungewöhnlichen Kundinnen zum Kassentisch, während Diane und Kelly ihren Einkauf fortsetzten.

Kelly betrachtete eine Reihe Hosen, die an einem Ständer hingen. Sie suchte vier aus und wandte sich dann an Diane. »Man weiß ja nie, wann wir wieder zum Einkaufen kommen.«

Diane nahm ebenfalls vier Hosen und ein gestreiftes Sommerkleid.

»Das können Sie nicht tragen«, sagte Kelly. »Mit Streifen wirken Sie zu dick.«

Diane wollte das Kleid bereits zurückhängen, warf dann

einen Blick zu Kelly und reichte es der Verkäuferin. »Ich nehme das hier.«

Die Verkäuferin sah voller Erstaunen zu, wie Kelly und Diane die übrigen Ständer durchgingen. Am Ende hatten sie vier Koffer voller Kleidung gekauft.

Kelly schaute sich die Sachen an und grinste. »Das sollte eine Weile reichen.«

Als sie zur Kasse kamen, fragte die Kassiererin: »Möchten Sie bar oder per Kreditkarte bezahlen?«

»Mit Kredit…«

»Bar«, sagte Diane.

Kelly und Diane öffneten ihre Handtaschen und teilten sich die Rechnung. Beide hatten den gleichen Gedanken: *Allmählich wird das Bargeld knapp.*

»Wir wohnen im Adams«, sagte Kelly zu der Kassiererin. »Könnten Sie uns das vielleicht …«

»Möchten Sie, dass wir Ihnen die Sachen liefern? Selbstverständlich. Wie heißen Sie?«

Kelly zögerte einen Moment. »Charlotte Brontë.«

Diane warf ihr einen kurzen Blick zu und sagte rasch: »*Emily.* Emily Brontë.«

Kelly erinnerte sich wieder. »Richtig.«

Die Kassiererin betrachtete sie mit großer Verwunderung. Sie wandte sich an Diane. »Und wie heißen Sie?«

»Ich … äh …« Diane überlegte fieberhaft. Mit welchem Namen hatte sie unterschrieben? Georgia O'Keeffe … Frida Kahlo … Joan Mitchell?

»Sie heißt Mary Cassatt«, sagte Kelly.

Die Kassiererin schluckte. »Natürlich.«

Neben »For Madame« befand sich eine Drogerie. »Wir haben schon wieder Glück.« Diane lächelte.

Raschen Schrittes gingen sie hinein und zum nächsten Großeinkauf über.

»Wimperntusche.«

»Rouge.«

»Zahnbürsten.«

»Zahnpasta.«

»Tampons und Slipeinlagen.«

»Lippenstift.«

»Haarclips.«

»Puder.«

Bis Diane und Kelly wieder im Hotel eintrafen, hatte man die vier Koffer bereits auf ihr Zimmer gebracht.

Kelly starrte sie an. »Ich frage mich, welche Ihre sind und welche meine.«

»Das ist doch egal«, beruhigte sie Diane. »Wir werden etwa eine Woche hier sein, also sollten wir erst mal alles verstauen.«

»Vermutlich.«

Sie hängten die Kleider und die Hosen auf, packten ihre Wäsche in die Schubladen und stellten die Toilettenartikel ins Badezimmer.

Als die Koffer leer und alle Sachen weggeräumt waren, zog Diane ihre Schuhe und das Kleid aus und ließ sich auf eines der Betten sinken.

»Das fühlt sich herrlich an.« Sie seufzte zufrieden. »Ich weiß nicht, wie es bei Ihnen aussieht, aber ich esse heute Abend im Bett. Und danach nehme ich ein langes, heißes Bad. Von hier bringt mich so schnell niemand mehr weg.«

Ein freundliches Zimmermädchen in Uniform klopfte an die Tür und brachte einen Stapel frischer Handtücher in die Suite.

Zwei Minuten später kam sie wieder aus dem Badezimmer. »Klingeln Sie bitte nach mir, wenn Sie irgendetwas brauchen. Einen schönen Abend noch.«

»Danke.« Kelly blickte ihr hinterher, als sie ging.

Diane blätterte in einer Hausbroschüre, die sie neben dem Bett gefunden hatte. »Wissen Sie, wann das Hotel gebaut wurde?«

»Ziehen Sie sich an«, sagte Kelly. »Wir gehen.«

»Es wurde im Jahr …«

»Ziehen Sie sich an. Wir müssen von hier weg.«

Diane blickte sie an. »Soll das ein Witz sein?«

»Nein. Hier passiert gleich irgendetwas Schreckliches.« Ihre Stimme klang panisch.

Diane setzte sich erschrocken auf. »Was soll denn hier passieren?«

»Ich weiß es nicht. Aber wir müssen von hier weg, sonst werden wir beide sterben.«

Ihre Angst wirkte ansteckend, aber in Dianes Augen war sie völlig unbegründet.

»Kelly, Sie reden dummes Zeug. Wenn …«

»Ich bitte Sie, Diane.«

Im Nachhinein wusste Diane nicht mehr, ob sie nachgegeben hatte, weil Kelly sie so gedrängt hatte, oder weil sie sie zum ersten Mal mit ihrem Vornamen angeredet hatte.

»Na schön.« Diane stand auf. »Wir packen unsere Sachen und …«

»Nein! Lassen Sie alles hier.«

Diane schaute Kelly ungläubig an. »*Alles hier lassen?* Wir haben sie doch gerade erst –«

»Schnell! *Wir müssen sofort weg!*«

»Na schön.« *Hoffentlich weiß sie, was sie tut,* dachte Diane, während sie sich widerwillig anzog.

»Rasch!« Es klang wie ein erstickter Schrei.

Diane knöpfte in aller Eile ihr Kleid zu.

»Raus jetzt!«

Sie schnappten sich ihre Handtaschen und stürmten durch die Tür.

Ich muss schon genauso verrückt sein wie sie, dachte Diane ärgerlich.

Als sie ins Foyer kamen, musste Diane regelrecht rennen, um mit Kelly Schritt zu halten. »Würden Sie mir vielleicht verraten, wohin wir gehen?«

Draußen blickte sich Kelly um. »Auf der anderen Straßenseite ist ein Park. Ich … ich muss mich hinsetzen.«

Wütend folgte sie Kelly in den Park.

»Was machen wir jetzt?«, fragte Diane.

In diesem Augenblick wurde das Hotel von einer gewaltigen Explosion erschüttert, dann sahen Diane und Kelly, wie das Fenster ihres Zimmers aus der Fassung gerissen wurde und allerlei Trümmer durch die Luft flogen.

Fassungslos und ungläubig starrte Diane auf die andere Straßenseite. »Das … das war eine Bombe. In unserem Zimmer.« Voller Entsetzen wandte sie sich an Kelly. »Woher … woher haben Sie das gewusst?«

»Das Zimmermädchen.«

Diane blickte sie verständnislos an. »Was ist mit ihr?«

»Zimmermädchen tragen keine Manolo-Blahnik-Schuhe für dreihundert Dollar.«

Diane bekam kaum Luft. »Wie ... wie haben sie uns gefunden?«

»Ich weiß es nicht«, erwiderte Kelly. »Aber bedenken Sie, mit wem wir es zu tun haben.«

Voller Furcht saßen sie beide da.

»Hat Tanner Kingsley Ihnen irgendwas gegeben, als Sie in seinem Büro waren?«, fragte Diane.

Kelly schüttelte den Kopf. »Nein. Hat er Ihnen was gegeben?«

»Nein.«

Dann fiel es ihnen mit einem Mal ein.

»Seine Karte!«

Sie öffneten ihre Handtaschen und holten die Visitenkarten heraus, die Tanner Kingsley ihnen gegeben hatte.

Diane versuchte, ihre zu zerreißen, aber sie ließ sich nicht einmal knicken. »Da ist irgendein Chip drin«, sagte sie aufgebracht.

Kelly versuchte, ihre durchzubiegen. »In meiner ebenfalls. Damit hat uns der Mistkerl aufspüren können.«

Diane nahm Kellys Karte und sagte wütend: »Jetzt nicht mehr.«

Kelly sah, wie Diane auf die Straße trat und die Karten auf den Boden warf. Binnen kürzester Zeit fuhren ein Dutzend Pkw und Lastwagen darüber.

In der Ferne waren Sirenen zu hören, die rasch näher kamen.

Kelly stand auf. »Wir sollten lieber von hier weg, Diane. Da sie uns jetzt nicht mehr aufspüren können, sind wir in Sicherheit. Ich kehre nach Paris zurück. Was haben Sie vor?«

»Ich versuche herauszufinden, warum das alles passiert.«

»Seien Sie vorsichtig.«

»Sie auch.«

Diane zögerte einen Moment. »Kelly – danke. Sie haben mir das Leben gerettet.«

»Ich habe ein schlechtes Gewissen«, erwiderte Kelly betreten. »Ich habe Sie angelogen.«

»Aha?«

»Wissen Sie noch, was ich über Ihre Bilder gesagt habe?«

»Ja.«

»Eigentlich mochte ich sie – sehr sogar. Sie sind *gut*.«

Diane lächelte. »Danke. Ich fürchte, ich war Ihnen gegenüber ziemlich unverschämt.«

»Diane?«

»Ja?«

»Ich hatte keine Hausmädchen, als ich klein war.«

Diane lachte, dann umarmten sie einander.

»Ich bin froh, dass wir uns begegnet sind«, sagte Diane.

»Ich auch.«

Sie standen da, blickten einander an, und mit einem Mal fiel es ihnen schwer, sich voneinander zu verabschieden.

»Ich habe eine Idee«, sagte Diane. »Hier ist meine Handynummer, falls Sie mich brauchen.« Sie schrieb sie auf einen Zettel.

»Hier ist meine«, erwiderte Kelly und gab sie Diane.

»Tja, dann auf Wiedersehen.«

»Ja«, sagte Diane zögernd. »Ich … Auf Wiedersehen, Kelly.«

Diane blickte Kelly hinterher. An der Ecke drehte sie sich noch einmal um und winkte. Diane winkte zurück. Als Kelly verschwunden war, blickte Diane zu dem schwarzen Loch empor, in dem sie beinahe den Tod gefunden hätten, und mit einem Mal lief es ihr eiskalt über den Rücken.

29

Kathy Ordonez ging in Tanner Kingsleys Büro und brachte ihm die Morgenzeitungen. »Es ist schon wieder so weit.« Er warf einen Blick auf die Schlagzeilen, als sie ihm die Zeitungen reichte.

»NEBEL LEGT DEUTSCHE GROßSTÄDTE LAHM«

»ALLE SCHWEIZER FLUGHÄFEN WEGEN NEBEL GESPERRT«

»NEBEL IN ITALIEN FORDERT ZAHLREICHE TODESOPFER«

»Soll ich das Senatorin van Luven schicken?«, fragte Kathy.

»Ja. Sofort«, sagte Tanner grimmig.

Kathy verließ eilends sein Büro.

Tanner warf einen Blick auf seine Armbanduhr und lächelte. *Inzwischen müsste die Bombe hochgegangen sein. Die beiden Weiber sind endlich beseitigt.*

Seine Sekretärin meldete sich über die Gegensprechanlage. »Mr. Kingsley, Senatorin van Luven ist für Sie am Apparat. Nehmen Sie das Gespräch entgegen?«

»Ja.« Tanner griff zum Telefon. »Tanner Kingsley.«

»Hallo, Mr. Kingsley. Hier ist Senatorin van Luven.«

»Guten Tag, Senatorin.«

»Meine Assistentinnen und ich sind zufällig in der Nähe Ihrer Firma. Wäre es Ihnen recht, wenn wir zu einem kurzen Besuch bei Ihnen vorbeikommen.«

»Jederzeit«, erwiderte Tanner aufgeräumt. »Ich führe Sie gerne herum, Senatorin.«

»Gut. Wir sind in Kürze da.«

Tanner drückte auf die Taste der Gegensprechanlage. »Ich erwarte in ein paar Minuten Gäste. Stellen Sie keine Anrufe durch.«

Er dachte an den Nachruf, den er vor ein paar Wochen in der Zeitung gelesen hatte. Senatorin van Luvens Mann war an einem Herzanfall gestorben. *Ich werde ihr mein Beileid aussprechen.*

Fünfzehn Minuten später trafen Senatorin van Luven und ihre beiden attraktiven Assistentinnen ein.

Tanner stand auf und begrüßte sie. »Freut mich sehr, dass Sie vorbeigekommen sind.«

Senatorin van Luven nickte. »Corinne Murphy und Karolee Trost kennen Sie ja bereits.«

Tanner lächelte. »Ja. Schön, Sie beide wiederzusehen.« Er wandte sich an die Senatorin. »Ich habe gehört, dass Ihr Mann verstorben ist. Mein herzliches Beileid.«

Senatorin van Luven nickte. »Danke. Er war seit langem krank, und vor ein paar Wochen ist er dann …« Sie rang sich ein Lächeln ab. »Übrigens, die Hinweise auf die globale Erwärmung, die Sie mir zukommen ließen, sind sehr eindrucksvoll.«

»Danke.«

»Könnten Sie uns vielleicht zeigen, was Sie hier machen?«

»Natürlich. Wie lange darf ich Sie herumführen? Ich kann Ihnen eine fünftägige Besichtigungstour anbieten, eine viertägige und einen Rundgang, der etwa anderthalb Stunden dauert.«

Corinne Murphy grinste. »Die fünftägige Tour wäre doch …«

Senatorin van Luven fiel ihr ins Wort. »Wir begnügen uns mit der anderthalbstündigen Führung.«

»Mit Vergnügen.«

»Wie viele Menschen arbeiten bei der KIG?«, fragte Senatorin van Luven.

»Ungefähr zweitausend. Wir haben Niederlassungen in einem Dutzend Länder in aller Welt.«

Corinne Murphy und Karolee Trost waren sichtlich beeindruckt.

»In der hiesigen Zentrale sind fünfhundert Mitarbeiter tätig. Das Verwaltungspersonal und die Kollegen von der Forschung sind in separaten Quartieren untergebracht. Jeder wissenschaftliche Mitarbeiter verfügt über einen IQ von mindestens einhundertsechzig.«

»Das sind ja die reinsten Genies«, stieß Corinne Murphy aus.

Senatorin van Luven sah sie missbilligend an.

»Folgen Sie mir bitte«, sagte Tanner.

Die Senatorin und ihre beiden Assistentinnen folgten Tanner durch eine Seitentür in ein angrenzendes Gebäude. Er führte sie in einen Raum, der voller geheimnisvoll aussehender Geräte stand.

Senatorin van Luven ging zu einem der sonderbaren Apparate und fragte: »Wozu dient das?«

»Das ist ein so genannter Sonograph, Senatorin. Er wandelt den Klang der menschlichen Stimme in ein Schallspektrogramm um. Damit kann man tausende verschiedener Stimmen erkennen.«

Karolee Trost runzelte die Stirn. »Und wie funktioniert das?«

»Stellen Sie es sich einmal folgendermaßen vor: Wenn Sie von einem Freund oder einer Freundin angerufen werden, erkennen Sie sofort die Stimme, weil Sie sich das typische Klangmuster eingeprägt haben. Auf die gleiche Weise programmieren wir diesen Prozessor. Wir verwenden einen elektronischen Filter, der nur einen bestimmten Frequenzbereich zum Aufzeichnungsgerät durchlässt, sodass wir nur die sprecherspezifischen Merkmale der betreffenden Person erfassen.«

Im weiteren Verlauf der Besichtigungstour bekamen sie eine Reihe faszinierender Apparaturen, teils riesengroß, teils im Westentaschenformat, zu sehen, dazu Elektronenmikroskope, Chemielabors, in denen ein Dutzend Wissenschaftler gemeinsam arbeiteten, Tafeln voller geheimnisvoller Zeichen und Symbole sowie Büros, in denen jeweils nur ein Forscher mit der Lösung eines vertrackten Problems beschäftigt war.

Schließlich kamen sie an einem roten Ziegelbau vorbei, dessen Tür mit zwei Schlössern versehen war.

»Was ist da drin?«, fragte Senatorin van Luven.

»Dort führen wir geheime Forschungen im Auftrag der Regierung durch. Tut mir Leid, aber hier ist der Zutritt für Unbefugte verboten, Senatorin.«

Die Führung dauerte alles in allem fast zwei Stunden. Als sie vorüber war, geleitete Tanner die drei Frauen in sein Büro zurück.

»Ich hoffe, es hat Ihnen gefallen«, sagte er.

Senatorin van Luven nickte. »Es war interessant.«

»*Sehr* interessant.« Corinne Murphy lächelte. Sie hatte den Blick auf Tanner geheftet.

»Ich bin begeistert!«, rief Karolee Trost.

Tanner wandte sich an die Senatorin. »Übrigens, haben Sie schon mit Ihren Kollegen über das Umweltproblem diskutiert, über das wir gesprochen haben?«

»Ja.« Die Senatorin klang unverbindlich.

»Könnten Sie mir vielleicht verraten, wie die Chancen Ihrer Meinung nach stehen, Senatorin?«

»Das ist kein Ratespiel, Mr. Kingsley. Es wird noch weitere Besprechungen geben. Wenn eine Entscheidung gefallen ist, sage ich Ihnen Bescheid.«

Tanner rang sich ein Lächeln ab. »Danke. Und vielen Dank auch für Ihren Besuch.«

Er blickte ihnen nachdenklich hinterher, als sie gingen.

Als sich die Tür hinter ihnen wieder geschlossen hatte, meldete sich Kathy Ordonez über die Gegensprechanlage. »Mr. Kingsley, Saida Hernandez hat versucht, Sie zu erreichen. Sie sagte, es sei dringend, aber Sie hatten ja angeordnet, dass ich keine Gespräche durchstellen sollte.«

»Geben Sie sie mir«, sagte Tanner.

Saida Hernandez war die Frau, die er zum Adams Hotel geschickt hatte, wo sie die Bombe legen sollte.

»Apparat eins.«

Tanner griff zum Telefon und rechnete mit einer guten Nachricht. »Ist alles gut gegangen, Saida?«

»Nein. Tut mir Leid, Mr. Kingsley.« Er hörte den ängstlichen Unterton in ihrer Stimme. »Sie sind davongekommen.«

Tanner fuhr auf. »*Was sind sie?*«

»Ja, Sir. Sie sind aufgebrochen, bevor die Bombe hochging. Ein Page hat gesehen, wie sie das Hotel verließen.«

Tanner knallte den Hörer auf die Gabel. Dann betätigte er die Gegensprechanlage. »Schicken Sie Flint und Carballo her.«

Kurz darauf traten Harry Flint und Vince Carballo in Tanners Büro.

Tanner wandte sich den beiden Männern zu. Er war außer sich vor Wut. »Die beiden sind wieder entkommen. Aber das war das letzte Mal. Habt ihr verstanden? Ich werde euch sagen, wo sie sind, und ihr kümmert euch um sie. Irgendwelche Fragen?«

Flint und Carballo schauten sich an. »Nein, Sir.«

Tanner drückte auf einen Knopf, worauf der elektronische Stadtplan zum Vorschein kam. »Solange sie die Karten haben, die ich ihnen gegeben habe, können wir sie auch aufspüren.«

Sie sahen, wie die Lämpchen auf dem Bildschirm aufleuchteten. Sie bewegten sich nicht von der Stelle.

Tanner knirschte mit den Zähnen. »Sie haben die Karten weggeworfen.« Sein Gesicht war rot angelaufen, als er sich an Flint und Carballo wandte. »Ich möchte, dass sie noch heute umgebracht werden.«

Flint blickte Tanner verdutzt an. »Wie sollen wir sie kalt machen, wenn wir nicht wissen, wo sie …?«

Tanner fiel ihm ins Wort. »Meinen Sie etwa, ich lasse mich von zwei Frauen so einfach überlisten? Solange sie ihre Handys bei sich haben, können wir feststellen, wo sie sich aufhalten.«

»Haben Sie etwa ihre Handynummern rausgekriegt?«, fragte Flint überrascht.

Tanner ging nicht darauf ein. Er musterte den Stadtplan. »Mittlerweile haben sie sich vermutlich getrennt.« Er drückte auf einen anderen Schalter. »Probieren wir's zuerst mit Diane Stevens.« Tanner gab eine Nummer ein.

Das Licht auf dem Stadtplan bewegte sich langsam durch die Straßen von Manhattan, an Hotels, Geschäften und Kaufhäusern vorbei. Schließlich verharrte es vor einem großen Gebäude, das als NELSON GALLERY ausgeschildert war.

»Diane Stevens ist in einem Einkaufscenter.« Tanner drückte auf einen weiteren Knopf. »Mal sehen, wo Kelly Harris steckt.« Wieder gab er eine Nummer ein. Erneut bewegte sich ein Licht, diesmal aber in einem anderen Teil der Stadt.

Die Männer sahen zu, wie es eine Straße entlangwanderte, an der sich ein Bekleidungsgeschäft, ein Restaurant, eine Drogerie und eine Busstation befanden. Das Licht umkreiste einmal den Häuserblock und verharrte dann vor einem großen, offenen Gebäude.

»Kelly Harris ist an einer Busstation«, sagte Tanner mit grimmiger Stimme. »Wir müssen die beiden möglichst schnell abfangen.«

»Wie denn?«, fragte Carballo. »Sie sind an zwei verschiedenen Stellen, jede auf der anderen Seite der Stadt. Bis wir dort hinkommen, sind sie wahrscheinlich schon weg.«

Tanner drehte sich um. »Kommen Sie mit.« Flint und Carballo folgten ihm in das Zimmer nebenan. In dem Raum, den sie betraten, befanden sich allerlei Monitore, Computer und Keyboards mit bunten Knöpfen und Tasten. Auf einem Regal stand ein kleines, kompaktes Gerät, neben dem ein Dutzend CDs und DVDs aufgereiht waren. Tanner sah sie durch und schob eine CD mit der Aufschrift DIANE STEVENS in das Gerät.

»Das ist ein Sprachsynthesizer«, erklärte er den Männern. »Die Stimmen von Mrs. Stevens und Mrs. Harris wurden aufgezeichnet, die sprecherspezifischen Merkmale analysiert und dann digital erfasst. Auf Knopfdruck wird jedes Wort, das ich sage, ihrem Klangbild entsprechend angepasst.« Tanner nahm ein Handy und gab eine Nummer ein.

Ein verhaltenes »Hallo« war zu hören. Es war Kelly Harris' Stimme.

»Kelly! Ich bin ja so froh, dass ich Sie erreiche.« Tanner sprach, aber sie hörten Diane Stevens' Stimme.

»Diane! Sie haben mich gerade noch rechtzeitig erreicht. Ich bin im Begriff abzureisen.«

Flint und Carballo hörten verwundert zu.

»Wohin wollen Sie, Kelly?«

»Nach Chicago. Zum O'Hare und von dort aus mit dem Flugzeug nach Hause.«

»Kelly, Sie können jetzt nicht abreisen.«

Einen Moment lang herrschte Schweigen. »Wieso nicht?«

»Weil ich herausgefunden habe, worum es bei der ganzen Sache geht. Ich weiß, wer unsere Männer umgebracht hat und weshalb.«

»O mein Gott! Wie haben … Sind sie sich sicher?«

»Absolut. Ich habe alle Beweise, die wir brauchen.«

»Diane, das … das ist ja wunderbar.«

»Ich habe die Beweise bei mir. Ich bin im Delmont Hotel, in Penthouse A. Ich gehe von hier aus zum FBI. Ich möchte, dass Sie mitkommen, aber wenn Sie nach Hause müssen, habe ich dafür vollstes Verständnis.«

»Nein, nein! Ich möchte meinen Teil dazu beitragen und das zu Ende bringen, was Mark vorhatte.«

Wie gebannt verfolgten Flint und Carballo jedes Wort. Im

Hintergrund hörten sie die Durchsage für einen Bus nach Chicago.

»Ich komme mit Ihnen, Diane. Sie sind im Delmont Hotel?«

»Ja, an der Sechsundachtzigsten Straße. Penthouse A.«

»Bin schon unterwegs. Bis gleich.«

Die Verbindung wurde unterbrochen.

Tanner wandte sich an Flint und Carballo. »Der eine Teil des Problems wäre gelöst. Jetzt kümmern wir uns um den anderen.«

Flint und Carballo sahen zu, wie Tanner eine weitere CD mit der Aufschrift KELLY HARRIS in den Synthesizer schob. Dann drückte er auf einen Schalter und tippte eine Nummer in sein Handy ein.

Diane meldete sich unverzüglich. »Hallo ...«

Tanner sprach ins Telefon, aber sie hörten Kelly Harris' Stimme.

»Diane ...«

»Kelly! Ist alles in Ordnung?«

»Mir geht's ausgezeichnet. Ich habe eine tolle Nachricht. Ich habe herausgefunden, wer unsere Männer umgebracht hat und weshalb.«

»*Was?* Wer ... wer ...?«

»Darüber dürfen wir nicht am Telefon sprechen, Diane. Ich bin im Delmont Hotel an der Sechsundachtzigsten Straße, Penthouse A. Können wir uns dort treffen?«

»Na klar. Ich komme gleich hin.«

»Wunderbar, Diane. Ich warte.«

Tanner stellte das Gerät ab und wandte sich an Flint. »*Sie* warten dort.« Er reichte Flint einen Schlüssel. »Das ist der Schlüssel zu Penthouse A. Es ist unsere Firmensuite. Begeben Sie sich sofort dorthin und warten Sie. Ich möchte, dass Sie die beiden umbringen, sobald sie durch die Tür kommen. Ich sorge dafür, dass sich jemand um die Leichen kümmert.«

Carballo und Tanner blickten Flint hinterher, als er sich umdrehte und eiligen Schrittes hinausging.

»Und was soll ich machen, Mr. Kingsley?«, fragte Carballo.

»Sie kümmern sich um Saida Hernandez.«

Flint, der in Penthouse A wartete, war fest entschlossen, diesmal nichts schief gehen zu lassen. Er hatte gehört, dass Tanner Stümper beseitigen ließ. *Nicht mit mir*, dachte er. Er zog seine Pistole, überzeugte sich, dass sie geladen war, und schraubte den Schalldämpfer auf. Jetzt musste er nur noch warten.

Kelly Harris saß unterdessen in einem Taxi, das nur mehr sechs Häuserblocks vom Delmont Hotel entfernt war, und dachte ein ums andere Mal an Dianes Worte. *Ich weiß, wer unsere Männer umgebracht hat und weshalb. Ich habe alle Beweise, die wir brauchen. Mark, ich werde sie büßen lassen für das, was sie dir angetan haben.*

Diane fieberte förmlich vor Ungeduld. Der Albtraum war endlich vorüber. Irgendwie hatte Kelly herausgefunden, wer sie umbringen wollte, und sie hatte die nötigen Beweise. *Du wirst stolz auf mich sein, Richard. Ich spüre, dass du in meiner Nähe bist und …*

Diane wurde vom Taxifahrer aus ihren Gedanken gerissen. »Das Delmont Hotel. Wir sind da, Ma'am.«

30

Dianes Herz schlug einen Takt schneller, als sie durch das Foyer des Delmont Hotels ging und sich den Aufzügen näherte. Sie konnte es kaum abwarten, von Kelly zu erfahren, was sie herausgefunden hatte.

Eine Fahrstuhltür ging auf, und etliche Hotelgäste stiegen aus.

»Nach oben?«

»Ja.« Diane stieg ein. »Zum Penthouse, bitte.« Ihre Gedanken überschlugen sich. *An welchem Projekt haben unsere Männer gearbeitet? Was war daran so geheim, dass man sie ermordet hat? Und wie hat Kelly die Lösung gefunden?*

Weitere Gäste drängten sich in den Aufzug, dann schloss sich die Tür, und sie fuhren nach oben. Diane hatte sich erst vor ein paar Stunden von Kelly getrennt, und zu ihrem Erstaunen stellte sie fest, dass sie ihr fehlte.

Nachdem sie unterwegs mehrere Male angehalten hatte, öffnete der Fahrstuhlführer die Tür und sagte: »Oberste Etage, Penthouse.«

Flint lag hinter der Tür von Penthouse A auf der Lauer und horchte auf die Geräusche draußen am Flur. Viel war nicht zu hören, weil die Tür ungewöhnlich dick war, aber Flint wusste auch, warum. Sie war nicht dazu da, den Lärm von draußen abzuhalten – von drinnen sollte kein Laut herausdringen.

In dieser Penthousesuite fanden immer die Vorstandssitzungen statt, aber sitzen blieb dabei kaum einer, wie Flint einst scherzhaft im Gespräch mit Carballo bemerkt hatte. Dreimal im Jahr lud Tanner die Manager der KIG aus einem Dutzend Länder ein. Wenn das Geschäftliche besprochen war, wurde eine Schar Mädchen hergeschafft, die den Männern die Zeit vertrieben. Flint war bei etlichen dieser Orgien als Wachmann zugegen gewesen, und als er jetzt dastand und an die zig nackten, knackigen Leiber dachte, die sich schnaufend und stöhnend auf sämtlichen Betten und Sofas gewälzt hatten, bekam er eine Erektion. Bald würde er sich von den beiden Ladys verwöhnen lassen, bevor …

»Wo geht's zu Penthouse A?«, fragte Diane, als sie aus dem Aufzug trat.

»Nach links, am anderen Ende des Flurs. Aber dort ist niemand.«

Diane drehte sich um. »Was?«

»Das Penthouse wird nur für Vorstandssitzungen genutzt, und die nächste findet erst im September statt.«

Diane lächelte. »Ich will nicht zu einer Vorstandssitzung. Ich treffe mich mit einer Freundin, die mich erwartet.«

Der Fahrstuhlführer blickte Diane hinterher, als sie links den Flur entlang in Richtung Penthouse ging. Er zuckte die Achseln, schloss die Tür des Aufzugs und fuhr wieder nach unten.

Als sich Diane der Tür des Penthouses näherte, ging sie vor lauter Aufregung unwillkürlich einen Schritt schneller.

Flint stand hinter der Tür von Penthouse A und wartete darauf, dass jemand klopfte. *Welche kommt wohl zuerst – die Blondine oder die Schwarze? Mir soll's egal sein. Ich bin nicht wählerisch.*

Flint meinte, draußen etwas zu hören, so als ob jemand auf die Tür zukam, und er fasste die Pistole fester.

Kelly konnte ihre Ungeduld nur mehr mühsam bezähmen. Immer wieder war sie auf der Fahrt zum Delmont Hotel aufgehalten worden – dichter Verkehr, rote Ampeln, Baustellen … Sie hatte sich verspätet. Raschen Schrittes ging sie durchs Foyer und trat in den Aufzug. »Zum Penthouse bitte.«

Als Diane auf das im fünfzigsten Stockwerk gelegene Penthouse A zuging, wurde die Tür der benachbarten Suite geöffnet, ein Hotelpage trat rückwärts auf den Flur und zog einen großen Wagen voller Gepäck heraus, sodass Diane der Weg versperrt war.

»Einen Moment bitte, ich bringe ihn gleich weg«, entschuldigte er sich.

Der Page kehrte in die Suite zurück und schleppte zwei weitere Koffer heraus. Diane versuchte sich vorbeizuzwängen, aber es war nicht genügend Platz.

»Alles klar«, sagte der Page. »Tut mir Leid, dass ich Sie aufgehalten habe.« Er schob die Gepäckkarre aus dem Weg.

Diane ging zu Penthouse A und hatte bereits die Hand erhoben, um anzuklopfen, als am anderen Ende des Flurs jemand ihren Namen rief.

Diane drehte sich um und sah Kelly, die gerade aus dem Aufzug gestiegen war.

»Kelly …!«

Diane lief ihr entgegen.

Harry Flint lauschte an der Tür. War da draußen jemand? Er hätte die Tür öffnen und nachschauen können, aber damit hätte er den ganzen Plan zunichte gemacht. *Bringen Sie die beiden um, sobald sie durch die Tür kommen.*

Draußen auf dem Korridor fielen sich Kelly und Diane in die Arme, hocherfreut über das Wiedersehen.

»Tut mir Leid, dass ich mich verspätet habe, aber der Verkehr war einfach schrecklich. Sie haben mich gerade noch rechtzeitig erreicht, bevor mein Bus nach Chicago losfuhr.«

Diane schaute Kelly verständnislos an. »Ich habe Sie erreicht?«

»Ich wollte gerade in den Bus steigen, als Sie angerufen haben.«

Einen Moment lang herrschte Schweigen. »Kelly, ich habe Sie nicht angerufen. Sie haben mich angerufen. Sie wollten mir mitteilen, dass Sie die Beweise hätten, die wir brauchen, um …« Sie sah Kellys bestürzte Miene.

»Ich habe nicht …«

Beide wandten sich um und blickten zu Penthouse A.

Diane holte tief Luft. »Nichts wie …«

»Genau.«

Sie stürmten einen Treppenabsatz hinab, stiegen in den Aufzug und hatten drei Minuten später das Hotel verlassen.

Unterdessen stand Harry Flint im Penthouse und warf einen Blick auf seine Uhr. *Wo bleiben die Bräute?*

Diane und Kelly saßen in einem überfüllten U-Bahn-Wagen.

»Ich habe keine Ahnung, wie sie das fertig gebracht haben«, sagte Diane. »Es war eindeutig Ihre Stimme.«

»Und ich habe Ihre Stimme gehört. Die lassen nicht locker, bis sie uns umgebracht haben. Die sind wie Kraken mit zig Armen, die einen immer wieder zu fassen kriegen.«

»Bevor sie uns umbringen können, müssen sie uns erst kriegen«, sagte Diane.

»Wie könnten sie uns diesmal gefunden haben? Wir haben doch Kingsleys Visitenkarten weggeworfen und haben ansonsten nichts, durch das sie …«

Sie schauten einander an, blickten dann auf ihre Handys.

»Aber wie haben sie unsere Telefonnummern erfahren?«, fragte Kelly verwundert.

»Bedenken Sie, mit wem wir es zu tun haben. Das hier ist jedenfalls der sicherste Ort von ganz New York. Wir können in der U-Bahn bleiben, bis …« Diane warf einen Blick zur anderen Seite des Ganges und wurde blass. »Wir müssen aussteigen«, sagte sie aufgeregt. »Beim nächsten Halt.«

»*Was? Sie haben doch gerade gesagt …?*«

Kelly folgte Dianes Blick. Auf der Reklametafel über dem Fenster war ein Foto von Kelly, die lächelnd eine elegante Damenuhr in der Hand hielt.

»O mein Gott!«

Sie standen auf, gingen rasch zur Tür und warteten darauf, dass der nächste Bahnhof kam. Zwei Marineinfanteristen in Ausgehuniform saßen in der Nähe und glotzten sie an.

Kelly lächelte die beiden Männer an, nahm ihres und Dianes Handy und gab sie ihnen. »Wir rufen euch an.«

Dann stiegen die beiden Frauen aus.

Das Telefon in Penthouse A klingelte. Flint nahm den Hörer ab.

»Es ist schon über eine Stunde vergangen«, sagte Tanner. »Was ist los, Mr. Flint?«

»Sie sind nicht aufgekreuzt.«

»*Was?*«

»Ich bin die ganze Zeit hier gewesen und habe gewartet.«

»Kommen Sie ins Büro zurück.« Tanner knallte den Hörer auf.

Am Anfang war es nur eine Routineangelegenheit gewesen, die Tanner aus geschäftlichen Gründen erledigen lassen musste. Jetzt war es zu einer persönlichen Herausforderung geworden. Tanner griff zu seinem Handy und wählte Dianes Nummer.

Einer der Marineinfanteristen, denen Kelly ihre Handys gegeben hatte, meldete sich. »Da bist du ja, Süße. Habt ihr zwei Lust, euch heute Nacht vernaschen zu lassen?«

Die Weiber hatten ihre Telefone weggegeben.

Es war eine billig aussehende Pension in einer schmalen Seitenstraße an der West Side. »Halten Sie bitte an«, sagte Diane, als sie und Kelly mit dem Taxi vorbeifuhren und das Schild mit der Aufschrift »ZIMMER FREI« sahen.

Die beiden Frauen stiegen aus und gingen zur Eingangstür des Hauses.

Die Zimmerwirtin, die ihnen öffnete, war eine freundliche Frau mittleren Alter, die sich als Alexandra Upshaw vorstellte. »Für vierzig Dollar die Nacht kann ich Ihnen ein sehr hübsches Zimmer mit Frühstück anbieten.«

»Das ist genau das Richtige«, sagte Diane. Dann sah sie Kellys Gesichtsausdruck. »Was ist denn los?«

»Nichts.« Kelly schloss einen Moment lang die Augen. Dieses Haus hatte nicht das Geringste mit der Pension zu tun, in der sie aufgewachsen war, wo sie die Toiletten reinigen, für fremde Menschen Essen kochen und mit anhören musste, wie ihr betrunkener Stiefvater ihre Mutter verprügelte. Sie rang sich ein Lächeln ab. »Ist schon gut.«

Am nächsten Morgen traf sich Tanner mit Flint und Carballo. »Sie haben meine Visitenkarten weggeworfen«, sagte er, »und sie haben ihre Telefone hergegeben.«

»Dann haben wir sie also verloren«, sagte Flint.

»Nein, Mr. Flint«, versetzte Tanner. »Nicht, solange ich am Leben bin. Aber wir werden ihnen nicht mehr nachstellen. Wir lassen sie zu uns kommen.«

Die beiden Männer warfen sich einen kurzen Blick zu, dann schauten sie Tanner fragend an.

»Was?«

»Diane Stevens und Kelly Harris werden am Montagmorgen um elf Uhr fünfzehn hier in der KIG-Zentrale sein.«

31

Kelly und Diane wachten zur gleichen Zeit auf. Kelly setzte sich im Bett auf und blickte zu Diane. »Guten Morgen. Wie haben Sie geschlafen?«

»Ich hatte ein paar verrückte Träume.«

»Ich auch.« Diane zögerte. »Kelly – als Sie im Hotel aus dem Fahrstuhl gestiegen sind, wollte ich gerade an die Tür des Penthouses klopfen. Glauben Sie, das war Zufall?«

»Natürlich. Und wir haben beide Glück gehabt, dass …« Sie sah Dianes Miene. »Was meinen Sie damit?«

»Wir haben bislang sehr viel Glück gehabt«, sagte Diane nachdenklich. »Riesenglück sogar. Es ist, als ... als ob uns irgendjemand oder irgendetwas hilft und uns behütet.«

Kelly hatte den Blick auf sie geheftet. »Sie meinen – wie eine Art Schutzengel?«

»Ja.«

»Diane«, sagte Kelly verständnisvoll, »ich weiß, dass Sie an solche Dinge glauben, aber ich nicht. Ich *weiß*, dass ich keinen Engel habe, der über mich wacht.«

»Vielleicht sehen Sie ihn nur nicht«, erwiderte Diane.

Kelly verdrehte die Augen. »Genau.«

»Gehen wir frühstücken«, schlug Diane vor. »Hier sind wir in Sicherheit. Ich glaube, wir sind außer Gefahr.«

Kelly schniefte. »Wenn Sie meinen, wir wären außer Gefahr, haben Sie keine Ahnung von Pensionsfrühstück. Wir sollten uns lieber anziehen und irgendwo anders etwas essen. Ich glaube, ich habe an der nächsten Ecke einen DINER gesehen.«

»Na schön. Ich muss nur noch einen Anruf erledigen.« Diane ging zum Telefon und wählte eine Nummer.

»KIG«, meldete sich die Vermittlung.

»Ich würde gern mit Betty Barker sprechen.«

»Einen Moment bitte.«

Tanner hatte gesehen, wie das blaue Lämpchen aufleuchtete, und schaltete sich in die Verbindung ein.

»Miss Barker ist nicht an ihrem Platz. Wollen Sie eine Nachricht für sie hinterlassen?«

»Oh. Nein danke.«

Tanner runzelte die Stirn. *Zu kurz für eine Fangschaltung.*

Diane wandte sich an Kelly. »Betty Barker arbeitet noch bei der KIG. Wir müssen also nur eine Möglichkeit finden, wie wir sie erreichen können.«

»Vielleicht steht ihre Privatnummer im Telefonbuch.«

»Das könnte sein«, sagte Diane, »aber vielleicht wird ihr Anschluss abgehört.« Sie nahm das Telefonbuch, das neben dem Apparat lag, und schlug unter B nach. »Hier ist sie.«

Diane wählte eine Nummer, hörte kurz die Ansage und legte dann auf. »Kein Anschluss unter dieser Nummer.«

Kelly atmete tief durch. »Ich glaube, ich gehe erst mal duschen.«

Als Kelly geduscht hatte und das Badezimmer verlassen wollte, wurde ihr bewusst, dass sie die Handtücher am Boden liegen gelassen hatte. Sie zögerte einen Moment, hob sie dann auf und hängte sie ordentlich auf den Halter. Dann ging sie ins Schlafzimmer. »Sie sind dran.«

Diane nickte geistesabwesend. »Danke.«

Das Erste, was Diane auffiel, als sie ins Badezimmer kam, waren die gebrauchten Handtücher, die an der Stange hingen. Sie lächelte.

Sie ging unter die Dusche und ließ sich vom warmen Wasser verwöhnen. Sie dachte daran, wie sie immer mit Richard geduscht hatte, konnte sich noch genau an das Gefühl erinnern, wenn sich ihre Körper berührt hatten … *Nie wieder.* Aber die Erinnerung daran würde ihr immer bleiben. Immer …

Er hatte ihr Blumen mitgebracht.

»Die sind ja herrlich, Liebster. Vielen Dank. Was gibt es zu feiern?«

»Den Sankt-Angus-Tag.«

Und noch mehr Blumen.

»Anlässlich von Washingtons Überquerung des Delaware.«

»Zum Tag des Wellensittichs.«

»Zum Selleriegedenktag.«

Als auf der Begleitkarte »Zum Tag der Springechsen« stand, hatte Diane gelacht. »Liebster, Echsen springen nicht.«

Und Richard hatte ihre Hand ergriffen und erwidert: »Verdammt! Dann hat man mir was Falsches gesagt.«

Und er hatte immer Liebesgedichte für sie geschrieben. Wenn Diane sich anzog, hatte sie sie manchmal in ihren Schuhen, im BH oder in ihrer Jackentasche gefunden …

Und wenn er nach Hause gekommen war, hatte sie ab und zu an der Tür auf ihn gewartet, splitternackt, bis auf ein Paar Stöckelschuhe. Und sie hatte zu ihm gesagt: »Liebster, gefallen dir meine Schuhe?«

Und er hatte sich im Nu ausgezogen, seine Sachen kurzerhand zu Boden fallen lassen, und das Essen musste eine Weile warten. Sie …

Kellys Stimme riss sie aus ihren Gedanken. »Wollen wir frühstücken oder groß essen gehen?«

Sie gingen zum Restaurant. Es war ein kühler, klarer Tag mit strahlend blauem Himmel.

»Blauer Himmel«, sagte Diane. »Ein gutes Zeichen.«

Kelly biss sich auf die Lippen, um nicht laut loszulachen. Irgendwie fand sie Dianes Aberglauben ganz reizend.

Auf dem Weg zum Diner kamen Diane und Kelly an einer kleinen Boutique vorbei. Sie blickten einander an, grinsten und gingen hinein.

Eine Verkäuferin kam auf sie zu. »Kann ich Ihnen behilflich sein?«

»Ja«, erwiderte Kelly voller Begeisterung.

»Wir sollten uns ein bisschen zurückhalten«, wandte Diane ein. »Denken Sie dran, was beim letzten Mal passiert ist.«

»Richtig. Kein Großeinkauf.«

Sie gingen durch das Geschäft und suchten sich ein paar Kleidungsstücke aus, die sie dringend brauchten. Ihre alten Sachen ließen sie in der Umkleidekabine.

»Wollen Sie die nicht mitnehmen?«, fragte die Verkäuferin.

Diane lächelte. »Nein. Geben Sie sie in die Kleidersammlung.«

An der nächsten Ecke war ein Supermarkt. »Schauen Sie«, sagte Kelly, »hier gibt es Handys, die man nach Gebrauch einfach wegwirft.«

Kelly und Diane gingen hinein und kaufen sich zwei, jedes mit tausend im Voraus bezahlten Einheiten.

»Wir sollten unsere Telefonnummern wieder austauschen«, sagte Kelly.

Diane lächelte. »Richtig.«

Es dauerte nur ein paar Sekunden.

»Allmählich geht mir wirklich das Bargeld aus«, sagte Diane, als sie an der Kasse stand und einen Blick in ihren Geldbeutel warf.

»Mir auch«, sagte Kelly.

»Demnächst müssen wir auf unsere Kreditkarten zurückgreifen«, sagte Diane.

»Aber erst, wenn wir den verwunschenen Kaninchenbau gefunden haben.«

»Was?«

»Ist nicht weiter wichtig.«

Die Kellnerin kam an ihren Tisch, sobald sie im Diner Platz genommen hatten. »Was darf ich Ihnen bringen?«

Kelly wandte sich an Diane. »Sie zuerst.«

»Ich nehme einen Orangensaft, Eier mit Speck, Toast und Kaffee.«

Die Kellnerin wandte sich an Kelly. »Und Sie, Miss?«

»Eine halbe Grapefruit.«

»Ist das alles?«, fragte Diane.

»Ja.«

Die Kellnerin ging weg.

»Von einer halben Grapefruit kann man doch nicht leben.«

»Reine Gewohnheitssache. Ich halte seit Jahren strenge Diät. Manche Models essen Kleenex, um ihren Appetit zu zügeln.«

»Ernsthaft?«

»Ernsthaft. Aber es spielt keine Rolle mehr. Ich werde nie wieder als Model arbeiten.«

Diane musterte sie einen Moment lang. »Wieso?«

»Es bedeutet mir nichts mehr. Mark hat mir beigebracht, was wirklich wichtig ist, und …« Sie stockte und kämpfte gegen die Tränen an. »Ich wünschte, Sie könnten ihn kennen lernen.«

»Ich auch. Aber Sie müssen trotzdem weiterleben.«

»Und was ist mit Ihnen?«, erwiderte Kelly. »Wollen Sie wieder anfangen zu malen?«

Danach herrschte eine Zeit lang Schweigen. »Ich habe es versucht … Nein.«

Als Kelly und Diane gefrühstückt hatten und zur Tür gehen wollten, bemerkte Kelly die Morgenzeitungen, die gerade in die Pressefächer gelegt wurden.

Diane wollte bereits hinausgehen, als Kelly sagte: »Warten Sie einen Moment.« Sie kehrte um und holte eine Zeitung. »Schauen Sie!«

Sie deutete auf einen kurzen Artikel auf der Titelseite.

Die Kingsley International Group hält eine Gedenkfeier zu Ehren all ihrer unlängst ums Leben gekommenen Mitarbeiter, deren Tod Anlass zu allerlei Gerüchten gab. Die Veranstaltung wird am Montag um 11.15 Uhr in der KIG-Zentrale in Manhattan stattfinden.

»Das ist morgen.« Kelly blickte Diane an. »Wieso machen die das Ihrer Meinung nach?«

»Ich glaube, sie wollen uns eine Falle stellen.«

Kelly nickte. »Ich auch. Hält uns Kingsley etwa für so dumm, dass wir darauf …?« Dann sah sie Dianes Gesichtsausdruck und fragte bestürzt: »Sollen wir etwa hingehen?«

Diane nickte.

»Das dürfen wir nicht!«

»Wir müssen. Ich bin mir sicher, dass Betty Barker dort ist. Ich muss mit ihr reden.«

»Ich will ja nicht ständig meckern, aber wie wollen wir dort lebend wieder rauskommen?«

»Ich werde mir schon etwas einfallen lassen.« Sie blickte Kelly an und lächelte. »Vertrauen Sie mir.«

Kelly schüttelte den Kopf. Sie dachte einen Moment lang nach, dann strahlte ihr Gesicht auf. »Ich habe eine Idee. Ich weiß, wie wir's anstellen.«

»Und zwar?«

»Lassen Sie sich überraschen.«

Diane blickte Kelly besorgt an. »Meinen Sie wirklich, Sie können uns dort wieder herausbringen?«

»Vertrauen Sie mir.«

Als sie in die Pension zurückkehrten, machte Kelly einen Anruf.

In dieser Nacht schliefen sie beide schlecht. Kelly lag im Bett und machte sich Sorgen. *Wenn mein Plan misslingt, werden wir beide sterben.* Und kurz vor dem Einschlafen meinte sie, Tanner Kingsley zu sehen, der auf sie herabblickte. Er grinste sie an.

Diane hatte die Augen geschlossen und betete. *Liebster, möglicherweise spreche ich zum letzten Mal mit dir. Ich weiß nicht recht, ob ich Auf Wiedersehen oder Hallo sagen soll. Morgen werden Kelly und ich zu deiner Trauerfeier bei der KIG gehen. Meiner Meinung nach stehen die Chancen, heil wieder von dort wegzukommen, nicht allzu gut, aber ich will versuchen, dir zu helfen. Ich wollte dir nur noch einmal sagen, dass ich dich liebe, bevor es zu spät ist. Gute Nacht, mein Liebster.*

32

Die Gedenkfeier fand im KIG-Park statt, einem hinter dem Gebäudekomplex der Kingsley International Group angelegten Freizeit- und Erholungsgelände. Gut hundert Menschen hatten sich in dem Park versammelt, in den nur zwei mit Toren versehene Fußwege führten.

Mitten auf dem Gelände war eine Bühne aufgebaut worden, auf der ein halbes Dutzend Führungskräfte der KIG Platz genommen hatte. In der hinteren Reihe saß Betty Barker, Richard Stevens' Sekretärin, eine attraktive, vornehm wirkende Blondine um die dreißig.

Tanner stand am Mikrofon. »... und dieses Unternehmen wurde durch die Einsatzbereitschaft und die Loyalität seiner Mitarbeiter aufgebaut. Wir danken und schätzen sie dafür. Ich habe unser Unternehmen stets als eine große Familie betrachtet, in der alle um des gemeinsamen Zieles willen zusammenarbeiten.« Während Tanner sprach, ließ er den Blick über die Zuhörer schweifen. »Wir hier bei der KIG lösen Probleme und setzen Ideen in die Tat um, durch die die Welt besser und lebenswerter wird, und das Wissen darum ...«

Am anderen Ende des Parks waren soeben Diane und Kelly aufgetaucht. Tanner warf einen Blick auf seine Uhr. Elf Uhr vierzig. Er lächelte zufrieden. Dann fuhr er mit seiner Ansprache fort. »... dass dieses Unternehmen all seine Erfolge nur Ihnen zu verdanken hat, erfüllt mich mit besonderer Genugtuung.«

Diane schaute zum Podium und stupste Kelly aufgeregt an. »Dort ist Betty Barker. Ich muss mit ihr sprechen.«

»Seien Sie vorsichtig.«

Diane blickte sich um und sagte beklommen: »Das ist zu einfach. Ich habe das Gefühl, dass wir –« Sie drehte sich um und keuchte auf. Harry Flint und zwei seiner Männer tauchten an einem der Tore auf. Diane wandte sich dem zweiten Tor zu. Es wurde von Carballo und zwei weiteren Männern versperrt.

»Schauen Sie!« Diane hatte mit einem Mal einen Kloß im Hals.

Kelly drehte sich um und sah die sechs Männer, die die Ausgänge blockierten. »Gibt es noch einen anderen Weg hier raus?«

»Ich glaube nicht.«

Tanner sagte gerade: »Bedauerlicherweise sind mehrere Mitglieder unserer Familie in jüngster Zeit unter tragischen Umständen ums Leben gekommen. Und wenn jemand in der Familie von einem Leid heimgesucht wird, so betrifft das alle. Daher hat die KIG eine Belohnung von fünf Millionen Dollar für jeden ausgesetzt, der uns sachdienliche Hinweise darauf liefert, wer oder was hinter diesen Todesfällen steckt.«

»Fünf Millionen, die er sich von der einen in die andere Tasche stecken kann«, sagte Kelly leise.

Tanner blickte über das Publikum hinweg zu Kelly und Diane, und seine Augen wurden mit einem Mal eisig. »Zwei leidgeprüfte Hinterbliebene weilen heute unter uns, die Ehefrauen von Mr. Mark Harris und Mr. Richard Stevens. Ich möchte sie bitten, zu uns auf das Podium zu kommen.«

»Wir dürfen nicht hinaufgehen«, sagte Kelly erschrocken. »Wir müssen in der Menge bleiben. Was machen wir jetzt?«

Diane blickte Kelly überrascht an. »Was meinen Sie damit? Sie wollten sich doch eine Möglichkeit einfallen lassen, wie wir hier wieder rauskommen, erinnern Sie sich? Setzen Sie Ihren Plan in die Tat um.«

Kelly schluckte. »Es hat nicht geklappt.«

»Dann gehen Sie zu Plan B über«, sagte Diane nervös.

»Diane …«

»Ja?«

»Es gibt keinen Plan B.«

Diane riss die Augen auf. »Sie meinen, wir sind hierher gekommen, ohne dass Sie einen Ausweg wissen?«

»Ich dachte …«

Tanners Stimme dröhnte aus den Lautsprechern. »Würden Mrs. Stevens und Mrs. Harris jetzt bitte hochkommen?«

Kelly wandte sich an Diane und sagte: »Ich … Es tut mir Leid.«

»Es ist meine Schuld. Ich hätte nicht darauf dringen dürfen, dass wir hierher gehen.«

Die Zuhörer drehten sich zu ihnen um. Sie saßen in der Falle.

»Mrs. Stevens und Mrs. Harris …«

»Wir haben keine andere Wahl«, sagte Diane. »Wir gehen hinauf.« Sie atmete tief durch. »Los.«

Zögernd gingen die beiden Frauen auf das Podium zu.

Diane schaute zu Betty Barker, die mit entsetzter Miene dasaß und den Blick auf sie geheftet hatte.

Diane und Kelly spürten, wie ihr Herz schneller schlug, als sie sich der Bühne näherten.

Richard, mein Liebster, dachte Diane, ich habe es versucht. Egal, was passiert, ich möchte, dass du weißt, wie …

Mit einem Mal wurden an der Rückseite des Parks Rufe

laut. Die Zuhörer reckten die Köpfe, um zu sehen, was dort los war.

Ben Roberts war am Eingang aufgetaucht, begleitet von einem Kamerateam und etlichen Assistenten.

Die beiden Frauen wandten sich um. Kelly fasste Diane am Arm und schaute sie mit strahlender Miene an. »Plan A hat doch geklappt! Ben ist da.«

Und Diane blickte auf und sagte leise: »Danke, Richard.«

»Was?«, entfuhr es Kelly. Dann wurde ihr mit einem Mal klar, was Diane meinte. »Gut. Kommen Sie. Ben wartet auf uns.«

Tanner beobachtete das Geschehen mit starrer Miene. »Entschuldigen Sie«, rief er dann. »Tut mit Leid, Mr. Roberts. Aber dies ist eine private Gedenkfeier. Ich muss Sie und Ihr Team bitten, uns zu verlassen.«

»Guten Morgen, Mr. Kingsley«, sagte Ben Roberts. »Ich wollte für meine Sendung ein kurzes Porträt von Mrs. Harris und Mrs. Stevens im Studio aufzeichnen, aber da wir nun schon mal hier sind, dachte ich, wir dürften vielleicht auch ein paar Bilder von der Gedenkfeier bringen.«

Tanner schüttelte den Kopf. »Nein, Sie können leider nicht hier bleiben.«

»Schade. Dann nehme ich Mrs. Harris und Mrs. Stevens direkt ins Studio mit.«

»Das geht nicht«, versetzte Tanner barsch.

Ben schaute ihn an. »Was geht nicht?«

Tanner zitterte beinahe vor Wut. »Ich ... ich meine ... Sie ... ach, nichts.«

Die beiden Frauen waren jetzt bei Ben.

»Tut mir Leid, dass ich mich verspätet habe«, sagte er leise. »Aber ich musste noch einen Nachrichtenbeitrag über einen Mord schneiden und …«

»Um ein Haar hättest du über zwei weitere Morde berichten können«, sagte Kelly. »Nichts wie weg von hier.«

Tanner musste ohnmächtig mit ansehen, wie sich Kelly, Diane, Ben Roberts und sein Team an seinen Männern vorbeidrängten und den Park verließen.

Harry Flint blickte zu Tanner und wartete auf dessen Anweisungen. Als Tanner langsam den Kopf schüttelte, dachte er: *Es ist noch nicht vorbei, ihr zwei.*

Diane und Kelly stiegen in Ben Roberts' Wagen. Sein Team folgte ihnen mit zwei Kleinbussen.

Roberts wandte sich an Kelly. »Nun, kannst du mir vielleicht verraten, was das Ganze soll?«

»Ich wünschte, ich könnte es, Ben. Aber noch ist es nicht so weit. Sobald ich weiß, worum es geht, sage ich's dir. Ich verspreche es.«

»Kelly, ich bin Reporter. Ich muss wissen …«

»Heute bist du als Freund gekommen.«

Roberts seufzte. »Na schön. Wohin soll ich euch bringen?«

»Könnten Sie uns am Times Square, Ecke Zweiundvierzigste Straße absetzen?«

»Wird gemacht.«

Zwanzig Minuten später stiegen Kelly und Diane aus.

Kelly küsste Ben Roberts auf die Wange. »Danke, Ben. Das werde ich dir nie vergessen. Wir bleiben in Verbindung.«

»Passt auf euch auf.«

Sie winkten ihm zu, wandten sich dann ab und gingen weg.

»Ich komme mir nackt vor«, sagte Kelly.

»Wieso?«

»Diane, wir haben keinerlei Waffen, nichts. Ich wünschte, wir hätten eine Pistole.«

»Wir haben unseren Verstand.«

»Ich wünschte, wir hätten eine Schusswaffe. Was wollen wir hier? Was sollen wir jetzt machen?«

»Wir laufen nicht mehr davon. Ab jetzt gehen wir in die Offensive.«

Kelly blickte sie fragend an. »Was soll das heißen?«

»Das heißt, dass ich es satt habe, die Zielscheibe abzugeben. Wir nehmen sie uns vor, Kelly.«

Kelly schaute Diane einen Moment lang an. »*Wir* nehmen uns die KIG vor?«

»Ganz recht.«

»Sie haben zu viele Krimis gelesen. Wie sollen wir zwei denn die größte Denkfabrik der Welt in die Knie zwingen?«

»Zunächst besorgen wir uns die Namen aller Mitarbeiter, die in den letzten paar Wochen ums Leben gekommen sind.«

»Wie kommen Sie darauf, dass es neben Mark und Richard noch andere gibt?«

»Weil in der Ankündigung in der Zeitung von all ihren Mitarbeitern die Rede war. Da werden es wohl mehr als zwei gewesen sein.«

»Oh. Und wer wird uns die Namen verraten?«

»Ich zeig's Ihnen«, erwiderte Diane.

Das Internet-Café namens Easy Access bestand aus einem großen Saal mit etlichen Reihen kleiner Kabuffs, in denen alles in allem gut vierhundert Computer standen, die meisten davon besetzt. Es gehörte zu einer Kette, die Filialen in aller Welt besaß.

Als sie das Café betraten, ging Diane zum Automaten und besorgte sich eine Karte, mit der sie eine Stunde lang Zugang zum Internet hatten.

Als sie zurückkam, fragte Kelly? »Wo fangen wir an?«

»Fragen wir den Computer.«

Sie fanden ein freies Kabuff und nahmen Platz.

Kelly sah zu, wie Diane sich ins Internet einloggte. »Was kommt jetzt?«

»Zunächst suchen wir über Google die Namen anderer Opfer, die bei der KIG beschäftigt waren.«

Diane klickte www.google.com an und gab ihre Suchbegriffe ein: »Nachruf« und »KIG«.

Eine lange Liste mit Referenzstellen erschien am Bildschirm. Diane suchte insbesondere nach Zeitungsveröffentlichungen, die online abrufbar waren, und fand etliche. Sie klickte die entsprechenden Links zu einer Reihe unlängst veröffentlichter Nachrufe und Artikel an. In einem der Artikel wurde auf die KIG-Niederlassung in Berlin verwiesen, worauf sie die entsprechende Website besuchte.

»Das ist ja interessant … Franz Verbrügge.«

»Wer ist das?«

»Die Frage lautet eher, wo er ist. Anscheinend ist er verschwunden. Er hat bei der KIG in Berlin gearbeitet, und seine Frau Sonja kam unter mysteriösen Umständen ums Leben.«

Diane klickte einen weiteren Link an, zögerte einen Moment und blickte dann zu Kelly auf. »Mark Harris – in Frankreich.«

Kelly holte tief Luft und nickte. »Weiter.«

Diane klickte die nächsten Hinweise an. »Gary Reynolds – in Denver, und in Manhattan« – Diane versagte die Stimme – »Richard.« Sie stand auf. »Das war's.«

»Was nun?«, fragte Kelly.

»Wir müssen herausfinden, wie das alles zusammenpasst. Gehen wir.«

Auf halber Höhe des Häuserblocks kamen Kelly und Diane an einem Computerladen vorbei.

»Einen Moment«, sagte Kelly.

Diane folgte ihr, als Kelly in den Laden ging und sich an den Geschäftsführer wandte.

»Entschuldigen Sie. Ich heiße Kelly Harris. Ich bin Tanner Kingsleys Assistentin. Wir brauchen bis heute Nachmittag drei Dutzend Ihrer besten und teuersten Computer. Wäre das möglich?«

Der Manager strahlte übers ganze Gesicht. »Oh – selbstverständlich, Mrs. Harris. Für Mr. Kingsley tun wir doch alles. Wir haben sie natürlich nicht alle hier, aber wir können sie aus unserem Lager kommen lassen. Ich werde mich persönlich darum kümmern. Sollen wir sie in Rechnung stellen oder wollen Sie bar bezahlen?«

»Bezahlung bei Lieferung«, erwiderte Kelly.

Als sich der Geschäftsführer eiligen Schrittes entfernte, sagte Diane: »Ich wünschte, ich wäre darauf gekommen.«

Kelly grinste. »Das kommt schon noch.«

»Ich dachte, Sie würden das hier vielleicht sehen wollen, Mr. Kingsley.« Kathy Ordonez reichte ihm etliche Zeitungen. Die Schlagzeilen kündeten von einem weiteren Unwetter:

TORNADO VERWÜSTET AUSTRALIEN

Fünfter Kontinent erstmals von Wirbelsturm heimgesucht / Mehrere Ortschaften zerstört / Anzahl der Opfer noch ungewiss / Meteorologen stehen vor einem Rätsel / Ozonloch schuld an Wetterkapriolen?

Tanner wandte sich an seine Assistentin. »Schicken Sie das an Senatorin van Luven. Dazu einen Begleitbrief: ›Liebe Senatorin van Luven, ich glaube, die Zeit läuft uns davon. Beste Grüße, Tanner Kingsley‹.«

»Ja, Sir.«

Tanner blickte auf seinen Computermonitor, als er den Signalton hörte, der ihm mitteilte, dass er einen Warnhinweis vom Sicherheitsdienst seiner Abteilung für Informationstechnologie erhalten hatte.

Tanner hatte von der IT-Abteilung so genannte »Spider« installieren lassen – High-Tech-Software, die ständig das Internet nach Informationen durchforstete. Er persönlich hatte die Spider so konfiguriert, dass sie sofort feststellten, wenn jemand Auskünfte bezüglich des Todes von Richard Stevens oder Mark Harris einholen wollte, und jetzt schaute er gespannt auf den Warnhinweis auf seinem Bildschirm.

Er drückte auf einen Summer. »Andrew, komm zu mir!«

Andrew saß in seinem Büro und gab sich einem Tagtraum hin, in dem es um den Versuch ging, den er im Auftrag des Pentagon durchführen musste. In Gedanken befand er sich in dem Umkleideraum, um einen Schutzanzug für sich zu holen, den die Army geschickt hatte. Er wollte gerade einen von der Stange nehmen, aber Tanner war da und reichte ihm einen Anzug und die dazugehörige Gasmaske. Zieh den hier an. Er wird dir Glück bringen. Tanner war …

»Andrew, komm zu mir!«

Andrew stand auf, als er den Befehl hörte, und begab sich gemächlich in Tanners Büro.

»Setz dich.«

»Ja, Tanner.« Er nahm Platz.

»Diese Weiber haben gerade unsere Website in Berlin angeklickt. Weißt du, was das heißt?«

»Ja … Ich … Nein.«

Tanners Sekretärin meldete sich über die Gegensprechanlage. »Die Computer sind da, Mr. Kingsley.«

»Welche Computer?«

»Die von Ihnen bestellten.«

Verdutzt stand Tanner auf und ging hinaus in das Vorzimmer. Dort waren drei Dutzend Computer auf Transportwagen übereinander getürmt. Daneben standen der Geschäftsführer des Computerladens und drei Männer in Overalls.

Der Manager strahlte übers ganze Gesicht, als Tanner auf ihn zukam. »Ich habe Ihren Auftrag prompt erledigt, Mr. Kingsley. Das Beste vom Besten. Wir stehen jederzeit wieder zu Ihrer Verfügung, wenn Sie …«

Tanner starrte auf die übereinander gestapelten Computer. »Wer hat die bestellt?«

»Ihre Assistentin, Kelly Harris. Sie sagte, Sie bräuchten sie sofort, deshalb …«

»Nehmen Sie sie wieder mit«, sagte Tanner leise. »Sie werden dort, wo sie hingeht, nicht benötigt.«

Er machte kehrt und ging in sein Büro zurück. »Andrew, weißt du, weshalb sie sich Zugang zu unserer Website verschafft haben? Nun ja, ich werde es dir erklären. Sie versuchen, die Opfer aufzuspüren und den Grund für ihren Tod herauszufinden.« Tanner setzte sich wieder. »Dazu müssen Sie aber nach Europa. Nur dass sie nicht dorthin gelangen werden.«

Andrew wirkte einen Moment lang verlegen. »Nein …«

»Wie werden wir sie daran hindern, Andrew?«

Andrew nickte. »Sie daran hindern …«

Tanner musterte seinen Bruder und sagte abschätzig: »Ich wünschte, ich könnte mit jemandem reden, der ein bisschen Verstand hat.«

Andrew sah, wie Tanner zu einem Computer ging und sich hinsetzte. »Wir werden ihnen die Finanzmittel streichen. Wir haben ihre Sozialversicherungsnummern.« Er tippte etwas in das Keyboard, während er sprach. »Diane Stevens …«, sagte er versonnen, während er die Backdoor-Software aktivierte, die die KIG installiert hatte, als man sie beauftragt hatte, das Experian-System Y2K-kompatibel zu machen. Durch diese Backdoor-Software konnte sich Tanner Zugang zu Programmen verschaffen, an die nicht einmal die oberste Geschäftsleitung von Experian herankam.

»Schau. Experian verfügt über sämtliche Daten zu ihrem Bankkonto, einem Rückstellungskonto für die Steuer und ihrem Kreditrahmen bei der Bank.«

Andrew schluckte. »Ja, Tanner. Ja.«

Tanner wandte sich wieder dem Computer zu. »Wir geben ein, dass ihre Kreditkarten gestohlen gemeldet wurden … Jetzt machen wir bei Kelly Harris das Gleiche … Danach suchen wir die Website von Dianes Bank auf.« Er ging in die Website und klickte einen Link mit der Bezeichnung »Kontoführung« an.

Anschließend gab er Diane Stevens' Kontonummer und die letzten vier Ziffern ihrer Sozialversicherungsnummer ein, worauf ihm prompt Zugang gewährt wurde. Sobald er den entsprechenden Zugriff hatte, buchte er sämtliche Guthaben in Außenstände um, kehrte dann zur Kreditdatei von Experian zurück und sperrte ihr Girokonto unter dem Vermerk »Mangels Deckung«.

»Andrew ...«

»Ja, Tanner.«

»Siehst du, was ich gemacht habe? Ich habe Diane Stevens' ganzes Vermögen in Schulden umgewandelt, die erst beglichen werden müssen, bevor man ihr wieder Kredit gewährt.« Ein selbstgefälliger Unterton schwang in seiner Stimme mit. »Jetzt verfahren wir mit Kelly Harris ebenso.«

Als Tanner fertig war, stand er auf und ging zu Andrew. »Das wäre erledigt. Sie haben weder Geld noch einen Kreditrahmen. Ins Ausland kommen sie auf keinen Fall. Wir haben sie festgenagelt. Wie findest du deinen kleinen Bruder?«

Andrew nickte. »Gestern Abend habe ich im Fernsehen einen Film über ...«

Außer sich vor Wut ballte Tanner die Faust und drosch sie seinem Bruder so heftig ins Gesicht, dass Andrew vom Stuhl fiel und mit einem lauten Schlag an die Wand prallte. »Du Mistkerl! Hör gefälligst zu, wenn ich mit dir rede.«

Die Tür wurde aufgerissen, und Kathy Ordonez, Tanners Sekretärin, kam hereingestürzt. »Ist alles in Ordnung, Mr. Kingsley?«

Tanner drehte sich zu ihr um. »Ja. Der arme Andrew ist nur gestolpert.«

»Ach, du meine Güte.«

Zu zweit halfen sie Andrew wieder auf die Beine.

»Bin ich hingefallen?«

»Ja, Andrew«, sagte Tanner beruhigend. »Aber jetzt ist alles wieder gut.«

»Mr. Kingsley«, flüsterte Kathy Ordonez, »finden Sie nicht, dass Ihr Bruder zu Hause besser aufgehoben wäre?«

»Selbstverständlich«, antwortete Tanner. »Aber das würde ihm das Herz brechen. Hier ist sein wahres Zuhause, und außerdem kann ich mich hier um ihn kümmern.«

Kathy Ordonez warf Tanner einen verzückten Blick zu. »Sie sind ein wunderbarer Mann, Mr. Kingsley.«

Er zuckte bescheiden die Achseln. »Wir alle müssen unsere Pflicht tun.«

Zehn Minuten später kam Kathy wieder in Tanners Büro.

»Gute Nachrichten, Mr. Kingsley. Dieses Fax ist uns soeben von Senatorin van Luvens Büro aus zugegangen.«

»Zeigen Sie her.« Tanner riss ihr das Blatt aus der Hand.

Lieber Mr. Kingsley,
hiermit teile ich Ihnen mit, dass der Senatsausschuss für Umweltfragen beschlossen hat, die erforderlichen Mittel zur weiteren Erforschung der Ursachen der globalen Erwärmung und möglicher Gegenmaßnahmen zu bewilligen.
Mit freundlichen Grüßen
Senatorin van Luven

33

Haben Sie einen Reisepass?«, fragte Diane.

»Ich habe immer einen Reisepass dabei, wenn ich in der Fremde bin«, erwiderte Kelly. »Und hier komme ich mir in letzter Zeit sehr fremd vor.«

Diane nickte. »Mein Pass liegt in einem Bankschließfach. Ich hole ihn. Außerdem brauchen wir Bargeld.«

In der Bank angekommen, ging Diane nach unten in die Tresorräume und öffnete ihr Schließfach. Sie holte ihren Pass heraus, steckte ihn in ihre Handtasche, ging wieder nach oben und begab sich zum nächsten Schalter.

»Ich möchte mein Konto auflösen.«

»Selbstverständlich. Ihren Namen, bitte.«

»Diane Stevens.«

Der Bankangestellte nickte. »Einen Moment bitte.« Er ging zu einer Reihe von Aktenschränken, zog eine Schublade heraus und blätterte die Karten durch. Dann zog er eine heraus, musterte sie kurz und kam dann zu Diane zurück. »Ihr Konto wurde bereits aufgelöst, Mrs. Stevens.«

Diane schüttelte den Kopf. »Nein, das muss ein Irrtum sein. Ich habe …«

Der Bankangestellte legte Diane die Karte hin. »Konto aufgelöst«, stand darauf. »Grund: Kontoinhaber verstorben.«

Diane starrte ungläubig auf die Karte, dann blickte sie zu dem Bankangestellten auf. »Sehe ich so aus, als wäre ich tot?«

»Natürlich nicht. Tut mir Leid. Wenn Sie möchten, kann ich den Direktor holen ...«

»Nein!« Mit einem Mal wurde ihr klar, was geschehen war, und wieder lief es ihr eiskalt über den Rücken. »Nein, danke.«

Diane ging rasch zum Ausgang, wo Kelly wartete.

»Haben Sie den Pass und das Geld bekommen?«

»Den Pass habe ich. Aber die Mistkerle haben mein Bankkonto aufgelöst.«

»Wie konnten die ...?«

»Ganz einfach. Sie sind von der KIG, wir nicht.« Diane dachte einen Moment lang nach. »O mein Gott.«

»Was ist denn jetzt schon wieder?«

»Ich muss rasch einen Anruf erledigen.« Diane lief zu einer Telefonzelle, wählte eine Nummer und holte eine Kreditkarte heraus. Kurz darauf sprach sie mit einem Angestellten. »Das Konto läuft auf den Namen Diane Stevens. Es ist gedeckt ...«

»Tut mir Leid, Mrs. Stevens. Unseren Unterlagen zufolge wurde Ihre Kreditkarte als gestohlen gemeldet. Wenn Sie einen Antrag einreichen, können wir Ihnen in ein, zwei Tagen eine neue Karte ausstellen und ...«

»Ist schon gut«, sagte Diane. Sie hängte den Hörer ein und kehrte zu Kelly zurück. »Sie haben meine Kreditkarten gesperrt.«

Kelly atmete tief durch. »Jetzt sollte ich besser auch ein, zwei Anrufe machen.«

Kelly war fast eine halbe Stunde am Telefon. Als sie zurückkehrte, war sie fuchsteufelswild. »Der Krake hat wieder zugeschlagen. Aber ich habe noch ein Bankkonto in Paris, ich kann also ...«

»Dazu haben wir keine Zeit, Kelly. Wir müssen sofort von hier weg. Wie viel Geld haben Sie bei sich?«

»Bis nach Brooklyn reicht es noch. Wie sieht's bei Ihnen aus?«

»Mit meinem kommen wir gerade mal bis New Jersey.«

»Dann sitzen wir fest. Ihnen ist doch sicher klar, weshalb die das machen, nicht wahr? Um uns daran zu hindern, nach Europa zu reisen und die Wahrheit herauszufinden.«

»Sieht so aus, als ob es ihnen gelungen wäre.«

»Nein«, sagte Kelly nachdenklich. »Wir fahren trotzdem.«

»Wie denn?«, sagte Diane skeptisch. »Mit meinem Raumschiff?«

»Mit meinem.«

Joseph Berry, der Geschäftsführer eines Juwelierladens an der Fifth Avenue, schenkte Kelly und Diane sein verbindlichstes Lächeln, als die beiden auf ihn zukamen. »Kann ich Ihnen behilflich sein?«

»Ja«, sagte Kelly. »Ich möchte meinen Ring verkaufen. Es ist ...«

Sein Lächeln gefror. »Tut mir Leid. Wir kaufen keine Schmuckstücke an.«

»Oh. Das ist schade.«

Joseph Berry wollte sich bereits abwenden, als Kelly die Hand öffnete, in der ein Ring mit einem großen Smaragd lag. »Das ist ein Platinring mit einem siebenkarätigen Smaragd, umgeben von dreikarätigen Diamanten.«

Sichtlich beeindruckt starrte Joseph Berry auf den Ring. Er nahm eine Juwelierlupe und klemmte sie sich ins Auge. »Ein herrliches Stück, aber wir halten uns grundsätzlich an die Regel, dass wir ...«

»Ich möchte zwanzigtausend Dollar dafür.«

»Sagten Sie zwanzigtausend Dollar?«

»Ja, in bar.«

Diane starrte sie an. »Kelly ...«

Berry musterte den Ring ein weiteres Mal und nickte. »Ich ... äh ... glaube, das lässt sich einrichten. Einen Moment.« Er verschwand im Büro.

»Sind Sie wahnsinnig?«, zischte Diane. »Sie lassen sich ausrauben!«

»Aha? Wenn wir hier blieben, werden wir umgebracht. Sagen Sie mir, wie viel unser Leben wert ist.«

Darauf fiel Diane keine Antwort ein.

Joseph Berry kam lächelnd aus dem Büro zurück. »Ich schicke umgehend jemanden zur Bank auf der anderen Straßenseite und lasse das Geld für Sie holen.«

Diane wandte sich an Kelly. »Ich wünschte, Sie würden das sein lassen.«

Kelly zuckte die Achseln. »Es ist doch nur ein Schmuckstück ...« Sie schloss die Augen.

Es ist doch nur ein Schmuckstück ...

Sie war gerade aufgestanden, als das Telefon klingelte.

»Guten Morgen, Liebling.« Es war Mark.

»Guten Morgen.«

Sie wartete darauf, dass er ihr zum Geburtstag gratulierte.

Stattdessen sagte er: »Du arbeitest doch heute nicht. Hast du Lust auf eine Wanderung?«

Das war nicht unbedingt das, was Kelly erwartet hatte. Deshalb war sie zunächst ein bisschen enttäuscht. Immerhin hatten sie erst vor einer Woche über ihren Geburtstag gesprochen. Mark hatte ihn offenbar vergessen.

»Von mir aus.«

»Ich hole dich in einer halben Stunde ab.«

»Ich erwarte dich.«

»Wohin fahren wir?«, fragte Kelly, als sie im Wagen saßen.

Beide trugen Wanderkleidung.

»Bei Fontainebleau gibt es herrliche Wanderwege.«

»Oh. Fährst du oft dorthin?«

»Ich habe das früher immer gemacht, wenn ich fliehen wollte.«

Kelly schaute ihn verdutzt an. »Wovor wolltest du fliehen?«

Er zögerte einen Moment. »Vor der Einsamkeit. Da draußen habe ich mich nicht so allein gefühlt.« Er warf ihr einen kurzen Blick zu und lächelte. »Seit ich dich kenne, war ich nicht mehr dort.«

Fontainebleau, rund 60 Kilometer südöstlich von Paris gelegen, ist ein prachtvoller Königspalast inmitten dichter Wälder.

Als der majestätische Bau in der Ferne aufragte, sagte Mark: »König Franz I. ließ den jetzigen Renaissancebau an stelle eines alten Jagdschlösschens errichten. Viele französische Könige lebten hier, unter anderem Ludwig XIV, der hier das Edikt von Nantes unterzeichnete.«

»Ach, wirklich?« Kelly musterte ihn von der Seite und dachte: *Ob es wohl damals schon Geburtstagskarten gegeben hat? Ich wünschte, ich hätte eine von ihm bekommen. Ich benehme mich wie ein Schulmädchen.*

Dann hatten sie die unmittelbare Schlossumgebung erreicht. Mark fuhr auf einen der Parkplätze.

Als sie ausstiegen und auf die Wälder zugingen, fragte Mark: »Schaffst du zwei Kilometer?«

Kelly lachte. »Auf dem Laufsteg lege ich tagtäglich weitere Strecken zurück.«

Mark ergriff ihre Hand. »Gut. Dann mal los.«

Sie kamen an einer Reihe prachtvoller Gebäude vorbei und stießen dann auf einen Waldweg. Sie waren völlig allein, umgeben von grünen Feldern und uralten Bäumen. Es war ein sonniger Sommertag mit wolkenlosem Himmel und einem angenehmen, warmen Wind.

»Ist das nicht herrlich?«, fragte Mark.

»Es ist zauberhaft, Mark.«

»Ich bin froh, dass du heute frei hast.«

Kelly fiel etwas ein. »Musst du heute nicht arbeiten?«

»Ich habe beschlossen, mir einen Tag freizunehmen.«

»Oh.«

Tiefer und immer tiefer wanderten sie in den geheimnisvollen Wald.

»Wie weit willst du noch gehen?«, fragte Kelly nach einer Viertelstunde.

»Da vorne ist eine Stelle, die ich besonders mag. Wir sind gleich da.«

Ein paar Minuten später stießen sie auf eine Lichtung, in deren Mitte eine mächtige Eiche stand.

»Da wären wir«, sagte Mark.

»Ist das hier friedlich.«

Kelly sah, dass irgendetwas in die Rinde des Baumes geritzt war. Sie ging hin. HERZLICHE GLÜCKWÜNSCHE ZUM GEBURTSTAG stand dort.

Sprachlos starrte sie Mark einen Moment lang an. »Oh, Mark, mein Liebster. Vielen Dank.«

Er hatte es also doch nicht vergessen.

»Ich glaube, da könnte noch was im Baum sein.«

»Im Baum?« Kelly trat einen Schritt näher und sah die Höhlung, die sich unmittelbar vor ihr in Augenhöhe auftat. Sie schob die Hand hinein, ertastete ein kleines Päckchen und holte es heraus. Es war eine Geschenkschachtel. »Was …?«

»Mach sie auf.«

Kelly öffnete sie und bekam große Augen. In der Schachtel lag ein Platinring mit einem siebenkarätigen Smaragd, umgeben von dreikarätigen Diamanten. Kelly starrte ihn ungläubig an. Dann wandte sie sich um und schlang die Arme um Mark. »Das ist viel zu viel.«

»Ich würde dir den Mond schenken, wenn du mich darum bitten würdest. Kelly, ich liebe dich.«

Sie schmiegte sich an ihn und gab sich einem Hochgefühl hin, wie sie es noch nie erlebt hatte. Und dann sagte sie etwas, das sie niemals hatte sagen wollen. »Ich dich auch, mein Liebster.«

Er schaute sie mit strahlender Miene an. »Dann sollten wir sofort heiraten. Wir …«

»Nein.« Es war wie ein Peitschenhieb.

Mark schaute sie überrascht an. »Warum nicht?«

»Es geht nicht.«

»Kelly – glaubst du mir etwa nicht, dass ich dich liebe?«

»Doch.«

»Und du liebst mich doch auch?«

»Ja.«

»Aber du willst mich nicht heiraten?«

»Ich möchte es ja, aber ich … ich kann nicht.«

»Das verstehe ich nicht. Was ist denn los?«

Er musterte sie verständnislos. Und Kelly wusste genau,

dass Mark sie nie wieder würde sehen wollen, wenn sie ihm von ihrem traumatischen Erlebnis erzählte. »Ich … ich könnte niemals eine richtige Frau für dich sein.«

»Was meinst du damit?«

Es war das Schwerste, das Kelly jemals hatte aussprechen müssen. »Mark, wir könnten niemals miteinander schlafen. Als ich acht Jahre alt war, wurde ich missbraucht.« Sie blickte zu den Bäumen am Rande der Lichtung, als suchte sie dort Trost, während sie dem ersten Mann, den sie jemals geliebt hatte, die ganze erbärmliche Geschichte erzählte. »Ich mache mir nichts aus Sex. Der bloße Gedanke daran stößt mich schon ab. Ich habe Angst davor. Ich … ich bin keine richtige Frau. Ich bin nicht normal.« Mühsam holte sie Luft und versuchte, nicht laut loszuweinen.

Kelly spürte, wie Mark ihre Hände ergriff. »Das tut mir ja so Leid, Kelly. Es muss schrecklich gewesen sein.«

Kelly schwieg.

»In einer Ehe ist Sex sehr wichtig«, sagte Mark.

Kelly nickte und biss sich auf die Unterlippe. Sie wusste bereits, was danach kam. »Natürlich. Deshalb habe ich auch vollstes Verständnis, wenn du nicht willst, dass …«

»Aber darum geht es in einer Ehe nicht ausschließlich. In einer Ehe geht es vor allem darum, dass man sein Leben mit jemandem verbringen möchte, den man liebt – jemand, mit dem man reden kann, mit dem man in guten wie in schlechten Zeiten zusammen ist.«

Sie hörte ihm fassungslos zu, traute ihren Ohren kaum.

»Die Lust lässt irgendwann nach, Kelly, aber wahre Liebe nicht. Ich liebe dich von ganzem Herzen, wegen deiner inneren Werte. Ich möchte bis ans Ende meiner Tage mit dir zusammenleben. Ich komme auch ohne Sex aus.«

Kelly versuchte so ruhig wie möglich zu klingen. »Nein, Mark – das kann ich nicht zulassen.«

»Warum?«

»Weil du es eines Tages bereuen wirst. Du wirst dich in jemanden verlieben, der dir das gibt, was ich dir nicht geben kann, und dann wirst du mich verlassen ... Und das würde mir das Herz brechen.«

Mark nahm sie in die Arme und drückte sie an sich. »Willst du wissen, warum ich dich niemals verlassen würde? Weil du meine bessere Hälfte bist. Wir werden heiraten.«

Kelly schaute ihm in die Augen. »Mark – bist du dir darüber im Klaren, in was du da reingerätst?«

Mark lächelte und sagte: »Ich glaube, diese Formulierung war jetzt nicht ganz so passend.«

Kelly lachte und schmiegte sich an ihn. »Oh, mein Schatz, bist du dir sicher, dass du ...?«

Mit strahlender Miene schaute er sie an. »Ich bin mir sicher. Und was sagst du?«

Sie spürte, wie ihr die Tränen über die Wangen rannen. »Ich sage ... Ja.«

Mark steckte ihr den Smaragdring an den Finger. Dann standen sie eine ganze Zeit lang eng umschlungen da.

Schließlich sagte Kelly: »Ich möchte, dass du morgen früh in den Salon mitkommst und ein paar der Models kennen lernst, mit denen ich arbeite.«

»Ich dachte, laut Vorschrift ist das nicht ...«

»Die Vorschriften wurden geändert.«

Mark war Feuer und Flamme. »Ich rede mit einem Standesbeamten, den ich kenne, und sehe zu, dass er uns am Sonntag traut.«

Als Kelly und Mark am nächsten Morgen zum Salon kamen, deutete Kelly zum Himmel hinauf. »Sieht aus, als finge es jeden Moment an zu regnen. Alle reden übers Wetter, aber keiner macht etwas dagegen.«

Mark warf ihr einen eigenartigen Blick zu.

Kelly sah Marks Gesichtsausdruck. »Oh, tut mir Leid. Das ist ein Klischee, nicht wahr?«

Mark gab ihr keine Antwort.

Ein halbes Dutzend Models waren im Umkleideraum, als Kelly hineinkam.

»Ich muss euch etwas mitteilen. Ich werde am Sonntag heiraten, und ihr seid alle eingeladen.«

Im nächsten Moment plapperten alle durcheinander.

»Ist das der geheimnisvolle Beau, den du uns immer vorenthältst?«

»Kennen wir ihn?«

»Wie sieht er aus?«

»Wie der junge Cary Grant«, versetzte Kelly stolz.

»Oh! Wann lernen wir ihn kennen?«

»Jetzt. Er ist hier.« Kelly riss die Tür weit auf. »Komm rein, Liebling.«

Mark trat in das Zimmer, und sofort kehrte Stille ein. Eines der Models warf einen kurzen Blick auf Mark und sagte dann leise vor sich hin: »Soll das ein Witz sein?«

Mark Harris war gut einen Kopf kleiner als Kelly, ein unscheinbarer, eher durchschnittlich wirkender Mann mit schütter werdenden grauen Haaren.

Als der erste Schreck sich gelegt hatte, traten sie vor und gratulierten der angehenden Braut und dem Bräutigam.

»Das sind ja wunderbare Neuigkeiten.«

»Wir sind völlig begeistert.«

»Ihr werdet bestimmt glücklich miteinander.«

Danach gingen Kelly und Mark wieder. »Meinst du, die mögen mich?«, fragte Mark, als sie den Flur entlangliefen.

Kelly lächelte. »Selbstverständlich. Wer könnte dich denn nicht mögen?« Dann blieb sie stehen. »Oh!«

»Was ist?«

»Ich bin auf dem Cover einer Modezeitschrift, die gerade eingetroffen ist. Ich möchte sie dir zeigen. Bin gleich wieder da.«

Kelly ging zum Umkleideraum zurück. Als sie an die Tür kam, hörte sie eines der Models sagen: »Will Kelly den wirklich heiraten?«

Kelly blieb stehen und lauschte.

»Sie muss verrückt geworden sein.«

»Ich habe gesehen, wie sie den hübschesten Männern auf der Welt einen Laufpass gegeben hat, und den reichsten dazu. Was findet sie nur an ihm?«

Eines der Models, das bislang geschwiegen hatte, ergriff das Wort. »Das ist doch ganz einfach«, sagte sie.

»Was denn?«

»Ihr werdet lachen.« Sie zögerte einen Moment.

»Mach schon.«

»Habt ihr schon mal den Spruch ›Liebe macht blind‹ gehört?«

Niemand lachte.

Die Trauung fand im Justizministerium in Paris statt, und sämtliche Models nahmen als Brautjungfern daran teil. Draußen auf der Straße hatte sich eine große Menschenmenge versammelt, nachdem sich die Nachricht von der

Hochzeit des Supermodels Kelly herumgesprochen hatte. Und natürlich waren auch sämtliche Paparazzi aufmarschiert.

Sam Meadows war Marks Trauzeuge. »Wo wollt ihr die Flitterwochen verbringen?«, fragte Meadows.

Mark und Kelly blickten einander an. Sie hatten noch keinen Gedanken an die Flitterwochen verschwendet.

Mark sagte: »Äh …« Dann nannte er den erstbesten Ort, der ihm einfiel. »In Sankt Moritz.«

Kelly lächelte beklommen. »Ja, in Sankt Moritz.«

Keiner von beiden war schon einmal in St. Moritz gewesen, und dementsprechend überwältigt waren sie von dem Ausblick, der sich ihnen bot, einem atemberaubenden Panorama aus majestätischen Bergen und lieblichen Tälern.

Das Hotel Palace Badrutt stand auf einem hohen Hügel. Mark hatte vorher angerufen und ein Zimmer reserviert, und als sie eintrafen, wurden sie vom Direktor höchstpersönlich in Empfang genommen. »Guten Tag, Mr. und Mrs. Harris. Ich habe unsere Hochzeitssuite für Sie vorbereiten lassen.«

Mark schwieg einen Moment lang. »Könnten Sie … könnten Sie uns vielleicht ein zweites Bett in der Suite aufstellen?«

»Ein zweites Bett?«, fragte der Direktor mit ausdrucksloser Stimme.

»Äh … ja, bitte.«

»Oh, selbstverständlich.«

»Vielen Dank.« Mark wandte sich an Kelly. »Hier gibt's allerhand interessante Sachen zu sehen.« Er zog eine Liste aus der Tasche. »Das Engadiner Museum, den Druidenstein, den Sankt-Mauritius-Brunnen, auch einen schiefen Turm …«

Als Mark und Kelly allein in ihrer Suite waren, sagte Mark: »Liebling, ich möchte keine Situation aufkommen lassen, in der du dich unwohl fühlst. Wir veranstalten diese Flitterwochen ja nur, damit kein Klatsch aufkommt. Wir werden unser ganzes Leben gemeinsam verbringen. Und das, was uns verbindet, ist wichtiger als alles Körperliche. Ich möchte einfach mit dir zusammen sein und dich bei mir haben.«

Kelly nahm ihn in die Arme und schmiegte sich an ihn. »Ich … ich weiß nicht, was ich sagen soll.«

Mark lächelte. »Du musst doch gar nichts sagen.«

Sie speisten im Restaurant unten im Erdgeschoss zu Abend und gingen dann wieder auf ihre Suite. Mittlerweile war ein zweites Doppelbett aufgestellt worden.

»Wollen wir eine Münze werfen?«

Kelly lächelte. »Such dir einfach eins aus.«

Als Kelly fünfzehn Minuten später aus dem Badezimmer kam, lag Mark bereits im Bett.

Kelly ging zu ihm und setzte sich auf die Bettkante. »Mark, bist du sicher, dass du damit klarkommst?«

»So sicher, wie ich mir in meinem ganzen Leben noch nie gewesen bin.«

»Gute Nacht.«

Kelly ging in ihr Bett, lag dann da und dachte nach. Sie ließ noch einmal die Nacht Revue passieren, die ihr Leben verändert hatte. *Schscht! Sei still … Wenn du deiner Mutter was davon erzählst, komm ich wieder und bring sie um.* Dieses Ungeheuer hatte ihr etwas angetan, das ihr ganzes

Dasein bestimmte. Er hatte etwas in ihr abgetötet und ihr Angst eingeflößt ... Angst vor der Dunkelheit ... Angst vor Männern ... Angst vor der Liebe. Sie hatte sich seiner Macht unterworfen. *Ich darf das nicht mehr zulassen. Auf keinen Fall.* All die Gefühle, die sie so lange unterdrückt hatte, all die Leidenschaft, die sich im Laufe der Jahre aufgestaut hatte, brachen aus ihr hervor, als wäre ein Damm geborsten. Kelly blickte zu Mark, und mit einem Mal sehnte sie sich nach ihm, begehrte ihn mit aller Macht. Sie schlug die Zudecke zurück und ging zu seinem Bett. »Rutsch rüber.«

Mark setzte sich verdutzt auf. »Du hast doch gesagt, du ... du willst nicht, dass ich in dein Bett komme, und ich ...«

Kelly schaute ihn an und sagte leise: »Aber ich habe nicht gesagt, dass ich nicht in *dein* Bett will.« Sie betrachtete seine Miene, als sie ihr Nachthemd auszog und zu ihm ins Bett schlüpfte. »Nimm mich in die Arme«, flüsterte sie.

»Ja, Kelly! O ja!«

Er begann sanft und zärtlich. *Zu sanft. Zu zärtlich.* Die Schleusen hatten sich geöffnet, und Kelly brauchte ihn jetzt, wollte ihn unbedingt spüren. Sie liebte ihn mit einer Wildheit, die sie sich niemals zugetraut hätte, und gab sich dem wunderbaren Gefühl hin, das alles übertraf, was sie jemals erlebt hatte.

Als sie hinterher eng umschlungen beisammenlagen und sich ausruhten, sagte Kelly: »Kannst du dich an die Liste erinnern, die du mir gezeigt hast?«

»Ja.«

»Die kannst du wegwerfen«, sagte sie leise.

Mark grinste.

»Was bin ich bloß für ein Dummkopf gewesen«, sagte Kelly. Sie schmiegte sich an Mark, und sie redeten miteinander, liebten sich dann ein weiteres Mal, bis sie schließlich beide restlos erschöpft waren.

»Ich mache das Licht aus«, sagte Mark.

Sie verkrampfte sich und kniff die Augen zu, wollte Nein sagen. Aber sie spürte seinen warmen Körper neben sich, der sie beschützte, und so schwieg sie.

Als Mark das Licht ausgeschaltet hatte, schlug sie die Augen auf.

Und Kelly stellte fest, dass sie sich nicht mehr vor der Dunkelheit fürchtete. Sie …

»Kelly? *Kelly!*«

Sie wurde jäh aus ihrem Tagtraum gerissen, blickte auf, und mit einem Mal war sie wieder in einem Juwelierladen an der Fifth Avenue in New York. Joseph Berry hielt ihr einen dicken Briefumschlag hin.

»Bitte sehr. Zwanzigtausend Dollar in Hundertdollarscheinen, genauso, wie Sie es wünschten.«

Es dauerte einen Moment, bis Kelly sich wieder gefasst hatte. »Vielen Dank.«

Kelly öffnete den Umschlag, nahm zehntausend Dollar heraus und reichte sie Diane.

Diane schaute sie verdutzt an. »Was soll das?«

»Das ist Ihre Hälfte.«

»Wofür? Ich kann doch nicht …«

»Sie können es mir ja später zurückzahlen.« Kelly zuckte die Achseln. »Falls wir dann noch leben. Wenn nicht, brauche ich eh nichts mehr. Nun wollen wir doch mal sehen, wie wir von hier wegkommen.«

34

An der Lexington Avenue hielt Diane ein Taxi an.

»Wohin fahren wir?«

»La Guardia.«

Kelly schaute Diane überrascht an. »Ist Ihnen denn nicht klar, dass die alle Flughäfen überwachen?«

»Das will ich doch hoffen.«

»Was wollen Sie …?« Kelly stöhnte auf. »Sie haben einen Plan, stimmt's?«

Diane tätschelte Kellys Hand und lächelte. »Genau.«

Am La Guardia folgte Kelly Diane ins Flughafengebäude und zum Schalter von US Airways.

»Guten Morgen«, sagte der Angestellte der Fluggesellschaft, der hinter dem Schalter stand. »Kann ich Ihnen behilflich sein?«

Diane lächelte. »Ja, wir hätten gern zwei Tickets nach Los Angeles.«

»Wann möchten Sie abfliegen?«

»Wenn möglich mit der nächsten Maschine. Auf die Namen Diane Stevens und Kelly Harris.«

Kelly zuckte zusammen.

Der Schalterangestellte zog einen Flugplan zu Rate. »Die nächste Maschine wird um Viertel nach zwei abgefertigt.«

»Bestens.« Diane warf Kelly einen kurzen Blick zu.

Kelly rang sich ein mattes Lächeln ab. »Bestens.«

»Wollen Sie bar oder per Kreditkarte bezahlen?«

»Bar.« Diane reichte ihm das Geld.

»Wieso stellen wir nicht einfach eine Neonreklame auf und teilen Kingsley mit, wo wir sind?«, sagte Kelly.

»Sie machen sich zu viele Sorgen«, erwiderte Diane.

Als sie am Schalter von American Airlines vorbeikamen, blieb Diane kurz stehen und wandte sich dann an den Angestellten. »Wir hätten gern zwei Tickets für den nächsten Flug nach Miami.«

»Aber gern.« Der Angestellte warf einen Blick auf den Flugplan. »Die Maschine wird in drei Stunden abgefertigt.«

»Gut. Unsere Namen lauten Diane Stevens und Kelly Harris.«

Kelly schloss für einen Moment die Augen.

»Kreditkarte oder bar?«

»Bar.«

Diane gab dem Angestellten das Geld und nahm die Tickets entgegen.

»Wollen wir diese Genies etwa auf diese Weise überlisten?«, sagte Kelly, als sie weggingen. »Damit täuschen wir nicht mal einen Zehnjährigen.«

Diane ging in Richtung Ausgang.

Kelly lief raschen Schrittes hinter ihr her. »Wohin wollen Sie?«

»Wir fahren zum ...«

»Ist schon gut. Ich glaube, ich will es gar nicht wissen.«

Vor dem Flughafengebäude stand eine Reihe Taxis. Als die beiden Frauen aus dem Terminal kamen, scherte einer der Wagen aus der Schlange aus und hielt vor dem Eingang. Kelly und Diane stiegen in das Taxi.

»Wohin darf ich Sie bringen?«

»Zum Kennedy Airport.«

»Ich weiß nicht, ob *die* sich dadurch verwirren lassen, aber ich blicke nicht mehr durch. Ich wünschte nach wie vor, wir hätten irgendeine Waffe.«

»Ich weiß nicht, wie wir an eine Haubitze kommen sollen.«

Das Taxi fuhr an. Diane beugte sich vor und musterte den Ausweis des Fahrers, der am Armaturenbrett hing: MARIO SILVA.

»Mr. Silva, meinen Sie, Sie können uns zum Flughafen bringen, ohne dass man uns folgt?«

Im Rückspiegel sahen sie sein Grinsen. »Da sind Sie genau beim Richtigen.«

Er trat das Gaspedal durch und wendete. An der ersten Ecke bog er rechts ab und raste dann auf halber Höhe des Häuserblocks in eine Seitengasse.

Mario Silvas Grinsen wurde noch eine Spur breiter. »Okay?«

»Okay«, sagte Kelly.

In der nächsten halben Stunde bog Mario Silva mehrmals unverhofft ab, fuhr durch schmale Seitenstraßen und überzeugte sich immer wieder davon, dass ihnen niemand folgte. Schließlich hielt er vor dem Haupteingang des John F. Kennedy Airport.

»Da wären wir«, gab Mario Silva mit triumphierendem Unterton bekannt.

Diane nahm ein paar Scheine aus ihrer Handtasche. »Bitte sehr. Der Rest ist für Sie.«

Der Fahrer nahm das Geld und lächelte. »Besten Dank.« Er blieb in seinem Wagen sitzen und blickte seinen beiden Fahrgästen hinterher, als sie in das Flughafengebäude gingen. Sobald sie außer Sicht waren, griff er zu seinem Handy.

»Tanner Kingsley.«

Der Schalterangestellte von Delta Airlines warf einen Blick auf die Anschlagtafel. »Ja, in der Maschine, mit der Sie fliegen möchten, sind noch zwei Plätze frei. Sie startet um siebzehn Uhr fünfundfünfzig. Sie haben eine Stunde Aufenthalt in Madrid und treffen morgen früh um neun Uhr zwanzig in Barcelona ein.«

»Ausgezeichnet«, sagte Diane.

»Wollen Sie bar oder mit Kreditkarte bezahlen?«

»Bar.«

Diane reichte dem Schalterangestellten das Geld und wandte sich an Kelly.

»Wir warten in der Abflughalle.«

Eine halbe Stunde später sprach Harry Flint per Handy mit Tanner.

»Ich habe die Auskunft erhalten, um die Sie gebeten haben. Sie fliegen mit Delta nach Barcelona. Die Maschine startet um fünf vor sechs und legt einen einstündigen Zwischenstopp in Madrid ein. Morgen früh um zwanzig nach neun landet sie in Barcelona.«

»Gut. Sie fliegen mit einem Firmenjet nach Barcelona und fangen sie ab, wenn sie dort eintreffen. Ich verlasse mich darauf, dass Sie ihnen einen herzlichen Empfang bereiten.«

Tanner hatte kaum aufgelegt, als Andrew hereinkam. Er hatte einen kleinen Blumenstrauß am Revers. »Hier sind die Pläne für das …«

»Was zum Teufel ist *das*?«

Andrew war sichtlich verwirrt. »Du hast mich doch darum gebeten, dass ich dir die …«

»Das meine ich nicht. Ich meine diese dämlichen Blumen.«

Andrew strahlte ihn an. »Die trage ich bei deiner Hochzeit. Ich bin doch dein Trauzeuge.«

Kingsley runzelte die Stirn. »Was zum Teufel willst du …?« Dann wurde ihm mit einem Mal alles klar. »Das ist sieben Jahre her, du Trottel, und die Hochzeit fand nicht statt. Und jetzt hau ab!«

Andrew stand wie vom Donner gerührt da und versuchte zu begreifen, was los war.

»Raus!«

Kingsley blickte seinem Bruder hinterher, als er das Büro verließ. *Ich hätte ihn in eine geschlossene Anstalt bringen sollen,* dachte Kingsley. *Aber das kommt noch.*

Die Maschine nach Barcelona startete pünktlich und ohne jeden Zwischenfall.

Kelly blickte aus dem Fenster, als die Lichter von New York in der Ferne verblassten. »Glauben Sie, dass wir ihnen entkommen sind?«

Diane schüttelte den Kopf. »Nein. Früher oder später werden sie uns wieder aufspüren. Aber dann sind wir wenigstens drüben.« Sie holte den Computerausdruck aus ihrer Handtasche und las ihn. »Sonja Verbrügge in Berlin. Sie ist tot, und ihr Mann wird vermisst … Gary Reynolds in Denver …« Sie zögerte einen Moment. »Mark und Richard …«

Kelly warf einen Blick auf den Ausdruck. »Dann reisen wir also nach Paris, Berlin, Denver und wieder nach New York zurück.«

»Genau. Bei San Sebastian überqueren wir die Grenze nach Frankreich.«

Kelly freute sich darauf, nach Paris zurückzukehren. Sie wollte mit Sam Meadows reden. Sie hatte das Gefühl, dass er ihr weiterhelfen könnte. Und außerdem wartete Angel auf sie.

»Sind Sie schon mal in Spanien gewesen?«

»Mark hat mich mal mitgenommen. Es war sehr ...« Kelly verstummte und schwieg eine ganze Weile. »Wissen Sie, was für mich das Schlimmste ist, Diane? Es gibt auf der ganzen Welt keinen Mann, der so ist wie Mark. Wissen Sie, wenn man jung ist, liest man Geschichten, in denen sich Menschen ineinander verlieben, und mit einem Mal ist die Welt wie verzaubert. So ähnlich war es in unserer Ehe.« Sie blickte Diane an. »Ihnen ging es mit Richard vermutlich genauso.«

»Ja«, sagte Diane leise.

»Wie war Mark?«, fragte Diane.

Kelly lächelte. »Er hatte etwas wunderbar Jungenhaftes an sich. Ich hatte immer das Gefühl, dass er das Gemüt eines Kindes und den Verstand eines Genies hatte.« Sie kicherte leise.

»Was ist?«

»Wie er sich gekleidet hat. Als wir zum ersten Mal ausgingen, trug er einen schlecht sitzenden grauen Anzug, dazu braune Schuhe, ein grünes Hemd und eine knallrote Krawatte. Nachdem wir verheiratet waren, habe ich darauf geachtet, dass er sich anständig kleidete.« Sie verstummte. Als sie wieder das Wort ergriff, war ihre Stimme belegt. »Wissen Sie was? Ich würde alles dafür geben, wenn ich Mark wiedersehen könnte, in diesem grauen Anzug, den braunen Schuhen, dem grünen Hemd und dem knallroten Schlips.« Sie hatte feuchte Augen. »Mark hat es genossen, wenn er mich mit Geschenken überraschen konnte. Aber das größte

Geschenk hat er mir gemacht, als er mir zeigte, was Liebe ist.« Sie trocknete sich mit einem Taschentuch die Augen. »Erzählen Sie mir etwas von Richard.«

Diane lächelte. »Er war ein Romantiker. Wenn wir abends zu Bett gegangen sind, sagte er immer: ›Drück auf meine Geheimtaste‹, und ich habe gelacht und gesagt: ›Ich bin froh, dass das niemand aufnimmt‹«. Sie blickte Kelly an und sagte: »Seine Geheimtaste war der Knopf, mit dem man das Telefon abstellen kann. Richard hat mir erklärt, dass wir in einer Burg wären, und diese Taste wäre der Wassergraben, der uns von der Außenwelt trennt.« Sie dachte einen Moment lang nach und lachte dann. »Er war ein hervorragender Wissenschaftler und hat auch gern im Haus herumgewerkelt. Er hat undichte Wasserhähne repariert und Kurzschlüsse behoben, und ich musste hinterher immer Fachleute holen, die die Sachen in Ordnung brachten, die Richard repariert hatte. Ich habe es ihm nie gesagt.«

Sie unterhielten sich bis kurz vor Mitternacht.

Diane fiel auf, dass sie zum ersten Mal über ihre Männer gesprochen hatten. Es war, als wäre eine unsichtbare Barriere zwischen ihnen gefallen.

Kelly gähnte. »Wir sollten lieber ein bisschen schlafen. Ich habe das Gefühl, dass uns morgen ein aufregender Tag bevorsteht.«

Sie hatte keine Ahnung, wie aufregend er werden sollte.

Harry Flint setzte die Ellbogen ein, als er sich durch das Getümmel am Aeropuerto Transoceánico de Barcelona drängte und zu dem großen Fenster ging, durch das man freien Blick auf die Landebahn hatte. Er drehte sich um und musterte die Anschlagtafel, auf der die An- und Abflüge aufgeführt waren. Die Maschine aus New York war pünktlich und sollte in dreißig Minuten landen. Alles lief nach Plan. Flint setzte sich hin und wartete.

Eine halbe Stunde später stiegen die ersten Passagiere aus der Maschine aus New York. Alle wirkten gespannt und aufgeregt – die typische Mischung aus unbekümmerten Touristen, Geschäftsleuten auf Dienstreise, Kindern und Pärchen in den Flitterwochen. Flint achtete darauf, dass er von der Fluggastbrücke aus nicht gesehen wurde, während er den Strom der Reisenden beobachtete, der sich zur Ankunftshalle schob und schließlich versiegte. Er runzelte die Stirn. Diane und Kelly waren nirgendwo in Sicht. Flint wartete noch fünf Minuten, dann wollte er zum Flugsteig gehen.

»Sie können hier nicht durch.«

»Flugaufsicht«, versetzte Flint. »Wir haben einen Hinweis bekommen, dass auf der Toilette der Maschine ein verdächtiges Paket versteckt ist. Man hat mich beauftragt, der Sache unverzüglich nachzugehen.«

Flint ging bereits über die Fluggastbrücke. Als er zu der Maschine kam, wollte die Besatzung gerade aussteigen.

»Kann ich Ihnen behilflich sein?«, fragte eine Flugbegleiterin.

»Flugaufsicht. Ich muss die Maschine untersuchen«, sagte Flint.

Er begab sich in die Maschine. Nirgendwo waren Passagiere zu sehen.

»Liegt ein Problem vor?«, fragte die Flugbegleiterin.

»Ja. Möglicherweise ist eine Bombe an Bord.«

Sie blickte Flint hinterher, als er durch die Kabine ging und die Toilettentüren öffnete. Dort war keiner.

Die Frauen waren verschwunden.

»Sie waren nicht in der Maschine, Mr. Kingsley.«

Tanners Stimme war gefährlich leise. »Mr. Flint, haben Sie gesehen, wie sie in die Maschine gestiegen sind?«

»Ja, Sir.«

»Und sie waren auch an Bord, als die Maschine startete?«

»Ja, Sir.«

»Dann können wir meiner Meinung nach getrost davon ausgehen, dass sie entweder ohne Fallschirm mitten über dem Atlantik abgesprungen oder in Madrid ausgestiegen sind. Pflichten Sie mir bei?«

»Selbstverständlich, Mr. Kingsley. Aber …«

»Danke. Das heißt also, dass sie vorhaben, von Madrid aus über San Sebastian nach Frankreich einzureisen.« Er schwieg einen Moment. »Sie haben vier Möglichkeiten – sie können mit einer anderen Maschine nach Barcelona fliegen oder sich per Eisenbahn, Bus oder mit dem Auto dorthin begeben.« Tanner dachte kurz nach. »Vermutlich sind sie der Meinung, dass sie im Bus, im Flugzeug oder im Zug zu sehr in ihrer Bewegungsfreiheit eingeschränkt sind. Die Vernunft sagt mir, dass sie mit dem Auto nach San Sebastian und von dort aus nach Frankreich fahren.«

»Wenn …«

»Unterbrechen Sie mich nicht, Mr. Flint. Die Fahrt von Madrid nach San Sebastian dürfte etwa fünf Stunden dauern. Sie gehen folgendermaßen vor: Fliegen Sie nach Madrid, und erkundigen Sie sich bei sämtlichen Autovermietern am dortigen Flughafen. Stellen Sie fest, welchen Wagen sie gemietet haben – die Farbe, die Marke, alles.«

»Ja, Sir.«

»Anschließend fliegen Sie nach Barcelona zurück und mieten sich einen Wagen – einen großen. Legen Sie sich auf der Autobahn nach San Sebastian auf die Lauer. Sie dürfen nicht bis zur Grenze kommen. Und noch etwas, Mr. Flint …«

»Ja, Sir.«

»Bedenken Sie eines: Es soll aussehen wie ein Unfall.«

35

Diane und Kelly waren am Aeropuerto Barajas, dem Flughafen von Madrid, ausgestiegen und suchten nach einem Mietwagen. Hier waren alle großen Autovermietungen vertreten, Hertz, Europe Car, Avis und andere, aber sie entschieden sich für Alesa, eine eher unbekannte Firma.

»Wie kommt man am schnellsten nach San Sebastian?«, fragte Diane.

»Das ist ganz einfach, *Señora*. Fahren Sie auf der N 1 in Richtung Nordwesten, nach Burgos, und von dort aus über Vitoria nach San Sebastian. Die Fahrt dauert etwa vier, fünf Stunden.«

»*Gracias.*«

Kurz darauf brachen Kelly und Diane auf.

Als der Privatjet der KIG in Madrid gelandet war, begab sich Harry Flint umgehend zu den Mietwagenfirmen und lief von einem Schalter zum anderen.

»Ich wollte mich mit meiner Schwester und ihrer Freundin, einer bildschönen Afroamerikanerin, hier treffen, habe sie aber verpasst. Sie sind heute Morgen mit Delta Airlines aus New York eingetroffen. Haben sie vielleicht bei Ihnen ein Auto gemietet …?«

»*No, Señor.*«

»*No, Señor.*«

»*No, Señor.*«

Am Alesa-Schalter hatte Flint endlich Glück.

»O ja, *Señor*. Ich kann mich genau an sie erinnern. Sie …«

»Können Sie sich auch noch erinnern, was für einen Wagen sie gemietet haben?«

»Es war ein Peugeot.«

»Welche Farbe?«

»Rot. Es war unser einziger …«

»Können Sie mir die Autonummer geben?«

»Natürlich. Einen Moment.«

Flint sah, wie der Angestellte ein Buch aufschlug und nachschaute.

Er nannte Flint die Nummer. »Ich hoffe, Sie finden sie.«

»Bestimmt.«

Zehn Minuten später flog Flint nach Barcelona zurück. Dort wollte er sich ein Auto mieten und sie verfolgen, bis sie zu einem Streckenabschnitt kamen, an dem kein Verkehr herrschte, sie dort von der Straße abdrängen und sich davon überzeugen, dass sie tot waren.

Diane und Kelly waren noch etwa eine Stunde von San Sebastian entfernt. Sie hatten die Hochebene der kastilischen *Meseta* hinter sich gelassen und näherten sich der Sierra de la Demanda. Auf der Autobahn herrschte nur wenig Verkehr, sodass sie gut vorankamen. Schweigend genossen sie die Fahrt durch die herrliche Landschaft, vorbei an Getreidefeldern, Obstplantagen, die die Luft mit dem Duft der Granatäpfel, Aprikosen und Orangen erfüllten, und alten Häusern abseits der Straße, deren Außenmauern mit Weinranken überwuchert waren. Kurz hinter der mittelalterlichen Stadt Burgos ging es in die Berge, und in der Ferne zeichneten sich die ersten Ausläufer der Pyrenäen ab.

»Wir sind bald da«, sagte Diane. Sie blickte nach vorn, runzelte die Stirn und trat dann das Bremspedal durch. Rund hundert Meter vor ihnen stand ein brennendes Auto, um das sich eine Menschenmenge geschart hatte. Die Autobahn wurde von Männern in Uniform abgesperrt.

Diane schaute verwundert. »Was ist da los?«

»Wir sind im Baskenland«, sagte Kelly. »Hier herrscht Krieg. Die Basken kämpfen schon seit über fünfzig Jahren gegen die spanische Regierung.«

Ein Mann in einer grünen Uniform mit roten und goldenen Litzen, einem schwarzen Gürtel, schwarzen Schuhen und einem schwarzen Barett trat vor ihnen auf die Fahrbahn und hob die Hand. Er deutete zum Straßenrand.

»Das ist die ETA«, murmelte Kelly leise vor sich hin. »Wir dürfen nicht anhalten. Weiß Gott, wie lange die uns hier warten lassen.«

Der Uniformierte kam zu ihrem Wagen und beugte sich herab. »Ich bin Capitan Iradi. Steigen Sie bitte aus.«

Diane schaute ihn an und lächelte. »Ich würde Ihnen ja gern helfen, aber wir sind mit unserem eigenen Kampf beschäftigt.« Sie trat das Gaspedal durch, lenkte den Wagen um das brennende Auto herum, wich den schreienden Schaulustigen aus und raste davon.

Kelly hatte die Augen geschlossen. »Haben wir jemanden gerammt?«

»Alles bestens.«

Als Kelly die Augen wieder aufschlug und in den Seitenspiegel blickte, erstarrte sie. Ein schwarzer Citroën Berlingo fuhr hinter ihnen, und sie konnte den Mann am Lenkrad erkennen.

»Das ist Godzilla!«, stieß Kelly hervor. »Er sitzt in dem Auto hinter uns.«

»*Was?* Wie konnte er uns so schnell finden?« Diane trat das Gaspedal bis zum Anschlag durch. Trotzdem holte der Citroën allmählich auf. Diane warf einen Blick auf den Tacho. Der Zeiger stand bei 175 Stundenkilometer.

»So schnell darf man wahrscheinlich nicht mal auf der Rennstrecke in Indianapolis fahren«, sagte Kelly nervös.

Rund anderthalb Kilometer weiter vorn sah Diane den Kontrollpunkt der spanisch-französischen Grenze.

»Schlagen Sie mich«, sagte sie.

Kelly lachte. »Ich habe doch bloß Spaß gemacht, weil …«

»Schlagen Sie mich«, herrschte Diane sie mit drängendem Tonfall an.

Der Citroën kam näher.

»Was wollen Sie …?«

»Machen Sie schon!«

Halbherzig versetzte Kelly ihr eine Ohrfeige.

»Nein. Schlagen Sie fest zu.«

Mittlerweile befanden sich nur noch zwei andere Autos zwischen ihnen und dem Citroën.

»Schnell«, rief Diane.

Kelly wand sich innerlich, als sie die Faust ballte und Diane auf die Wange schlug.

»Fester.«

Wieder schlug Kelly zu. Diesmal riss der Diamant an ihrem Ehering Dianes Wange auf, die sofort blutete.

Kelly schaute Diane entsetzt an. »Tut mir Leid, Diane. Ich wollte nicht …«

Sie hatten die Grenzstation erreicht. Diane trat auf die Bremse.

Der Grenzposten kam zu ihrem Wagen. »*Buenas tardes, Señoras.*«

»Guten Tag.« Diane wandte den Kopf nach links, damit der Posten das Blut sehen konnte, das ihr über die Wange lief.

Entgeistert schaute er auf die Wunde. »*Señora,* was ist passiert?«

Diane biss sich auf die Lippe. »Das war mein Exmann. Er schlägt mich immer. Ich habe schon eine gerichtliche Verfügung gegen ihn erwirkt, aber ich … ich komme nicht gegen ihn an. Er stellt mir ständig nach. Er ist da hinten. Ich weiß, dass es sinnlos ist, Sie um Hilfe zu bitten. Niemand kann ihn aufhalten.«

Mit grimmiger Miene wandte sich der Posten um und musterte die Wagen, die vor der Kontrollstelle warteten. »In welchem Auto sitzt er?«

»In dem schwarzen Citroën. Zwei Wagen weiter hinten. Ich glaube, er will mich umbringen.«

»Aha, tatsächlich?«, knurrte der Posten. »Fahren Sie weiter, *Señoras*. Wegen dem brauchen Sie sich keine Sorgen mehr zu machen.«

Diane schaute ihn an und sagte: »Oh, danke. Vielen Dank.«

Kurz darauf passierten sie die Grenze und fuhren nach Frankreich.

»Diane …«

»Ja?«

»Kelly legte ihr die Hand auf die Schulter. »Es tut mir ja so Leid …« Sie deutete auf Dianes Wange.

Diane grinste. »Dadurch sind wir Godzilla losgeworden, nicht wahr?« Sie warf Kelly einen kurzen Blick zu. »Sie weinen ja.«

»Nein. Tu ich nicht.« Kelly schniefte. »Das liegt nur an der verdammten Wimperntusche. Was Sie da gemacht haben … Sie sind nicht nur das hübsche Frauchen, was?«, fragte Kelly, während sie Dianes Wunde mit einem Taschentuch abtupfte.

Diane blickte in den Rückspiegel und verzog das Gesicht. »Nein, nicht mehr.«

Als Harry Flint zu der Kontrollstation kam, erwartete ihn der Grenzposten bereits. »Steigen Sie bitte aus.«

»Dafür habe ich keine Zeit«, sagte Flint. »Ich hab's eilig. Ich muss …«

»Steigen Sie aus.«

Flint schaute ihn an. »Warum? Was ist los?«

»Bei uns ist eine Meldung eingegangen, dass ein Wagen mit diesem Kennzeichen Drogen geschmuggelt hat. Wir müssen Ihr Fahrzeug auseinander nehmen.«

Flint funkelte ihn an. »Sind Sie verrückt? Ich hab Ihnen doch gesagt, dass ich's eilig habe. Man schmuggelt doch keine Drogen in …« Er verstummte und lächelte. »Schon kapiert.« Er griff in seine Tasche und reichte dem Posten einen Hundertdollarschein. »Bitte sehr. Nehmen Sie's, und vergessen Sie die Sache.«

»José!«, rief der Posten.

Ein Capitán in Uniform kam aus dem Wachhäuschen. Der Posten reichte ihm den Hundertdollarschein. »Das ist ein Bestechungsversuch.«

»Steigen Sie aus dem Wagen«, sagte der Capitán zu Flint. »Sie sind wegen versuchter Bestechung festgenommen. Fahren Sie auf den Parkplatz …«

»Nein. Sie dürfen mich jetzt nicht festnehmen. Ich bin mitten in …«

»Und wegen Widerstands.« Er wandte sich an den Posten. »Rufen Sie Verstärkung.«

Flint holte tief Luft und warf einen Blick nach vorn. Der Peugeot war bereits außer Sicht.

Er wandte sich an den Capitán. »Ich muss telefonieren.«

Zu ihrer Linken erstreckte sich das Meer, und rechts ragten die Ausläufer der Pyrenäen auf, als Diane und Kelly durch die südwestfranzösische Küstenebene fuhren. Bayonne lag unmittelbar vor ihnen.

»Sie sagten, Sie haben einen Freund in Paris?«, erinnerte sich Diane.

»Ja. Sam Meadows. Er hat mit Mark gearbeitet. Ich habe das Gefühl, dass er uns weiterhelfen kann.« Kelly griff in ihre Handtasche, holte ihr neues Handy heraus und wählte eine Nummer in Paris.

»KIG«, meldete sich die Vermittlung.

»Könnte ich bitte Sam Meadows sprechen?«

Kurz darauf hörte Kelly seine Stimme.

»Hallo.«

»Sam, Kelly hier. Ich bin auf dem Weg nach Paris.«

»Mein Gott! Ich bin außer mir vor Sorge um dich. Ist alles in Ordnung?«

Kelly zögerte. »Ich glaube schon.«

»Das ist der reinste Albtraum«, sagte Sam Meadows. »Ich kann's immer noch nicht fassen.«

Ich auch nicht, dachte Kelly. »Sam, ich muss dir etwas sagen. Ich glaube, Mark wurde ermordet.«

»Das glaub ich auch.« Bei seiner Antwort lief es ihr eiskalt über den Rücken.

Kelly brachte kaum ein Wort heraus. »Ich muss erfahren, was passiert ist. Kannst du mir helfen?«

»Ich glaube, darüber sollten wir nicht am Telefon sprechen, Kelly.« Er war um einen beiläufigen Tonfall bemüht.

»Ich … ich verstehe.«

»Warum reden wir nicht morgen Abend miteinander? Wir können bei mir zu Abend essen.«

»Gut.«

»Um sieben?«

»Ich komme vorbei«, sagte Kelly.

Sie stellte das Telefon ab. »Morgen Abend werde ich mehr wissen.«

»Ich fliege unterdessen nach Berlin und rede mit den Leuten, die mit Franz Verbrügge zusammengearbeitet haben.«

Kelly war mit einem Mal schweigsam.

Diane warf ihr einen Blick zu. »Was ist los?«

»Nichts. Es ist nur – wir sind so ein tolles Team. Ich darf gar nicht daran denken, dass wir uns trennen. Wieso fahren wir nicht zusammen nach Paris und …?«

Diane lächelte. »Wir trennen uns doch nicht, Kelly. Wenn Sie mit Sam Meadows gesprochen haben, rufen Sie mich an. Wir können uns in Berlin treffen. Bis dahin sollte ich einiges erfahren haben. Wir haben unsere Handys. Wir können jederzeit in Verbindung bleiben. Ich bin schon ganz gespannt darauf, was Sie morgen Abend erfahren.«

Dann waren sie endlich in Paris.

Diane warf einen Blick in den Rückspiegel. »Weit und breit kein schwarzer Citroën. Wir haben sie endgültig abgehängt. Wohin soll ich Sie bringen?«

Kelly schaute aus dem Fenster. Sie näherten sich der Place de la Concorde.

»Diane, warum setzen Sie mich nicht einfach ab und fahren schon mal weiter? Ab hier kann ich mir ein Taxi nehmen.«

»Sind Sie sicher?«

»Absolut.«

»Seien Sie vorsichtig.«

»Sie auch.«

Zwei Minuten später saß Kelly in einem Taxi und war unterwegs zu ihrem Apartment. Sie konnte es kaum abwarten, wieder nach Hause zu kommen. In ein paar Stunden würde sie sich mit Sam Meadows zum Abendessen in dessen Wohnung treffen.

Kelly war zutiefst erleichtert, als das Taxi vor ihrem Apartmenthaus hielt. Endlich war sie wieder zu Hause. Der Portier öffnete ihr die Tür.

Kelly blickte auf und sagte: »Ich bin wieder da, Martin ...« Dann stockte sie. Der Portier war ihr völlig unbekannt.

»Guten Tag, Madame.«

»Guten Tag. Wo ist Martin?«

»Martin arbeitet nicht mehr hier. Er hat gekündigt.«

Kelly war betroffen. »Oh, das tut mir Leid.«

»Bitte, Madame, gestatten Sie, dass ich mich vorstelle. Ich bin Jérôme Malo.«

Kelly nickte.

Sie ging ins Foyer. Ein großer, schlanker Mann, den sie nicht kannte, stand neben Nicole Paradis an der Rezeption.

Der Fremde lächelte. »Guten Abend, Madame Harris. Wir haben Sie erwartet. Ich bin Alphonse Girouard, der Concierge des Hauses.«

Kelly blickte sich verdutzt um. »Wo ist Philippe Cendre?«

»Ah. Philippe und seine Familie sind nach Spanien gezogen.« Er zuckte die Achseln. »Eine neue berufliche Herausforderung, glaube ich.«

Kelly wurde mit einem Mal unruhig. »Und ihre Tochter?«

»Sie ist mit ihnen weggezogen.«

Habe ich Ihnen schon erzählt, dass meine Tochter an der Sorbonne angenommen wurde? Für uns ist ein Traum in Erfüllung gegangen.

Kelly versuchte so ruhig wie möglich zu klingen. »Wann sind sie weggezogen?«

»Vor ein paar Tagen. Aber machen Sie sich bitte keine Gedanken, Madame. Wir werden uns auch künftig gut um Sie kümmern. Ihr Apartment ist für Sie vorbereitet.«

Nicole Paradis, die an der Rezeption saß, blickte auf. »Willkommen daheim.« Aber ihr Blick besagte etwas anderes.

»Wo ist Angel?«

»Oh, der kleine Hund? Philippe hat ihn mitgenommen.«

Kelly konnte nur mühsam die Panik unterdrücken. Sie bekam kaum noch Luft.

»Wollen wir uns hinaufbegeben, Madame? Wir haben in Ihrem Apartment eine kleine Überraschung für Sie vorbereitet.«

Ganz bestimmt. Kellys Gedanken überschlugen sich. »Ja, einen Moment noch«, sagte sie. »Ich muss nur noch kurz etwas holen.«

Ehe Girouard etwas sagen konnte, war Kelly draußen und rannte die Straße entlang.

Jérôme Malo und Alphonse Girouard standen auf dem Bürgersteig und hielten Ausschau nach ihr. Sie hatten sich überrumpeln lassen, und jetzt war es zu spät. Sie konnten sie nicht mehr aufhalten. Ohnmächtig mussten sie mit ansehen, wie sie in ein Taxi stieg.

Mein Gott! Was haben sie mit Philippe und seiner Familie gemacht? Und mit Angel?, fragte sich Kelly.

»Wohin, Madame?«

»Fahren Sie einfach los!« *Heute Abend werde ich erfahren, was hinter dieser ganzen Sache steckt,* dachte Kelly. *Bis dahin muss ich noch vier Stunden totschlagen.*

In seinem Apartment beendete Sam Meadows gerade ein Telefongespräch. »Ja. Mir ist klar, wie wichtig es ist. Ich werde mich darum kümmern … Ich erwarte sie in ein paar Minuten zum Abendessen … ja … Ich habe bereits dafür gesorgt, dass jemand die Leiche beseitigt … Vielen Dank. Das ist sehr großzügig, Mr. Kingsley.«

Sam Meadows legte den Hörer auf und warf einen Blick auf seine Uhr. Sein Gast müsste jede Minute eintreffen.

36

Nachdem Diane am Berliner Flughafen Tegel gelandet war, musste sie fünfzehn Minuten in der Schlange stehen, bis sie ein Taxi bekam. Endlich war sie an der Reihe.

Der Fahrer lächelte. »Wohin soll's gehen?«

»Sprechen Sie Englisch?«

»Natürlich, gnädige Frau.«

»Zum Hotel Kempinski, bitte.«

»Jawohl.«

Fünfundzwanzig Minuten später stand Diane an der Rezeption des Hotels.

»Ich würde gern einen Wagen samt Fahrer mieten.«

»Aber gern, gnädige Frau.« Der Mann an der Rezeption blickte nach unten. »Ihr Gepäck?«

»Das kommt nach.«

»Wohin möchten Sie, gnädige Frau?«, fragte der Fahrer, als der Wagen eintraf.

Sie brauchte ein bisschen Zeit zum Nachdenken. »Fahren Sie bitte einfach eine Weile herum.«

»Gut. In Berlin gibt es viel zu sehen.«

Kelly kam aus dem Staunen kaum heraus. Sie wusste, dass im Zweiten Weltkrieg weite Teile Berlins durch Bomben und Straßenkämpfe zerstört worden waren, aber jetzt erlebte sie eine brodelnde, geschäftige Stadt mit reizvollen modernen Gebäuden und einer erfrischend lebhaften Atmosphäre.

Die Straßennamen allerdings kamen ihr absonderlich vor: Windscheidstraße, Regensburger Straße, Lützowufer …

Der Fahrer erklärte ihr die Geschichte der Parks und Gebäude, an denen sie vorbeifuhren, aber Diane hörte kaum zu. Sie musste mit den Leuten an Sonja Verbrügges Arbeitsplatz sprechen und herausfinden, was sie wussten. Der Eintragung im Internet zufolge war Franz Verbrügges Frau tot und er selbst verschwunden.

Diane beugte sich nach vorn. »Kennen Sie ein Internet-Café?«, fragte sie.

»Selbstverständlich, gnädige Frau.«

»Würden Sie mich bitte hinbringen?«

»Es ist ausgezeichnet. Sehr beliebt. Dort kriegen Sie jede Information, die Sie möchten.«

Das will ich doch hoffen, dachte Diane.

Das Cyberlin-Café war nicht so groß wie das Internet-Café in New York, aber allem Anschein nach genauso ausgelastet.

Als Diane durch die Tür ging, kam eine Frau, die an der Anmeldung stand, auf sie zu. »In zehn Minuten ist ein Computer für Sie frei.«

»Ich würde gern mit dem Geschäftsführer sprechen«, sagte Diane.

»Ich bin die Geschäftsführerin.«

»Oh.«

»Und weswegen wollen Sie mit mir sprechen?«

»Ich möchte mich mit Ihnen über Sonja Verbrügge unterhalten.«

Die Frau schüttelte den Kopf. »Frau Verbrügge arbeitet nicht mehr hier.«

»Ich weiß«, sagte Diane. »Sie ist tot. Ich versuche herauszufinden, wie sie ums Leben gekommen ist.«

Die Frau musterte Diane mit durchdringendem Blick. »Es war ein Unfall. Als die Polizei ihren Computer sicherstellte, fand man ...« Ihr Gesicht nahm mit einem Mal einen verschlagenen Ausdruck an. »Wenn Sie einen Moment warten, rufe ich jemanden an, der Ihnen weiterhelfen kann. Bin gleich wieder da.«

Als Diane der Frau hinterherblickte, die eilends nach hinten ging, war ihr mit einem Mal nicht mehr wohl in ihrer Haut. Sobald sie außer Sicht war, stürmte sie nach draußen und stieg in den Wagen. Hier hatte sie keine Hilfe zu erwarten. *Ich muss mit Franz Verbrügges Sekretärin sprechen.*

In einer Telefonzelle suchte sie die Nummer der KIG heraus und wählte sie.

»KIG Berlin.«

»Könnte ich bitte mit Franz Verbrügges Sekretärin sprechen?«, sagte Diane.

»Wie lautet Ihr Name?«

»Susan Stratford.«

»Einen Moment bitte.«

In Tanners Büro leuchtete das blaue Lämpchen auf. Tanner lächelte seinem Bruder zu. »Diane Stevens ruft an. Mal sehen, ob wir ihr helfen können.« Er schaltete den Lautsprecher ein.

Die Stimme der KIG-Vermittlung drang aus dem Apparat. »Seine Sekretärin ist nicht hier. Möchten Sie vielleicht mit seiner Assistentin sprechen?«

»Ja, bitte.«

»Einen Moment.«

Eine Frauenstimme meldete sich. »Heidi Frank. Kann ich Ihnen behilflich sein?«

Dianes Herz schlug einen Takt schneller. »Susan Stratford. Ich bin Reporterin beim *Wall Street Journal.* Wir arbeiten gerade an einer Reportage über die tragischen Todesfälle einiger Mitarbeiter der KIG. Ich wollte Sie gern um ein kurzes Gespräch bitten.«

»Ich weiß nicht recht ...«

»Es geht nur um ein paar Hintergrundinformationen.«

Tanner hörte gespannt zu.

»Wie wär's, wenn wir uns zum Mittagessen treffen? Hätten Sie heute Zeit?«

»Nein, tut mir Leid.«

»Dann vielleicht zum Abendessen?«

Die Antwort klang leicht zögerlich. »Ja, ich glaube, das ließe sich einrichten.«

»Wo wollen wir uns treffen?«

»Wie wär's mit dem Rockendorf? Ein sehr gutes Restaurant. Dort könnten wir uns treffen.«

»Gern, danke.«

»Um halb neun?«

»Um halb neun.«

Lächelnd hängte Diane den Hörer ein.

Tanner wandte sich an Andrew. »Ich habe mich zu einem Schritt entschieden, den ich von Anfang an hätte tun sollen. Ich werde Greg Holliday anrufen und ihn auf die Sache ansetzen. Er hat mich noch nie hängen lassen. Er ist zwar ein ziemlich aufgeblasener Kerl. Nimmt einen aus bis aufs Blut, aber« – er rang sich ein schmales Lächeln ab – »er bringt auch die entsprechende Gegenleistung.«

37

Kelly zögerte kurz, als sie auf die Tür von Sam Meadows' Apartment in der Rue du Bourg-Tibourg Nummer 14 im vierten Arrondissement zuging. Jetzt, da sich die Hetzjagd dem Ende näherte, würde sie endlich ein paar Erklärungen bekommen. Aber sie stellte fest, dass sie davor zurückschreckte, Angst davor hatte, sie zu hören.

Kelly klingelte. Sobald die Tür geöffnet wurde und Sam Meadows vor ihr stand, verflog ihre Furcht. Sie war nur noch froh und erleichtert, als sie den Mann sah, der Mark so nahe gestanden hatte.

»Kelly!« Er schloss sie in die Arme und zog sie an seine Brust.

»Oh, Sam.«

Er ergriff ihre Hand. »Komm rein.«

Kelly trat in die reizende Zweizimmerwohnung, die sich in einem hochherrschaftlichen Haus befand, das einst einer französischen Adelsfamilie gehört hatte.

Das Wohnzimmer war geräumig und mit eleganten französischen Möbeln eingerichtet, und in einer kleinen Nische befand sich eine mit eigenartigen Schnitzereien verzierte Bar aus Eichenholz. An den Wänden hingen Zeichnungen von Man Ray und Adolf Wölfli.

»Ich kann dir gar nicht sagen, wie sehr mich Marks Tod erschüttert hat«, sagte Sam betreten.

Kelly tätschelte seinen Arm. »Ich weiß«, flüsterte sie.

»Es ist einfach unfassbar.«

»Ich versuche herauszufinden, was passiert ist«, sagte

Kelly. »Deshalb bin ich hier. Ich hoffe, du kannst mir weiterhelfen.«

Voller Erwartung, aber auch von banger Ahnung erfüllt, nahm sie auf der Couch Platz.

Sams Miene verdüsterte sich. »Anscheinend weiß keiner die ganze Geschichte. Mark war mit einem Geheimprojekt befasst. Offenbar hat er mit zwei, drei anderen Angestellten der KIG zusammengearbeitet. Man sagt, er habe Selbstmord begangen.«

»Das glaube ich nicht«, erwiderte Kelly scharf.

»Ich auch nicht.« Sein Tonfall wurde sanfter. »Und weißt du auch, aus welchem Grund? Wegen dir.«

Kelly schaute Sam fragend an. »Ich verstehe nicht recht ...«

»Jemanden, der so bezaubernd ist wie du, würde Mark niemals allein lassen. So was würde doch kein Mann fertig bringen.« Er kam näher. »Das, was passiert ist, ist eine große Tragödie, Kelly, aber das Leben muss weitergehen, nicht wahr?« Er ergriff ihre Hand. »Wir alle brauchen jemanden, nicht wahr? Er ist weg, aber ich bin noch da. Eine Frau wie du braucht einen Mann.«

»Eine Frau wie ich ...?«

»Mark hat mir erzählt, wie leidenschaftlich du bist. Er hat gesagt, du bist ganz versessen darauf.«

Kelly musterte ihn entgeistert. So etwas hätte Mark niemals gesagt. Niemals hätte er mit jemand anderem so über sie gesprochen.

Sam legte ihr den Arm um die Schulter. »Ja. Mark hat mir erzählt, dass du richtig scharf darauf bist. Er hat mir immer gesagt, wie klasse du im Bett bist.«

Kelly bekam es plötzlich mit der Angst zu tun.

»Und noch was, Kelly, falls es dir ein Trost ist«, sagte Sam. »Mark musste nicht leiden.«

Sie schaute Sam Meadows in die Augen, und mit einem Mal wusste sie Bescheid.

»In ein paar Minuten gibt es was zu essen«, sagte Sam. »Warum gehen wir nicht kurz ins Bett? Dann haben wir hinterher mehr Appetit.«

Kelly war einer Ohnmacht nahe. Trotzdem rang sie sich ein Lächeln ab. »Klingt nicht schlecht.« Sie dachte fieberhaft nach. Er war zu groß und zu kräftig, als dass sie gegen ihn ankam, und außerdem hatte sie nichts, mit dem sie sich zur Wehr setzen könnte. Er fing an, sie zu betatschen. »Weißt du, du hast einen klasse Arsch, Baby. Ich steh auf so was.«

Kelly lächelte. »Aha?« Sie schnupperte. »Ich bin hungrig. Irgendetwas riecht hier ganz köstlich.«

»Das ist unser Abendessen.«

Ehe er sie aufhalten konnte, stand Kelly auf und ging zur Küche. Als sie am Esstisch vorbeikam, erschrak sie. Der Tisch war für eine Person gedeckt.

Kelly wandte sich um und blickte ins Wohnzimmer, wo Sam gerade zur Tür ging und den Schlüssel umdrehte. Sie sah, wie er ihn abzog und in die Kommodenschublade legte.

Kelly blickte sich in der Küche nach einer Waffe um. Sie hatte keine Ahnung, in welcher Schublade die Messer lagen. Auf der Arbeitsplatte lag eine Packung Cappellini. Auf dem Herd stand ein Topf mit brodelndem Wasser, daneben ein kleinerer Topf, in dem eine rote Soße vor sich hin köchelte.

Sam kam in die Küche und schlang die Arme um Kelly.

Sie tat so, als beachtete sie ihn nicht. Sie schaute auf die Soße am Herd. »Sieht ja wunderbar aus.«

Er streichelte ihren Körper. »Ist es auch. Was magst du denn im Bett am liebsten, Baby?«

Kellys Gedanken überschlugen sich. »Alles«, sagte sie leise. »Mit Mark habe ich immer was gemacht, das ihn schier zum Wahnsinn getrieben hat.«

Sam strahlte sie erwartungsvoll an. »Was war das?«

»Ich habe einen nassen, warmen Waschlappen genommen …« Sie griff zu einem weichen Wischtuch, das auf der Spüle lag. »Ich zeig's dir. Zieh die Hose aus.«

Sam Meadows grinste. »Wird gemacht.« Er löste den Gürtel und ließ die Hose zu Boden fallen. Er trug Boxershorts.

»Jetzt die Unterhose.«

Er ließ die Shorts fallen, unter der sein pralles Glied zum Vorschein kam.

»Oho«, sagte Kelly bewundernd. Sie nahm das weiche Tuch in die linke Hand und ging auf ihn zu. Mit der rechten ergriff sie den Topf mit dem kochenden Wasser und kippte den Inhalt über seine Genitalien.

Kelly konnte immer noch seine Schreie hören, als sie den Schlüssel aus der Kommode holte, die Tür aufschloss und davonrannte.

38

Das Rockendorf, dessen Jugendstilinterieur von der Pracht und dem Reichtum des alten Berlin kündete, war eines der besten Restaurants in ganz Deutschland.

Als Diane hineinging, wurde sie vom Oberkellner in Empfang genommen. »Kann ich Ihnen behilflich sein?«

»Ich habe einen Tisch reserviert. Auf den Namen Stevens. Ich bin hier mit einer Frau Frank verabredet.«

»Hier entlang, bitte.«

Der Oberkellner geleitete sie zu einem Ecktisch. Diane blickte sich vorsichtig um. Rund vierzig Gäste hielten sich in dem Restaurant auf, zumeist Geschäftsleute. An einem Tisch gegenüber saß ein attraktiver, gut gekleideter Mann, der allein speiste.

Diane nahm Platz und dachte über ihr Gespräch mit Heidi Frank nach. Wie viel wusste sie?

Der Kellner reichte Diane die Speisekarte. »Bitte sehr.«

»Danke.«

Diane warf einen Blick in die Karte. *Fasan in Rotwein-Kräutersud mit Apfelrotkohl und Serviettenknödeln, Gefüllte Schweinelende an Fenchelgemüse mit grünem Spargel, Zanderfilet in Spreewälder Soße an Sahnekartoffeln …* Sie hatte keine Ahnung, was das für Gerichte waren. Aber Heidi Frank konnte ihr das bestimmt erklären.

Diane warf einen Blick auf ihre Uhr. Heidi hatte sich bereits um zwanzig Minuten verspätet.

Der Kellner kam an ihren Tisch. »Möchten Sie jetzt vielleicht bestellen, gnädige Frau?«

»Nein, ich warte noch auf meinen Gast. Danke.«

Die Minuten verrannen. Allmählich fragte sich Diane, ob irgendetwas schief gegangen war.

Nach weiteren fünfzehn Minuten kam der Kellner erneut an ihren Tisch. »Darf ich Ihnen irgendetwas bringen?«

»Nein, danke. Mein Gast müsste jede Minute eintreffen.«

Inzwischen war es bereits nach neun, aber Heidi Frank war immer noch nicht aufgetaucht. Mit einem flauen Gefühl im Magen musste sich Diane eingestehen, dass sie wahrscheinlich nicht kommen würde.

Als Diane aufblickte, sah sie zwei Männer an einem Tisch in der Nähe des Eingangs sitzen. Sie waren schlecht gekleidet und wirkten irgendwie gemein. *Schlägertypen,* dachte Diane sofort. Sie sah, wie der Kellner zu ihrem Tisch kam und mit einem rüden Winken wieder weggeschickt wurde. Sie wollten offenbar nichts essen. Dann drehten sie sich um und starrten Diane an, und mit einem Mal wurde ihr klar, dass sie in eine Falle gegangen war. Heidi Frank hatte sie verraten. Diane spürte, wie ihr das Blut zu Kopf stieg. Sie blickte sich nach einem Fluchtweg um. Es gab keinen. Vorerst konnte sie hier sitzen bleiben, aber irgendwann würde sie gehen müssen, und dann würden sie sie schnappen. Sie überlegte, ob sie per Handy jemanden alarmieren sollte, aber sie kannte niemanden, der ihr helfen könnte.

Diane dachte verzweifelt nach. *Ich muss hier irgendwie wegkommen, aber wie?*

Als sie sich umsah, fiel ihr Blick auf den attraktiven Mann, der allein am Tisch saß. Er trank gerade eine Tasse Kaffee.

Diane lächelte ihn an und sagte: »Guten Abend.«

Er blickte überrascht auf und sagte freundlich: »Guten Abend.«

Diane schenkte ihm ein einladendes Lächeln. »Wie ich sehe, sind wir beide allein.«

»Ja.«

»Hätten Sie Lust, mir Gesellschaft zu leisten?«

Er zögerte einen Moment und lächelte dann. »Aber gern.« Er stand auf und kam an Dianes Tisch.

»Allein essen macht keinen Spaß, nicht wahr?«, sagte Diane leichthin.

»Da haben Sie Recht.«

Sie bot ihm die Hand zum Gruß. »Diane Stevens.«

»Greg Holliday.«

Kelly war nach dem schrecklichen Erlebnis mit Sam Meadows wie benommen gewesen. Nach ihrer Flucht war sie die ganze Nacht durch die Straßen von Montmartre gelaufen und hatte ständig nach hinten geblickt, aus Angst, jemand könnte ihr folgen. *Aber ich kann Paris nicht verlassen, ohne herauszufinden, was da vor sich geht,* dachte Kelly.

In der Morgendämmerung kehrte sie in einem kleinen Café ein und trank eine Tasse Kaffee. Dann fiel ihr unverhofft eine Lösung ein: Marks Sekretärin. Sie hatte Mark verehrt. Kelly war davon überzeugt, dass sie alles tun würde, um ihr zu helfen.

Um neun Uhr rief Kelly von einer Telefonzelle aus an. Sie wählte die vertraute Nummer, worauf sich eine Frauenstimme mit starkem französischem Akzent meldete. »Kingsley International Group.«

»Ich würde gern mit Yvonne Renais sprechen.«

»*Un moment, s'il vous plaît.*«

Kurz darauf hörte Kelly Yvonnes Stimme.

»Yvonne Renais. Kann ich Ihnen behilflich sein?«

»Yvonne, hier ist Kelly Harris.«

Sie hörte einen erschrockenen Ausruf. »Oh! Mrs. Harris ...«

In Tanner Kingsleys Büro leuchtete ein blaues Lämpchen auf.

Tanner nahm den Telefonhörer ab. In New York war es drei Uhr morgens, aber er hatte beschlossen, sein Büro nicht zu verlassen, bis dieses leidige Problem aus der Welt geschafft war. Als Tanner jetzt ans Telefon ging, hörte er das Gespräch mit, das in Paris geführt wurde.

»Was Mister Harris zugestoßen ist, tut mir ja so Leid. Es war furchtbar.«

»Danke, Yvonne. Ich muss mit Ihnen reden. Können wir uns irgendwo treffen? Haben Sie heute Mittag Zeit?«

»Ja.«

»An irgendeinem öffentlichen Ort.«

»Kennen Sie das Ciel de Paris? Es ist im Tour Montparnasse.«

»Ja.«

Tanner machte sich in Gedanken eine Notiz.

»Um zwölf Uhr?«

»Ist mir recht. Wir sehen uns dort.«

Tanner Kingsley verzog den Mund zu einem schmalen Lächeln. *Genießt euer letztes Mahl.* Er schloss die Schublade auf, öffnete sie und nahm den Hörer des goldenen Telefons ab.

»Gute Nachrichten«, sagte er, als sich am anderen Ende jemand meldete. »Es ist vorbei. Wir haben sie alle beide.«

Er hörte einen Moment lang zu, dann nickte er. »Ich weiß. Es hat ein bisschen länger gedauert, als wir erwartet haben, aber jetzt können wir weitermachen ... Mir geht's genauso ... Bis bald.«

Der Tour Montparnasse ist ein über zweihundert Meter hoher Wolkenkratzer aus Stahl und Glas. In dem Gebäude mit seinen zahlreichen Büros herrschte geschäftiges Treiben. Die Bar und das Restaurant befanden sich im sechsundfünfzigsten Stockwerk.

Kelly war zuerst da. Yvonne kam eine Viertelstunde später und entschuldigte sich vielmals.

Kelly war ihr nur ein paar Mal begegnet, aber sie konnte sich noch gut an sie erinnern. Yvonne war eine zierliche, liebenswürdige Frau. Mark hatte Kelly oft erzählt, wie tüchtig Yvonne sei.

»Danke, dass Sie gekommen sind«, sagte Kelly.

»Ich würde doch alles tun, was in meiner Macht steht … Mr. Harris war so ein wunderbarer Mann. Im Büro hat ihn jeder verehrt. Keiner von uns konnte glauben, was … was passiert ist.«

»Darüber möchte ich mit Ihnen sprechen, Yvonne. Sie haben doch fünf Jahre lang mit meinem Mann zusammengearbeitet?«

»Ja.«

»Dann kannten Sie ihn also ziemlich gut?«

»O ja.«

»Ist ihnen in den letzten Monaten irgendetwas aufgefallen, das Ihnen sonderbar vorkam? Hat er sich irgendwie anders benommen als sonst, oder hat er irgendetwas gesagt, das Ihnen merkwürdig vorkam?«

Yvonne wich ihrem Blick aus. »Ich bin mir nicht sicher … Ich meine …«

»Was immer Sie auch sagen«, sagte Kelly ernst, »ihm kann es nicht mehr wehtun. Aber es könnte mir dabei helfen zu verstehen, was passiert ist.« Kelly wappnete sich für die nächste Frage, die sie stellen musste. »Hat er jemals von einer Olga gesprochen?«

Yvonne schaute sie verdutzt an. »Olga? Nein.«

»Sie wissen nicht, wer das sein könnte?«

»Ich habe keine Ahnung.«

Kelly war erleichtert. Sie beugte sich vor. »Yvonne, gibt es irgendetwas, das Sie mir nicht erzählen wollen?«

»Na ja ...«

Der Kellner kam an ihren Tisch. »*Bonjour, mesdames. Bienvenue au Ciel de Paris. Je m'appelle Jacques Brion. Notre chef de cuisine a préparer quelques spécialités pour le déjeuner d'aujourd'hui. Avez-vous fait votre choix?*«

»*Oui, monsieur. Nous avons choisi le Châteaubriand pour deux.*«

Als der Kellner wegging, wandte sich Kelly an Yvonne. »Was wollten Sie gerade sagen?«

»Na ja, in den letzten Tagen vor ... vor seinem Tod wirkte Mr. Harris sehr nervös. Er bat mich darum, ihm einen Flug nach Washington zu buchen.«

»Davon wusste ich. Ich dachte, es wäre eine ganz normale Geschäftsreise.«

»Nein. Ich glaube, es ging um etwas Ungewöhnliches, irgendetwas Dringendes.«

»Haben Sie irgendeine Ahnung, worum es gegangen sein könnte?«

»Nein. Alles unterlag mit einem Mal strenger Geheimhaltung. Das ist alles, was ich weiß.«

Kelly fragte Yvonne noch eine Stunde länger aus, aber sie konnte dem nichts mehr hinzufügen.

Als sie gegessen hatten, sagte Kelly: »Es wäre mir lieb, wenn Sie dieses Gespräch vertraulich behandeln würden.«

»Darüber brauchen Sie sich keine Sorgen zu machen, Mrs. Harris. Ich werde keiner Menschenseele etwas davon erzählen.« Yvonne stand auf. »Ich muss wieder zur Arbeit.« Ihre Lippen bebten. »Aber es wird nie wieder so werden wie früher.«

»Ich danke Ihnen, Yvonne.«

Mit wem wollte sich Mark in Washington treffen? Und dann waren da noch die sonderbaren Anrufe aus Deutschland, Denver und New York.

Kelly fuhr mit dem Aufzug ins Foyer hinunter. *Ich rufe Diane an. Mal sehen, was sie herausgefunden hat. Vielleicht …*

Als Kelly zum Ausgang des Gebäudes kam, sah sie sie. Zwei große Männer, die zu beiden Seiten der Tür standen. Sie schauten zu ihr her, dann grinsten sie einander an. Soweit Kelly wusste, gab es keinen anderen Ausgang. *Könnte Yvonne mich verraten haben?*

Die beiden Männer drängten sich mit rohem Körpereinsatz zwischen den Leuten hindurch, die das Gebäude verlassen oder betreten wollten.

Kelly blickte sich hektisch um und drückte sich an die Wand. Sie stieß mit dem Arm an etwas Hartes. Sie blickte nach unten, und als die beiden Männer näher kamen, nahm sie den kleinen Hammer, der an dem Feuermelder an der Wand angebracht war, und schlug die Glasscheibe ein, worauf der Feueralarm durch das Gebäude schrillte.

»Feuer! Feuer!«, schrie Kelly.

Im Nu brach Panik aus. Menschen kamen aus den Büros, den Geschäften und den Restaurants gerannt und strömten zum Ausgang. Innerhalb von Sekunden herrschte im Foyer dichtes Gedränge. Die beiden Männer versuchten, Kelly in dem Getümmel zu entdecken. Als sie endlich zu der Stelle kamen, an der sie sie zuletzt gesehen hatten, war sie längst verschwunden.

Das Restaurant Rockendorf füllte sich allmählich.

»Ich warte auf eine Freundin«, erklärte Diane Greg Holliday, dem attraktiven Mann, den sie an ihren Tisch eingeladen hatte. »Sieht so aus, als ob sie es nicht geschafft hat.«

»Sehr schade. Sind Sie zu Besuch in Berlin?«

»Ja.«

»Eine herrliche Stadt. Ich bin glücklich verheiratet, sonst hätte ich Ihnen angeboten, Sie herumzuführen. Aber es gibt ausgezeichnete Stadtrundfahrten, die ich Ihnen nur empfehlen kann.«

»Das wäre sehr nett«, sagte Diane geistesabwesend. Sie warf einen Blick zur Tür. Die beiden Männer gingen gerade hinaus. Vermutlich warteten sie draußen auf sie. Höchste Zeit, dass sie etwas unternahm.

»Eigentlich bin ich mit einer Reisegruppe hier«, sagte Diane. »Die anderen warten wahrscheinlich schon auf mich. Würde es Ihnen etwas ausmachen, mich zu einem Taxi zu begleiten?«

»Ganz und gar nicht.«

Ein paar Minuten später gingen sie zur Tür.

Diane war zutiefst erleichtert. Wenn sie allein hinausginge, fielen die beiden Männer möglicherweise über sie her, aber solange sie in Begleitung eines Mannes war, würden sie das kaum wagen. Es würde zu viel Aufsehen erregen.

Als Diane und Greg Holliday herauskamen, waren die beiden Männer nirgendwo zu sehen. Ein Taxi stand vor dem Restaurant, und dahinter parkte ein dunkler Mercedes.

»Es war nett, Sie kennen zu lernen, Mr. Holliday«, sagte Diane. »Ich … hoffe …«

Holliday lächelte, fasste sie am Arm und griff so fest zu, dass Diane vor Schmerz zusammenzuckte.

Erschrocken schaute sie ihn an. »Was …?«

»Warum nehmen wir nicht den Wagen?«, sagte er leise. Er zog Diane auf den Mercedes zu. Sein Griff wurde noch fester.

»Nein, ich will nicht …«

Als sie zum Wagen kamen, sah Diane die beiden Männer aus dem Restaurant vorn im Mercedes sitzen. Mit einem Mal wurde ihr klar, was geschehen war, und im ersten Moment verging sie schier vor Entsetzen.

»Bitte«, sagte sie. »Tun Sie das nicht. Ich …« Dann wurde sie in den Wagen gestoßen.

Greg Holliday rutschte neben Diane und schloss die Tür.

»Los, schnell!«

Als sich der Wagen in den dichten Verkehr einfädelte, wurde Diane zusehends hysterisch. »Bitte …«

Greg Holliday wandte sich ihr zu und lächelte beruhigend. »Nur keine Aufregung. Ich werde Ihnen nichts zuleide tun. Ich verspreche Ihnen, dass Sie morgen auf dem Weg nach Hause sein werden.«

Er griff in eine Stofftasche an der Rückseite des Fahrersitzes und holte eine Injektionsspritze heraus.

»Ich werde Ihnen jetzt eine Spritze geben. Sie ist völlig harmlos. Sie werden lediglich ein, zwei Stunden schlafen.«

Er griff nach Dianes Handgelenk.

»Scheiße!«, brüllte der Fahrer. Ein Fußgänger war urplötzlich vor den Mercedes gelaufen, sodass der Fahrer scharf auf die Bremse treten musste, um ihn nicht zu erfassen. Holliday, der nicht darauf gefasst war, schlug mit dem Kopf an die Metallstreben der Nackenstütze.

Benommen richtete er sich wieder auf und schrie den Fahrer an. »Was …?«

Ohne nachzudenken, packte Diane die Hand mit der Spritze, verdrehte Hollidays Handgelenk und stieß ihm die Nadel ins Fleisch.

Erschrocken wandte sich Holliday ihr zu. »Nein!« Es war ein Schrei.

Entsetzt sah Diane zu, wie Holliday in Krämpfe verfiel, steif wurde und dann zusammensackte. Innerhalb weniger Sekunden war er tot. Die beiden Männer auf den Vordersitzen drehten sich um, doch Diane war bereits aus der Tür und saß im nächsten Moment in einem Taxi, das in entgegengesetzter Richtung davonfuhr.

39

Das Klingelzeichen ihres Handys schreckte sie auf. Vorsichtig nahm sie es ans Ohr. »Hallo?«

»Hi, Kelly.«

»Diane! Wo sind Sie?«

»In München. Und wo sind Sie?«

»Auf der Kanalfähre nach Dover. Ich bin auf dem Weg nach London.«

»Wie ist das Gespräch mit Sam Meadows verlaufen?«

Kelly konnte noch immer seine Schreie hören. »Das erzähle ich Ihnen, wenn wir uns treffen. Haben Sie irgendetwas erfahren?«

»Nicht viel. Wir müssen uns überlegen, wie wir weiter vorgehen. Allzu viele Möglichkeiten haben wir nicht mehr. Gary Reynolds' Flugzeug ist in der Nähe von Denver abgestürzt. Ich glaube, wir sollten uns dorthin begeben. Das ist vielleicht unsere letzte Chance.«

»In Ordnung.«

»In dem Nachruf hieß es, dass Reynolds eine Schwester hat, die in Denver lebt. Möglicherweise weiß sie irgendetwas. Wollen wir uns im Brown Palace Hotel in Denver treffen? Ich fliege in drei Stunden ab.«

»Ich sehe zu, dass ich in Heathrow einen Flug bekomme.«

»Gut. Ich reserviere ein Zimmer unter dem Namen Harriet Beecher Stowe. Und noch was, Kelly …«

»Ja?«

»Ach … Sie wissen schon.«

»Ich weiß. Sie auch.«

Tanner war allein in seinem Büro und sprach am goldenen Telefon. »… und sie sind wieder entkommen. Sam Meadows hat es schlimm erwischt, und Greg Holliday ist tot.« Er schwieg einen Moment und dachte nach. »Eigentlich können sie jetzt nur noch nach Denver. Genau genommen ist das sogar ihre letzte Möglichkeit … Sieht so aus, als müsste ich mich persönlich um diese Sache kümmern. Immerhin haben sie sich meine Hochachtung verdient, da ist es nur gerecht, wenn ich mich ihrer annehme.« Er hörte einen Moment lang zu, dann lachte er. »Natürlich. Wiederhören.«

Andrew saß in seinem Büro, ließ seine Gedanken schweifen und hing undeutlichen Traumgesichten nach. Er meinte, wieder im Krankenhausbett zu liegen, und Tanner beugte sich über ihn und sagte: *Du hast mich überrascht, Andrew. Eigentlich solltest du tot sein. Aber jetzt sagen mir die Ärzte, dass du in ein paar Tagen herauskommst. Ich werde dir ein Büro bei der KIG geben. Ich möchte, dass du siehst, wie ich dir den Arsch rette. Du wolltest ja kein Einsehen haben, nicht wahr, du Blödmann? Tja, jetzt werde ich deine armselige Klitsche in eine Goldgrube verwandeln, und du darfst daneben sitzen und mir dabei zusehen. Zuallererst habe ich übrigens diese blödsinnigen Wohltätigkeitsprojekte gekippt, die du in die Wege geleitet hast, Andrew … Andrew … Andrew …*

Die Stimme wurde lauter. »Andrew! Bist du taub?«

Tanner rief ihn. Andrew rappelte sich auf und ging in das Büro seines Bruders.

Tanner blickte auf. »Ich hoffe, ich habe dich nicht bei deiner Arbeit gestört«, sagte er spöttisch.

»Nein, ich habe bloß …«

Tanner musterte seinen Bruder einen Moment lang. »Eigentlich bist du zu gar nichts nütze, nicht wahr, Andrew? Du leistest nichts, du bringst nichts. Ich finde es gut, dass ich jemanden habe, mit dem ich reden kann, aber ich bin mir nicht recht darüber im Klaren, wie lange ich dich noch um mich haben will.«

Kelly traf vor Diane in Denver ein und stieg im noblen Brown Palace Hotel ab.

»Eine Freundin von mir trifft heute Nachmittag ebenfalls hier ein.«

»Möchten Sie zwei Zimmer?«

»Nein, ein Doppelzimmer.«

Als Dianes Maschine am Denver International Airport landete, nahm sie sich ein Taxi und fuhr zum Hotel. Sie nannte an der Rezeption ihren Namen.

»O ja, Mrs. Stowe erwartet Sie bereits. Sie ist in Zimmer 638.«

Diane vernahm es mit Erleichterung.

Kelly wartete schon auf sie. Sie schlossen einander in die Arme.

»Ich habe Sie vermisst.«

»Ich habe Sie ebenfalls vermisst. Wie war der Flug?«, fragte Kelly.

»Ohne Zwischenfälle. Gott sei Dank.«

Diane schaute sie an und sagte: »Wie ist es Ihnen in Paris ergangen?«

Kelly holte tief Luft. »Tanner Kingsley wollte mich umbringen lassen. Und wie war es in Berlin?«

»Das Gleiche«, erwiderte Diane tonlos.

Kelly ging zum Tisch, holte das Telefonbuch und begann darin zu blättern. »Lois Reynolds, Garys Schwester, steht im Telefonbuch. Sie wohnt an der Marion Street.«

»Gut.« Diane warf einen Blick auf ihre Uhr. »Heute Abend ist es zu spät, um noch irgendwas zu unternehmen. Morgen in aller Frühe gehen wir hin.«

Sie nahmen das Abendessen auf ihrem Zimmer zu sich, redeten bis Mitternacht miteinander und machten sich dann bettfertig.

»Gute Nacht«, sagte Diane und streckte die Hand nach

dem Lichtschalter aus. Das Zimmer wurde in Dunkelheit getaucht.

»Nein!«, schrie Kelly. »Mach das Licht an.«

Diane schaltete sofort die Lampe wieder an. »Tut mir Leid, Kelly. Ich hab's vergessen.«

»Ich hatte früher immer Angst vor der Dunkelheit, bis ich Mark kennen lernte. Und seit er umgebracht wurde ...« Kelly schnappte nach Luft und versuchte, ihre Panik zu unterdrücken. Dann atmete sie tief durch. »Ich wünschte, ich könnte es überwinden.«

»Machen Sie sich darum keine Sorgen. Wenn Sie sich wieder sicher fühlen, werden Sie es schaffen.«

Als Diane und Kelly am nächsten Morgen aus dem Hotel kamen, stand eine Reihe Taxis vor dem Eingang. Die beiden Frauen stiegen in den ersten Wagen, und Kelly nannte dem Fahrer die Nummer von Lois Reynolds' Haus an der Marion Street.

Fünfzehn Minuten später hielt der Fahrer am Straßenrand. »Da wären wir.«

Kelly und Diane starrten entgeistert aus dem Fenster. Sie blickten auf die geschwärzten Überreste eines Hauses, das bis auf die Grundmauern niedergebrannt war. Nur mehr Asche, verkohlte Holztrümmer und das eingelassene Betonfundament waren übrig geblieben.

»Diese Mistkerle haben sie umgebracht«, sagte Kelly. Sie warf Diane einen verzweifelten Blick zu. »Hier kommen wir nicht mehr weiter.«

Diane dachte nach. »Doch, ich glaube, es gibt noch eine letzte Chance.«

Ray Fowler, der mürrisch wirkende Direktor des Flughafens von Denver, betrachtete Kelly und Diane mit finsterer Miene. »Mal sehen, ob ich das recht verstanden habe. Sie beide wollen einen Flugzeugabsturz untersuchen, und zwar ohne jede Vollmacht, und ich soll dafür sorgen, dass Sie den Fluglotsen befragen können, der seinerzeit Dienst hatte, damit er Ihnen ein paar vertrauliche Auskünfte gibt? Habe ich das richtig verstanden?«

Diane und Kelly warfen sich einen kurzen Blick zu.

»Na ja«, sagte Kelly, »wir hatten gehofft ...«

»Was hatten Sie gehofft?«

»Dass Sie uns helfen würden.«

»Warum sollte ich das tun?«

»Mr. Fowler, wir möchten nur sichergehen, dass Gary Reynolds tatsächlich durch einen Unfall umgekommen ist.«

Ray Fowler musterte sie eingehend. »Das ist ja interessant«, sagte er. Er saß einen Moment lang versonnen da, dann ergriff er wieder das Wort. »Ich habe viel über diese Sache nachgedacht. Vielleicht sollten Sie tatsächlich mal mit Howard Miller darüber sprechen. Er war der Dienst habende Fluglotse, als der Unfall passiert ist. Hier ist seine Adresse. Ich rufe ihn an und sage ihm Bescheid, dass Sie vorbeikommen.«

»Vielen Dank. Das ist sehr freundlich«, sagte Diane.

»Ich mache das nur deshalb«, knurrte Ray Fowler, »weil der Untersuchungsbericht der Flugaufsichtsbehörde meiner Meinung nach Blödsinn ist. Wir haben die Überreste der Maschine gefunden, aber seltsamerweise fehlte die Black Box. Sie ist einfach verschwunden.«

Howard Miller wohnte in einem kleinen, mit gelbbraunem Mörtel verputzten Haus rund zehn Kilometer vom Flughafen entfernt. Er war ein kleiner, lebhafter Mann um die vierzig. Er öffnete die Tür, noch ehe Diane und Kelly klingelten. »Kommen Sie rein. Ray Fowler hat mir mitgeteilt, dass Sie kommen. Was kann ich für Sie tun?«

»Wir würden gern mit Ihnen reden, Mr. Miller.«

»Nehmen Sie Platz.« Sie setzten sich auf die Couch. »Möchten Sie einen Kaffee?«

»Nein danke.«

»Sie sind wegen Gary Reynolds' Absturz hier.«

»Ja. War es ein Unglücksfall oder ...?«

Howard Miller zuckte die Achseln. »Ich weiß es beim besten Willen nicht. In all den Jahren, die ich hier schon arbeite, habe ich so was noch nie erlebt. Alles lief völlig plangemäß. Gary Reynolds bat über Funk um Landeerlaubnis, und wir haben sie erteilt. Dann, als er nur noch zwei Meilen entfernt war, meldete er, dass er in einen Hurrikan geraten sei. Einen Hurrikan! Auf unserem Wetterradar war nichts zu sehen. Später habe ich mich beim Wetteramt erkundigt. Zum fraglichen Zeitpunkt herrschte kein Wind. Ehrlich gesagt, dachte ich, er wäre betrunken oder unter Drogeneinfluss. Und im nächsten Moment ist er dann an einer Bergflanke zerschellt.«

»Meines Wissen hat man die Black Box nicht gefunden«, sagte Kelly.

»Das kommt hinzu«, entgegnete Howard Miller nachdenklich. »Alles andere haben wir gefunden. Aber was ist aus der Black Box geworden? Die verdammte Flugaufsicht kam her und dachte, wir hätten uns mit unseren Aufzeichnungen vertan. Die wollten uns nicht glauben, als wir ihnen berichtet haben, was vorgefallen war. Kennen Sie das Gefühl, wenn man regelrecht spürt, dass irgendetwas nicht stimmt?«

»Ja.«

»Ich habe das Gefühl, dass irgendwas nicht stimmt, aber ich kann Ihnen nicht sagen, was. Tut mir Leid, dass ich Ihnen nicht weiterhelfen kann.«

Enttäuscht standen Diane und Kelly auf. »Tja, trotzdem vielen Dank, Mr. Miller. Wir sind Ihnen sehr verbunden.«

»Keine Ursache.«

Als Miller die beiden Frauen zur Tür begleitete, sagte er: »Ich hoffe, Garys Schwester kommt wieder auf die Beine.«

Kelly blieb stehen. »Was?«

»Sie liegt im Krankenhaus, müssen Sie wissen. Das arme Ding. Ihr Haus ist mitten in der Nacht abgebrannt. Die Ärzte wissen noch nicht, ob sie durchkommt.«

Diane erstarrte. »Was ist passiert?«

»Die Feuerwehr nimmt an, dass der Brand durch einen Kurzschluss verursacht wurde. Lois konnte sich aus der Tür in den Vorgarten schleppen, aber als die Feuerwehrmänner zu ihr kamen, war sie in ziemlich schlechter Verfassung.«

Diane versuchte, so ruhig wie möglich zu klingen. »In welchem Krankenhaus ist sie?«

»Im Hospital der University of Colorado. In der Spezialabteilung für Brandverletzungen.«

»Tut mir Leid«, sagte die Schwester an der Anmeldung der Universitätsklinik, »aber Miss Reynolds darf keine Besucher empfangen.«

»Können Sie uns sagen, in welchem Zimmer sie liegt?«, fragte Kelly.

»Nein, das kann ich leider nicht.«

»Es handelt sich um einen Notfall«, sagte Diane. »Wir müssen mit ihr sprechen und …«

»Niemand darf ohne eine schriftliche Genehmigung mit ihr sprechen«, erwiderte sie mit Entschiedenheit.

Diane und Kelly blickten sich an.

»Na dann, vielen Dank.«

Die beiden Frauen gingen weg. »Was machen wir nun?«, fragte Kelly. »Das ist unsere letzte Chance.«

»Ich habe eine Idee.«

Ein Bote in Uniform, der ein großes, mit Schleifen versehenes Paket trug, ging zur Anmeldung. »Ich habe ein Paket für Lois Reynolds.«

»Ich nehme es entgegen«, sagte die Schwester.

Der Bote schüttelte den Kopf. »Tut mir Leid. Aber ich habe den Auftrag, es persönlich zu übergeben. Es ist sehr wertvoll.«

Die Schwester zögerte einen Moment. »Dann muss ich mitkommen.«

»Meinetwegen.«

Er folgte der Schwester zum Ende des Ganges. Als sie zu Zimmer 391 kamen, blieb die Schwester stehen und wollte die Tür öffnen, worauf ihr der Bote das Paket übergab. »Sie können es ihr bringen«, sagte er.

Der Bote ging zu Diane und Kelly, die eine Etage tiefer auf einer Bank warteten.

»Zimmer 391«, teilte er ihnen mit.

»Danke«, sagte Diane und reichte ihm ein paar Geldscheine.

Die beiden Frauen stiegen die Treppe in den zweiten Stock hinauf, traten auf den Korridor und warteten, bis die Schwester ein Telefongespräch entgegennahm und ihnen den Rücken zukehrte. Dann liefen sie rasch den Flur entlang und traten in Zimmer 391.

Lois Reynolds lag im Bett, umgeben von Schläuchen und Kabeln, die an ihrem Körper angebracht waren. Sie hatte die Augen geschlossen, als Diane und Kelly an ihr Bett traten.

»Miss Reynolds«, sagte Diane leise. »Ich bin Diane Stevens, und das ist Kelly Harris. Unser Männer haben bei der KIG gearbeitet.«

Lois Reynolds schlug langsam die Augen auf und versuchte, den Blick auf sie zu richten. »Was?« Sie brachte kaum mehr als ein gehauchtes Flüstern zustande.

»Unsere Männer haben bei der KIG gearbeitet«, sagte Kelly. »Sie wurden beide umgebracht. Wir dachten, Sie können uns vielleicht helfen, weil Ihrem Bruder ebenfalls etwas zugestoßen ist.«

Lois Reynolds versuchte den Kopf zu schütteln. »Ich kann Ihnen nicht helfen ... Gary ist tot.« Tränen traten ihr in die Augen.

Diane beugte sich zu ihr. »Hat Ihnen Ihr Bruder vor dem Unfall irgendetwas gesagt?«

»Gary war ein wunderbarer Mann.« Sie sprach langsam und mit gequälter Stimme. »Er kam bei einem Flugzeugabsturz um.«

»Hat er irgendetwas gesagt«, fragte Diane geduldig, »das uns helfen könnte herauszufinden, was vorgefallen ist?«

Lois Reynolds schloss die Augen.

»Miss Reynolds, bitte schlafen Sie nicht wieder ein. Bitte. Es ist sehr wichtig. Hat Ihr Bruder irgendetwas gesagt, das uns weiterhelfen könnte?«

Lois Reynold schlug die Augen wieder auf und blickte Diane fragend an. »Wer sind Sie?«

»Wir glauben, dass Ihr Bruder ermordet wurde«, sagte Diane.

Lois Reynolds murmelte: »Ich weiß es …«

»Weshalb?«, fragte Kelly.

»Prima …« Es war nur ein Flüstern.

Kelly beugte sich näher zu ihr. »Prima?«

»Gary hat mir … hat mir ein paar … ein paar Tage vor seinem Tod … davon erzählt. Ihre Maschine kann … kann das Wetter beeinflussen. Armer Gary. Er … er ist nicht mehr nach Washington gekommen.«

»Nach Washington?«, fragte Diane.

»Ja … Sie wollten alle hin … mit einer Senatorin über … über Prima sprechen … Gary hat gesagt … Prima wäre gefährlich …«

»Können Sie sich an den Namen der Senatorin erinnern?«, fragte Kelly.

»Nein.«

»Denken Sie bitte nach.«

Lois murmelte etwas vor sich hin. »Senatorin soundso …«

»Senatorin wie?«, fragte Kelly.

»Levin … Luven … van Luven. Er wollte sie sprechen. Er wollte sich mit …«

Die Tür flog auf, und ein Arzt, der einen weißen Kittel trug und ein Stethoskop um den Hals hängen hatte, kam mit energischen Schritten in das Zimmer. Er musterte Diane und Kelly mit funkelnden Blicken. »Hat man Ihnen nicht gesagt, dass hier keine Besucher zugelassen sind?«

»Tut mir Leid«, sagte Kelly. »Wir mussten … wir mussten mit …«

»Gehen Sie bitte.«

Die beiden Frauen blickten zu Lois Reynolds. »Auf Wiedersehen. Gute Besserung.«

Der Mann blickte ihnen hinterher, als sie das Zimmer verließen. Sobald die Tür geschlossen war, trat er ans Bett, beugte sich über Lois Reynolds und ergriff ein Kissen.

40

Kelly und Diane gingen durch das Foyer des Krankenhauses.

»Deswegen wollten Richard und Mark also nach Washington«, sagte Diane. »Weil sie mit Senatorin van Luven sprechen wollten.«

»Wie kommen wir an sie ran?«

»Ganz einfach.« Diane holte ihr Handy heraus.

Kelly hob die Hand und hielt sie zurück. »Nein. Wir nehmen lieber ein Münztelefon.«

Sie besorgten sich bei der Auskunft die Telefonnummer des Senatsbürogebäudes, worauf Diane dort anrief.

»Senatorin van Luvens Büro.«

»Ich würde gern mit der Senatorin sprechen.«

»Darf ich ihr ausrichten, wer sie sprechen möchte?«

»Es handelt sich um eine persönliche Angelegenheit«, sagte Diane.

»Ihren Namen, bitte.«

»Den kann ich Ihnen nicht nennen – bestellen Sie ihr bitte, dass es sehr wichtig ist.«

»Tut mir Leid. Das kann ich nicht.« Die Verbindung wurde unterbrochen.

Diane wandte sich an Kelly. »Wir dürfen unsere Namen nicht nennen.« Diane wählte die Nummer noch einmal.

»Senatorin van Luvens Büro.«

»Hören Sie bitte. Ich will Sie nicht mit irgendwelchem Unsinn behelligen. Ich muss mit der Senatorin sprechen, aber ich kann Ihnen meinen Namen nicht nennen.«

»Dann kann ich Sie leider nicht mit der Senatorin sprechen lassen.« Wieder wurde die Verbindung unterbrochen.

Diane rief ein weiteres Mal an.

»Senatorin van Luvens Büro.«

»Bitte legen Sie nicht auf. Ich weiß, dass Sie nur Ihre Pflicht tun, aber bei dieser Sache geht es um Leben und Tod. Ich rufe von einem Münztelefon aus an. Ich gebe Ihnen die Nummer. Bitte sehen Sie zu, dass die Senatorin zurückruft.« Sie nannte der Sekretärin die Nummer und hörte, wie sie den Hörer auf die Gabel knallte.

»Was machen wir jetzt?«, sagte Kelly.

»Wir warten.«

Sie warteten zwei Stunden, bis Diane schließlich sagte: »Das klappt nicht. Wir ...«

Das Telefon klingelte. Diane atmete tief durch und nahm ab.

Eine gereizt klingende Frauenstimme sagte: »Hier ist Senatorin van Luven. Wer ist am Apparat?«

Diane hielt Kelly das Telefon hin, sodass sie beide hören konnten, was die Senatorin sagte. Diane war so aufgeregt, dass sie kaum ein Wort hervorbrachte. »Senatorin, ich heiße Diane Stevens. Ich bin in Begleitung von Kelly Harris. Wissen Sie, wer wir sind?«

»Nein, das weiß ich nicht, und ich fürchte ...«

»Unsere Männer wurden ermordet, als sie sich mit Ihnen treffen wollten.«

Am anderen Ende war ein kurzes Aufkeuchen zu vernehmen. »O mein Gott. Richard Stevens und Mark Harris.«

»Ja.«

»Ihre Männer hatten einen Gesprächstermin mit mir vereinbart, aber meine Sekretärin erhielt einen Anruf, bei dem man ihr mitteilte, dass sie ihre Pläne geändert hätten. Und dann ... starben sie.«

»Der Anruf kam nicht von ihnen, Senatorin«, sagte Diane. »Sie wurden ermordet, weil man verhindern wollte, dass sie mit Ihnen sprechen.«

»*Was?* Wieso sollte irgendjemand ...«

»Sie wurden umgebracht, damit sie sich nicht mit Ihnen treffen konnten. Kelly und ich würden gern nach Washington kommen und Ihnen erklären, was Ihnen unsere Männer mitteilen wollten.«

Einen Moment lang herrschte Schweigen. »Ich werde mich mit Ihnen treffen, aber nicht in meinem Büro. Hier gehen zu viele Leute ein und aus, das könnte gefährlich sein. Ich habe ein Haus in Southampton, Long Island. Dort können wir uns treffen. Von wo aus rufen Sie an?«

»Aus Denver.«

»Einen Moment.«

Drei Minuten später war die Senatorin wieder am Apparat. »Der nächste Flug von Denver nach New York ist ein Nachtflug der United, nonstop zum La Guardia Airport. Die Maschine startet um null Uhr fünfundzwanzig und trifft um neun Minuten nach sechs in New York ein. Falls sie ausgebucht sein sollte, gibt es noch einen ...«

»Wir werden in dieser Maschine sein.«

Kelly schaute Diane fragend an. »Diane, was ist, wenn wir keinen …?«

Diane hob beschwichtigend die Hand. »Wir werden schon mitkommen.«

»Am Flughafen wird ein grauer Lincoln Town Car für Sie bereitstehen. Steigen Sie unverzüglich ein. Der Fahrer ist Asiate. Er heißt Kunio, *K-U-N-I-O*. Er wird Sie zu meinem Haus bringen. Ich erwarte Sie dort.«

»Vielen Dank, Senatorin.«

Diane hängte den Hörer ein und atmete tief durch. Sie wandte sich an Kelly. »Wir haben alles in die Wege geleitet.«

»Woher wollen Sie wissen, dass wir in der Maschine mitkommen?«, fragte Kelly.

»Ich habe eine Idee.«

Die Rezeption des Hotels besorgte ihnen einen Mietwagen, und fünfundvierzig Minuten später befanden sich Diane und Kelly auf dem Weg zum Flughafen. »Ich weiß nicht, ob ich eher aufgeregt bin oder Angst habe«, sagte Kelly.

»Ich glaube, wir brauchen keine Angst mehr zu haben.«

»Aber allem Anschein nach wollten sich etliche Leute mit der Senatorin treffen, und keiner von ihnen hat es geschafft, Diane. Sie wurden alle vorher umgebracht.«

»Dann sind wir eben die Ersten, die es schaffen.«

Kelly sagte: »Ich wünschte, wir hätten …«

»Ich weiß. Eine Waffe. Das sagten Sie schon. Wir haben unseren Verstand.«

»Na klar. Mir wär's lieber, wir hätten eine Waffe.«

Kelly warf einen Blick aus dem Seitenfenster. »Halten Sie an.«

Diane steuerte an den Straßenrand. »Was ist los?«

»Ich muss etwas erledigen.«

Sie hielten vor einem Schönheitssalon. Kelly öffnete die Autotür.

»Wo wollen Sie hin?«, fragte Diane.

»Ich lasse mich frisch frisieren.«

»Das soll wohl ein Witz sein?«

»Nein, keineswegs.«

»Sie wollen sich *jetzt* frisch frisieren lassen? Kelly, wir sind auf dem Weg zum Flughafen und müssen unsere Maschine erreichen. Wir haben keine Zeit …«

»Diane, man kann nie wissen, was passiert. Und falls ich sterben sollte, möchte ich wenigstens gut aussehen.«

Diane saß sprachlos da, als Kelly in den Schönheitssalon ging.

Zwanzig Minuten später kam sie wieder heraus. Sie trug eine schwarze Perücke, die hinten zu einem eleganten Knoten hochgesteckt war.

»Ich bin bereit«, sagte Kelly. »Meinetwegen können wir loslegen.«

41

Ein weißer Lexus folgt uns«, sagte Kelly.

»Ich weiß. Sechs Männer sitzen drin.«

»Können Sie ihn abhängen?«

»Das muss ich gar nicht.«

Kelly starrte sie an. »*Was?*«

»Passen Sie auf.«

Sie näherten sich einem Flughafentor, an dem ein Schild mit der Aufschrift NUR FÜR LIEFERANTEN angebracht war. Der Wachposten öffnete das Tor und ließ ihren Wagen durchfahren.

Die Männer im Lexus sahen, wie Kelly und Diane ihr Auto stehen ließen und in ein Fahrzeug der Flughafenverwaltung stiegen, das in Richtung Vorfeld fuhr.

Als der Lexus vor dem Tor anhielt, sagte der Wachmann: »Das ist eine Privatzufahrt.«

»Aber das andere Auto haben Sie doch auch reingelassen.«

»Das ist eine Privatzufahrt.« Damit schloss der Posten das Tor.

Der Wagen der Flughafenverwaltung fuhr quer über das Vorfeld und hielt neben einem Jumbojet. Als Diane und Kelly ausstiegen, wartete Howard Miller bereits auf sie. »Sie sind also heil hierher gekommen.«

»Ja«, sagte Diane. »Danke, dass Sie das alles in die Wege geleitet haben.«

»Es war mir ein Vergnügen.« Dann wurde seine Miene grimmig. »Ich kann nur hoffen, dass etwas Gutes dabei rauskommt.«

Kelly sagte: »Richten Sie bitte Lois Reynolds unseren Dank aus und sagen Sie ihr …«

Howard Miller verzog das Gesicht. »Lois Reynolds ist letzte Nacht gestorben.«

Die beiden Frauen waren einen Moment lang fassungslos.

Es dauerte einen Moment, bis Kelly wieder sprechen konnte. »Das tut mir Leid.«

»Was ist passiert?«, fragte Diane.

»Ich nehme an, ihr Herz hat versagt.«

Howard Miller blickte zu dem Jet. »Die Maschine ist startbereit. Ich habe Ihnen zwei Plätze an der Tür besorgt.«

»Nochmals vielen Dank.«

Miller blickte Kelly und Diane hinterher, als sie die Gangway hinaufstiegen. Kurz darauf schloss eine Flugbegleiterin die Tür, und die Maschine rollte zur Startbahn.

Kelly wandte sich lächelnd an Diane. »Wir haben es geschafft. Wir haben diese Möchtegerngenies ausgetrickst. Was haben Sie vor, wenn wir mit Senatorin van Luven gesprochen haben?«

»Darüber habe ich noch gar nicht nachgedacht«, sagte Diane. »Kehren Sie nach Paris zurück?«

»Kommt drauf an. Haben Sie vor, in New York zu bleiben?«

»Ja.«

»Dann bleibe ich vielleicht auch noch eine Weile in New York«, sagte Kelly.

»Danach könnten wir ja zusammen nach Paris reisen.«

Sie saßen da und lächelten einander an.

»Ich musste gerade daran denken, wie stolz Richard und Mark wären, wenn sie wüssten, dass wir die Aufgabe zu Ende bringen, die sie angefangen haben«, sagte Diane.

»Ganz bestimmt.«

Diane schaute aus dem Fenster und betrachtete den Nachthimmel. »Danke Richard«, sagte sie leise.

Kelly warf Diane einen kurzen Blick zu und schüttelte den Kopf, sagte aber nichts.

Richard, ich weiß, dass du mich hören kannst, mein Liebster. Wir werden die Sache zu Ende bringen, die du angefangen hast. Wir werden dich und deine Freunde rächen. Das wird dich zwar nicht zurückbringen, aber es wird mir trotzdem ein bisschen helfen. Weißt du, was ich am meisten an dir vermisse, mein Liebling? Einfach alles.

Als die Maschine dreieinhalb Stunden später am La Guardia landete, stiegen Diane und Kelly als Erste aus. Diane dachte an Senatorin van Luvens Worte. *Am Flughafen wird ein grauer Lincoln Town Car für Sie bereitstehen.*

Der Wagen erwartete sie am Haupteingang zum Flughafengebäude. Daneben stand ein älterer Japaner in Chauffeursuniform. Er richtete sich kerzengerade auf, als Kelly und Diane auf ihn zugingen.

»Mrs. Stevens? Mrs. Harris?«

»Ja.«

»Ich bin Kunio.« Er öffnete die Wagentür, und sie stiegen ein.

Kurz darauf waren sie auf dem Weg nach Southampton.

»Die Fahrt dauert etwa zwei Stunden«, sagte Kunio. »Aber die Landschaft ist sehr reizvoll.«

Das Letzte, für das sie sich interessierten, war die Landschaft. Beide dachten darüber nach, wie sie der Senatorin möglichst rasch erklären könnten, was vorgefallen war.

»Meinen Sie, die Senatorin gerät ebenfalls in Gefahr, wenn wir ihr erzählen, was wir wissen?«, fragte Kelly und schaute Diane nachdenklich an.

»Ich bin davon überzeugt, dass sie Personenschutz hat. Sie wird mit so was umgehen können.«

»Hoffentlich.«

Nach fast zwei Stunden fuhr der Town Car auf eine wuchtige Kalksteinvilla mit Schieferdächern und hohen, schlanken Kaminen im englischen Landhausstil des achtzehnten Jahrhunderts zu. Sie stand inmitten eines weitläufigen Grundstücks mit tadellos gepflegten Rasenflächen, und etwas abseits konnten sie ein weiteres Gebäude sehen, das vermutlich als Garage und Unterkunft für die Dienstboten diente.

»Ich warte auf Sie, falls Sie mich noch brauchen«, sagte Kunio, als der Wagen vor dem Frontportal hielt.

»Vielen Dank.«

Ein Butler öffnete ihnen die Tür. »Guten Abend. Treten Sie bitte ein. Die Senatorin erwartet Sie.«

Die beiden Frauen gingen hinein. Das Wohnzimmer war elegant, wirkte aber trotzdem anheimelnd leger und war mit einer Reihe sorgfältig ausgewählter Antiquitäten und bequem aussehenden Sofas und Sesseln ausgestattet. Über einem großen offenen Kamin mit einem verschnörkelten Sims waren verspiegelte Kerzenhalter an der Wand angebracht.

»Hier entlang, bitte«, sagte der Butler.

Kelly und Diane folgten dem Butler in einen großen Salon.

Senatorin van Luven wartete bereits auf sie. Sie trug ein hellblaues Seidenkostüm mit einer dazu passenden Bluse und ließ ihr langes Haar offen herabhängen. Sie wirkte weitaus femininer, als Diane erwartet hatte.

»Ich bin Pauline van Luven.«

»Diane Stevens.«

»Kelly Harris.«

»Ich freue mich, Sie beide zu sehen. Es hat schon viel zu lange gedauert.«

Kelly schaute die Senatorin verständnislos an. »Wie bitte?«

»Sie meint damit«, ertönte hinter ihnen Tanner Kingsleys Stimme, »dass Sie bisher viel Glück gehabt haben, aber jetzt hat es Sie verlassen.«

Diane und Kelly fuhren herum. Tanner Kingsley und Harry Flint waren in den Salon gekommen.

»Sie sind dran, Mr. Flint«, sagte Tanner.

Flint hob eine Pistole. Wortlos richtete er sie auf die beiden Frauen und drückte zweimal ab. Pauline und Tanner sahen, wie Kelly und Diane zurücktaumelten und zu Boden stürzten.

Tanner ging zu Senatorin van Luven und umarmte sie. »Jetzt ist es endlich vorbei, Prinzessin.«

42

Was soll ich mit den Leichen machen?«, fragte Flint.

»Binden Sie ihnen ein paar Gewichte an die Beine«, sagte Tanner, ohne auch nur einen Moment zu zögern. »Dann fahren Sie raus aufs Meer und versenken sie zweihundert Meilen vor der Küste im Atlantik.«

»Kein Problem.« Flint ging hinaus.

Tanner wandte sich an Senatorin van Luven. »Das wäre erledigt, Prinzessin. Jetzt haben wir freie Bahn.«

Sie ging zu ihm und küsste ihn. »Ich habe dich so vermisst, mein Schatz.«

»Ich dich auch.«

»Diese Rendezvous einmal im Monat haben mich schier verrückt gemacht, weil ich mir immer bewusst war, dass du wieder gehen musst.«

Tanner zog sie an sich. »Von jetzt an sind wir beisammen. Wir gedulden uns noch drei, vier Monate, bis die Anstandsfrist zu Ehren deines verstorbenen Gemahls verstrichen ist, und dann heiraten wir.«

Sie lächelte und sagte: »Ein Monat tut's auch.«

Er nickte. »Meinetwegen.«

»Ich habe gestern meinen Rücktritt aus dem Senat erklärt. In Anbetracht meiner Trauer über den Tod meines Gatten hatte man sehr viel Verständnis für diesen Schritt.«

»Wunderbar. Jetzt können wir uns in aller Öffentlichkeit gemeinsam sehen lassen. Ich möchte dir bei der KIG etwas zeigen, das bislang noch niemand sehen durfte.«

Tanner und Pauline standen vor dem roten Ziegelbau. Tanner ging zu der schweren Stahltür, in deren Mitte eine Vertiefung eingelassen war. Pauline sah, wie Tanner einen schweren Ring mit einer Kamee, in die das Gesicht eines griechischen Kriegers eingeschliffen war, in die Vertiefung drückte, worauf das Tor aufging. Der Raum dahinter war riesig und stand voller großer Computer und Bildschirme. An der hinteren Wand befanden sich Generatoren und allerlei elektronische Geräte, die allesamt an eine Steuerkonsole in der Mitte angeschlossen waren.

»Das ist das Herzstück«, sagte Tanner. »Was wir hier vor uns haben, wird das Leben für immer verändern. Dieser Raum ist die Kommandozentrale eines Satellitensystems, mit dem man das Wetter in jeder Gegend der Welt bestimmen kann. Wir können Stürme verursachen. Wir können Hungersnöte auslösen, indem wir Regenfälle verhindern. Wir können Flughäfen in Nebel versinken lassen. Wir können Hurrikane und Zyklone erzeugen, die die Weltwirtschaft zum Erliegen bringen.« Er lächelte. »Einen Teil unserer Macht habe ich bereits vorgeführt. Viele Länder haben sich mit Methoden zur Beherrschung des Wetters beschäftigt, aber keines hat bislang eine Lösung gefunden.«

Tanner drückte auf einen Knopf, worauf ein großer Bildschirm aufleuchtete. »Was du hier siehst, ist ein technologischer Fortschritt, den die Army sich gern zunutze machen würde.« Er wandte sich an Pauline und lächelte. »Die einzige Unwägbarkeit, die bislang verhindert hat, dass Prima mir die vollständige Kontrolle gab, war der Treibhauseffekt, und darum hast du dich bestens gekümmert.« Er seufzte. »Weißt du, wer dieses Projekt begründet hat? Andrew. Er war ein echtes Genie.«

Pauline betrachtete die mächtigen Geräte. »Ich begreife nicht, wie man damit das Wetter bestimmen kann.«

»Nun ja, das ist ganz einfach, da warme Luft stets nach oben steigt und sich abkühlt, und wenn die nötige Feuchtigkeit in ...«

»Sei nicht so herablassend, Liebling.«

»Entschuldige, aber die längere Version ist ein bisschen komplizierter«, sagte Tanner.

»Ich bin ganz Ohr.«

»Ich muss ein paar technische Ausführungen machen, also hab etwas Geduld. Wenn man die Erdatmosphäre mit Mikrowellenlasern, die mittels der von meinem Bruder erfundenen Nanotechnologie geschaffen wurden, unter Beschuss nimmt, entstehen ungebundene Sauerstoffatome, die sich mit Wasserstoff verbinden, wodurch Ozon und Wasser entsteht. Ungebundene Sauerstoffatome verbinden sich in der Atmosphäre – deswegen nennt man das O_2 –, und wenn man, wie mein Bruder herausgefunden hat, die Atmosphäre mit einem Laser vom Weltall aus unter Beschuss nimmt, verbindet sich der Sauerstoff mit zwei Wasserstoffatomen zu Ozon – O_3 – und Wasser – H_2O.«

»Ich verstehe immer noch nicht, wie das …«

»Das Wetter wird durch Wasser bestimmt. Andrew hat bei seinen groß angelegten Versuchen herausgefunden, dass als Nebenprodukt seiner Experimente so viel Wasser entstand, dass sich der Wind veränderte. Je stärker der Laserbeschuss, desto stärker der Wind. Und wenn man Wasser und Wind im Griff hat, kann man das Wetter beeinflussen.«

Er dachte einen Moment lang nach. »Als ich herausfand, dass Akira Iso in Tokio und später auch Madeleine Schmider in Zürich kurz vor der Lösung des Problems standen, habe ich ihnen die Mitarbeit bei uns angeboten, damit ich sie überwachen konnte. Aber sie haben mir einen Korb gegeben. Ich wiederum konnte nicht zulassen, dass sie ihre Arbeit zu Ende bringen.« Er zuckte die Achseln. »Ich habe dir ja erzählt, dass vier meiner besten Meteorologen mit mir an dem Projekt gearbeitet haben.«

»Ja.«

»Auch sie waren gut. Franz Verbrügge in Berlin, Mark Harris in Paris, Gary Reynolds in Vancouver und Richard Stevens in New York. Ich hatte jeden von ihnen mit der Lösung eines anderen Aspekts der Wetterbeeinflussung betraut und dachte, weil sie in verschiedenen Ländern tätig wären, würden sie den Zusammenhang nicht erkennen, beziehungsweise nicht herausfinden, welchem Zweck das

Projekt letztendlich dient. Aber irgendwie sind sie dahinter gekommen. Sie suchten mich in Wien auf und fragten, was ich mit Prima vorhätte. Ich habe ihnen erklärt, dass ich es unserer Regierung übergeben würde. Ich dachte nicht, dass sie die Sache weiterverfolgen würden, aber sicherheitshalber habe ich ihnen eine Falle gestellt. Als sie im Vorzimmer saßen, habe ich mich telefonisch mit deinem Büro im Senat verbinden lassen und dafür gesorgt, dass sie mit anhören konnten, wie ich dir gegenüber geleugnet habe, jemals etwas von Prima gehört zu haben. Am nächsten Morgen riefen sie bei dir an und ließen sich einen Termin geben. In dem Augenblick war mir klar, dass ich sie beseitigen lassen musste.« Tanner lächelte. »Komm, ich zeige dir, was wir hier haben.«

An einem der Computerbildschirme tauchte eine Weltkarte auf, auf der sich allerlei Zeichen und Linien befanden. Während Tanner sprach, bewegte er einen Schalter, worauf sich der Blickwinkel auf die Karte veränderte, bis schließlich Portugal hervorgehoben wurde.

»Die Landwirtschaft in Portugal, die hauptsächlich in den Flusstälern betrieben wird«, sagte Tanner, »hängt vom Wasser der Ströme ab, die aus dem spanischen Hochland zum Atlantik fließen. Stell dir nur mal vor, was in Portugal geschieht, wenn es fortwährend regnet, bis diese Flusstäler überschwemmt werden.«

Tanner drückte auf einen weiteren Knopf, worauf auf einem großen Bildschirm ein mächtiger rosa Palast auftauchte, an dessen Portal Wachposten in Paradeuniform standen, während ringsum prachtvolle Gärten im strahlenden Sonnenschein schimmerten.

»Das ist der Präsidentenpalast.«

Dann wechselte das Bild, und man sah eine Familie, die im Esszimmer beim Frühstück saß.

»Das ist der Präsident von Portugal mit seiner Frau und den beiden Kindern. Sie unterhalten sich natürlich auf Portugiesisch, aber du hörst das Gespräch auf Englisch. Ich habe Dutzende von Nanokameras und -mikrofonen im Palast anbringen lassen. Der Präsident weiß es nicht, aber der Chef seines Sicherheitsdienstes arbeitet für mich.«

Ein Berater des Präsidenten sagte gerade: »Heute Morgen um elf Uhr haben Sie einen Empfang in der Botschaft und danach eine Besprechung mit der Gewerkschaftsführung. Um ein Uhr findet ein Mittagsimbiss im Museum statt, und heute Abend haben wir ein Staatsdiner.«

Das Telefon am Frühstückstisch klingelte. Der Präsident nahm ab. »Hallo.«

»Mr. President«, sagte Tanner, dessen Worte beim Sprechen simultan ins Portugiesische übersetzt wurden.

Der Präsident wirkte einen Moment lang verstört. »Wer sind Sie?«, fragte er, und auch seine Worte wurden sofort ins Englische übersetzt.

»Ich bin ein Freund.«

»Wer … Wie sind Sie an meine Privatnummer gekommen?«

»Das ist nicht weiter wichtig. Ich möchte, dass Sie mir genau zuhören. Ich mag Ihr Land und möchte nicht mit ansehen müssen, wie es zerstört wird. Wenn Sie nicht wollen, dass es von verheerenden Unwettern verwüstet wird, müssen Sie mir Gold im Wert von zwei Milliarden Dollar zukommen lassen. Falls Sie momentan nichts davon wissen wollen, melde ich mich in drei Tagen wieder.«

Am Bildschirm sahen sie, wie der Präsident den Hörer auf

die Gabel knallte. »Irgendein Verrückter hat sich meine Telefonnummer beschafft«, sagte er zu seiner Frau. »Klingt so, als ob er aus einem Irrenhaus entsprungen wäre.«

Tanner wandte sich an Pauline. »Das wurde vor drei Tagen aufgezeichnet. Jetzt zeige ich dir das Gespräch, das wir gestern geführt haben.«

Wieder tauchte der mächtige rosa Palast mit den prachtvollen Gärten auf, aber diesmal fiel heftiger Regen und am wolkenverhangenen Himmel zuckten Blitze.

Tanner drückte auf einen Knopf, worauf das Büro des Präsidenten am Bildschirm erschien. Er saß an einem Konferenztisch, umgeben von einem halben Dutzend Beratern, die alle durcheinander redeten. Der Präsident zeigte eine grimmige Miene.

Das Telefon auf seinem Schreibtisch klingelte.

»Jetzt pass auf.« Tanner grinste.

Der Präsident griff verzagt zum Telefon. »Hallo.«

»Guten Morgen, Mr. President. Wie …?«

»Wollen Sie mein Land ruinieren? Sie haben bereits die Ernte vernichtet. Die Felder sind überflutet. Die Ortschaften werden …« Der Präsident hielt inne und holte tief Luft. »Wie lange soll das noch so weitergehen?« Seine Stimme war kurz davor, sich zu überschlagen.

»Bis ich die zwei Milliarden Dollar erhalten habe.«

Sie sahen, wie der Präsident die Zähne zusammenbiss und für einen Moment die Augen schloss. »Und dann sorgen Sie dafür, dass die Unwetter aufhören?«

»Ja.«

»Wie sollen wir Ihnen das Geld zukommen lassen?«

Tanner schaltete den Bildschirm aus. »Siehst du, wie leicht das geht, Prinzessin? Wir haben das Geld bereits. Jetzt zeige ich dir, was Prima sonst noch kann. Das sind unsere ersten Erprobungen.«

Er drückte auf einen weiteren Knopf, worauf ein tobender Wirbelsturm am Bildschirm zu sehen war. »Das findet in Japan statt«, sagte Tanner. »In Echtzeit. Und um diese Jahreszeit herrscht dort eher freundliches Wetter.«

Er drückte auf einen anderen Knopf, worauf Bilder von heftigen Hagelschauern auftauchten, die auf Plantagen mit Zitrusfrüchten einprasselten. »Das ist eine Liveübertragung aus Florida. Die Temperatur beträgt dort im Moment siebzehn Grad Celsius – im Juni. Die gesamte Ernte wird vernichtet werden.«

Er betätigte einen weiteren Knopf, worauf auf einem Bildschirm ein gewaltiger Tornado zu sehen war, der ganze Gebäude mit sich riss. »Das geschieht zurzeit in Brasilien. Wie du siehst«, sagte Tanner stolz, »ist Prima zu allem fähig.«

Pauline trat neben ihn und sagte leise: »Genau wie der Papa.«

Tanner schaltete den Bildschirm ab. Er nahm drei DVDs zur Hand und zeigte sie ihr. »Die enthalten die drei interessantesten Gespräche, die ich geführt habe – mit den Regierungschefs von Peru, Mexiko und Italien. Willst du wissen, wie sie uns das Gold übergeben? Wir schicken Lastwagen zu ihren Staatsbanken, und sie beladen sie. Und dann kommt Trick siebzehn. Falls sie irgendwelche Anstalten machen sollten, nach dem Verbleib des Goldes zu forschen, versichere ich ihnen, dass die Unwetter erneut einsetzen und nie wieder aufhören werden.«

Pauline schaute ihn besorgt an. »Tanner, können sie deine Anrufe irgendwie zurückverfolgen?«

Tanner lachte. »Das will ich doch hoffen. Falls sie jemand

zurückverfolgt, landet er bei einem Relais in einer Kirche, das ihn zu einem zweiten Relais in einer Schule umleitet. Das dritte Relais löst Unwetter aus, wie man sie niemals erleben möchte. Und beim vierten Mal landet man im Oval Office des Weißen Hauses.«

Pauline lachte.

Die Tür ging auf, und Andrew kam herein.

Tanner drehte sich um. »Ah. Da ist ja mein geliebter Bruder.«

Andrew starrte Pauline mit verwirrter Miene an. »Kenne ich Sie nicht?« Er betrachtete sie fast eine Minute lang nachdenklich, dann strahlte sein Gesicht auf. »Sie ... Sie und Tanner wollten ... wollten heiraten. Ich war der Trauzeuge. Sie ... Sie sind die Prinzessin.«

»Sehr gut, Andrew«, sagte Pauline.

»Aber Sie ... Sie haben ihn verlassen. Sie haben Tanner nicht geliebt.«

Tanner schaltete sich ein. »Ich muss dich berichtigen. Sie hat mich verlassen, weil Sie mich liebte.« Er ergriff Paulines Hand. »Sie hat am Tag nach ihrer Hochzeit angerufen. Sie hat einen wohlhabenden und einflussreichen Mann geheiratet, damit sie die Beziehungen ihres Gatten nutzen konnte, um der KIG wichtige Kunden zu besorgen. Deshalb ist unsere Firma so rasch gewachsen.« Tanner drückte Pauline an sich. »Wir haben uns heimlich jeden Monat getroffen. Und dann«, fügte er stolz hinzu, »fand sie Gefallen an der Politik und wurde Senatorin.«

Andrew runzelte die Stirn. »Aber ... aber Sebastiana ... Sebastiana ...«

»Sebastiana Cortez.« Tanner lachte. »Die diente nur dazu, um jedermann auf eine falsche Fährte zu locken. Ich habe dafür gesorgt, dass alle im Büro über sie Bescheid wussten. Die Prinzessin und ich konnten nicht zulassen, dass irgendwer Verdacht schöpft.«

»Oh, ich verstehe«, sagte Andrew versonnen.

»Komm hierher, Andrew.« Tanner führte ihn zu der Steuerkonsole. Sie blieben vor Prima stehen.

»Kannst du dich noch an das hier erinnern? Du hast bei der Entwicklung mitgeholfen. Jetzt ist es fertig.«

Andrew bekam große Augen. »Prima ...«

Tanner deutete auf einen Knopf und sagte: »Ja. Damit regelt man das Wetter.« Er deutete auf einen anderen Knopf. »Die Ortswahl.« Er schaute seinen Bruder an. »Siehst du, wie einfach wir es konstruiert haben?«

»Ich erinnere mich ...«, murmelte Andrew vor sich hin.

Tanner wandte sich an Pauline. »Und das ist erst der Anfang, Prinzessin.« Er schloss sie in die Arme. »Ich stelle zurzeit Nachforschungen in dreißig weiteren Ländern an. Du bekommst alles, was du wolltest. Macht und Reichtum.«

Pauline strahlte vor Freude. »Mit so einem Computer könnte man ja ...«

»Mit *zwei* solchen Computern«, sagte Tanner. »Ich habe eine Überraschung für dich. Hast du schon mal von der Insel Tamoa im Südpazifik gehört?«

»Nein.«

»Wir haben sie gerade gekauft. Sie ist hundertfünfundfünfzig Quadratkilometer groß und unglaublich schön. Sie ist eine der französisch-polynesischen Inseln und verfügt über einen kleinen Flugplatz und einen Yachthafen. Dort ist alles vorhanden, was man zum Leben braucht, einschließlich« – er legte eine kleine Kunstpause ein – »Prima II.«

»Du meinst, es gibt noch einen ...?«, sagte Pauline.

Tanner nickte. »Ganz recht. Unter der Erde, wo ihn keiner finden kann. Jetzt, da diese beiden neugierigen Weiber endlich aus dem Weg geräumt sind, gehört uns die Welt.«

43

Kelly schlug zuerst die Augen auf. Sie war nackt, lag rücklings auf dem blanken Betonboden eines Kellergelasses und war mit Handschellen an eine knapp zwanzig Zentimeter lange Kette gefesselt, die dicht über dem Boden in die Wand eingelassen war. Am anderen Ende des Raumes befand sich ein kleines, vergittertes Fenster, an der einen Längswand eine wuchtige Tür.

Kelly drehte sich um und sah Diane neben sich liegen, ebenfalls nackt und in Handschellen. Ihre Kleidung hatte man achtlos in die Ecke geworfen.

»Wo sind wir?«, sagte Diane benommen.

»In der Hölle, meine Liebe.«

Kelly zog an den Handschellen. Sie lagen stramm und fest um ihre Handgelenke. Sie konnte den Arm zehn Zentimeter hochheben, aber das war alles. »Wir sind ihnen in die Falle gegangen«, sagte sie mit bitterem Unterton.

»Wissen Sie, was mich dabei am meisten wurmt?«

»Keine Ahnung«, sagte Kelly, während sie sich in dem kahlen Keller umblickte.

»Dass sie gewonnen haben. Wir wissen, weshalb sie unsere Männer ermordet haben und weshalb sie uns umbringen wollten, aber wir können es keinem erzählen. Sie kommen ungestraft davon. Tanner hat Recht. Letztlich hat uns das Glück doch verlassen.«

»Nein, noch nicht.« Die Tür war aufgegangen, und Harry Flint trat in das Gelass. Er grinste über das ganze Gesicht, schloss die Tür hinter sich ab und steckte den Schlüssel in die Hosentasche. »Ich habe mit Betäubungsmunition auf euch geschossen. Eigentlich sollte ich euch ja umbringen, aber ich dachte, wir sollten uns vorher noch ein bisschen Spaß gönnen.« Er kam näher.

Die beiden Frauen warfen sich einen entsetzten Blick zu. Sie sahen, wie Flint nach wie vor grinsend sein Hemd und die Hose auszog. »Schaut, was ich für euch habe«, sagte er. Er ließ seine Unterhose fallen. Prall und steif stand sein Glied empor. Flint musterte die beiden Frauen und ging dann auf Diane zu. »Ich fang einfach mit dir an, Süße, und danach ...«

»Einen Moment, mein Hübscher«, fiel ihm Kelly ins Wort. »Wie wär's, wenn du mich zuerst nimmst? Ich bin geil.«

Diane schaute sie fassungslos an. »Kelly ...«

Feixend wandte sich Flint zu Kelly um. »Klar, Süße. Du wirst begeistert sein.«

Flint kniete sich hin und legte sich der Länge nach auf Kellys nackten Leib.

»O ja«, stöhnte Kelly. »Das hat mir so gefehlt.«

Diane schloss die Augen. Sie konnte es nicht mit ansehen.

Kelly öffnete die Beine, und als Flint in sie eindringen wollte, hob sie den rechten Arm ein paar Zentimeter und griff in ihren hochgesteckten Haarknoten. Als sie den Arm wieder senkte, hatte sie einen Stielkamm mit einem gut zehn Zentimeter langen, spitzen Stahlgriff in der Hand. Im nächsten Moment stieß sie den stählernen Stiel in Harry Flints Nacken und trieb ihm die Spitze durch den Hals.

Flint versuchte zu schreien, aber er brachte nur mehr ein lautes Gurgeln hervor. Blut strömte ihm aus dem Hals. Diane schlug die Augen auf, blieb aber wie betäubt liegen.

Kelly warf ihr einen kurzen Blick zu. »Sie ... Sie können sich wieder beruhigen.« Sie wälzte die schlaffe Gestalt von sich. »Er ist tot.«

Dianes Herz schlug so schnell, dass sie meinte, ihre Brust zerspränge. Ihr Gesicht war kreidebleich.

Kelly betrachtete sie erschrocken. »Ist alles in Ordnung?«

»Ich hatte Angst, er ...« Ihr Mund war so trocken, dass sie kaum ein Wort herausbrachte. Sie blickte auf Harry Flints blutige Leiche und erschauderte. »Wieso haben Sie mir nicht gesagt, dass ...« Sie deutete auf den Stielkamm, der in seinem Nacken steckte.

»Weil ... wenn es nicht geklappt hätte ... Na ja, ich wollte nicht, dass Sie meinen, ich hätte Sie im Stich gelassen. Jetzt aber nichts wie weg.«

»Wie denn?«

»Ich zeig's Ihnen.« Kelly streckte eins ihrer langen Beine nach der Hose aus, die Flint einfach hatte fallen lassen, und tastete mit den Zehen nach dem Bund. Etwa fünf Zentimeter fehlten noch. Sie rutschte ein Stück nach vorn. Noch zwei Zentimeter. Dann endlich bekam sie sie zu fassen.

Kelly grinste. »*Voilà!*« Mit den Zehen ergriff sie das Hosenbein und zog sie langsam näher, bis sie sie mit den Händen packen konnte. Sie durchwühlte die Taschen, suchte nach den Schlüsseln für die Handschellen und fand sie dann. Kurz darauf hatte sie ihre Hände befreit. In aller Eile löste sie auch Dianes Fesseln.

»Mein Gott, Sie vollbringen ja wahre Wunder«, sagte Diane.

»Dank meiner neuen Frisur. Kommen Sie, wir müssen weg.«

Die beiden Frauen hoben ihre Kleidung auf und zogen sich in aller Eile an. Dann holte Kelly den Schlüssel für die Kellertür aus Flints Hosentasche.

Sie gingen zur Tür und lauschten einen Moment lang. Alles war ruhig. Kelly öffnete die Tür. Sie standen in einem langen, leeren Korridor.

»Hier muss es irgendwo einen Hinterausgang geben«, sagte Diane.

Kelly nickte. »In Ordnung. Sie gehen in diese Richtung, und ich in die andere, und wenn …«

»Nein. Bitte. Wir sollten lieber zusammenbleiben, Kelly.«

Kelly drückte Dianes Arm und nickte. »In Ordnung.«

Wenige Minuten später stießen die beiden Frauen auf eine Garage, in der ein Jaguar und ein Toyota standen.

»Suchen Sie sich einen aus«, sagte Kelly.

»Der Jaguar ist zu auffällig. Wir nehmen den Toyota.«

»Ich hoffe, der Schlüssel …«

Er steckte. Diane setzte sich ans Steuer.

»Haben Sie irgendeine Ahnung, wohin wir fahren?«, fragte Kelly.

»Nach Manhattan. Aber ich weiß noch nicht, wie wir weiter vorgehen.«

»Das sind ja gute Nachrichten.« Kelly seufzte.

»Wir brauchen eine Übernachtungsmöglichkeit. Wenn Kingsley erfährt, dass wir entkommen sind, dreht er durch. Dann sind wir nirgendwo mehr sicher.«

Kelly dachte nach. »Doch, ich weiß was.«

Diane warf ihr einen kurzen Blick zu. »Was meinen Sie damit?«

»Ich habe eine Idee«, erwiderte Kelly stolz.

44

Als sie nach White Plains kamen, etwa vierzig Kilometer nördlich von Manhattan gelegen, sagte Diane: »Ein hübsches Städtchen. Was machen wir hier?«

»Ich habe hier eine Freundin. Sie wird sich um uns kümmern.«

»Erzählen Sie mir was über sie.«

»Meine Mutter«, sagte Kelly bedächtig, »war mit einem Trinker verheiratet, dem es Spaß machte, wenn er sie schlagen konnte. Als ich finanziell in der Lage war, mich um meine Mutter zu kümmern, habe ich sie überredet, ihn zu verlassen. Eine Modelkollegin, die vor ihrem gewalttätigen Freund davongelaufen war, hat mir von dieser Bleibe erzählt. Es ist eine Pension, die von einer Frau namens Grace Seidel geleitet wird, einem wahren Engel. Ich habe meine Mutter dort untergebracht, bis ich eine Wohnung für sie finden konnte. Ich habe sie tagtäglich bei Grace besucht. Meiner Mutter gefiel es dort, und sie hat sich mit einigen anderen Gästen angefreundet. Irgendwann fand ich dann eine Wohnung für meine Mutter und fuhr hin, um sie abzuholen.« Sie stockte.

Diane schaute sie an. »Was ist passiert?«

»Sie war zu ihrem Mann zurückgekehrt.«

Sie kamen zu der Pension.

»Wir sind da.«

Grace Seidel war etwa Mitte fünfzig, eine lebhafte, mütterlich wirkende Frau, kugelrund und geradezu überschäumend vor Energie. Ihr Gesicht strahlte, als sie die Tür öffnete und Kelly sah.

»Kelly!« Sie schlang die Arme um sie. »Ich freue mich ja so, dich zu sehen.«

»Das ist meine Freundin Diane«, sagte Kelly.

Sie begrüßten einander.

»Euer Zimmer ist schon vorbereitet«, sagte Grace. »Genau genommen war es das Zimmer deiner Mutter. Ich habe ein zusätzliches Bett aufstellen lassen.«

Als Grace Seidel sie zu ihrem Schlafzimmer brachte, kamen sie durch ein gemütlich wirkendes Wohnzimmer, in dem ein Dutzend Frauen Karten spielten oder sich anderweitig unterhielten.

»Wie lange wollt ihr hier bleiben?«, fragte Grace.

Kelly und Diane blickten sich an. »Das wissen wir noch nicht genau.«

Grace Seidel lächelte. »Kein Problem. Ihr könnt das Zimmer haben, so lange ihr wollt.«

Das Zimmer war zauberhaft – sauber und ordentlich.

Als Grace Seidel gegangen war, sagte Kelly zu Diane: »Hier sind wir in Sicherheit. Übrigens glaube ich, dass wir doch noch ins *Guinness Buch der Rekorde* kommen. Wissen Sie, wie oft man schon versucht hat, uns umzubringen?«

»Ja.« Diane stand am Fenster. Kelly hörte, wie sie sagte: »Danke, Richard.«

Kelly wollte etwas sagen, dachte dann aber: *Es ist sinnlos.*

Andrew döste an seinem Schreibtisch vor sich hin und träumte, er liege in seinem Krankenhausbett und habe geschlafen. Die Stimmen im Zimmer hatten ihn geweckt. »… und glücklicherweise habe ich das hier entdeckt, als wir Andrews Schutzanzug dekontaminiert haben. Ich dachte mir, ich sollte es Ihnen gleich zeigen.«

»Die verdammte Army hat mir erklärt, die Sachen seien sicher.«

Ein Mann reichte Tanner eine der Gasmasken, die alle Beteiligten an dem Experiment im Auftrag der Army getragen hatten.

»Ich habe ein winziges Loch an der Unterseite der Maske gefunden. Sieht so aus, als hätte es jemand reingestochen. Das könnte den Zustand Ihres Bruders erklären.«

Tanner musterte die Maske. »Derjenige, der dafür verantwortlich ist, wird zur Rechenschaft gezogen werden«, brüllte er. Er schaute den Mann an und sagte: »Ich kümmere mich sofort darum. Danke, dass Sie mir das hier gebracht haben.«

Andrew sah von seinem Bett aus benommen zu, wie der Mann wieder ging. Tanner betrachtete einen Moment lang die Maske und ging dann in die eine Zimmerecke, in der ein Krankenhauswagen mit schmutziger Bettwäsche stand.

Er bückte sich und stopfte die Maske unter das Bettzeug am Boden des Wagens.

Andrew wollte seinen Bruder fragen, was vorgefallen war, aber er war er zu müde. Er schlief wieder ein.

Tanner, Andrew und Pauline waren in Tanners Büro zurückgekehrt.

Tanner hatte seine Sekretärin gebeten, ihm die Morgenzeitungen zu bringen. Er überflog kurz die Titelseiten. »Schaut euch das an: ›Wissenschaftler wundern sich über ungewöhnliche Unwetter in Guatemala, Peru, Mexiko und Italien ...‹« Er warf Pauline einen triumphierenden Blick zu. »Und das ist erst der Anfang. Die werden sich noch viel mehr wundern.«

Vince Carballo stürmte ins Zimmer. »Mr. Kingsley ...«

»Ich bin beschäftigt. Was gibt es?«

»Flint ist tot.«

Tanners Kinnlade klappte herunter. »*Was?* Was reden Sie da? Was ist passiert?«

»Stevens und Harris haben ihn umgebracht.«

»Das ist unmöglich!«

»Er ist tot. Sie sind entkommen und mit dem Auto der Senatorin abgehauen. Wir haben es als gestohlen gemeldet. Die Polizei hat es in White Plains gefunden.«

Tanner schlug einen grimmigen Tonfall an. »Sie gehen folgendermaßen vor: Trommeln Sie ein Dutzend Männer zusammen, und fahren Sie nach White Plains. Überprüfen Sie jedes Hotel, jede Pension und Absteige – jeden Ort, an dem sie sich verstecken könnten. Ich setze eine Belohnung von fünfhunderttausend Dollar für jeden aus, der sie uns in die Hände spielt. Halten Sie sich ran!«

»Ja, Sir.«

Vince Carballo stürmte hinaus.

»Was da in Paris vorgefallen ist, tut mir sehr Leid«, sagte Diane in ihrem Zimmer in Grace Seidels Pension. »Haben sie den Concierge und seine Familie getötet?«

»Ich weiß es nicht. Sie sind einfach verschwunden.«

»Was ist mit Angel, Ihrem Hund?«

»Ich möchte nicht darüber reden«, erwiderte Kelly kurz angebunden.

»Entschuldigung. Wissen Sie, was mich schier zum Wahnsinn treibt? Wir sind so nah dran. Aber jetzt, wo wir wissen, was passiert ist, können wir es niemandem erzählen. Unser Wort stünde gegen die Aussage der Firmenleitung der KIG. Man würde uns glatt ins Irrenhaus einliefern.«

Kelly nickte. »Sie haben Recht. Es gibt niemanden mehr, an den wir uns wenden könnten.«

Einen Moment lang herrschte Schweigen, dann sagte Diane nachdenklich: »Ich glaube, doch.«

Vince Carballos Männer schwärmten in der ganzen Stadt aus und erkundigten sich in sämtlichen Hotels, in jeder Pension und Absteige nach den beiden Frauen. Einer der Männer zeigte dem Portier des Esplanade Hotels Fotos von Diane und Kelly.

»Haben Sie eine dieser Frauen gesehen? Eine Belohnung von einer halben Million Dollar ist auf sie ausgesetzt.«

Der Portier schüttelte den Kopf. »Ich wünschte, ich wüsste, wo sie sind.«

Am Renaissance Westchester Hotel zeigte ein anderer Mann Bilder von Diane und Kelly vor.

»Eine halbe Million? Die hätte ich gern.«

»Wenn ich sie sehe, sage ich Ihnen mit Sicherheit Bescheid«, versicherte der Angestellte an der Rezeption des Crown Plaza.

Vince Carballo persönlich klopfte an die Tür von Grace Seidels Pension.

»Guten Morgen.«

»Guten Morgen. Mein Name ist Vince Carballo.« Er hielt ein Foto von den beiden Frauen hoch. »Haben Sie diese Frauen gesehen? Auf sie ist eine Belohnung von einer halben Million Dollar ausgesetzt.«

Grace Seidels Augen leuchteten auf. »Das ist ja Kelly!«

Kathy Ordonez, die im Vorzimmer von Tanners Büro saß, war völlig überfordert. Mittlerweile trafen so viele Faxe ein, dass sie kaum noch nachkam, und der Eingangskorb für die E-Mails quoll bereits über. Sie nahm einen Stapel Papiere und ging in Tanners Büro. Tanner und Pauline van Luven saßen auf einer Couch und redeten miteinander.

Tanner blickte auf, als seine Sekretärin hereinkam. »Was gibt es?«

Sie lächelte. »Gute Nachrichten. Unsere Dinnerparty wird ein voller Erfolg werden.«

Er runzelte die Stirn. »Wovon reden Sie überhaupt?«

Sie hielt die Papiere hoch. »Das sind lauter Zusagen. Jeder will kommen.«

Tanner stand auf. »Wohin? Lassen Sie mal sehen.«

Kathy reichte ihm die Papiere und begab sich wieder an ihren Schreibtisch.

Tanner las die erste E-Mail laut vor. »›Gern kommen wir am Freitag in die KIG-Zentrale, um an der Einweihung von Prima teilzunehmen, der Maschine, mit der man das Wetter regeln kann.‹ Von der Redaktion des Magazins *Time*.«

Sein Gesicht wurde kreidebleich. Er warf einen Blick auf das nächste Blatt. »›Vielen Dank für die Einladung zur Besichtigung von Prima, Ihrem Computer zur Wetterbeinflussung, in der KIG-Zentrale. Wir freuen uns bereits darauf.‹ Unterzeichnet vom Chefredakteur von *Newsweek*.«

Er überflog die übrigen Papiere. »CBS, NBC, CNN, das *Wall Street Journal*, die *Chicago Tribune* und die Londoner *Times*, und alle wollen bei der Einweihung von Prima zugegen sein.«

Pauline saß sprachlos da.

Tanner war so wütend, dass er kaum ein Wort herausbrachte. »Was zum Teufel geht da vor?« Er stockte. »Diese verdammten Weiber!«

Unterdessen war Diane in Irma's Internetcafé fieberhaft am Computer beschäftigt. Sie blickte zu Kelly auf. »Haben wir irgendjemanden vergessen?«

»*Elle, Cosmopolitan, Vanity Fair, Mademoiselle, Reader's Digest* …«, sagte Kelly.

Diane lachte. »Ich glaube, das reicht. Hoffentlich hat Kingsley einen guten Partyservice. Er wird ein Riesenfest geben.«

Vince Carballo schaute Grace Seidel gespannt an. »Sie kennen Kelly?«

»O ja«, sagte Grace. »Sie ist das berühmteste Model der Welt.«

Vince Carballo strahlte übers ganze Gesicht. »Wo ist sie?«

Grace blickte ihn verdutzt an. »Das weiß ich nicht. Ich bin ihr nie begegnet.«

Sein Gesicht lief rot an. »Sie haben doch gesagt, Sie kennen sie.«

»Na ja, ich meine – jeder kennt sie. Sie ist berühmt. Ist sie nicht wunderschön?«

»Sie haben also keine Ahnung, wo sie ist?«

»Doch, ich habe eine leise Ahnung.«

»Und wo?«

»Ich habe heute Morgen eine Frau, die ausgesehen hat wie sie, in einen Bus einsteigen sehen. Sie war mit jemandem unterwegs ...«

»Was für ein Bus war das?«

»Der Bus nach Vermont.«

»Danke.«

Vince Carballo stürmte davon.

Tanner warf den Stapel Faxe und E-Mails auf den Boden und wandte sich an Pauline. »Weißt du, was diese Weiber angerichtet haben? Wir können nicht zulassen, dass irgendjemand Prima zu Gesicht bekommt.« Er dachte eine Zeit lang nach. »Ich glaube, Prima wird am Tag vor der Party aufgrund einer technischen Störung in die Luft fliegen.«

Pauline blickte ihn einen Moment lang an und lächelte. »Prima II.«

Tanner nickte. »Ganz recht. Wir unternehmen eine Weltreise, und wenn wir Lust haben, begeben wir uns nach Tamoa und nehmen Prima II in Betrieb.«

Kathy Ordonez meldete sich über die Gegensprechanlage. Ihre Stimme klang hektisch. »Mr. Kingsley, die Telefone spielen verrückt. Ich habe die *New York Times*, die *Washington Post* und Larry King am Apparat. Alle wollen Sie sprechen.«

»Sagen Sie ihnen, dass ich in einer Konferenz bin.« Tanner wandte sich an Pauline. »Wir müssen von hier weg.« Er tätschelte Andrews Schulter. »Andrew, komm mit.«

»Ja, Tanner.«

Alle drei gingen zu dem roten Ziegelgebäude. »Du musst etwas sehr Wichtiges für mich erledigen, Andrew.«

»Alles, was du willst«, sagte Andrew.

Tanner führte sie in den roten Ziegelbau und begab sich zu Prima. Dann drehte er sich zu Andrew um. »Ich habe folgenden Wunsch an dich. Die Prinzessin und ich müssen jetzt aufbrechen, aber ich möchte, dass du um sechs Uhr diesen Computer abschaltest. Es ist ganz einfach. Siehst du den großen roten Knopf dort?« Er deutete hin.

Andrew nickte. »Ich sehe ihn.«

»Du musst ihn lediglich dreimal drücken, um Punkt sechs Uhr. Dreimal. Kannst du dir das merken?«

»Ja, Tanner«, sagte Andrew. »Um sechs Uhr. Dreimal drücken.«

»Gut. Bis später.«

Tanner und Pauline gingen zur Tür.

Andrew blickte ihnen hinterher. »Nehmt ihr mich nicht mit?«

»Nein. Du bleibst hier. Aber denk dran: um sechs Uhr dreimal drücken.«

»Ich werd's mir merken.«

Als sie hinausgingen, fragte Pauline: »Was ist, wenn er nicht daran denkt?«

Tanner lachte. »Das spielt keine Rolle. Ich habe den Sprengsatz so eingestellt, dass er um sechs Uhr von selbst explodiert. Ich wollte nur sichergehen, dass er hier ist, wenn er hochgeht.«

45

Es herrschte herrliches Flugwetter. Die Boeing 757 der KIG düste am azurblauen Himmel hoch über dem Pazifischen Ozean dahin. Pauline und Tanner saßen zusammengekuschelt auf einer Couch in der Kabine.

»Weißt du, Liebling«, sagte Pauline, »eigentlich ist es ein Jammer, dass die Menschen nie erfahren werden, wie genial du bist.«

»Wenn sie's jemals herausfinden, bekomme ich großen Ärger.«

Sie schaute ihn an und sagte: »Kein Problem. Wir könnten uns irgendein Land kaufen und uns zu seinen Herrschern ernennen. Dann kann uns keiner etwas anhaben.«

Tanner lachte.

Pauline streichelte seine Hand. »Weißt du, dass ich dich schon von Anfang an haben wollte?«

»Nein. Soweit ich mich erinnern kann, warst du ziemlich unverschämt.«

»Aber es hat geklappt, nicht wahr? Du musstest mich unbedingt wiedersehen, um mir eine Lektion zu erteilen.«

Sie küssten sich lange und innig.

In der Ferne flackerte ein Blitz auf.

»Du wirst von Tamoa begeistert sein«, sagte Tanner. »Wir bleiben ein, zwei Wochen dort und spannen aus, und danach reisen wir um die Welt. Wir werden all die Jahre nachholen, in denen wir nicht zusammen sein konnten.«

Sie blickte auf und grinste schelmisch. »Darauf kannst du dich verlassen.«

»Und einmal im Monat kehren wir nach Tamoa zurück und setzen Prima II ein. Wir suchen die Ziele gemeinsam aus.«

»Tja«, sagte Pauline, »wir könnten ja ein Unwetter in England auslösen, aber dort fällt es vermutlich niemandem auf.«

Tanner lachte. »Wir können uns die ganze Welt aussuchen.«

Ein Steward kam zu ihnen. »Darf ich Ihnen etwas bringen?«, fragte er.

»Nein«, sagte Tanner, »wir haben alles, was wir brauchen.« Und er war davon überzeugt, dass es stimmte.

In der Ferne zuckten weitere Blitze über den Himmel.

»Hoffentlich geraten wir nicht in ein Gewitter«, meinte Pauline. »Ich … ich hasse es, bei schlechtem Wetter zu fliegen.«

»Keine Sorge, Liebling«, sagte Tanner beruhigend. »Es ist kein Wölkchen am Himmel zu sehen.« Er dachte einen Moment lang nach und lächelte. »Wir müssen uns keine Gedanken über das Wetter machen. Wir beherrschen es.« Er warf einen Blick auf seine Uhr. »Prima ist vor einer Stunde hochgegangen und …«

Plötzlich trommelten Regentropfen auf die Maschine.

Tanner zog Pauline an sich. »Ist schon gut. Es regnet bloß ein bisschen.«

Er hatte den Satz kaum ausgesprochen, als sich der Himmel verdunkelte und lautes Donnergrollen durch die Kabine hallte. Die große Maschine sackte durch und wurde wieder emporgeschleudert. Tanner blickte verdutzt aus dem Fenster, wusste nicht recht, wie ihnen geschah. Der Regen draußen ging in schweren Hagel über.

Tanner sagte: »Schau dir ...« Dann wurde ihm mit einem Mal alles klar. »Prima!« Es klang wie ein Jubelruf, und in seinen Augen lag ein triumphales Funkeln. »Wir können ...«

In diesem Moment wurde die Maschine von einer Orkanbö erfasst, die sie wie wild umherschleuderte.

Pauline schrie laut auf.

Andrew Kingsley saß in dem roten Ziegelbau hinter der KIG-Zentrale und bediente Prima, ließ die Finger über die Knöpfe und Tasten huschen, an deren Funktion er sich nach und nach wieder erinnerte. Er warf einen Blick auf den Bildschirm, der das Zielgebiet zeigte, und sah, wie das Flugzeug seines Bruders von Orkanböen mit einer Windgeschwindigkeit von bis zu dreihundert Stundenkilometern durchgeschüttelt wurde. Er drückte auf einen weiteren Knopf.

In einer ganzen Reihe von Messstationen des National Weather Service, von Anchorage in Alaska bis Miami, Florida, starrten die Meteorologen ungläubig auf ihre Computerschirme. Was da draußen vor sich ging, war schlichtweg unmöglich, und doch sahen sie es mit eigenen Augen.

Andrew, der nach wie vor in dem roten Ziegelbau am Computer saß, war dankbar dafür, dass er der Welt wenigstens noch einen Gefallen tun konnte. Vorsichtig dirigierte er einen schweren Tornado, den er erzeugt hatte, nach oben, in höhere Luftschichten – höher und immer höher ...

Tanner warf gerade einen Blick aus dem Fenster der wild umhergeworfenen Maschine, als er über das Heulen des Sturmwinds hinweg das unverkennbare Donnern eines nahenden Tornados hörte – als käme ein Güterzug mit 350 Stundenkilometern angerast. Tanners Wangen waren gerötet, und er zitterte förmlich vor Aufregung, während er den Wirbelwind beobachtete, der auf das Flugzeug zuhielt. »Schau dir das an!«, schrie er begeistert. »In dieser Höhe gab's noch nie einen Tornado. Niemals! Ich habe ihn erschaffen! Es ist ein Wunder! Nur Gott und ich können …«

Andrew betätigte einen Schalter und wandte sich dem Bildschirm zu, als das Flugzeug zerbarst und Wrackteile und Leichen vom Himmel regneten.

Dann drückte Andrew Kingsley dreimal auf den roten Knopf.

46

Kelly und Diane hatten sich gerade angezogen, als Grace Seidel an die Tür klopfte. »Das Frühstück steht für euch bereit.«

»Wir kommen«, rief Kelly.

»Hoffentlich hat unser kleiner Trick funktioniert. Mal sehen, ob Grace eine Morgenzeitung hat.«

Sie traten aus ihrem Zimmer. Zu ihrer Rechten befand sich ein Aufenthaltsraum, in dem einige Gäste vor dem Fernseher saßen. Als Kelly und Diane auf dem Weg zum Esszimmer daran vorbeikamen, hörten sie, wie ein Nachrichtenmoderator sagte:

Laut der uns vorliegenden Berichte gab es keine Überlebenden. Neben dem Piloten, dem Co-Piloten und einem Steward waren auch Tanner Kingsley und die ehemalige Senatorin Pauline van Luven an Bord der Maschine.

Die beiden Frauen erstarrten. Sie blickten einander an, wandten sich um und gingen in den Aufenthaltsraum. Auf dem Bildschirm waren Außenaufnahmen der KIG-Zentrale zu sehen.

Die Kingsley International Group stellt die größte Denkfabrik der Welt dar und besitzt Niederlassungen in rund dreißig Ländern. Einem Bericht des Wetteramtes zufolge kam es über dem Südpazifik, in einem Gebiet, in dem Tanner Kingsley mit seiner Privatmaschine unterwegs war, zu einem unerwartet heftigen Gewittersturm. Pauline van Luven war bis vor kurzem Vorsitzende des Senatsausschusses für Umweltfragen …

Diane und Kelly hörten gespannt zu.

In diesem Zusammenhang ereignete sich ein weiterer rätselhafter Zwischenfall, mit dessen Aufklärung die Polizei zurzeit befasst ist. Zahlreiche Pressevertreter waren heute zu einer Dinnerparty eingeladen, bei der sie Prima besichtigen sollten, einen von der KIG entwickelten Computer, mit dem man angeblich das Wetter beeinflussen kann. Doch gestern ereignete sich in einem Nebengebäude der KIG-Niederlassung eine Explosion, bei der Prima zerstört wurde. Mitarbeiter der Feuerwehr fanden in den Trümmern den Leichnam von Andrew Tanner. Bislang geht man davon aus, dass er das einzige Opfer ist.

»Tanner Kingsley ist tot«, sagte Diane.

»Sagen Sie das noch mal. Aber langsam.«

»Tanner Kingsley ist tot.«

Kelly atmete vor Erleichterung tief durch. Dann schaute sie Diane an und lächelte. »Nach dem hier wird das Leben bestimmt langweilig.«

»Das will ich doch hoffen«, erwiderte Diane. »Hätten Sie Lust, heute Nacht im Waldorf-Astoria Towers zu schlafen?«

Kelly grinste. »Ich hätte nichts dagegen.«

Als sie sich von Grace Seidel verabschiedeten, nahm sie Kelly in die Arme und sagte: »Du bist jederzeit herzlich willkommen.«

Mit keinem Wort erwähnte sie das Geld, das man ihr angeboten hatte.

In der Präsidenten-Suite des Waldorf Towers deckte ein Kellner den Tisch fürs Abendessen. Er wandte sich an Diane: »Sie sagten doch, dass für vier Personen gedeckt werden soll?«

»Ganz recht.«

Kelly warf ihr einen Blick zu, sagte aber nichts.

Diane wusste, was sie dachte. Als sie sich am Tisch niederließen, sagte Diane: »Kelly, ich glaube nicht, dass wir das allein geschafft hätten. Ich glaube, wir hatten ein bisschen Hilfe.« Sie hob ihr Sektglas und wandte sich dem leeren Stuhl neben ihr zu. »Danke, Richard. Ich liebe dich.«

Als sie das Glas zum Mund führen wollte, sagte Kelly: »Einen Moment.«

Diane drehte sich zu ihr um.

Kelly nahm ebenfalls ihr Sektglas und blickte zu dem leeren Stuhl neben ihr. »Mark, ich liebe dich so sehr. Vielen Dank.«

Dann tranken sie einen Schluck.

Kelly lächelte und sagte: »Das hat gut getan. Tja, wie geht's jetzt weiter?«

»Ich fahre nach Washington und teile dem FBI alles mit, was ich weiß.«

Kelly berichtigte sie. »*Wir* fahren nach Washington und teilen ihnen alles mit, was *wir* wissen.«

Diane nickte. »Genau.« Nachdenklich fügte sie hinzu: »Ich glaube, wir haben gute Arbeit geleistet. Unsere Männer wären stolz auf uns.«

»Richtig«, sagte Kelly. »Wir haben diese Sache aufgeklärt. Dabei sprach alles gegen uns. Wissen Sie, was wir machen sollten?«

»Was denn?«

»Unsere eigene Detektei eröffnen.«

Diane lachte. »Sie machen Witze.«

Kelly schenkte ihr ein versonnenes Lächeln. »Tu ich das?«

Nach dem Essen setzten sie sich vor den Fernseher und schauten sich die Berichte über Tanner Kingsleys Tod an, die auf sämtlichen Sendern liefen. »Wissen Sie«, sagte Kelly nach einer Weile nachdenklich, »wenn man einer Schlange den Kopf abschlägt, stirbt sie.«

»Was soll das heißen?«

»Das werden wir gleich herausfinden.« Kelly ging zum Telefon. »Ich möchte einen Anruf nach Paris anmelden.«

Fünf Minuten später hörte sie die Stimme von Nicole Paradis. »Kelly! Kelly! Ich bin ja so froh, dass Sie sich melden, Kelly!«

Kelly wurde bang ums Herz. Sie wusste, was sie als Nächstes zu hören bekommen würde. Angel war getötet worden.

»Ich wusste nicht, wie ich Sie erreichen kann.«

»Haben Sie die Nachrichten gehört?«

»Alle Welt hat die Nachrichten gehört. Jérôme Malo und

Alphonse Girouard haben ihre Sachen gepackt und sich in aller Eile abgesetzt.«

»Und was ist mit Philippe und seiner Familie?«

»Sie kommen morgen zurück.«

»Das ist ja wunderbar.«

Kelly fürchtete sich vor der nächsten Frage. »Und Angel?«

»Ich habe Angel in meinem Apartment. Sie wollten sie als Köder benutzen, um Sie gefügig zu machen.«

Kelly strahlte mit einem Mal. »Oh, das ist wunderbar.«

»Was soll ich mit ihr machen?«

»Schicken Sie sie mit dem nächsten Air-France-Flug nach New York. Sagen Sie mir Bescheid, wann sie hier eintrifft, dann hole ich sie am Flughafen ab. Sie können mich hier im Waldorf Towers anrufen.«

»Ich kümmere mich darum.«

»Danke.« Kelly legte den Hörer auf.

Diane hatte mitgehört. »Angel ist unversehrt?«

»Ja.«

»Oh, das ist ja großartig!«

»Nicht wahr? Ich bin ganz aufgeregt. Übrigens, was wollen Sie mit Ihrem Anteil anstellen?«

Diane schaute sie an. »Was?«

»Die KIG hat doch eine Belohnung von fünf Millionen Dollar ausgesetzt. Ich glaube, die geht an uns.«

»Aber Kingsley ist tot.«

»Ich weiß, aber nicht die KIG.«

Sie lachten.

»Was haben Sie vor, nachdem wir in Washington waren?«, fragte Kelly. »Wollen Sie wieder anfangen zu malen?«

Diane dachte einen Moment lang nach. »Nein.«

Kelly betrachtete sie. »Wirklich?«

»Na ja, ein Bild wollte ich schon immer mal malen. Eine Picknickszene im Central Park.« Ihre Stimme brach. »Zwei Verliebte, die im Regen picknicken. Danach … mal sehen. Was ist mit Ihnen? Wollen Sie wieder als Model arbeiten?«

»Nein, ich glaube nicht.«

Diane musterte sie.

»Na ja, vielleicht doch, denn wenn ich auf dem Laufsteg stehe, kann ich mir immer vorstellen, dass Mark mir zusieht und mir Handküsse zuwirft. Ja, ich glaube, er würde wollen, dass ich wieder arbeite.«

Diane lächelte. »Gut.«

Sie saßen noch eine Stunde vor dem Fernseher, dann sagte Diane: »Ich glaube, es wird Zeit, dass wir zu Bett gehen.«

Fünfzehn Minuten später waren sie ausgezogen, lagen in ihren breiten Betten und ließen noch einmal ihre Abenteuer Revue passieren.

Kelly gähnte. »Ich bin müde. Schalten wir das Licht aus.«

Nachwort

Der alte Spruch, dass alle über das Wetter reden, aber niemand etwas dagegen tut, stimmt nicht mehr. Heute verfügen zwei Supermächte über die Möglichkeit, überall auf der Welt das Wetter zu bestimmen – die Vereinigten Staaten von Amerika und Russland. Andere Länder sind fieberhaft damit beschäftigt, deren Vorsprung einzuholen.

Die Suche nach der Beherrschung der Elemente, die gegen Ende des neunzehnten Jahrhunderts begann, als Nikola Tesla elektrische Energie durchs All sandte, ist längst Realität geworden.

Die Folgen sind gewaltig. Das Wetter kann zur Sicherung des Überlebens benutzt werden, aber auch als Massenvernichtungswaffe.

Alle dazu notwendigen Voraussetzungen sind vorhanden.

Im Jahr 1969 bewilligte das U.S. Patent Office ein Patent für »eine Methode zu Steigerung der Niederschlagswahrscheinlichkeit mittels künstlicher Einführung von Seewasserdunst in die Atmosphäre«.

1971 erhielt die Westinghouse Electric Corporation ein Patent für eine Anlage zur Bestrahlung der Erdoberfläche.

Im Jahr 1971 erhielt die National Science Foundation ein Patent für eine Methode zur Beeinflussung des Wetters.

Anfang der siebziger Jahre führte das US Congressional Committee on Oceans and Internal Environments Anhörungen über militärische Forschungen zur Beeinflussung von Wetter und Klima durch, wobei man feststellte, dass das Militär Pläne zur Erzeugung von Flutwellen durch den koordinierten Einsatz von Kernwaffen ausgearbeitet hatte.

Die Gefahr, dass es zu einer verheerenden Auseinandersetzung zwischen den Supermächten kommen könnte, wurde schließlich so groß, dass 1977 ein von den Vereinten Nationen initiierter Vertrag gegen die Beeinflussung des Wetters zu militärischen Zwecken sowohl von den USA als auch von der damaligen Sowjetunion ratifiziert wurde.

Dieses Abkommen bedeutete jedoch nicht das Ende weiterer Versuche zur Beeinflussung des Wetters. Im Jahr 1978 leiteten die Vereinigten Staaten ein Experiment in die Wege, das in sechs Bezirken im Norden von Wisconsin zu heftigen Regenfällen führte. Durch das Unwetter, bei dem Windgeschwindigkeiten von bis zu zweihundertachtzig Stundenkilometer gemessen wurden, entstanden Schäden in Höhe von fünfzig Millionen Dollar. Unterdessen hatten die Russen an eigenen Projekten gearbeitet.

Im Jahr 1992 berichtete das *Wall Street Journal*, dass eine russische Firma, die Élat Intelligence Technologies, unter dem Werbespruch »Wetter auf Bestellung« Geräte zur Regelung des Wetters verkaufe, die auf spezielle Bedürfnisse zugeschnitten seien.

Während die Experimente in beiden Ländern fortgeführt wurden, kam es zu gewissen Veränderungen der Großwetterlage. Anfang der achtziger Jahre wurden sonderbare Wetterphänomene gemeldet.

»Eine Hochdruckzone, die sich seit zwei Monaten rund

800 Meilen vor der kalifornischen Küste festgesetzt hat, verhinderte die übliche Zufuhr feuchter Meeresluft vom Pazifik.« – *Time*-Magazin, Januar 1981.

»... das anhaltende Hochdruckgebiet wirkte wie eine Barriere, die den normalen Verlauf der Großwetterlage von West nach Ost verhinderte.« – *New York Times*, 29. Juli 1993.

Sämtliche Unwetterkatastrophen, die in diesem Buch beschrieben werden, haben sich tatsächlich ereignet.

Das Wetter ist die gewaltigste Naturkraft, die wir kennen. Derjenige, der es beeinflussen kann oder gar beherrscht, kann durch andauernde Regenfälle oder Wirbelstürme die gesamte Weltwirtschaft zum Erliegen bringen; er kann Dürreperioden erzeugen, in denen die ganze Ernte vernichtet wird, durch Erdrutsche und Bodenerosion Infrastruktur und Ackerland zerstören, er kann Hurrikane entstehen lassen und Tsunamis auslösen, und er kann damit dem Feind auf dem Schlachtfeld verheerende Verluste zufügen.

Ich würde ruhiger schlafen, wenn einer der führenden Staatsmänner der Welt sagen würde: »Alle reden vom Wetter, aber keiner tut etwas dagegen.«

Und wenn man sich darauf verlassen könnte.

Danksagung

Mein besonderer Dank gilt meiner Assistentin
Mary Langford
für ihre unschätzbar wertvolle Mitarbeit.